WOLFGANG HOHLBEIN
JENS SCHUMACHER

NO
ESCAPE
INSEL DER TOTEN

Ein Rätsel-Thriller

Besuchen Sie uns im Internet:
www.knaur.de

Aus Verantwortung für die Umwelt hat sich die Verlagsgruppe Droemer Knaur zu einer nachhaltigen Buchproduktion verpflichtet. Der bewusste Umgang mit unseren Ressourcen, der Schutz unseres Klimas und der Natur gehören zu unseren obersten Unternehmenszielen. Gemeinsam mit unseren Partnern und Lieferanten setzen wir uns für eine klimaneutrale Buchproduktion ein, die den Erwerb von Klimazertifikaten zur Kompensation des CO_2-Ausstoßes einschließt. Weitere Informationen finden Sie unter: www.klimaneutralerverlag.de

Originalausgabe April 2022
Knaur HC
© 2022 Knaur Verlag
Ein Imprint der Verlagsgruppe
Droemer Knaur GmbH & Co. KG, München
Alle Rechte vorbehalten. Das Werk darf – auch teilweise –
nur mit Genehmigung des Verlags wiedergegeben werden.
Redaktion: Dieter Winkler
Playtesting: Alexander Kühnert
Covergestaltung: Annette Dascher,
unter Verwendung einer Illustration von Steffen Winkler
Coverabbildung und Innenillustrationen: Steffen Winkler
Satz: Adobe InDesign im Verlag
Druck und Bindung: C.H. Beck, Nördlingen
Printed in Germany
ISBN 978-3-426-22776-3

2 4 5 3 1

STOPP!

»NO ESCAPE – Insel der Toten« ist kein Thriller wie unzählige andere. In dieser Geschichte bist DU gefragt!

An verschiedenen Stellen der Handlung wirst du Gelegenheit bekommen zu entscheiden, welche der handelnden Figuren du begleiten bzw. wessen Aktionen du weiterverfolgen möchtest. Halte dich in diesen Fällen an die Verweise im Text und kreuze auf der Liste im vorderen Bucheinband an, welche Kapitel du bereits gelesen hast. (Erhältst du mehrere Kapitel zur Auswahl, lies diese immer in chronologischer Reihenfolge, ausgehend vom letzten in der Reihe, das du schon kennst.)

Darüber hinaus wirst du auf Rätselaufgaben stoßen, die du für die Protagonisten lösen musst. Halte dich an solchen Stellen exakt an die *kursiv gedruckten* Anweisungen im Buch. Der Text wird dir sagen, was zu tun ist bzw. an welcher Stelle du im jeweiligen Fall weiterlesen musst.

Du wirst feststellen, dass dein Erfolg beim Lösen der Rätsel den Ausgang der Geschehnisse entscheidend beeinflusst. Schaffst du es, einen Großteil davon zu lösen, nimmt die Geschichte ein positives Ende. Andernfalls möglicherweise nicht …

Viel Erfolg!

DRAMATIS PERSONAE

George McManus: Multimilliardär, der eine illustre Runde interessanter Personen für eine Woche auf seine Luxusjacht Ulthar geladen hat

Heather McManus: erfolgreiche Dressurreiterin, seit zwei Jahren Ehefrau von George McManus

Jacek Zanik: europäischer Multimillionär, ehemaliger Studienkollege und Freund von George McManus

Dr. Elena Zanik: Architektur-Dozentin, Ehefrau von Jacek Zanik

Fabrizio Nolfi: italienischer Bestsellerautor, bekannt für überbordend fantasievolle Science-Fiction-Romane

Derek Pratt: US-Schauspieler, spezialisiert auf Actionfilme, Katie Pringles Lebensgefährte

Katie Pringle: Social-Media-Influencerin, Pratts Lebensgefährtin

Dr. Enis Fisz: Wissenschaftler und geschäftsführender Leiter eines der vielzähligen Unternehmen des McManus-Imperiums

Clifford Fyfield: Manager eines aufstrebenden Technikkonzerns

Captain Vadim Bati: Charterkapitän, der im Auftrag von George McManus die Ulthar durch die Antillen steuert

Brianna Colfer: Hostess und Köchin an Bord der Ulthar

PROLOG

Es war ja nicht etwa so, als hätte Captain Bati sie nicht gewarnt. Ganz im Gegenteil: Er hatte ihr prophezeit, dass sie sich bei der erstbesten besseren Welle die Seele aus dem Leib kotzen würde. Aber musste er denn unbedingt recht behalten? Gut, aus den *besseren Wellen* waren ausgewachsene Zweieinhalb-Meter-Brecher geworden, und was sie über das von hinten beleuchtete Katzen-Litophane am Bug der Ulthar spie, war nicht ihre Seele, sondern das erlesene Fünf-Gänge-Menü, das sie selbst etwas früher am Abend zubereitet hatte. Aber Brianna konnte sich nicht erinnern, dass ihr jemals zuvor so übel gewesen wäre. Und kalt. Und schwindelig. Und überhaupt miserabel.

Der Edelstahl der kühn geschwungenen Reling war so kalt, dass die Berührung wehtat. Trotzdem wagte Brianna nicht, ihren Halt loszulassen. Die 35-Meter-Jacht unter ihr gebärdete sich wie ein bockendes Pferd, das alles in seiner Macht Stehende tat, um seinen Reiter abzuwerfen. Das Salzwasser, das der Sturm in einer nebelfeinen Gischt beinahe waagerecht über das Deck peitschte, stach mit Millionen winziger Nadelspitzen in ihre ungeschützte Haut und brannte wie Feuer in ihren Augen. In den seltenen Momenten, in denen sie den Horizont erkennen konnte, schien dieser sich in mehrere unterschiedliche Richtungen gleichzeitig zu bewegen.

Als Brianna Colfer in Puerto Rico an Bord gegangen war, angeheuert als Hostess und »Mädchen für alles« – was nichts anderes bedeutete, als dass man ihr jede noch so niedere Arbeit aufhalste –, war ihr die Ulthar gigantisch vorgekommen: ein Multimillionen-Dollar-Monstrum aus Chrom und Glas und strahlend weißem Kunststoff, gegen das die anderen Jachten im

Hafen zu schäbigen Zwergen verblassten, stark und schnell genug, um es mit Poseidon selbst aufzunehmen. Alles an Bord entsprach dem neuesten Stand der Technik und zeugte vom erlesenen Geschmack – und dem monströsen Bankkonto – seines Besitzers. Die Brücke erinnerte nicht nur an den Kommandostand eines Science-Fiction-Raumschiffes, George McManus hatte sie als bekennender *Star-Trek*-Fan, soweit möglich, der Brücke der *Enterprise* angleichen lassen. Dasselbe galt für die Küche. Brianna war jetzt den dritten Tag auf dem Schiff, und sie hatte zuvor schon viele High-End-Küchen zu Gesicht bekommen, aber die Funktionsweise einiger Geräte hatte sie bislang noch nicht ergründet – falls sie überhaupt eine hatten und nicht nur schick und spacig und teuer aussehen sollten. Mit einer normalen Kombüse hatte diese Küche ungefähr so viel gemein wie die Sieben-Sterne-Kabinen im Bauch der ULTHAR mit herkömmlichen Kajüten.

Wie um sie daran zu erinnern, dass sie nicht wegen des schönen Wetters und der Aussicht an Bord war, erbebte die ULTHAR unter dem Anprall eines besonders heftigen Brechers. Brianna schrak zusammen, nahm all ihren Mut zusammen und ließ die Reling los, um die wenigen Schritte bis zum Achterdeck zurückzulegen. Wäre sie es nicht vorher schon gewesen, hätten die wenigen Schritte gereicht, um sie bis auf die Haut zu durchnässen. Bei den Sonnenliegen angekommen, klapperte sie vor Kälte bereits laut genug mit den Zähnen, um selbst den Sturm zu übertönen.

Immerhin war es nicht umsonst. Das goldene, mit Swarovski-Steinen besetzte Smartphone von Heather McManus lag noch auf demselben am Boden verschraubten Liegestuhl, auf den die erfolgreiche Dressurreiterin es am Nachmittag gelegt und wo sie es anschließend vergessen hatte. Wozu brauchte man auch so etwas wie ein Gedächtnis, wenn man inzwischen zur Milliardärsgattin aufgestiegen war und eine willige Küchenmagd an Bord hatte, die man bei Bedarf in den Sturm hinausjagen konnte?

Brianna schob das Gerät in derselben Bewegung unter ihre Öljacke, in der sie sich auch schon umdrehte und den Rückweg in Angriff nahm. Der Sturm schien in den wenigen Augenblicken noch einmal an Gewalt zugelegt zu haben. Es kostete sie fast ihre gesamte Kraft, sich bis zum Niedergang zurückzukämpfen. Auf dem letzten Stück krängte das Schiff unter dem Anprall eines weiteren Brechers so jäh zur Seite, dass sie die Stufen mehr herabfiel als lief. Was pures Glück war – hätte die Welle die ULTHAR in einem anderen Winkel getroffen, wäre sie vermutlich vom Deck geschleudert worden.

Erst drinnen, in der Sicherheit hinter der selbstschließenden Tür angekommen, wurde ihr bewusst, wie gewaltig das Getöse draußen war. Wie alles hier war auch die Schallisolierung das Beste, was man für Geld kaufen konnte, sodass die plötzliche Stille regelrecht in ihren Ohren dröhnte. Auch der Boden unter ihren Füßen zitterte hier nicht mehr so heftig. Brianna nahm an, dass dieses Hightech-Spielzeug für nie erwachsen gewordene Superreiche über irgendwelchen gyroskopischen Firlefanz verfügte, der die Kabinen vor den schlimmsten Erschütterungen schützte.

Sie verscheuchte den Gedanken zugunsten der sehr viel wichtigeren Aufgabe, ihre randalierenden Eingeweide unter Kontrolle zu bekommen. Dann schälte sie sich aus ihrer Öljacke, ließ sie mit einem kindischen Gefühl anarchistischer Schadenfreude auf das hochglanzpolierte Parkett fallen und strich sich den nassen Pony aus der Stirn, bevor sie den Großen Salon betrat.

Es war wortwörtlich ein Schritt in eine andere Welt. Natürlich machte der *Große* Salon seinem Namen alle Ehre, nicht nur, was die luxuriöse Ausstattung anging. Irgendwie hatten es die Konstrukteure der ULTHAR fertiggebracht, den Raum größer als das gesamte Schiff wirken zu lassen, wozu nicht zuletzt die bodentiefen Fenster beitrugen, durch die man einen nahezu ungehinderten Rundumblick hatte. Tatsächlich handelte es sich allerdings um raffiniert angebrachte LED-3-D-Bildschirme, die anstelle der realen Außenwelt wahlweise ein Tropenparadies, die Skyline einer beliebigen Großstadt oder auch die Mondoberfläche darstellen konnten.

Im Augenblick zeigten sie tatsächlich das Meer, wenn auch nicht das, das Brianna gerade gesehen hatte. Hinter den angeblichen Fenstern schien die Sonne von einem strahlend blauen Himmel, das Meer lag glatt wie der sprichwörtliche Spiegel da. Brianna spürte irrationalen Zorn in sich aufsteigen, sie ließ das Gefühl aber nicht bis zu ihrem Gesicht vordringen. Stattdessen zwang sie ein Lächeln auf ihre Lippen und steuerte Heather McManus an, die neben ihrem Mann am Kopfende der Tafel saß.

Nach allem, was Brianna von der Seefahrt verstand, wäre dies eigentlich der Platz des Kapitäns gewesen. Aber George McManus war nun einmal der Besitzer der ULTHAR und der vermutlich größte Narziss der Welt. Also hatte sich Captain Vadim Bati einen anderen Sitzplatz gesucht, unmittelbar neben dem zweiten superreichen Pärchen an Bord, dem aus Polen gebürtigen Mikrochipmillionär Jacek Zanik und seiner Frau Elena, die sich vor ihrer Ehe als Architektin klimaneutraler Nobelbauten einen Namen gemacht hatte und nun als Dozentin ihr Wissen an den Nachwuchs weitergab. Brianna hatte für sich noch nicht entschieden, wen von den beiden sie unsympathischer fand. Noch hielten sich die beiden Kotzbrocken die Waage.

Während sie auf Heather zuging, zog sie das goldene Handy aus der Tasche und wischte so betont unauffällig das Spritzwasser vom Display, dass es auch der Letzte im Raum bemerken musste. Mit einem Kopfnicken wies sie auf die angeblichen

Fenster. »Das ist falsch. Draußen braut sich ein ausgewachsener Sturm zusammen, es schüttet wie aus Eimern.«

»Das kann man an den nassen Fußabdrücken sehen, die Sie überall hinterlassen«, bemerkte die promovierte Architektin und hob pikiert ihre daumendick aufgemalten Augenbrauen.

»Ein Sturm?« Captain Bati legte die Stirn in Falten. »Seltsam. Weder Wetterbericht noch Meteosat haben einen angekündigt.«

»Mein Knie schon«, bemerkte der Mann, der zu Batis Linker saß, ein breitschultriger Hüne mit halblangem, makellos gestyltem Haar. Er war die einzige Person an Bord, die Brianna schon vor Beginn der Fahrt gekannt hatte. Derek Pratt hatte vor einigen Jahren in mehreren Hollywood-Blockbustern die Hauptrolle gespielt, und auch wenn sein Stern mittlerweile nicht mehr ganz so hell strahlte, hatte sein markantes Gesicht mit dem auffälligen Grübchen am Kinn noch immer einen hohen Wiedererkennungswert.

Der Schauspieler nippte an einem Champagnerglas, von denen auf dem Tisch deutlich mehr herumstanden, als es Gäste gab, und legte sinnend eine Hand auf das erwähnte Knie. »Ein Andenken an einen Actionfilm, den ich vor Jahren gedreht habe … damals, als ich noch jung und leichtsinnig genug war, auf einen Stuntman zu verzichten. Die Verletzung ist gut ausgeheilt, aber seither spüre ich jeden Wetterumschwung im Voraus.«

Captain Batis vollbärtiges Gesicht verzog sich zweifelnd, aber er sagte nichts. Er kannte den Actionstar erst seit drei Tagen, aber er hatte rasch begriffen, dass der Schauspieler jede Gelegenheit nutzte, diskret an die Zeiten zu erinnern, in denen sein Gesicht auf jeder Kinoleinwand und unzähligen Filmplakaten zu sehen gewesen war.

Auf dem Stuhl neben Pratt saß seine aktuelle Flamme, Katie Pringle: eine mit ihrem Smartphone verwachsene Online-Influencerin und nach Briannas Meinung eine typische 3B-Bitch (*blondes blödes Busenwunder*), wobei Brianna den Verdacht hegte, dass sie diese Rolle nur spielte, um Pratts Beschützerinstinkte anzusprechen. Katie stieß prompt ein zustimmendes Kichern aus, als wolle sie jedes Klischee des naiven Dummchens bestätigen, und leerte schwungvoll ihr Champagnerglas. Hatte Brianna sie an Bord überhaupt schon einmal nüchtern erlebt? Sie war nicht sicher.

»Ihr Knie in allen Ehren, Mister Pratt, aber das sehe ich mir lieber genauer an.« Der Captain stand auf, umrundete mit schnellen Schritten den Tisch und steuerte eines der vermeintlichen Fenster an, das sich, gesteuert durch Bewegungssensoren, im letzten Moment in eine Tür verwandelte und mit einem seufzenden Piepser zur Seite schwang. Es war exakt der Sound des Turbolifts aus der ersten *Star-Trek*-Serie. George McManus mochte viele Milliarden schwer sein, doch im Grunde war er nicht mehr als ein zu groß geratenes Kind.

»Brianna?«

Brianna schrak zusammen und beeilte sich, die letzten Schritte zurückzulegen und Heather McManus ihr Smartphone zu überreichen. Heather war diskret genug, die verbliebene Feuchtigkeit wegzuwischen, ohne ein Wort darüber zu verlieren.

»Danke, Liebes.«

Dr. Elena Zanik bemerkte spitz: »Das Ding sieht aus, als hätten Sie es aus der tiefsten Stelle des Ozeans geborgen. Funktioniert es überhaupt noch?«

»Das will ich schwer hoffen. Es hat schließlich genug gekostet«, mischte sich George McManus ein. Er war Ende vierzig, hatte volles, kastanienfarbenes Haar und eine Figur, über die man als langjähriger Schreibtischtäter in diesem Alter gewöhnlich nur noch verfügte, wenn man sich einen Personal Trainer mit fünfstelligen Honorarsätzen leisten konnte. »Sollte das Ding hinüber sein, kaufe ich die Firma auf und schmeiße sämtliche Ingenieure raus!«

Verhaltenes Lachen antwortete ihm. Einzig Elena Zaniks Augen verschossen missgünstige Blitze in Briannas Richtung. Doch sie war klug genug, ihre Piesackerei nicht fortzusetzen.

Die Ulthar neigte sich unter dem Ansturm einer Woge merklich zur Seite. Instinktiv griff Brianna nach der Tischkante, um zu verhindern, dass sie auf ihren ohnehin schon wackligen Beinen quer durch den Raum taumelte.

»Ist Ihnen nicht wohl, Liebes?«, erkundigte sich Heather McManus mit besorgter Miene. »Wir verwenden da bei unseren Wettkämpfen ein sehr zuverlässiges Mittel gegen Übelkeit ...«

»Es geht schon.« Brianna strich sich den salzwassergetränkten Pony aus der Stirn. »Ich fürchte, ich habe meine aktuelle Covid-Impfung kurz vor der Abfahrt nicht gut vertragen ...« Niemals würde sie sich vor Elena Zanik die Blöße geben zu gestehen, dass der Seegang ihr zu schaffen machte.

»Sie haben sich in dieser Saison noch nicht impfen lassen?« Prompt verdrehte Zaniks Gattin die Augen zur Kabinendecke. »Herrje – Sie müssen der letzte Mensch auf diesem Planeten sein! Wir alle hier sind schon seit ...«

»Gehen Sie in Ihre Kabine und machen sich erst einmal trocken, Liebes«, unterbrach Heather McManus. »Tut mir leid, dass ich Sie hinausgeschickt habe. Mir war nicht klar, dass das Wetter derart umgeschlagen hat.«

Brianna zuckte die Achseln und warf einen skeptischen Blick auf das vermeintliche Traumwetter hinter den falschen Fenstern.

»Auf dem Rückweg bringen Sie ein Glas für sich mit und setzen sich ein wenig zu uns«, fuhr die Dressurreiterin fort. »Aber jetzt ziehen Sie sich erst mal um.«

»Dabei kann ich gerne behilflich sein«, sagte Fabrizio Nolfi, wenngleich mit einem so ausgeprägten italienischen Akzent, dass Brianna nicht ganz sicher war, ob sie ihn richtig verstanden hatte. Der Mittfünfziger, dessen Science-Fiction-Romane seit Jahren die Bestsellerlisten anführten, mochte trotz seiner beeindruckenden Karriere der einzige halbwegs normale Mensch an Bord der ULTHAR sein. Leider war er mit seinem schütteren, stets etwas fettigen schwarzen Haar und dem Bauchansatz absolut nicht Briannas Typ.

»Danke, Mister Nolfi. Aber das schaffe ich schon allein.«

Brianna registrierte, wie am anderen Ende des Tisches Enis Fisz, seines Zeichens wissenschaftlicher Leiter und Geschäftsführer eines von McManus' zahllosen Unternehmen, ein Gesicht machte, als hätte er in eine saure Zitrone gebissen. Offenbar goutierte er Nolfis plumpe Anmache nicht sonderlich.

Clifford Fyfield, das letzte Mitglied der illustren Runde, die George McManus zu einer einwöchigen Tour durch die Antillen auf die ULTHAR eingeladen hatte, sah dagegen nicht einmal von dem elektrischen Gerät hoch, auf dem er praktisch in jeder freien Sekunde herumtippte und -wischte. Soweit Brianna verstanden hatte, war er Manager bei irgendeinem aufstrebenden neuen Technikkonzern, und George McManus war entweder an ihm oder den Produkten seiner Firma interessiert. Zu Beginn der Reise hatte Brianna einmal versucht, einen verstohlenen Blick auf das Display der portablen Spielekonsole – oder was es sonst war – zu werfen, die er nie aus der Hand zu legen schien. Aber sie hatte nur ein unverständliches Durcheinander aus Zahlen und verpixelten Symbolen erkannt.

»Ja, Kleine – gehen Sie auf Ihr Zimmer und machen Sie sich sauber, damit Sie auch ein bisschen am Erwachsenentisch sitzen dürfen«, stichelte Dr. Elena Zanik mit zuckersüßem Lächeln. Heather bedachte sie mit einem Kopfschütteln, während Brianna die Worte zumindest äußerlich ignorierte. Sie war nicht nur als Köchin und Hostess an Bord, sondern auch noch aus einem anderen Grund – von dem Dr. Zanik keine Ahnung hatte. Sie freute sich schon darauf, ihn der arroganten Architektin irgendwann zu eröffnen ...

Wortlos wandte sie sich um und wollte tun, was Heather vorgeschlagen hatte, als ein so harter Ruck durch den Boden fuhr, dass sie beinahe das Gleichgewicht verlor und sich an der Tischkante festhalten musste. Etliche Gläser fielen um und verteilten ihren Inhalt auf dem Tisch. Etwas zerbrach mit einem hellen Klirren auf dem Boden.

Für eine schier endlose Sekunde war es vollkommen still. Dann brach Tumult los.

Alle außer Clifford Fyfield sprangen auf und begannen, durcheinanderzubrüllen. Katie Pringle riss mit einem quiekenden Laut ihr Smartphone hoch – vermutlich, um das Chaos für ihre Follower zu verewigen. Im selben Moment erzitterte die ULTHAR unter einem zweiten, noch heftigeren Ruck, gefolgt von einem tiefen, mahlenden Geräusch, als stöhne das Schiff wie ein lebendes Wesen unter Schmerzen. Das Licht ging aus, flackerte kurz und erwachte dann in einem bedrohlichen Rot wieder zum Leben. Die Bilder auf den LEDs ringsum verloschen, die Fenster wurden transparent und zeigten mit einem Mal nur noch das, was sich tatsächlich auf der anderen Seite befand: sturmgepeitschte See unter einem schwarzen Himmel, von dem ein Blitz nach dem anderen herabzuckte. Der Stroboskop-Effekt aus flackernden Blitzen und hin und her springenden Schatten verwandelte das allgemeine Schreien und Durcheinanderrufen in eine ausgewachsene Panik. Katie Pringle quietschte noch lauter, zögerte kurz und brachte dann sogar einen richtigen Schrei zustande – vermutlich, weil sich das in einem Instagram-Video besser machte und ein paar Tausend neue Follower zu bringen versprach.

Es wäre noch schlimmer geworden, wäre da nicht ein verborgener Lautsprecher zum Leben erwacht. Vadim Batis elektrisch verstärkte Stimme erscholl: »Alle Mann hier rauf! Sofort!«

McManus und seine Frau waren die Ersten, die herumfuhren und durch die Tür stürzten, durch die der Captain vor wenigen Augenblicken verschwunden war, dicht gefolgt von den anderen, was zu einem kurzen Stau auf der hinter der Tür liegenden Treppe führte. Selbst Clifford Fyfield erhob sich widerstrebend und quetschte sich ebenfalls durch die Tür.

Sekunden später herrschte auf der Brücke, die nicht für ein Dutzend Besucher gedacht war, drangvolle Enge.

»Was ist los?«, fauchte McManus.

»Was ist denn bloß passiert?«, wollte seine Frau wissen.

»Werden wir von Piraten angegriffen?«, tönte Katie Pringle.

»Alles ist ausgefallen«, stammelte Bati. Er machte eine ratlose Geste auf die beeindruckende Phalanx von Computerbildschirmen über dem breiten Kontrollpult. Sie schienen allerdings nicht wirklich ausgefallen zu sein, sondern flackerten eher spastisch vor sich hin.

»Wo liegt das Problem?«, fragte nun auch Dr. Fisz, vielleicht als Einziger mit einigermaßen ruhiger Stimme. »Sind wir von einem Blitz getroffen worden?«

»Wenn es das nur wäre!« Bati machte ein finsteres Gesicht. »Nichts funktioniert mehr! Sämtliche Computer sind von einem auf den anderen Moment auf Störung gegangen. Ich weiß, verdammt noch mal, nicht mehr, wo wir gerade sind!«

»Und ist das schlimm?«, wollte Katie wissen. Mit einem Blick auf ihr Smartphone, dessen Bildschirm nichts als tiefe Schwärze zeigte, fügte sie hinzu: »Oh – es *ist* schlimm!«

»So sieht es aus«, bestätigte Derek Pratt, bevor jemand anders etwas Unhöflicheres erwidern konnte. Er reckte in einer perfekten Clark-Kent-Geste das Kinn vor. »Aber *das da* ist noch schlimmer … sofern es das ist, wofür ich es halte.«

Brianna war nicht die Einzige, die den Kopf drehte und in die angegebene Richtung sah. Sie begriff erst jetzt, dass die Fenster auf der Brücke echte Fenster waren, durch die sie einen ungehinderten Blick auf das kochende Meer vor der Ulthar hatte – auf den sie allerdings auch gern verzichtet hätte. Schon ein kurzer Blick reichte, um sie zu erinnern, dass die Übelkeit in ihrem Magen noch längst nicht besiegt war.

Erst auf den zweiten Blick begriff sie, was Pratt meinte. Nicht alles vor der Ulthar war schwarz. Immer wieder von den unablässig zuckenden Blitzen aus der Schwärze der Nacht gerissen, durchbrach eine mehrfach gestaffelte Reihe gezackter Drachenzähne das schäumende Meer, manche kaum sichtbar, manche höher als die Ulthar. Rasiermesserscharfe Klingen aus nassem Stein, die nur auf etwas warteten, das sie aufschlitzen oder zertrümmern konnten.

»W-Was ist das?«, hauchte Elena Zanik.

»Riff ahoi«, antwortete Nolfi, zur Abwechslung ohne italienischen Akzent.

»Um Gottes willen!« McManus schrie fast. »Ausweichen, Bati! Ich zahle Ihnen nicht dreißigtausend die Woche, damit Sie mein Schiff auf einem Riff kurz und klein raspeln! Ändern Sie den Kurs, *sofort!*«

»Und wie?«, erwiderte Bati tonlos. »Ich würde im Notfall ja rudern, aber wir haben leider keine Ruder an Bord. Die Maschinen sind jedenfalls tot.«

Ein besonders greller, tausendfach verästelter Blitz spaltete den Himmel in zwei asymmetrische Hälften und explodierte Funken sprühend im Meer. Für die knappe Sekunde, in der das grelle Weiß den Himmel in Brand setzte, zeichnete sich ein gewaltiger Umriss vor dem Nachthimmel ab, der wie eine zornig emporgereckte Faust aus dem Meer aufragte.

Aus dem Meer?, dachte Brianna verwirrt. Seit wann schlugen Blitze denn Funken aus dem *Wasser?*

Nolfi begriff es vielleicht nicht als Erster, aber er sprach es aus, bevor jemand anders es tat. »Eine Insel!«, brüllte er. »*Questa é un' isola!*«

»Keine Chance«, sagte Fisz düster. »Wir sind geliefert!«

»Unsinn!« George McManus wandte sich wieder an Bati. »Können wir irgendwas tun, um den Riffen vor der Insel zu entgehen?«

»Beten?«, schlug Bati vor.

»Oh nein«, wimmerte Katie Pringle, während sie das nutzlose Smartphone wegsteckte und sich so fest an Pratt klammerte, dass sich ihre Fingernägel tief in seinen Oberarm gruben und er vor Schmerz die Lippen verzog. »Wir sterben!«

»Niemand stirbt hier«, donnerte Pratt im übertriebenen Actionstar-Tonfall, »und du schon gar nicht! Das lasse ich nicht zu.«

»Dort!« Jacek Zanik stieß die ausgestreckte Hand nach vorne. »Da ist eine Passage zwischen den Felsen!«

Tatsächlich wies das Drachengebiss eine Lücke auf, auf die die ULTHAR mit zunehmender Geschwindigkeit zuschoss, als sie in den Sog der Strömung geriet. Auch dort gab es steinerne Axtklingen und Dolche, die die Wasseroberfläche durchstießen, aber es waren weniger, und sie wirkten nicht annähernd so groß und bedrohlich.

»Vielleicht haben wir Glück …«, flüsterte Bati.

Aber das hatten sie nicht.

Lies weiter bei KAPITEL 1!

1

Alles schmeckte, roch und fühlte sich an wie Salzwasser, äußerlich wie innerlich, sogar in Brianna Colfers Gedanken. Sie erinnerte sich nur an das Schäumen der aufgepeitschten See und das Heulen der Mutter aller Stürme, die aus dem Nichts heraus über sie hergefallen war, an Schreie und das Gefühl, von einem unsichtbaren Riesen gepackt und als Punchingball missbraucht zu werden. Daran und an ein permanentes Hintergrundgeräusch: das nicht enden wollende Krachen und Splittern von berstendem Fiberglas.

Und Sand. Feinkörniger nasser Sand, der wie flüssiges Schleifpapier unter ihre Kleider gekrochen war, in ihre Ohren und Nasenlöcher und den Mund und sogar unter ihre Augenlider, sodass sie es im ersten Moment nicht einmal wagte, die Augen zu öffnen, aus der albernen Angst heraus, sich die Augäpfel wegzuschmirgeln.

Dann wurde Brianna klar, wie kindisch der Gedanke war. Sie setzte sich mit einem trotzigen Ruck auf und hob die Lider.

Was sie sofort bedauerte, denn ihr wurde nicht nur prompt von Neuem schwindelig und übel, zusätzlich stach grelles Sonnenlicht wie ein Bündel unsichtbarer Nadeln in ihre Augen. Sand scheuerte überall auf ihrer Haut, dass es wehtat.

Immerhin dröhnte nicht mehr der Nachhall des überstandenen Weltuntergangs in ihren Ohren. Im Gegenteil, es war fast unheimlich still. Alles, was sie hörte, war ein rhythmisch an- und abschwellendes Rauschen, das ein übrig gebliebener Teil ihres rationalen Denkens als Meeresbrandung identifizierte, und sehr viel leiser menschliche Stimmen. Alles klang sonderbar gedämpft, ohne Höhen oder Tiefen, als befände sie sich unter Wasser.

In einem gewissen Sinne stimmte das sogar, denn ihre Ohren waren noch immer voll nassem Sand. Als sie blinzelte, tat es so weh, dass sie beinahe aufgeschrien hätte. Sie sah nur Schemen und ineinanderfließende Umrisse und … Blut?

Als sie sich ungelenk in die Höhe stemmte und in die Richtung des Brandungsgeräuschs drehte, meinte sie etwas Großes, Rotes zu sehen, das aber gleich wieder verschwand, denn die ganze Welt um sie herum begann, sich zu drehen, und kippte zur Seite.

Natürlich war es Brianna, die das Gleichgewicht verloren hatte und schwer auf beiden Knien in die Brandung klatschte. Hastig beugte sie sich vor, schöpfte mit beiden Händen Wasser und zischte vor Schmerz auf, als es sich als wirklich schlechte Idee erwies, sich den Sand mit Salzwasser aus den Augen zu waschen. Tapfer beendete sie die Aktion, wusch sich auch den Sand aus Gesicht und Haaren und blinzelte so lange, bis sich ihr Blick allmählich zu klären begann.

Was sie gesehen hatte, war kein Blut gewesen. Vor ihr lag etwas Großes und Rotes und Zerbrochenes in der Dünung, das wie eine misslungene Kreuzung aus einem Unterseeboot und einem zu groß geratenen Donut aussah, über die ein Hollywood-Designer mit einem Faible für *Star-Trek*-Filme hergefallen war.

Brianna erkannte es als modernes Rettungsboot.

Ein ziemlich ramponiertes Rettungsboot. Es lag auf der Seite, war mindestens zur Hälfte mit Wasser vollgelaufen, und das hintere Drittel sah aus, als hätte ein übellauniges Meeresungeheuer darauf herumgekaut. Die Fiberglashülle war gesplittert, und aus dem Riss quollen zerrissene Kabel und deformierte Metallteile wie mechanische Eingeweide. Vereinzelt stoben Funken auf.

»Kaum zu glauben, dass es jemand lebendig da rausgeschafft hat, geschweige denn wir alle, wie? Da weiß man doch, dass man sein Geld für die richtige Sache ausgegeben hat.«

Brianna musste sich nicht umdrehen, um zu wissen, wer hinter ihr stand. Es kostete sie spürbare Mühe, ein angedeutetes Lächeln als Antwort auf ihre Lippen zu zaubern. Aber wenigstens weckte George McManus' Stimme ihre Erinnerung an das, was vorgefallen war, auch wenn sie nach wie vor lückenhaft war und es wohl auch bleiben würde.

Sie wusste nicht mehr genau, wie sie an Bord des Rettungsbootes gekommen war, aber irgendwie hatte sie es geschafft. Die nachfolgenden Minuten waren die Hölle gewesen. Hatten Sturm und Monsterwellen die ULTHAR schon arg gebeutelt, so war das viel kleinere Rettungsboot vollends zu einem hilflosen Spielball entfesselter Elemente geworden.

Aber vielleicht hatte sie genau das gerettet, denn irgendwie hatten die Wellen sie über die Klippen des Riffs hinweggetragen, an dem die ULTHAR schließlich zerschellt war, auch wenn der aufgeschlitzte Rumpf bewies, wie knapp es gewesen war. Brianna erinnerte sich nicht an Einzelheiten – sie vermutete, niemand tat das –, aber irgendwann hatte die Brandung das leckgeschlagene Rettungsboot auf den Strand geworfen, und jemand hatte sie aus dem Boot gezogen. Sie wusste nicht, wer.

»Haben *Sie* mich gerettet?«, fragte sie.

McManus deutete ein Kopfschütteln an. »Die Verlockung, Ja zu sagen, ist groß, aber ich fürchte, das war unser Actionheld.« Er verdrehte übertrieben die Augen. »Damit wird Derek uns jetzt vermutlich ewig in den Ohren liegen. Womöglich macht er auch einen Film daraus, in dem er ganz allein den großen Cthulhu persönlich mit bloßen Händen niederringt, um eine bedrohte Schönheit zu retten.«

»Eine bedrohte Schönheit?« Brianna machte ein misstrauisches Gesicht. »Wollen Sie sich bei mir einschleimen?«

»Wieso sollte ich?«

»Keine Ahnung.« Sie zuckte die Schultern. »Wieso haben Sie

Pratt und 3B eigentlich eingeladen, wenn Sie so wenig von ihm halten?«

»3B?«

Brianna erklärte es ihm – *blondes blödes Busenwunder* –, und McManus reagierte mit einem kurzen, aber ehrlich wirkenden Lachen. »Das war Heathers Idee. Wir fanden ein paar seiner Filme gut. Aber wir waren wohl eher Fans der Rollen, die er gespielt hat, und weniger des Menschen dahinter. Manchmal sollte man seinen Idolen eben nicht zu nahe kommen.« Er machte eine Kopfbewegung über die Schulter. »Kommen Sie. Die anderen warten.«

»Haben es alle geschafft?«

»Ein bisschen zerrupft und gründlich gewaschen und geschleudert, aber im Großen und Ganzen sind alle unversehrt. Wir haben wohl trotz allem Glück gehabt.« McManus wiederholte die auffordernde Geste und drehte sich um, sodass Brianna ihm folgen musste, ob sie wollte oder nicht.

Die Passagiere der ULTHAR hatten sich in einer aufgeregt debattierenden Gruppe auf halbem Wege zwischen der Wasserlinie und einer in tausend unterschiedlichen Grünschattierungen schimmernden Wand versammelt, aus der ein gedämpftes Hintergrundmurmeln aus Blätterrascheln und Vogelgezwitscher an Briannas Ohren drang – und darüber hinaus noch ein paar andere Laute, die sie nicht genau identifizieren konnte und eigentlich auch nicht wollte.

Jenseits der lebendigen grünen Mauer, mehrere Kilometer entfernt, erhob sich ein himmelhoch aufragender Schatten, der Brianna auf unangenehme Weise an die vergangene Nacht erinnerte. Jetzt sah der Umriss jedoch nicht mehr wie eine trotzig gegen den Himmel gereckte Faust aus, er entpuppte sich vielmehr als wuchtiger Berg mit grün gefleckten Flanken und einer sonderbar abgeflachten Spitze. Der Anblick flößte Brianna ein fast körperliches Unbehagen ein, obwohl sie nicht genau sagen konnte, warum. Der Berg erinnerte sie an etwas ... etwas Gefährliches. Aber sie kam nicht darauf, was.

Als Brianna näher kam, nickten ihr Heather und Captain Bati grüßend zu, während die anderen erregt weiter debattierten, vielleicht auch stritten. Den unfreundlichen Blick, den Elena Zanik ihr zuwarf, ignorierte Brianna vorsichtshalber.

»Und? Seid ihr zu einer Einigung gekommen?«, begann McManus.

»Jetzt, wo endlich alle ausgeschlafen haben«, fügte die Architektin mit einem Seitenblick auf Brianna hinzu.

Brianna ignorierte auch dies. »Einigung?«

McManus machte eine Geste, die den gesamten Strand und auch den Dschungel dahinter einschloss. »Wir müssen klären, wo wir sind. Das hier scheint keine besonders dicht besiedelte Gegend zu sein, und ich fürchte, der nächste Robinson-Club liegt auch nicht gleich hinter dem nächsten Busch.«

»Wir sollten zunächst alles Nützliche aus dem Rettungsboot bergen«, widersprach Bati. »Rationen, Wasser, Material für eine provisorische Unterkunft. Außerdem müssen wir uns vergewissern, dass der automatische Notruf abgesetzt wurde, als das Rettungsboot zu Wasser ging.«

»Natürlich wurde er«, sagte McManus sofort. »Es handelt sich um das neueste Modell – der stärkste Sender, den man für Geld kaufen kann. Ich bin sicher, dass jemand das Signal aufgefangen hat.«

»So sicher, wie Sie waren, dass Ihr famoses Boot nicht sinken kann?« fragte Nolfi, der schon wieder vergessen hatte, seinen manierierten italienischen Akzent einzuschalten, mit dem er allen an Bord seit drei Tagen auf die Nerven gegangen war.

»Es gibt keine unsinkbaren Schiffe«, kam der Captain McManus zu Hilfe. »Außer vielleicht in Ihren Büchern, Signore Nolfi.«

»Immerhin scheinen *Sie* die zu kennen«, antwortete Nolfi spitz. »Das bedeutet, dass Sie lesen können. Kompliment.«

Bati wollte zurückschießen, doch Heather McManus trat mit einem entschiedenen Schritt zwischen die beiden. »Bitte! Das bringt doch nichts. Wir sind alle erschöpft und verängstigt und mit den Nerven am Ende, aber niemand hat etwas davon, wenn wir uns gegenseitig die Augen auskratzen.«

»Heather hat recht«, pflichtete ihr Mann bei. »Wir sind alle am Leben, und niemand wurde ernstlich verletzt. Das ist im Moment das Wichtigste. Jetzt überlegen wir in aller Ruhe, wie es weitergeht.«

»Sofern der Sender wirklich aktiviert wurde, sollten wir hierbleiben und auf die Rettungsmannschaft warten«, fand Captain Bati.

»Falls sie kommt«, mischte sich nun auch Jacek Zanik ein. Der Millionär sah ziemlich mitgenommen aus. Sein maßgeschneiderter Freizeitanzug hing nass und unförmig an seinen Gliedern herab, auf seiner leichenblassen Halbglatze klebte mit Salzwasser angebackener Sand. Als er McManus' verstimmten Blick bemerkte, fuhr er fort: »Sorry, George. Aber nach dem, was mit der Elektronik auf der Ulthar passiert ist, hat mein Vertrauen in die Technik einen gewissen Dämpfer erhalten, sei sie auch noch so teuer gewesen. Wir können nicht mit Sicherheit sagen, ob der Sender ordnungsgemäß funktioniert hat. Vielleicht hat der Computerfehler, oder was den Rest der Systeme zum Absturz gebracht hat, auch ihn lahmgelegt? Dann können wir hier bis zum Sankt-Nimmerleins-Tag auf einen Suchtrupp warten, der niemals kommt.«

»Was schlagen Sie stattdessen vor?«, versetzte Bati. »Blindlings drauflosstürmen und am eigenen Leib herausfinden, ob es hier fleischfressende Raubtiere oder giftige Schlangen gibt?«

»Schlangen?«, quietschte Katie Pringle und krallte sich in Derek Pratts breite Brust.

»Sie werden dir nichts tun«, beruhigte sie Pratt. »Ich passe auf dich auf, versprochen.«

»Wir bleiben hier«, bestimmte Bati. »Alle. Ich kann nicht zulassen, dass wir uns in alle Himmelsrichtungen zerstreuen und am Ende des Tages eine zweite Suchmannschaft benötigt wird, um …«

Ein dumpfes Grollen unterbrach ihn, begleitet von einem spürbaren Zittern, das vergängliche Muster in den feinen Sand unter ihren Füßen und noch sehr viel kurzlebigere Muster in das Wasser dahinter zauberte.

»Oh, verdammt«, entfuhr es Jacek Zanik.

Brianna hatte wortwörtlich dasselbe gedacht, und alle anderen vermutlich auch. Mit großen Augen starrte sie den Berg hinter der grünen Mauer des Dschungels an. Das Grollen wiederholte sich nicht, doch über dem abgeflachten Gipfel des Berges war eine schwarze Rauchwolke zu erkennen, die sich behäbig höherschlängelte, bevor sie vom Wind erfasst und zerfasert wurde.

»Das ist …«, begann Fisz.

»… ein Vulkan«, führte Clifford Fyfield den Satz zu Ende. Es war das erste Mal seit ihrem Schiffbruch, dass er etwas sagte.

»Ganz genau.«

»Möglicherweise ein *aktiver* Vulkan«, fügte Dr. Fisz tonlos hinzu.

»Und mein Smartphone funktioniert nicht«, hauchte Katie. »Was für eine Katastrophe!«

Statt diese überflüssige Bemerkung zu kommentieren, sagte Derek Pratt nur: »Er ist weit weg.«

»Das bedeutet nichts«, erwiderte Fisz. »Sollte er tatsächlich noch aktiv sein und ausbrechen, können die pyroklastischen Ströme beinahe Schallgeschwindigkeit erreichen. Dann wären wir verbrannt, noch während uns die Ohren von dem Knall klingeln.«

Katie schlug mit einem stummen Schrei die Hand vor den Mund. Pratt legte ihr beruhigend den Arm um die Schultern.

George McManus wandte sich mit strafender Miene an seinen wissenschaftlichen Leiter. »Das ist nicht hilfreich, Enis. Außerdem: Schaut euch doch mal um. Diese Insel strotzt vor Leben. Wenn es hier regelmäßig Vulkanausbrüche gäbe, würden wir keinen Dschungel sehen, sondern nur Gestein und verbrannte Erde. Der Rauch hat nichts zu bedeuten. Und das Grollen könnte alle möglichen Ursachen haben.«

Niemand wirkte wirklich überzeugt oder gar beruhigt, aber McManus fuhr bereits mit einer Geste in Richtung des Berges fort: »Er scheint nicht besonders hoch zu sein, und auch nicht allzu weit entfernt. Ich schlage vor, wir steigen hinauf und verschaffen uns einen Überblick.«

»Auf den *Vulkan*?«, ächzte Nolfi.

»Mister McManus hat recht«, mischte sich Fyfield ein. »Wir müssen klären, wo wir sind. Falls es auf dieser Insel Menschen oder ein Dorf oder vielleicht sogar eine Stadt gibt, können wir sie von dort oben am ehesten ausmachen. Allzu weit ist es nicht. Wir können noch vor dem Dunkelwerden wieder zurück sein.«

»Wir?«, fragte McManus.

»Ich begleite Sie.«

»Niemand begleitet hier irgendjemanden«, sagte Captain Bati streng. »Ich lasse es nicht zu.«

»Verbessern Sie mich, falls ich mich irre, Captain«, sagte Fyfield kühl, »aber wir sind hier doch auf einer Insel, oder?«

Bati sah ihn verwirrt an. »Ja … warum?«

»Auf der ULTHAR waren fraglos Sie der Kapitän und hatten das Sagen. Aber wir sind nicht mehr auf dem Schiff. Es gibt keinen Anführer.« *Und du bist es schon gar nicht,* fügte sein Blick stumm, aber gut sichtbar hinzu.

Bati starrte ihn an. Seine Lippen wurden zu einem dünnen

Strich, und Brianna glaubte, das Mahlen seiner Zähne zu hören. Aber er sagte nichts, und nach einer weiteren Sekunde unangenehmen Schweigens wandte sich McManus demonstrativ zu Fyfield um. »Dann ist es entschieden. Wir machen uns am besten sofort auf den Weg, damit wir noch bei Tageslicht wieder zurück sind.«

Lies weiter bei Kapitel 2!

2

»*Zona morta particolarmente ampia*«, sagte Fabrizio Nolfi.

»Wenn Sie jetzt noch die Güte hätten, das in eine Sprache zu übersetzen, die auch in der zivilisierten Welt verstanden wird, wären wir Ihnen alle sehr dankbar«, sagte Elena Zanik auf ihre unverwechselbar charmante Art.

Fabrizio Nolfi versuchte eine Sekunde lang vergeblich, sie mit Blicken zu tranchieren, und sagte dann etwas in seiner Muttersprache, von dem es vermutlich gut war, dass Elena es nicht verstand.

Captain Bati verdrehte die Augen und antwortete stattdessen: »Er meint, dass wir uns wohl tief am Boden eines gewaltigen Funklochs befinden … oder so ähnlich.«

»*Si*«, bestätigte Nolfi und fügte mit seinem aufgesetzten Akzent hinzu: »Aber in meine Sprache es klingen besser!«

Die Architektin setzte zu einer erneuten gehässigen Entgegnung an, doch der Captain machte eine energische Handbewegung und deutete auf das halbe Dutzend Handys, das präzise aufgereiht wie die Soldaten vor ihm im Sand lag. Heather McManus' goldenes Swarovski-Monstrum stach aus der Sammlung hervor wie ein Diamant auf einer Kohlenschütte, gab aber genau wie alle anderen keinen Mucks von sich.

»Jedenfalls funktioniert keins davon«, schloss der Captain mit einem strengen Blick in Elenas Richtung. Sie schien noch etwas sagen zu wollen, beließ es für den Augenblick jedoch bei einem trotzigen Vorstülpen der Unterlippe.

»Und wie soll ich jetzt auf Instagram posten?«, fragte Katie Pringle. »Meine Follower warten auf meinen täglichen Status!«

Brianna unterdrückte ein Seufzen und blickte sehnsüchtig in die Richtung, in die McManus und Fyfield verschwunden waren. Vielleicht hätte sie die beiden besser begleiten sollen? Ein Dschungel voll unbekannter Tiere und ein schlecht gelaunter Vulkan konnten kaum anstrengender sein als das Ehepaar Zanik und 3B. Zwar wusste sie inzwischen, dass Jacek Zanik und McManus sich wohl schon seit ihrer Studienzeit kannten und ihre Karrieren gemeinsam gestartet hatten, aber sie verstand trotzdem nicht, wie McManus und vor allem seine Frau mit den Zaniks befreundet sein konnten. Sie passten überhaupt nicht zusammen. Das Einzige, das die beiden Männer gemeinsam hatten, war ein stellarer Kontostand.

»Ich verstehe nicht, warum sich keines von den Dingern einschalten lässt«, sagte Pratt nachdenklich. »Klar, vermutlich gäbe es im weiten Umfeld dieses Eilands ohnehin keinen Sendemast und kein Netz, aber … sie müssten doch wenigstens *angehen*, oder?«

»Vielleicht sind sie nass geworden und kaputt?«, schlug Katie vor.

»Wir sind alle nass geworden, und keiner von uns ist kaputt«, erwiderte Elena Zanik verächtlich.

»Nichts funktioniert mehr. Sogar meine Uhr ist stehen geblieben«, erklärte Pratt mit einem verwirrten Blick.

»Oje, tatsächlich?«, schnaubte Elena. »Ihre *Uhr*? Wie überaus bemerkenswert!«

»Das ist es in der Tat.« Pratt hob den Arm, sodass alle die protzige goldene Uhr sehen konnten, die er am Handgelenk trug. »Dieses Modell hat eine funkgesteuerte Automatik, die von einem Satelliten synchronisiert und mit Energie versorgt wird. Theoretisch *kann* sie nicht stehen bleiben.«

»Und doch steht sie?«, erkundigte sich Bati stirnrunzelnd. »Was bedeutet das?«

»Dass irgendetwas den Satellitenempfang stört, möglicherweise auch jegliche Art von elektrischem Fluss«, sagte Nolfi, der seinen italienischen Akzent erneut vergessen hatte.

»Letzteres könnte erklären, weshalb sämtliche Handyakkus schlagartig entladen wurden«, fügte Fisz hinzu.

»Sie meinen eine Art EMP?«, erkundigte sich Nolfi.

Dr. Fisz sah ihn mit einer Mischung aus Erstaunen und widerwilliger Anerkennung an. »*Sie* wissen, was ein EMP ist?«

»Nur, weil ich Science-Fiction-Romane schreibe, bin ich nicht automatisch ein Trottel oder Fantast, wissen Sie?«

»Das wollte ich nicht andeuten«, erwiderte Fisz, schüttelte jedoch gleichzeitig den Kopf. »Aber das hier muss etwas anderes sein.«

»Vielleicht der Vulkan?«, schlug Elena Zanik vor.

Der Wissenschaftler schüttelte erneut den Kopf. »Selbst wenn es im Innern vulkanotektonische Aktivität geben sollte … So etwas machen Vulkane nicht.«

»Was ist es dann?« Nolfi machte ein nachdenkliches Gesicht. »Möglicherweise eine Art Kraftfeld, das die ganze Insel einhüllt?«

»Weil sich irgendwo im Boden eine getarnte Ufo-Basis verbirgt? Klar, ich verstehe.« Jacek Zaniks Stimme troff vor Hohn. »Wir sind hier nicht in einem Ihrer Romane, Signore Nolfi!«

»Haben Sie eine bessere Erklärung?«, fragte Nolfi, straffte die Schultern und reckte herausfordernd das Kinn.

»Bitte, bitte! Meine Herren!« Heather McManus hob besänftigend die Hände und trat zwischen die beiden Kontrahenten, um den Blickkontakt zu unterbrechen. Es funktionierte nicht. Nolfi und Zanik funkelten sich auch über ihre Schulter hinweg weiter herausfordernd an. Die Spannung in der Luft war regelrecht greifbar. Der Miene der Dressurreiterin war deutlich zu entnehmen, dass sie sich weit von hier fortwünschte – möglicherweise an die Seite ihres Gatten, der sich in dieser Sekunde gemeinsam mit Fyfield durch den Dschungel kämpfte.

»Wenn Sie mit Ihrer Befürchtung recht hätten, Signore Nolfi«, mischte sich Captain Bati ein, »könnte das bedeuten, dass der Sender im Rettungsboot ebenfalls ausgefallen ist und *keinen* Notruf abgegeben hat.«

Alle starrten ihn an.

»Der Sender im Rettungsboot?«, fragte Pratt. »Dann wären wir erledigt!«

»Gestrandet, nicht erledigt«, verbesserte ihn Bati. »Das ist in der Nautik ein fundamentaler Unterschied.« Er deutete auf das gekenterte Rettungsboot, das leicht in der Dünung schaukelte. »Am besten schaffen wir erst mal alles von Bord, was uns noch von Nutzen sein könnte, bevor das Ding endgültig auseinanderbricht und in den Wellen verschwindet.«

»Das erledige ich«, erbot sich Pratt. »Gehen Sie mir zur Hand, Doktor? Sie können mir sagen, ob es etwas Technisches gibt, das sich zu bergen lohnt.«

Fisz maß das Wrack mit einem unbehaglichen Blick, doch er schien zu begreifen, dass es Pratt vor allem darum ging, die angespannte Stimmung innerhalb der Gruppe etwas zu deeskalieren.

Die nächste halbe Stunde verbrachten sie damit, das Rettungsboot auszuräumen – mit Ausnahme Elena Zaniks, deren Beitrag sich darauf beschränkte, aus sicherer Entfernung kritische Kommentare abzugeben. Pratt und der Wissenschaftler reichten in ununterbrochener Folge Kisten, Kartons und Plastikverpackungen aus dem geborstenen Rumpf ins Freie, die die anderen in einer Kette zum Strand transportierten und in sicherer Entfernung zur Flutlinie absetzten, wo Captain Bati eine erste Bestandsaufnahme vornahm.

Rasch waren Brianna und Heather McManus, die nebeneinander im hüft- beziehungsweise knietiefen Wasser arbeiteten, schweißgebadet. In regelmäßigen Abständen schoss Brianna anklagende Blicke in Elenas Richtung ab, die diese jedoch gekonnt ignorierte.

»Das bringt nichts«, sagte Heather neben ihr gerade so laut, dass Brianna sie verstehen konnte. »Sie ist und bleibt eine unmögliche Person. Ich habe nie verstanden, was Jacek an ihr findet.«

»Wieso? Die beiden passen doch bestens zusammen.« Die Worte rutschten Brianna heraus, bevor sie sie zurückhalten konnte.

Die Dressurreiterin reagierte nur mit einem resignierten Nicken. »Jacek war nicht immer so. Im Gegenteil – George und er waren nicht umsonst die besten Freunde, die Sie sich vorstellen können. Ich habe beide kennengelernt, als sie noch an der Uni waren. Tatsächlich war eine ganze Weile nicht klar, mit wem von beiden ich möglicherweise zusammenkomme.«

Brianna machte ein ungläubiges Gesicht und warf dem Multimillionär, der gerade am Boot eine größere Kiste von Fisz entgegennahm, einen ungläubigen Blick zu. »Echt? Dann muss er aber früher wirklich anders gewesen sein. Was hat ihn so verändert?«

»Das Leben. Die Millionen, die er gemacht hat. Und natürlich Elena, die sich nur für ihre überkandidelte Öko-Architektur interessiert und ansonsten für nichts auf der Welt viel Sympathie aufbringt.« Heather zuckte mit den Schultern und lächelte. »Was soll's? Wie es aussieht, habe ich die richtige Wahl getroffen.«

»Was gibt es denn hier zu lachen?«, wollte Jacek Zanik schnaufend wissen und gab die Kiste an Heather weiter.

»Nichts«, erwiderte Heather. »Gar nichts.«

Als sie die Kiste an Brianna weitergab, grinste auch diese.

Eine halbe Stunde später stapelte sich ein fast mannshoher Berg auf dem Strand, darunter verschiedene technische Apparaturen, die aussahen, als wären sie mit Gewalt aus ihren Verankerungen gerissen worden.

Sie brauchten eine weitere Stunde, um ihre Beute zu sichten und in mehrere Stapel aufzuteilen. Der mit Lebensmitteln und

Trinkwasser war der mit Abstand kleinste, wie Brianna beunruhigt feststellte.

Trotzdem zeigte sich Captain Bati zufrieden. »Das sieht nicht schlecht aus. Wir haben zumindest genug zu essen. Wenn wir mit den Vorräten nicht zu verschwenderisch umgehen, müssten sie gut eine Woche reichen.«

»Die Frage ist nur: *Was* essen wir während dieser Woche?«, wollte Elena Zanik mit sauertöpfischer Miene wissen. »Steinharten Zwieback und Bohnen aus der Dose?«

Pratt setzte mit genervter Miene zu einer Antwort an, doch Captain Bati kam ihm zuvor, indem er eine von mehreren großen Styroporkisten öffnete und ein Päckchen herausnahm, das vage an die vorgefüllten und zellophanierten Essenstabletts erinnerte, wie man sie in Flugzeugen bekam. Wortlos reichte er es Elena. Mit misstrauischer Miene riss sie das Päckchen auf. Kaum hatte sie es getan, begann es zu zischen und zu brodeln. Dampf sowie ein köstlicher Geruch nach gebratenem Fleisch und Gemüse wehte aus der Verpackung.

»Selbst erhitzend«, erklärte Bati. »Die Technik stammt ursprünglich von den amerikanischen Streitkräften, aber die Firma, bei der Mister McManus einkauft, hat sie noch ein bisschen verbessert. Ich glaube zumindest nicht, dass die US-Marines Lammkeule mit Morcheln bekommen.«

»Lammkeule?«, keuchte Katie. »Das ist ja widerlich!«

»Bist du etwa Vegetarierin, Kleine?«, fragte Elena.

»Veganerin«, verbesserte Katie. »Ich esse keine toten Tiere!«

»Aber lebendige?«, hakte die Architektin sofort nach.

»Und auch nichts, was ihnen gestohlen wurde«, schloss Katie unbeeindruckt.

»Wie schade«, sagte Elena. »Vielleicht solltest du ja mal Brägen probieren. Täte dir bestimmt gut!«

»Brägen?« Brianna konnte sich ein Grinsen nicht verkneifen. »Das ist doch Hirn, oder?«

»Vorsicht«, knurrte Pratt und legte schützend einen Arm um Katies schmale Schultern. »Dünnes Eis!«

»Zu essen haben wir jedenfalls fürs Erste genug«, warf Bati hastig ein, um die Situation zu entspannen. Mit Erfolg. Pratt wandte sich von den Zaniks ab und drückte seiner Freundin einen Kuss auf die Wange.

Fast war Brianna ein wenig enttäuscht, dass die Auseinandersetzung nicht weiterging. Jacek Zanik war nicht nur ein unsympathischer Multimillionär, sondern auch ein kräftiger Mann, der sich – wie viele Männer in Führungsposition, die auf Geld nicht achten mussten – unübersehbar in Form hielt. Derek Pratts beste Zeiten als Actionheld lagen dagegen schon eine geraume Weile zurück. Es wäre sicherlich interessant zuzusehen, wenn die beiden sich …

Brianna schüttelte den Gedanken ab. Diese Insel übte keinen guten Einfluss auf sie aus. Und die Menschen, mit denen sie hier gestrandet war, erst recht nicht. Sie warf erneut einen sehnsüchtigen Blick auf die grüne Wand aus Bäumen. Vielleicht sollte sie wirklich lieber McManus und Fyfield in Richtung Vulkan folgen …

»Wasser könnte dagegen ein Problem werden«, fuhr Bati fort. »Es gab drei große Behälter an Bord des Rettungsbootes, aber zwei wurden beschädigt und sind ausgelaufen. Den Rest müssen wir rationieren.«

»Wasser? Das gibt es hier doch genug«, wandte Katie ein.

Elena rollte mit den Augen. »*Trinkwasser*, Dummerchen. Stell dir vor: Es gibt Menschen, die nicht nur Schaumwein und Coke Zero trinken.«

»*Noch* dünneres Eis«, grollte Pratt. »Sie sollten aufhören, so mit meiner Freundin zu reden.«

»Sonst *was*?«, erkundigte sich Jacek Zanik und trat seinerseits neben seine Frau. Seine Augen waren schmale Schlitze.

»Vielleicht ich darf machen Vorschlag?«, mischte sich Nolfi

ein, der zur Auflockerung der Stimmung wieder seinen südländischen Akzent aktiviert hatte. »Ich schauen bisschen um in Umgebung. Eine Stück die Strand hinauf und hinab, *si?*«

»Möglicherweise finden Sie dabei ja doch noch Ihre Ufo-Basis, und die kleinen grünen Männchen fliegen uns nach Hause?«, spottete Zanik.

»Vielleicht finde ich auch einen Bach oder eine Quelle«, antwortete Nolfi lächelnd, jetzt wieder ohne Akzent. »Dann hätten wir ein Problem weniger.« Er wandte sich an Pratt. »Möchten Sie und Miss Katie mich vielleicht begleiten?«

Pratt begriff zwar den Hintergrund des Vorschlags und ließ es sich nicht nehmen, Zanik eine weitere Sekunde lang herausfordernd anzufunkeln, doch dann wandte er sich mit einem erstaunlich überzeugend gespielten Lächeln an Katie. »Keine schlechte Idee. Ein kleiner Spaziergang tut uns bestimmt gut.«

»Aber doch nicht in den Dschungel!«, entfuhr es Katie. »Da gibt es Schlangen! Und Spinnen!«

»Und zwar *so* große!« Elena markierte mit den Händen einen Abstand von gut fünfzig Zentimetern. »Aber du musst sie ja nicht *essen*, Kleine.«

»Jetzt reicht's aber!«, fuhr Pratt auf.

Nolfi fiel ihm ins Wort. »*Scusi, signores?* Jetzt genau richtiges Moment, um aufzubrechen, *si?*«

»Ich gehe nicht in diesen ekligen Dschungel«, beharrte Katie. »Keinen Fuß setze ich da rein. Schon gar nicht, wenn ich nicht googeln kann, was mich dort erwartet!«

»Wir bleiben an der Küste«, versprach Pratt. »Wandern nur bisschen am Strand entlang. Und jetzt komm, bevor ich mein sonniges Gemüt verliere und irgendjemandem hier etwas Schlimmes widerfährt.«

Brianna nahm aus dem Augenwinkel wahr, wie sich Heather McManus neben ihr anspannte. Doch Dr. Elena Zanik ließ die Gelegenheit, weiter Öl ins Feuer zu gießen, ungenutzt verstreichen. Ohne einen weiteren Schlagabtausch entfernten sich Nolfi, Pratt und Katie über den feinkörnigen Sand.

»Beginnen wir mit der Inventur«, verkündete Bati. Er klang erleichtert.

»Aber wir haben doch schon alles sortiert«, protestierte Elena.

»*Wir?*«, fragte Brianna.

»Das stimmt«, sagte Bati hastig. »Aber ich möchte genau wissen, was wir haben und was nicht. Essen und Wasser sind schön und gut, aber wenn wir länger hierbleiben müssen, sollten wir unsere Ressourcen exakt kennen.«

»Müssen wir das denn?«, fragte Jacek Zanik. »Länger hierbleiben?«

Bati zuckte nur mit den Schultern.

»Was ist mit diesem Notsender, von dem Sie sprachen?«, wollte Brianna wissen.

Bati schlug sich mit der Hand vor die Stirn. »Richtig! Wir wollten ja prüfen, ob er sich beim Wassern des Rettungsbootes aktiviert hat und ordnungsgemäß Notsignale aussendet.« Der Captain marschierte zu einem Gerät von der Größe eines altertümlichen Mobiltelefons, das zwischen den anderen auf dem Sand stand. Seine Kniegelenke knackten, als er sich davor in die Hocke sinken ließ und es in die Hand nahm.

Mit verkniffenem Blick musterte der Captain die stählernen Tasten und das kleine Display. Dann zischte er: »Shit!«

»Darf ich annehmen, dass das nichts Gutes verheißt?«, erkundigte sich Enis Fisz.

Bati schüttelte den Kopf. »Hätte sich der Sender vorschriftsmäßig aktiviert und würde seit letzter Nacht ein Notsignal senden, müsste hier ein grünes Licht blinken.« Er deutete auf das Display. »Aber das Ding gibt keinen Mucks von sich.«

Fisz runzelte seine bis zum Hinterkopf reichende Stirn. »Dann wurde also auch die Energiequelle des Senders von den

mysteriösen Einflüssen der Insel blockiert. Genau wie die Handyakkus und Pratts Satellitenuhr!«

»Das heißt, es gibt keinen Notruf?«, fasste Heather McManus zusammen.

Zanik stieß einen derben Fluch aus. »Das kann doch nicht wahr sein! Welche Art von Einfluss vermag denn jede moderne Art von Energieübertragung zu blocken?«

Batis Augen weiteten sich. »Vielleicht haben Sie eben etwas sehr Wichtiges gesagt.«

»Ich?«, sagte Zanik.

»Er?«, echote Elena.

Der Captain nickte. »Möglicherweise werden nur *moderne* Arten gespeicherter oder übertragener Energie beeinflusst. Das werden wir gleich wissen …« Unter den verwirrten Blicken der anderen klappte er eine Metallkurbel aus der Rückseite des Geräts und begann, sie gleichmäßig zu drehen. Ein schleifendes Geräusch ertönte.

Nach kurzer Zeit erwachte das Display zu orangefarben glühendem Leben. »Ha!«, stieß Bati hervor und drehte weiter.

»Was …?«, hob Zanik an.

»Ich verstehe.« Dr. Fisz rieb sich das Kinn. »Ein handbetriebener Dynamo zur Energieerzeugung.«

Bati nickte. »Der Strom wird in einem altertümlichen Nickel-Zink-Akku gespeichert. Technik von vorvorgestern, aber weniger anfällig als der neue Kram.«

»Und offenbar auch weniger anfällig gegen geheimnisvolle Störungen!«, stellte Brianna fest. Das Display des Apparats glühte jetzt hell und stetig.

Der Captain hörte auf zu kurbeln. »Jetzt müssen wir das System nur noch auf Reset setzen, dann kann ich per Hand das Notsignal aktivieren.« Er zog eine metallene Tafel aus der Seite des Geräts. Dort waren mehrere Zeilen aus Buchstaben und Zahlen eingestanzt.

»Herrje«, stieß er hervor.

»Was?« Sofort war Fisz an seiner Seite.

»Wenn ich mich recht erinnere, muss für den Reset erst ein Codewort eingegeben werden. Über die Tasten. Aber damit nicht jeder Witzbold das ohne Not tun kann, ist es in verschlüsselter Form hinterlegt.«

»Sagen Sie jetzt nicht, Sie können das nicht entschlüsseln!« Jacek Zaniks Stimme bebte vor Entrüstung.

»Das bekommen wir schon heraus«, murmelte Fisz und ließ sich neben dem Kapitän in die Hocke sinken. »Lassen Sie mal sehen ...«

Sieh dir die Illustration des Notsenders auf Seite 39 genau an. Kennst du das Codewort, das für den Reset notwendig ist, wandele es in eine Zahl um, indem du jedem Buchstaben einen Wert entsprechend seiner Stellung im Alphabet zuordnest (A=1, B=2 etc.) und alle Werte addierst. Anschließend lies weiter auf der Seite, die der erhaltenen Summe entspricht.

Beginnt der Text auf dieser Seite NICHT mit den Worten »Augenblicke, nachdem ...«, war deine Lösung falsch. Verfahre weiter, als hättest du die Lösung nicht gewusst (s. u.).

Kannst du das Rätsel nicht lösen, blättere um und lies weiter auf Seite 42!

Schlag den hinteren Bucheinband auf und markiere einen beliebigen Totenschädel mit einem Kreuz!

»Hmmm ...« Minutenlang starrte Dr. Fisz abwechselnd die Metalltafel mit der Beschriftung und die Tasten des Geräts an. »Ich glaube, ich hab's«, sagte er schließlich. »Wenn man die Symbole der einzelnen Zeilen auf dem Tastenblock versenkt, bilden die gedrückten Segmente jeweils einen Buchstaben.« Er peilte erneut mehrere Male hin und her, während er in Gedanken die angegebenen Tasten jeder Zeile versenkte.

»Das Codewort, das Sie eingeben müssen, Captain Bati, lautet *Tiefsee!*«

»Wie überaus sinnig«, fand der Captain. »Dann wollen wir mal sehen ...« Er ergriff das Gerät und gab das Wort über die Tasten ein.

Lies weiter auf Seite 69!

Für etliche bange Sekunden standen sie vor der Mündung des mittleren Korridors.

»Und was ist, wenn ihr euch täuscht?«, stieß Pratt zwischen zusammengebissenen Zähnen hervor.

»In einem meiner Romane wäre in einem solchen Fall in ein paar Sekunden nur noch Asche von uns übrig«, erwiderte Nolfi in einem Tonfall, der unbeteiligt klingen sollte, was ihm allerdings nicht recht gelang.

»Zum Teufel mit Ihnen, Fabrizio.« Pratt holte tief Luft, machte einen ausgreifenden Schritt vorwärts und sofort noch einen und noch einen.

Nichts geschah.

»Ha!« Katie folgte ihm leichtfüßig, wobei sie dem Insulanerpärchen mit einer Geste bedeutete, ihr zu folgen. »Kathari, die Beherrscherin der Insel, hatte mal wieder recht!«

Der metallverkleidete Korridor schien seinerseits nur eine Art Schleuse zu sein. Nach wenigen Dutzend Schritten machten Stahl und die mysteriösen Geschützläufe etwas anderem, Unheimlicherem Platz.

Es sah aus wie die Pforte zur Hölle. Boden, Wände und Decke waren verbrannt, nicht einfach rußig oder angesengt, sondern zu brüchiger schwarzer Schlacke verbacken, und in der Luft hing noch der Geruch von verbranntem Stein. Irgendwann einmal musste es Kabelschächte und Leitungen an den Wänden gegeben haben, deren Abdrücke wie die Geister einer verbrannten Vergangenheit im verkohlten Beton zurückgeblieben waren. Der Boden, über den sie gingen, knirschte wie gesprungenes Glas.

Wirklich dunkel war es nicht. Wie durch ein Wunder hatten einige der roten Notlämpchen die Katastrophe überstanden. Vielleicht hatte man sie aus irgendeinem Grund auch nachträglich installiert, was Anlass zu interessanten Spekulationen bot, was den Zweck dieses unterirdischen Tunnels anging.

Schweigend folgten sie dem eigentümlichen Gang. Schließlich schien der rote Schein geradeaus etwas heller zu werden, und Nolfi glaubte, so etwas wie einen schwachen Luftzug zu spüren, der vergeblich versuchte, den Brandgeruch und die Erinnerung an zurückliegende Verheerung zu vertreiben.

Schließlich mündete der Gang in eine weitere, brandgeschwärzte Kammer, in der ebenfalls ein Feuer gewütet zu haben schien. Von der ehemaligen Einrichtung waren nur noch groteske Skelette aus verbogenem Metall und verkohltem Holz übrig. Die Deckenverkleidung aus Kunststoff war geschmolzen und zu großen Blasen oder bizarren Stalaktiten erstarrt, der geflieste Boden geborsten und zu einem schwarzen Spinnennetz geworden. Aus den Wänden starrten ihnen leere Augenhöhlen entgegen, wo einmal Monitore und andere technische Gerätschaften gewesen waren. Pratt ging bis zur Mitte des Raumes, wo eine flache Vitrine von der Größe eines Tischs stand. Die Glasscheiben waren geschwärzt und zum Teil gesprungen.

»Das hier scheint mal ein Modell der Station gewesen zu sein«, sagte er und deutete auf einige wie Asche aussehende Formen und Hügel unter dem Glas. »Viel ist nicht mehr zu erkennen, aber ich bin mir ziemlich sicher, dass ich weiß, wo wir sind.«

Nolfi erkannte nur rußige Flecken, die ein Muster bildeten, das alles oder auch nichts sein mochte. Doch er schwieg.

»Hier. Sehen Sie? Dieser Durchgang…«, Pratt deutete mit der Hand auf die einzige Tür des Raumes, »… führt zu einem Aufzug.«

»Der ganz bestimmt noch funktioniert«, warf Katie spöttisch ein.

Ihr Freund ignorierte sie. »Das daneben könnte eine schmale Nottreppe sein«, fuhr er ungerührt fort. »Sie scheint in die höher gelegenen Stockwerke zu führen.«

»Und da wollen wir hin?«, fragte Nolfi zweifelnd.

Pratt nickte knapp. »Wir haben noch immer keine Spur von den anderen gefunden«, erinnerte er ihn. »Außerdem dürfte es oben weitere Ausgänge geben. Oder möchten Sie später lieber dem Glatzkopf und seinen Messerschwingern in die Arme laufen?«

Das wollte Nolfi nicht. Als Pratt sich abwandte und auf die Tür zuhielt, folgte er ihm, ebenso die beiden Insulaner und Katie.

Hinter der Tür lag ein Gang, der tatsächlich zur offen stehenden Tür einer Aufzugskabine führte. Wie kaum anders zu erwarten, war auch sie vollkommen ausgebrannt und so von der Hitze verzogen, dass sie sich nie wieder irgendwohin bewegen würde. Ein einzelnes, trübrotes Notlicht brannte an der Decke und ließ die Umrisse einer schmaleren Tür daneben erahnen. Pratt drückte die Klinke herunter und zog sie auf.

Dahinter erwartete sie vollkommene Schwärze. Das blasse Streulicht reichte gerade aus, um die ersten zwei oder drei Stufen einer nackten Betontreppe zu erkennen, die in unangenehm steilem Winkel nach oben führte und sich in völliger Finsternis verlor. Ein schwacher Luftzug wehte ihnen entgegen, vielleicht auch Geräusche, aber da war sich Nolfi nicht ganz sicher.

»Da sollen wir hoch?«, flüsterte Katie. Ihre Stimme zitterte leicht.

»Wir haben kein Licht«, gab Nolfi zu bedenken.

»Stimmt«, antwortete der Schauspieler. Er klang ein ganz kleines bisschen überheblich, fand Nolfi. »Haben Sie Angst, sich auf einer Treppe zu verlaufen?«

Er wartete keine Antwort ab, sondern trat unnötigerweise gebückt durch die Tür und begann, die Treppe hinaufzugehen. Schon nach wenigen Augenblicken hatte die Dunkelheit ihn verschluckt, aber seine Schritte erzeugten gut hörbare, hallende Echos auf den Stufen aus nacktem Beton.

Erneut zögerten Soji und ihr Begleiter. Sie traten erst durch die Tür, nachdem sich Katie einen Ruck gegeben und die Treppe ebenfalls in Angriff genommen hatte. Nolfi konnte die Furcht der beiden Inselbewohner fast körperlich spüren. Ihm selbst erging es nicht besser.

Das änderte sich auch nicht, als er die Treppe hinaufzusteigen begann, als Letzter, mit ausgestreckten Armen und sich mit beiden Händen am rauen Beton rechts und links des schmalen Schachtes entlangtastend. Was, wenn die Treppe plötzlich aufhörte und nur noch ein Abgrund auf sie wartete? Was, wenn sie gegen ein in der Dunkelheit verborgenes Hindernis aus scharfkantigem Glas oder spitzem Metall liefen? Was …

Nolfi brach den Gedanken mit einiger Willensanstrengung ab und ging schneller, um zu den anderen aufzuschließen.

Eine gefühlte Ewigkeit stiegen sie in völliger Finsternis aufwärts. Dann hörten Pratts hallende Schritte unvermittelt auf, und einen Augenblick später auch die der anderen. Nolfi streckte die Linke aus, um im Dunkel nicht gegen einen seiner Begleiter zu prallen. Er berührte eine schmale Hüfte und darunter etwas Wohlgerundetes, Weiches. Hastig zog er die Hand zurück. Beinahe hätte er sich entschuldigt.

»Hier ist eine Tür«, sagte Pratt irgendwo über ihm.

»Dann mach sie doch auf«, verlangte Katie.

Etwas knirschte. Pratt begann vor Anstrengung zu keuchen, dann gab es etwas wie einen leisen Knall, und vor ihnen stand plötzlich eine senkrechte, haarfeine Linie aus weißem Licht.

»Worauf wartest du?«, fragte Katie, als ihr Freund keine Anstalten machte, die Tür weiter zu öffnen.

»Still!«, zischte Pratt. »Da draußen ist jemand.«

Nolfi lauschte angespannt, doch außer seinem eigenen, wild pochenden Herzen konnte er nichts hören.

»Bleibt dicht hinter mir«, befahl Pratt und zog die Tür weiter auf. »Und keinen Laut!« Passend zu dieser Mahnung begannen die rostigen Angeln der Tür so erbärmlich zu quietschen, dass man es noch auf der anderen Seite der Insel hören musste.

Es wurde noch heller, und in dem erleuchteten Rechteck kam ein schmaler Gang mit einer Anzahl geschlossener Türen zum Vorschein. Nun hörte Nolfi es auch. Es waren ganz eindeutig Stimmen, die da gedämpft hinter einer der Türen hervordrangen. Die Worte waren nicht zu verstehen, aber das war auch nicht notwendig, um zu begreifen, dass sie von einem hitzig geführten Streit herrührten.

Lautlos betraten sie den Gang ...

Bringe dich jetzt zunächst auf den aktuellen Stand, was die Vorgänge um das Ehepaar McManus, Brianna und Fyfield angeht: Lies – sofern du das noch nicht getan hast – die Kapitel 12, 14, 16 und 18!

Anschließend lies Kapitel 19!

3

Der Unterschied zwischen Strand und Dschungel hätte nicht größer sein können. Statt einer angenehmen Meeresbrise schlug George McManus ein klebriges Miasma aus tausend unterschiedlichen Gerüchen entgegen, aus Hitze und kreischenden und keckernden Tierlauten. Der Boden federte unter seinen Schritten, als liefe er über etwas Lebendiges, und für jedes Blatt und jeden Zweig, den er abbrach oder aus dem Weg schob, schienen sofort zwei neue aus dem Nichts aufzutauchen.

McManus war schon nach wenigen Minuten in Schweiß gebadet, und nach nur wenigen weiteren war er ziemlich sicher, dass sie es unmöglich vor Einbruch der Dämmerung bis zum Gipfel des Vulkans und zurück zum Strand schaffen würden. Irgendwo hatte er mal gelesen, dass man bei einem Marsch durch den Dschungel kaum mehr als drei oder vier Kilometer am Tag schaffte. Damals hatte er es nicht geglaubt. Mittlerweile war er nicht mehr sicher, ob diese Behauptung nicht sogar ein wenig zu optimistisch gewesen war.

Er war auch nicht mehr sicher, den richtigen Partner für diese Expedition gewählt zu haben.

Fyfield stürmte durch das Dickicht voran, als trainiere er für die nächste Europameisterschaft im Gehen. Er sah nur dann über die Schulter zurück, wenn er einen der zahllosen tief hängenden Zweige aus dem Weg bog, damit dieser beim Zurückschnellenlassen nicht McManus' Gesicht traf.

Oder wollte er sich überzeugen, *dass* er traf?

Vermutlich tat er Fyfield unrecht. Um sich abzulenken, versuchte McManus, sich ins Gedächtnis zurückzurufen, weshalb er Clifford Fyfield auf diese Reise eingeladen hatte.

Er kannte den dunkelhaarigen Amerikaner kaum. Bevor sie

in Puerto Rico gemeinsam an Bord gegangen waren, hatte er ihn nur einige wenige Male im Zuge von Videokonferenzen gesehen. Von Angesicht zu Angesicht waren sie sich nie zuvor begegnet. Fyfield war Gründer und Inhaber eines kleinen, aber äußerst vielversprechenden Technik-Start-ups, und McManus hatte einen Großteil seines beträchtlichen Vermögens damit gemacht, genau in solche Unternehmen zu investieren. In neun von zehn Fällen endete das mit einem Totalverlust der Investition, aber die Gewinne in den wenigen Fällen, da es richtig krachte, waren astronomisch.

Als er die Gästeliste für die geplante Karibik-Kreuzfahrt zusammengestellt hatte, hatte er eigentlich seinen Bruder mitnehmen wollen, doch der hatte im letzten Moment abgesagt. Da McManus den aufstrebenden Jungunternehmer Fyfield ohnehin einmal persönlich hatte kennenlernen wollen, war es ihm als gute Idee erschienen, ihm eine Einladung zukommen zu lassen.

An Letzterem zweifelte er mittlerweile. Clifford Fyfield hatte sich als wenig interessanter Reisegefährte entpuppt. Wenn er nicht gerade von den Wachstumszahlen seines Unternehmens sprach, starrte er praktisch ununterbrochen auf sein technisches Spielzeug, das wie eine verchromte Kreuzung aus einem Gameboy und einem *Star-Trek*-Tricorder aussah. Seine Manieren ließen ebenfalls zu wünschen übrig.

McManus atmete tief durch und verwandte seine Energie darauf, mit drei, vier ausgreifenden Schritten zu Fyfield aufzuschließen, als sich das Unterholz für einen Moment lichtete und sich ihm die Gelegenheit dazu bot. Fyfield drehte im Gehen den Kopf, sagte aber nichts. McManus konnte sich des Eindrucks nicht erwehren, dass es ihm nicht unrecht gewesen wäre, wenn sie sich aus den Augen verloren hätten.

Ein tiefes Grollen schreckte ihn aus seinen Gedanken auf. Wind kam auf und wehte das Geräusch knarrender Bäume und knackender Zweige heran. Dazu meinte er das Klicken und Trippeln krallenbewehrter Pfoten zu hören, die sie ebenso verstohlen wie unaufhaltsam einzukreisen begannen. Das sollte lächerlich klingen und tat es auch, trotzdem kostete es ihn fast seine ganze Willenskraft, seine Amok laufende Fantasie zu bändigen und sich auf den Weg zu konzentrieren.

Irgendetwas stimmte hier nicht, das spürte er deutlich. McManus war zeit seines Lebens ein Mensch gewesen, der nichts mit unbestimmten Gefühlen oder gar mit dem zu tun haben wollte, was man den »sechsten Sinn« nannte. Aber das, was jetzt in ihm aufstieg, war eine tief sitzende Angst, die ihm einen kalten Schauer über den Rücken jagte, obwohl der Wind warm, ja fast heiß war. Viel zu heiß! Wie ein Hauch der Hölle, der ihn streifte, um ihn …

Lächerlich! Er beschleunigte seine Schritte, und in das Klicken und Trippeln mischte sich jetzt etwas anderes, wie ein fernes Hohnlachen … Trotz der Hitze begann er zu zittern. Er ahnte, nein, er *wusste,* dass sie nicht hier sein sollten, nicht auf diesem Weg, der irgendwohin führte, wo etwas Unaussprechliches lauerte, dem sie auf keinen Fall zu nah kommen durften.

»Alles in Ordnung?«, fragte Fyfield, als er ihn mit unsicheren, gehetzten Schritten endlich erreichte.

Sah man ihm so deutlich an, wie sehr ihm die letzten Meter zugesetzt hatten? »Sicher«, behauptete McManus, wobei er sich Mühe geben musste, nicht zu keuchen. »Ich finde nur, wir könnten unsere Kräfte ein bisschen einteilen.« Er räusperte sich. »Wir sind noch nicht weit gekommen …«

»… und haben noch einen ganz schönen Weg vor uns.« Fyfield nickte. In seinen Augen blitzte es. »Ich kann auch allein weitergehen. Es macht mir nichts aus.«

»Statt sich mit einem alten Sack abzuschleppen, der Sie nur aufhält?«

Fyfield lachte und drohte McManus zugleich spielerisch mit

dem erhobenen Zeigefinger. »Bitte kein *Fishing for Compliments*. So viel jünger als Sie bin ich übrigens gar nicht.«

»Aber in deutlich besserer Verfassung«, gestand McManus und wischte sich den Schweiß von der Stirn. »Ich halte Sie nur auf. Wenn ich mich nur besser vorbereitet hätte.«

»Wieso? Haben Sie etwa damit gerechnet, Schiffbruch zu erleiden und auf einer einsamen Insel zu stranden?«, erwiderte Fyfield belustigt.

»Ich bin gern auf alles vorbereitet«, antwortete McManus ausweichend und duckte sich hastig, als Fyfield erneut einen Zweig beiseitebog und ihn unvermittelt wieder losließ.

»Manche Dinge kann man nicht voraussehen«, sagte Fyfield. »Sonst wäre das Leben ja auch langweilig, nicht wahr?«

McManus antwortete nicht. Was hätte er auch sagen sollen? Dass er das Gefühl hatte, dass hier etwas ganz und gar nicht stimmte? Dass er nichts lieber getan hätte, als umzukehren und, wenn er ehrlich war, zu *fliehen* vor dem, was vor ihnen lag – nur weil er ein ganz, ganz übles Gefühl bei der Sache hatte?

Eine Weile marschierten sie schweigend nebeneinanderher. Der Dschungel war jetzt nicht mehr ganz so dicht, fast so, als hätten sie eine erste Wehrmauer der Natur überwunden, die diese zwischen ihrem Reich und eventuellen unerwünschten Besuchern errichtet hatte. Dennoch kam das, was sich rings um sie herum erstreckte, dem Begriff *undurchdringlich* noch nahe genug. Urwaldriesen, die zehn Männer nicht umfassen konnten, wenn sie sich an ausgestreckten Armen hielten, wechselten sich mit gewaltigen Farngewächsen und blühenden Rhododendronsträuchern mit den Abmessungen eines Einfamilienhauses ab.

Hier und da ragten gewaltige Felsbrocken mit messerscharfen Graten wie die zurückgelassenen Speerspitzen einer Armee mythischer Riesen aus dem Boden. Dazwischen erhoben sich bizarre Gewächse, wie McManus sie noch nie zuvor gesehen und zum Teil auch nicht einmal für möglich gehalten hätte. Einmal sahen sie ein Spinnennetz von so monströsen Abmessungen, dass er mehr als erleichtert war, seine Erbauerin nicht zu Gesicht zu bekommen. Das Blätterdach über ihnen war so dicht, dass es das Sonnenlicht zu einem matten dunkelgrünen Schimmer dämpfte, und immer wieder meinte McManus, ein Rascheln und Huschen in den Blättern über ihnen zu hören. Aber immer, wenn er hinsah, war dort nichts.

Noch nichts ...

»Ich glaube, ich muss mich bei Ihnen entschuldigen«, sagte er schließlich. »Es tut mir wirklich leid.«

»Was?«, erkundigte sich Fyfield.

McManus machte eine Geste in die Runde. »Das alles. Dass ich Sie in eine solche Lage gebracht habe.«

»Wieso? Haben Sie vielleicht die Riffe draußen im Meer platziert, damit wir daran zerschellen?«, erkundigte sich Fyfield belustigt und schüttelte den Kopf, als McManus etwas erwidern wollte. »Nein, es ist nicht Ihre Schuld, George. Im Gegenteil: Wenn überhaupt etwas, dann bin ich Ihnen dankbar. Ich meine ... Wann bekommt man schon einmal so ein Abenteuer geboten? Außerdem müsste vermutlich eher ich mich bei Ihnen dafür entschuldigen, dass ich mich in Ihre kleine Gesellschaft eingeschlichen habe.«

»Das haben Sie nicht«, erinnerte McManus. »Ich habe Sie eingeladen.«

»Aus Höflichkeit, nehme ich an«, beharrte Fyfield. »Ich hätte ablehnen können. Und eigentlich hätte es der Anstand geboten, genau das zu tun. Aber ich konnte der Verlockung nicht widerstehen.«

»Der Verlockung?«, fragte McManus verwirrt.

»Ihnen auf gesellschaftlicher Ebene näherzukommen. Mich ein bisschen bei Ihnen einzuschmeicheln. Ihnen die eine oder andere Million für meine Firma abzuschwatzen«, gestand Fyfield mit einem breiten Grinsen. »Immerhin sind Sie ein potenzieller Investor. Es wäre unklug gewesen, so eine Möglichkeit auszuschlagen, oder etwa nicht?«

McManus war nicht ganz sicher, ob all das witzig gemeint oder einfach nur unverschämt war, musste gegen seinen Willen aber ebenfalls lachen. »Dann haben Sie jetzt die Gelegenheit dazu.«

»Mich bei Ihnen einzuschmeicheln?«

»Gegen so etwas bin ich immun«, antwortete McManus wahrheitsgemäß. »Sie glauben gar nicht, wie viele das schon versucht haben. Und einige waren wirklich raffiniert.« Er schüttelte den Kopf. »Aber wie das Schicksal es will, haben wir ja jetzt Zeit. Nutzen Sie die Gelegenheit und erzählen mir von Ihren geschäftlichen Plänen!«

»Es ist kompliziert«, erwiderte Fyfield. »Das soll nicht abwertend klingen oder überheblich. Aber die Technologie, die ich entwickelt habe, ist äußerst komplex. Ich glaube, es gibt auf der ganzen Welt nur eine Handvoll Menschen, die sie wirklich verstehen.«

»Dann erklären Sie es mir so, wie Sie es Ihrer Putzfrau erklären würden«, schlug McManus vor. »Oder Ihrem Chauffeur.«

Fyfield wiegte den Kopf. »Auf Ihr Risiko, George. Aber beschweren Sie sich nicht, wenn ich Sie langweile.«

»Auf mein Risiko«, bestätigte McManus.

Fyfield nickte erneut und hob zum Sprechen an. Doch dann blieb er mitten im Schritt abrupt stehen und sog scharf die Luft zwischen den Zähnen ein. McManus sah alarmiert in dieselbe Richtung und fuhr erschrocken zusammen.

Vor ihnen krabbelte die größte Spinne zwischen den Bodengräsern dahin, die er jemals gesehen hatte. Sogar die größte, von der er jemals *gehört* hatte. Ihr Körper war dicker als eine geballte Männerfaust, und mit ausgestreckten Beinen musste sie fast einen halben Meter messen.

Sein Herz setzte für einen Schlag aus und dann doppelt so schnell wieder ein. Also doch. Hier begann etwas, das nicht sein sollte.

Dabei war er sicher, dass es nicht die Spinne war, die seine Beklemmung ausgelöst hatte. Dieses Monster flößte ihm Respekt ein, aber es war nichts weiter als der Vorbote von dem, das hier irgendwo lauerte. Gleichzeitig musste er zugeben, dass es ein bemerkenswertes Tier war, auf seine ganz besondere Art irgendwie sogar ... schön.

»Was für ein Biest!«, rief Fyfield aus.

»Ein besonderes Tier«, bestätigte McManus. Vorsichtshalber machte er einen halben Schritt rückwärts, obwohl die Spinne ganz gemächlich und nicht einmal in ihre Richtung kroch. »Wirklich erstaunlich. Ich wäre nicht überrascht zu erfahren, wenn es das einzige seiner Art auf der Welt wäre.«

»Möglich«, sagte Fyfield. »Und damit genau eins zu viel!«

Mit diesen Worten hob er den Fuß und zertrat die Spinne.

Nur einen Sekundenbruchteil später ertönte aus dem Gebüsch hinter ihnen plötzlich eine weibliche Stimme: »Hätten Sie das auch getan, wenn das einzige Exemplar seiner Art auf der Welt keine haarige Spinne gewesen wäre, Mister Fyfield, sondern ein wunderschöner bunter Schmetterling?«

Die beiden Männer fuhren herum.

Hinter ihnen auf dem Pfad standen Heather McManus und Brianna Colfer.

»Was zum ...?«, entfuhr es Fyfield.

»Heather?«, brachte McManus hervor. »Wie kommt ihr hierher? Wolltet ihr nicht am Strand bleiben?«

Brianna zuckte stellvertretend für beide mit den Schultern. »Wir hatten die Wahl zwischen einem dampfenden, von kindsgroßen Spinnen und wilden Tieren besiedelten Dschungel und der liebreizenden Elena Zanik. Da fiel die Wahl nicht schwer.«

Angeekelt stiegen die Frauen über die zermalmten Überreste der Spinne hinweg. Heathers Blick verriet, dass sie die Antwort auf die Frage, die sie Fyfield gestellt hatte, recht gut zu kennen glaubte.

Gemeinsam marschierten sie weiter.

- **Möchtest du George und Heather McManus, Clifford Fyfield und Brianna Colfer weiter durch den Busch folgen, lies als Nächstes K**APITEL **8.**

- **Möchtest du erfahren, was Captain Bati und die anderen am Strand Zurückgebliebenen gerade tun, lies stattdessen K**APITEL **5.**

- **Ziehst du es vor, Fabrizio Nolfi, Derek Pratt und Katie Pringle bei ihrer Erkundung der Küste zu begleiten, lies K**APITEL **4.**

4

Ein Panoramafoto des Strands wäre vermutlich der Eyecatcher jedes Hochglanz-Reisemagazins gewesen. Wo das Meer dem Sand die Gelegenheit zum Trocknen gegeben hatte, war er fast weiß und fein wie Staub, und das Wasser schimmerte wie geschliffenes Glas in einem strahlenden Türkis. Der Wald auf der anderen Seite, einen – sehr weiten – Steinwurf entfernt, wirkte wie eine massive grüne Mauer voller Schatten und vager Bewegungen, die real oder vielleicht auch nur eingebildet sein mochten. Und selbst der Vulkan in der Ferne strahlte jetzt, da sich der Rauch verzogen hatte und die Erde nicht mehr bebte, etwas Malerisch-Majestätisches aus.

Fabrizio Nolfi hatte für nichts von alldem einen Blick übrig.

Es war ihm wie eine gute Idee vorgekommen, sich einer gewissen Xanthippe durch strategischen Rückzug zu entziehen, und ebenso, Pratt und seine Freundin zum Mitkommen einzuladen. Letzteres schien ihn allerdings eher vom Regen in die Traufe gebracht zu haben.

Katie Pringle mochte nicht annähernd so streitlustig sein wie Elena Zanik, dafür redete sie mittlerweile ununterbrochen, und das mehr und enthusiastischer, je weiter sie sich vom Rettungsboot und den anderen entfernten. Nolfi hielt ein halbes Dutzend Schritte Abstand zu ihr und ihrem Begleiter und versuchte verzweifelt, das ununterbrochene Geplapper irgendwie auszublenden. Aber natürlich war es wie die Sache mit dem weißen Pferd: Je mehr man sich anstrengte, nicht an ein weißes Pferd zu denken, desto intensiver tat man es, bis schließlich eine ganze Herde daraus wurde.

Katies schrille Stimme musste auf der ganzen Insel zu hören

sein. Wenn sie noch eine Schippe drauflegte, brauchten sie kein Funkgerät mehr, um Hilfe herbeizurufen.

Als hätte er den Gedanken laut geäußert, sah Pratt über die Schulter zu ihm herüber und machte ein fragendes Gesicht.

»Sie sind so schweigsam, Signore Nolfi«, sagte er. »Bedrückt Sie etwas?«

Außer dass ich auf einer einsamen Insel gestrandet bin, nicht weiß, ob ich die kommenden Tage überlebe, und beim besten Willen nicht zu Wort komme?, dachte Nolfi, zwang jedoch nur ein nichtssagendes Lächeln auf seine Lippen und schüttelte den Kopf. »Ich genieße nur dieses wunderschöne Fleckchen Erde. Wären die Umstände ein klein wenig anders, könnte man es für das Paradies halten.«

»Ich wusste gar nicht, dass ein Mann wie Sie auch ein Romantiker sein kann«, sagte Katie.

»Ein Mann wie ich?«

»Jemand, der Geschichten über fremde Planeten und die Zukunft schreibt.« Katie machte eine Handbewegung, als würde sie ihn gerade mit ihrem Smartphone filmen. »Das tun Sie doch, oder?«

Nolfi antwortete mit einer Mischung aus Nicken, Kopfschütteln und einem verzeihenden Lächeln. »Ich schreibe Science-Fiction-Romane, das ist richtig. Aber die müssen nicht zwingend auf fremden Planeten spielen oder in der Zukunft. Mich interessiert alles Fremde und Unerforschte. Alles, was uns rätselhaft und unerklärlich erscheint.«

»Warum?«, fragte sie in übertrieben fragendem Duktus, wie sie es vermutlich auch in den Videos ihres Kanals gern tat. »Ist unsere Welt nicht aufregend genug?«

»Im Moment ganz bestimmt«, antwortete der Autor. Er bedauerte längst, sich auf dieses sinnlose Gespräch eingelassen zu haben.

»Und wie ich Signore Nolfi kenne, wird er diese Szene bestimmt in einem seiner nächsten Romane verarbeiten«, fügte Pratt hinzu. »Ich meine … das hier könnte doch genauso gut auch ein fremder Planet sein, auf dem wir mit unserem Raumschiff abgestürzt sind.«

»Der von menschenfressenden Mutanten und interdimensionalen Vampiren bevölkert wird, die uns unsere Seelen aussaugen wollen«, bestätigte Nolfi. Es war ein Scherz, aber er war nicht ganz sicher, ob Pratt es auch so auffasste, denn der Schauspieler nickte mehrmals und machte ein angemessen beeindrucktes Gesicht.

»Da sieht man, warum Ihre Bücher so erfolgreich sind: Sie können aus jeder Situation eine spannende Geschichte machen. Ich wünschte, ich hätte Ihre Fantasie.« Pratts Gesicht hellte sich auf. »Aber hey – ich habe mal in einem ganz ähnlichen Film mitgespielt, wissen Sie das?«

»Ich komme leider nur selten zum Fernsehen«, antwortete Nolfi und glaubte im selben Moment das platschende Geräusch, mit dem er mit beiden Füßen gleichzeitig ins Fettnäpfchen getreten war, tatsächlich zu hören.

»Es war ein *Kino*film«, antwortete Pratt pikiert. »Ein ziemlich erfolgreicher übrigens. Es ging um diese außerirdischen Vampire, die den Menschen ihre Lebenskraft stehlen, indem sie in ihre Träume eindringen.«

Nolfi verdrehte innerlich die Augen. »Und Sie haben einen Vampir gespielt?«

»Keinen Vampir«, widersprach Katie. »Derek war natürlich der Anführer des Widerstands, der die Biester am Ende besiegt und von der Erde vertreibt.«

»Der waren *Sie*? Da hat die Maske aber wirklich gute Arbeit geleistet.« Das war vermutlich wiederum nicht besonders klug, aber Nolfi konnte nicht anders.

Pratts Augen wurden für einen Moment schmal, doch dann nickte er. »Ich war damals zehn Jahre jünger und offen gestanden auch etwas besser in Form. Hinzu kommt, dass man einen

Mann im Maßanzug nicht unbedingt sofort wiedererkennt, wenn man ihn das letzte Mal vor zehn Jahren und in einer Cyber-Kampfmontur gesehen hat.«

»Also mir gefällt Derek so, wie er ist«, gurrte Katie, wobei sie sich nicht nur bei Pratt unterhakte, sondern auch das Gesicht an seine Schulter schmiegte. »Ich stehe nicht auf diese blutjungen Typen, die nur Muskeln und kein Gehirn haben. Ich finde, ein paar Falten und ein kleines Bäuchlein gehören zu einem richtigen Mann.«

»Ich habe keinen Bauch!«, protestierte Pratt.

»Und wenn, dann nur einen ganz kleinen«, versetzte Katie kichernd. Sie schmatzte Pratt einen feuchten Kuss auf die Wange. Fast im selben Moment stieß sie einen quietschenden Schrei aus und sprang gut einen halben Meter in die Höhe.

»Was ist?«, rief Pratt alarmiert, baute sich schützend vor ihr auf und nahm eine breitbeinige Haltung ein, die Nolfi für die Grundstellung irgendeiner asiatischen Kampfsportart hielt. Es sah ziemlich albern aus.

»Da ... da ... ist eine ... eine Spi-Spi-Spinne!«, stammelte Katie. »Ein Riesenvieh! Sie ist direkt aus dem Meer gekommen!« Sie deutete vor sich auf den Strand.

»Aus dem Meer?«, vergewisserte sich Pratt. »Seit wann leben Spinnen denn im Wasser?«

»Auf einem fremden Planeten ist alles möglich«, antwortete Nolfi, während er sich in die Hocke sinken ließ und das Tier, das Katie so erschreckt hatte, an einer Schere ergriff und in die Höhe hielt. »Dies hier ist allerdings eine Krabbe.«

Wenn auch eine wirklich große, das musste er zugeben. Das Tier maß gut fünfzehn oder zwanzig Zentimeter, und die Scheren machten den Eindruck, als könnten sie einen Finger ohne besondere Mühe abzwacken. Seine Beine zappelten wild, und Nolfi war nicht ganz sicher, ob er sich das boshafte Funkeln in ihren Stielaugen nur einbildete.

»Eine Krabbe?«, piepste Katie. »Echt?«

»Ganz echt«, antwortete Nolfi, schwenkte das Tier in ihre Richtung und warf es dann in einem flachen Bogen zurück ins Meer.

»Aber es war eine *riesige* Krabbe«, sagte Katie, während sie sich zögernd hinter Pratts Schulter hervorwagte. Sie zog einen Schmollmund.

»Und wie riesig!« Pratt richtete sich auf und nahm die Hände herunter. »Die hätte mich auch erschreckt. Na ja, immerhin werden wir hier mittelfristig nicht verhungern müssen.«

Nolfi wischte sich die Handflächen an der Hose ab, wollte etwas sagen und deutete dann stattdessen an Pratt und Katie vorbei auf eine Stelle am Waldrand, etwa einen Viertelkilometer entfernt. »Verdursten wohl auch nicht. Ich glaube, da ist ein Bach.«

Tatsächlich glitzerte dort etwas zwischen den Baumstämmen. Zudem hatte Nolfi den unbestimmten Eindruck von Bewegung, auch wenn daran etwas … Beunruhigendes war, ohne dass er genau sagen konnte, warum.

Als sie näher kamen, war das Gefühl verschwunden, und das, was ein Bach zu sein schien, entpuppte sich als winziges Rinnsal, das sich zwischen Baumwurzeln und vermoosten Steinen hindurch auf den Strand ergoss, wo es schon nach wenigen Schritten im Sand versickerte, ohne je richtig das Meer zu erreichen.

»Zum Duschen reicht das aber nicht«, nörgelte Katie.

»Immerhin ist es Süßwasser«, sagte Nolfi, ließ sich neben dem Rinnsal in die Hocke sinken und tauchte die Hand hinein, um die Richtigkeit seiner Behauptung zu überprüfen. »Das können wir trinken«, bestätigte er, nachdem er vorsichtig gekostet hatte. »Eine Sorge weniger.«

Er wollte noch mehr sagen, beugte sich dann jedoch noch einmal vor und hob etwas auf, das sich zwischen zwei Steinen verfangen hatte.

»Was haben Sie da?«, fragte Pratt.

»Eine Feder!«, sagte Katie. »Wie hübsch!«

Genauer gesagt waren es drei Federn, kaum so lang wie Kinderfinger und so schreiend bunt, als kämen sie geradewegs aus einem Disneyfilm. Jemand hatte sie mit einem sorgsam verzwirbelten Pflanzenfladen zusammengebunden.

»Oh«, sagte Pratt.

»Ganz genau«, bestätigte Nolfi. Er stand langsam auf und zog die Hand unnötig ruppig zurück, als Katie nach den Federn greifen wollte.

»Oh?«, wiederholte sie. »Ganz genau? Was *oh – ganz genau?*«

»Das hier haben Menschen gemacht«, sagte Pratt.

»Was bedeutet, dass wir nicht allein auf dieser Insel sind«, fügte Nolfi hinzu.

»Nicht allein?« Katie wurde blass um die Nase. »Sie wollen andeuten, hier gäbe es Eingeborene? *Wilde?*«

»Zunächst mal nur Menschen«, korrigierte Nolfi sie. *Und auf alle Fälle keine menschenfressenden Vampir-Mutanten.* Er musste an sich halten, den Gedanken nicht laut auszusprechen.

Pratt funkelte ihn dennoch an, als hätte er es getan. Dann wandte er sich in beruhigendem Ton an Katie: »Menschenfressende Wilde gibt es schon seit Jahrhunderten nur noch in Romanen, wie Signore Nolfi sie schreibt, Schatz. Vielleicht sind es tatsächlich irgendwelche Ureinwohner. Aber auch die werden uns bestimmt nichts tun.«

»Woher willst du das wissen?«, fragte Katie.

Nolfi fragte sich dasselbe.

»Weil ich es nicht zulasse«, antwortete Pratt in einem so souveränen Tonfall, dass sogar Nolfi geneigt war, ihm das abzunehmen. »Vielleicht sollten wir uns auf die Suche nach ihnen machen. Sie könnten uns sagen, wo wir uns befinden.« Er lachte. »Wer weiß, vielleicht gibt es auf der anderen Seite der Insel ein

4-Sterne-all-inclusive-Resort, und in ein paar Stunden liegen wir schon am Pool und schlürfen Caipirinhas?«

»Caipis hab ich noch nie gemocht.« Katie legte die Stirn in Falten und fügte etwas leiser hinzu: »Aber eine Diät-Cola wäre klasse.«

»Dann gehen wir zurück und sagen den anderen Bescheid, damit wir ein Team für die Suche nach ihnen zusammenstellen können«, sagte Nolfi.

»Oder wir folgen dem Bach«, schlug Pratt vor. »Immerhin scheint er dieses Federdings mitgebracht zu haben. Vielleicht führt er uns direkt zu den Bewohnern der Insel.« Er grinste. »Oder zu dem 4-Sterne-Resort.«

»Dem Bach folgen?«, ächzte die Influencerin. »Du meinst, *durch den Dschungel?* Ohne Handy und GPS?«

»Es ist bestimmt nur ein kleines Stück«, beruhigte sie Pratt. »Menschliche Ansiedlungen haben schon immer an Flüssen gelegen.«

»Das ist kein Fluss«, stellte Katie klar.

»Aber vielleicht führt er zu einem«, antwortete Pratt, was nach Nolfis Dafürhalten zwar nicht wirklich Sinn ergab, das Mädchen aber nichtsdestotrotz zu beruhigen schien.

Nolfi dagegen nicht. Der Gedanke, in den Dschungel einzudringen – noch dazu, ohne den anderen zuvor Bescheid zu sagen –, flößte ihm Unbehagen ein. Er musste wieder an die Bewegung denken, die er vorhin zu sehen geglaubt hatte.

»Du kannst aber auch zusammen mit Signore Nolfi zu den anderen zurückgehen«, schlug Pratt zu seiner Erleichterung vor. Diese hielt allerdings nur so lange an, wie Katie brauchte, um so heftig den Kopf zu schütteln, dass ihre Haare in Pratts Gesicht peitschten.

»Zu der streitsüchtigen Zimtzicke?«, schnappte sie. »Lieber nehme ich es mit einer ganzen Menschenfresserbande auf. Ich komme mit dir!«

»Dann ist es entschieden«, sagte Pratt. Nolfi war in diesem Punkt etwas anderer Meinung, aber er wollte nicht als Feigling dastehen, schon gar nicht vor diesem blonden Influencer-Irgendwas.

»Sie gehen voraus«, sagte er mit einer entsprechenden Geste.

Pratt schritt ohne ein weiteres Wort los.

Bereits nach wenigen Minuten Marsch zwischen eng stehenden Baumstämmen und Büschen und über unebenen Grund war Nolfi außer Atem. Lange würde er das hier kaum durchhalten, da war er sicher. Er begann, sich den Kopf über eine passende Ausrede zu zerbrechen, um diesen Unsinn zu beenden, der ohnehin nichts brachte, als Pratt ihm die Entscheidung abnahm und stehen blieb.

»Ein Weg«, sagte er. »Da vorne ist ganz eindeutig eine Art Pfad.«

Nolfi trat an seine Seite und verengte die Augen.

Was Pratt so euphemistisch als Pfad bezeichnete, war nicht mehr als eine schmale Schneise, eine gewundene Linie niedergetrampelten Buschwerks, kaum breit genug für eine Person. Sie schlängelte sich ein Stück neben dem Bach dahin, beschrieb dann eine Biegung und verschwand im Unterholz.

Trotz allem war es eindeutig ein von Menschen angelegter Weg, das musste Nolfi zugeben. Oder auch von menschenfressenden Mutanten. Oder Aliens.

»Also doch!«, sagte Pratt triumphierend. »Es gibt hier tatsächlich Menschen. Um zu ihnen zu gelangen, müssen wir nur dem Pfad folgen.«

»Und landen direkt in ihrem Kochtopf«, murmelte Katie. »Das gefällt mir nicht, Derek.«

»Bitte, Schatz«, seufzte Pratt. »Ich habe dir doch gesagt, dass es schon lange keine Menschenfresser mehr gibt.«

»Vielleicht hat diese hier bloß noch niemand gefunden«, beharrte Katie.

Pratt schüttelte mit bewunderungswürdiger Geduld den Kopf. »Die Welt ist klein geworden. Man hätte sie längst entdeckt.«

»Vielleicht haben sie alle aufgefressen, die hier vorbeigekommen sind«, beharrte Katie.

»Wenn ich etwas einwerfen dürfte? Echte Kannibalen haben ihre Opfer nicht gekocht, sondern sie geschlachtet und dann erst das Fleisch gebraten«, warf Nolfi ein.

Katies Augen wurden groß. Pratts Miene verfinsterte sich. »Solche Bemerkungen lassen Sie bitte in Zukunft bleiben, Signore Nolfi«, sagte er scharf und wandte sich mit wieder verändertem Ausdruck an Katie.

»Wir sind vorsichtig«, versprach er. »Hey, ich bin schließlich nicht lebensmüde! Wir passen auf und geben uns erst zu erkennen, wenn es wirklich sicher ist. Eine halbe Stunde, einverstanden? Wenn wir bis dahin nichts gefunden haben, drehen wir um und kehren zu den anderen zurück.«

Katie überlegte kurz, dann nickte sie widerstrebend.

Sie machten sich auf den Weg.

Doch das war leichter gesagt als getan. Der Trampelpfad war so schmal, dass er inmitten der üppigen Vegetation an vielen Stellen kaum mehr zu erkennen war. Mehr als einmal schienen sie ihn komplett verloren zu haben. Doch jedes Mal, wenn Nolfi gerade erleichtert aufatmen und eine Rückkehr zum Strand vorschlagen wollte, fanden Pratt oder Katie die Piste wieder.

Nach etwa einer Viertelstunde wurde der Weg breiter. Er schlängelte sich zwischen Wänden aus mannshohen Dornenbüschen hindurch, die wie eine Phalanx aus Millionen nadelspitzer Miniaturspeere auf ihre Gesichter und Hände zu zielen schienen. Schließlich öffnete er sich auf einen kleinen Platz, der allerdings nach oben keinen freien Blick ließ. Das Dschungeldach war so dicht, dass dieser Ort fast etwas von einer künstlich angelegten grünen Kathedrale hatte.

Nolfi blieb stehen. Das Gefühl des Unbehagens, das ihn schon die ganze Zeit über bedrängte, verstärkte sich. Vor ein paar Minuten hatte er in der Ferne einen gewaltigen Schatten entdeckt, von dem er annahm, dass es sich um den Vulkan handelte. Aber ganz sicher war er nicht. Möglicherweise war es auch etwas anderes, viel Monströseres. Vielleicht doch eine getarnte Alien-Basis, die Außerirdische auf dieser einsamen Insel errichtet hatten, um von hier aus ihre Invasion vorzubereiten und die gesamte Menschheit zu versklaven? Oder auszulöschen, sollte ihnen das nicht gelingen?

Nolfi war kein Mensch, der sich in Ängste hineinsteigerte oder sogar Panik zuließ. Normalerweise. Aber allein der Gedanke, auch nur einen Fuß weiter in diese grüne Hölle zu setzen, flößte ihm Angst ein. Er spürte, dass hier etwas nicht mit rechten Dingen zuging ...

»Worauf warten Sie?«, wollte Pratt wissen, der gleich Katie nach ein paar Schritten ebenfalls stehen geblieben war und sich nun nach Nolfi umsah.

Nolfi deutete zuerst nach rechts, dann nach links, wo sich jeweils ein neuer Arm vom Hauptpfad abspaltete, um zwischen großblättrigen Farnen und Baumstämmen zu verschwinden. »Auf einen Wegweiser. Oder wissen Sie zufällig, welcher dieser drei Pfade zur Siedlung der Inselbewohner führt?«

»Ein Wegweiser?« Katie stapfte neugierig einige Schritte weiter auf die Kreuzung hinaus. Plötzlich strauchelte sie und wäre um ein Haar gestolpert. »Verflixt! Wer lässt denn hier Müll mitten auf dem Weg liegen?«

»Da haben Sie Ihren Wegweiser«, sagte Pratt, der im Handumdrehen bei seiner Freundin war. Er deutete zu Boden.

Dort lagen vier Äste, allesamt auffallend gerade und von ungefähr identischer Länge. Als Nolfi in die Knie ging, stellte er fest, dass sie an beiden Enden abgeschnitten oder -gehackt worden waren – eindeutig von Menschen, nicht von Tieren.

»Das könnte tatsächlich eine Art Orientierungszeichen sein«, gab er zu.

»Aber wohin weist es?«, wollte Pratt wissen.

»Ich habe einen der Äste weggekickt, als ich drüber gestolpert bin«, gab Katie zu bedenken. »Ich weiß aber nicht mehr, welcher es war.«

»Also lag ein Ast zuvor an einer anderen Position?«, wiederholte Nolfi. »Das macht die Sache nicht einfacher ... Wo könnte er gelegen haben, und in welche Richtung soll dieses Zeichen weisen, falls es tatsächlich einen Wegweiser darstellt?«

Sieh dir das Zeichen auf dem Boden genau an. Wenn du zu wissen glaubst, welcher Ast an eine andere Position gehört und in welche Richtung die Markierung ursprünglich wies, lies weiter auf der Seite, die der Zahl des entsprechenden Pfads entspricht.

Beginnt der Text dort NICHT mit »Nolfi streckte die Hand aus ...«, war deine Wahl falsch. Verfahre weiter, als hättest du die Lösung nicht gewusst (s. u.).

Kannst du das Rätsel nicht lösen, blättere um und lies weiter auf Seite 68!

Schlag den hinteren Bucheinband auf und markiere einen beliebigen Totenschädel mit einem Kreuz!

»*Ein* Ast lag anders …«, murmelte Nolfi. Er ignorierte sowohl Katie, die neben ihm ungeduldig von einem Bein aufs andere trat, als auch Pratt, der in jeden der drei Pfade ein knappes Dutzend Schritte weit hineinlief, ohne dort jedoch etwas Hilfreiches zu entdecken.

Wenn wir uns in einem Roman befänden, versuchte sich Nolfi auf eine höhere Ebene der Konzentration zu bringen, *was hätte diese Anordnung von Linien dann zu bedeuten?*

Und plötzlich hatte er es.

»Natürlich!«, rief er.

Lies weiter auf Seite 111!

Augenblicke, nachdem Captain Bati den letzten Buchstaben des Codeworts eingegeben hatte, färbte sich das vormals orangefarben leuchtende Display des Geräts mit einem Mal grün. »Potztausend«, stöhnte er erleichtert. »Das war korrekt. Der Sender arbeitet!«

»Bedeutet das, das Notsignal geht jetzt raus?«, vergewisserte sich Brianna.

Der Captain erhob sich mühsam. »Zumindest wird ein Signal gesendet. Ob es diese verdammte Insel tatsächlich verlässt und wenn ja, ob es jemand im Umkreis von 500 Meilen auffängt, bleibt abzuwarten.«

Lies weiter bei Kapitel 3!

5

Es war noch nicht einmal Mittag, aber die Hitze war schon jetzt enorm. In einer Stunde, das ahnte Dr. Enis Fisz, würde sie unerträglich sein. Als Wissenschaftler war ihm klar, dass die heißeste Zeit des Tages nicht gegen Mittag war, sondern einige Stunden danach. Ihm reichte es jetzt schon. Aber dies hier war die Karibik. Was erwartete er?

Um sich abzulenken, ließ er seinen Blick die Küste entlangschweifen. Schon lange waren Nolfi, Pratt und dessen Freundin am Strand außer Sicht geraten, und auch Heather und Brianna waren bereits vor einer ganzen Weile im Busch verschwunden, um zu McManus und Fyfield aufzuschließen.

Fisz drehte den Kopf und sah zu den Zaniks hinüber, die im Schatten einiger gewaltiger Palmwedel am Waldrand standen und zur Abwechslung mal sich gegenseitig anzugiften schienen. Captain Bati war noch immer mit den Stapeln von Lebensmitteln und Geräten zugange, die sie aus dem Rettungsboot geborgen hatten. Da er nichts anderes zu tun hatte, schlenderte der Wissenschaftler über den heißen Sand zu ihm hinüber.

Im Näherkommen erkannte er, dass der Captain vor einem Gegenstand kniete, der wie ein zu groß gewordener Rucksack aussah. In seinem Military-Look ähnelte er am ehesten den Tornistern, die manche Spezialeinheiten in Kampfeinsätzen trugen. Batis Gesichtsausdruck wirkte dementsprechend ratlos.

»Was haben Sie da?«, fragte Fisz.

Der Captain deutete ein Achselzucken an und wuchtete seinen Fund ächzend auf eine andere Kiste, um ihn genauer in Augenschein nehmen zu können. Allem Anschein nach war er ziemlich schwer. »Ein Kasten mit Schultergurten, eine Art stabiler Tornister. Ich habe so etwas noch nie gesehen. Zur Standardausrüstung eines Rettungsbootes gehört er jedenfalls nicht. Und noch etwas ist seltsam daran ...«

»Seltsam?«, erkundigte sich Fisz. »Inwiefern?«

Bati zuckte noch etwas deutlicher mit den Schultern. »Er summt.«

»Summt?« Fisz beugte sich über den Fund, legte lauschend den Kopf auf die Seite und dann mit geschlossenen Augen die flache Hand auf den Kasten.

»Summen ist das falsche Wort«, sagte er, nachdem er eine weitere Sekunde gelauscht hatte. »Etwas vibriert da drinnen. Hochfrequent. Möglicherweise ein elektronischer Mechanismus.« Er zog die Hand zurück.

Bati sah ihn fragend an. »Ihnen gehört das Ding also nicht.« Als Fisz den Kopf schüttelte, winkte er die Zaniks heran.

»Was ist?«, wollte der Millionär wissen, als er zusammen mit seiner genervt wirkenden Frau näher kam.

Bati deutete auf den Tornister. »Gehört das Ihnen? Oder Ihrer Frau?«

Zanik schüttelte den Kopf. »Nie gesehen. Was ist das? Sieht aus, als stamme es aus einem Film dieses Pratt.«

»Es summt«, erklärte Fisz ernst.

»Ich glaube, ich habe das Gepäckstück bei Mister Fyfield gesehen, als er an Bord gekommen ist«, erklärte Elena über seine Schulter. »Aber sicher bin ich nicht. Spielt das eine Rolle?«

»Wenn da etwas summt, vibriert oder tickt, interessiert mich das schon«, sagte Zanik grimmig.

»Ich habe nichts von ticken gesagt«, erinnerte Fisz.

»Solange wir hier sind, bin ich für die Sicherheit der Gruppe verantwortlich«, erklärte Captain Bati. »Ich bin dafür, dass wir nachsehen, was drin ist.«

Jacek nickte grimmig und kramte kurz in dem Materialstapel, bis er einen Besteckkasten gefunden hatte, dem er ein Messer entnahm.

»Hältst du das für eine gute Idee?«, fragte Elena.

»Unbedingt!« Jacek schob die Klinge unter die Schließriegel des Behälters und versuchte, sie aufzuhebeln, wobei er die ganze Kraft seiner umfangreichen Arme einsetzte. Prompt brach das Messer mit einem scheppernden Laut ab. Die Klinge flog davon und landete meterweit entfernt im Sand.

Der Tornister zeigte sich vollkommen unbeeindruckt.

Fisz betastete den Deckel. »Was wie Kunststoff aussieht, scheint irgendein hochfestes Hightech-Material zu sein.«

Zanik starrte das abgebrochene Messer an und ließ es fallen. Er untersuchte den Tornister genauer und deutete auf etwas, das wie ein kleines, extrem robust aussehendes Zahlenschloss aussah. »Wenn das Ding harmlos ist, wieso ist es dann gesichert wie der kleine Bruder von Fort Knox?«, wollte er wissen. »Wer ist dieser Fyfield überhaupt?«

»Niemand weiß viel über ihn«, erwiderte Fisz. »Wenn ich es richtig verstanden habe, hat Mister McManus ihn eingeladen, um ihn besser kennenzulernen. Er überlegt, in Fyfields Start-up zu investieren.«

Zanik kramte ein Sushi-Messer aus dem Besteckkasten hervor, eines von der wirklich scharfen Art, mit der man ein Haar der Länge nach spalten konnte. Doch auch seine Klinge glitt wirkungslos von der matt schimmernden Oberfläche des Tornisters ab, ohne auch nur eine Schramme zu hinterlassen.

»Teflonbeschichtet«, vermutete Fisz.

»Genau so einen Kasten würde ich mir zulegen, wenn ich *nichts* zu verbergen hätte.« Zanik setzte die Sushi-Klinge an einem der Trageriemen an, um diesen abzusäbeln. Niemand machte ihn darauf aufmerksam, dass ihm dies kaum helfen würde, den Behälter zu öffnen.

Einen Augenblick später segelte auch der obere Teil dieser Klinge in hohem Bogen davon und landete im Sand, wobei sie Captain Batis Gesicht nur um Haaresbreite verfehlte.

»Was macht der Sender?«, warf Elena ein. »Vielleicht kommt ja bald Hilfe.«

Bati warf einen flüchtigen Blick auf den Notrufsender, der ein kleines Stück abseits und in sicherer Entfernung zum Wasser im Sand stand. Das Display leuchtete nach wie vor grün. Er runzelte die Stirn.

»Worüber denken Sie nach?«, wollte Fisz wissen.

»Darüber, dass auf dem Schiff sämtliche elektrischen Systeme ausgefallen sind, als wir uns der Insel genähert haben. Zumindest alle Computer.«

»Bis auf Fyfields komisches Spielzeug«, warf Zanik ein. »Diese Mini-Spielkonsole, mit der er die ganze Zeit zugange war. Sie hat bis zum Schluss funktioniert.«

»Willst du etwa andeuten, dass er mit einer *Playstation* das gesamte Schiff lahmgelegt hat?«, fragte Elena und verdrehte die Augen. »Das ergibt natürlich *absolut* Sinn, Jacek!«

Jacek machte eine abwinkende Handbewegung und wies auf die übrig gebliebene Hälfte des Rettungsbootes, die auf der Seite liegend in der Dünung schaukelte. »Ich sehe mal nach, ob ich einen Bolzenschneider oder etwas in der Art finde. Ich denke nicht daran, vor einem *Rucksack* zu kapitulieren!«

»Ich glaube nicht, dass wir hier mit roher Gewalt weiterkommen.« Fisz ging vor dem Camouflage-Tornister in die Hocke und unterzog das Schloss einer genaueren Untersuchung. »Erstaunlich. Es sieht wie ein klassisches Zahlenschloss aus, aber das Ding hat's in sich.« Er schnippte mit dem Fingernagel gegen die drei mit Zahlen versehenen Drehwalzen und verzog die Lippen, als hätte es wehgetan. »Irgendeine Wolframlegierung, vermute ich. Hält wahrscheinlich auch einem Schweißbrenner stand.«

»Das bedeutet, die einzige Möglichkeit, das Ding zu öffnen, besteht darin, dass wir die korrekte Zahlenkombination eingeben?«, vergewisserte sich Captain Bati.

»Dann mal frisch ans Werk!«, tönte Zanik. »Bei drei Stellen gibt es höchstens eine Milliarde mögliche Kombinationen …«

»1000, um genau zu sein«, mischte sich Fisz ein.

»Die haben wir ja im Nu durchprobiert.« Zanik ließ sich im Sand neben dem Tornister nieder und machte Anstalten, sich das Zahlenschloss vorzunehmen.

»Stopp!« Fisz hob warnend die Hand.

»Was?«

»Möglicherweise summt das Ding nicht ohne Grund. Irgendetwas daran scheint mit Elektrizität zu funktionieren.«

»Sie denken an einen elektrischen Schließmechanismus?« Captain Batis Stimme klang unsicher. »Wenn man einmal zu oft eine falsche Nummer eingibt, explodiert es?«

»Vielleicht. Möglicherweise wird der Mechanismus bei einer Falscheingabe auch einfach dauerhaft blockiert und ist selbst mit der richtigen Nummer nicht mehr zu öffnen.«

Zanik versetzte dem Tornister einen wütenden Tritt. »Und nun?«, wollte er wissen.

»Zunächst mal: Ruhe bewahren.« Fisz ließ sich im Schneidersitz vor dem Behälter nieder und starrte ihn beschwörend an. »Mit etwas Nachdenken lässt sich das Problem bestimmt lösen.«

Sieh dir den geheimnisvollen Tornister genau an. Wenn du zu wissen glaubst, wie die dreistellige Kombination für sein Schloss lautet, lies weiter auf der Seite mit der entsprechenden Seitenzahl.

Beginnt der Text dort NICHT mit »Ganz langsam stellte ...«, war deine Wahl falsch. Verfahre weiter, als hättest du die Lösung nicht gewusst (s. u.).

Kannst du das Rätsel nicht lösen, blättere um und lies weiter auf Seite 76!

Schlag den hinteren Bucheinband auf und markiere einen beliebigen Totenschädel mit einem Kreuz!

»Mit ein bisschen Nachdenken lässt sich das Problem bestimmt lösen!« Elena Zaniks Stimme troff vor Hohn.

Eine Viertelstunde war vergangen. Dr. Fisz hatte seine Position vor dem Tornister nicht verändert. Noch immer starrte er das Zahlenschloss auf der Vorderseite an, als könne er auf diese Weise dem geheimnisvollen Behälter sein Geheimnis entlocken.

»Ich gehe jetzt einen Bolzenschneider suchen«, verkündete Jacek.

»Was sind das für Zeichen auf der Oberfläche?« Captain Bati beugte sich so tief über den Tornister, dass sein borstiger Vollbart fast die Oberfläche berührte. »Da, diese eingekratzten Symbole?«

Fisz' Augen verengten sich. »Ich hielt sie für Kratzer, die während unseres Schiffbruchs entstanden sind.«

Der Captain schüttelte den Kopf. »Für mich sieht das nicht wie zufällige Kratzer aus. Eher so, als hätte sie jemand mit einer bestimmten Absicht angebracht. Vielleicht als Gedächtnisstütze?«

Konzentriert inspizierte Enis Fisz die merkwürdigen Symbole. Dann riss er plötzlich die Augen auf. »Das sind Zahlen! Verdoppelt und um 90 Grad nach links gedreht – und genau drei an der Zahl! Warten Sie, ich probiere die entsprechende Kombination …«

Lies weiter auf Seite 197!

6

Der Weg durch den Dschungel hatte etwas gleichermaßen Gespenstisches wie Bedrückendes. Der sanftgrüne Schimmer, der sie einhüllte, hätte beruhigend wirken können, tat aber eher das Gegenteil und schien darüber hinaus alle Geräusche zu dämpfen. Ununterbrochen raschelte und huschte es um sie herum, ohne dass sich die Verursacher dieser Bewegung nur ein einziges Mal gezeigt hätten. Was nichts daran änderte, dass Fabrizio Nolfi sich in zunehmendem Maße beobachtet fühlte – und zwar auf eine unangenehme, lauernde Art, die es ihm immer schwerer machte, seiner schleichenden Panik Herr zu werden.

»Da vorne ist etwas!« Pratt blieb so plötzlich stehen, dass Katie, die sich immer noch bei ihm untergehakt hatte, beinahe gestürzt wäre.

Nolfi holte zu den beiden auf und reckte den Hals, um über Pratts Schulter hinwegzuspähen. Er sah nur Grün, in allen nur vorstellbaren Schattierungen.

»Links, gleich neben dem großen Farn hat sich was bewegt.« Pratt stapfte an dem Riesenfarn vorbei, bog vorsichtig die Blätter eines stacheligen Gewächses auseinander und nickte zufrieden »Da.«

Nolfi trat neben ihn und zog erstaunt die Brauen zusammen.

Jenseits des Busches hörte der Dschungel jäh auf. Stattdessen erstreckte sich dort eine sanft ansteigende Ebene, deren jenseitiges Ende von den ersten felsigen Ausläufern des Vulkanhanges gebildet wurde, der wie ein himmelhoher, zu Stein erstarrter Wächter darüber aufragte.

Die Ebene war von Gras und Büschen bedeckt, und in der Ferne meinte Nolfi, Rauch aufsteigen zu sehen. Kaum einen Steinwurf jenseits der Baumgrenze erhob sich eine aus Steinen, hölzernen Palisaden und Dorngestrüpp zusammengestümperte mannshohe Wand, hinter der eine Anzahl sonderbarer Gebilde emporwuchsen, die er nicht einordnen konnte, die aber deutlich künstlichen Ursprungs waren. Von irgendwoher drangen Geräusche an sein Ohr, die nicht recht ins Bild einer menschenleeren Dschungellichtung passen wollten, ohne dass er sagen konnte, wieso. Sie waren rhythmisch, düster und bedrohlich. Vielleicht ein Wasserfall. Vielleicht auch Trommeln.

»Ist das ... ein Dorf?«, hauchte Katie.

Nolfi schüttelte den Kopf, und Pratt sagte: »Wenn dem so ist, müssen sie echt Angst vor ihren Nachbarn haben.«

Oder vor irgendetwas im Dschungel, fügte Nolfi in Gedanken hinzu.

»Wir werden es herausfinden«, sagte Pratt und deutete auf einen schmalen, mit Dornenästen verrammelten Durchgang in der Mauer. Als Nolfi dazu ansetzte loszugehen, hob er eine Hand. »Es wäre mir lieber, wenn Sie hierbleiben und auf Katie aufpassen«, sagte er ungewohnt ernst.

»Und wenn du nicht zurückkommst?« Katie schüttelte so entschieden den Kopf, dass jeder Widerspruch von vornherein sinnlos erschien. »Ich komme mit dir!«

»Aber ...«, begann Pratt, und diesmal war es Nolfi, der Katie zu Hilfe kam, offensichtlich nicht nur zu Pratts Erstaunen, wie die aufgerissenen Augen der Influencerin bewiesen.

»Wir sollten uns nicht trennen«, sagte er. »Außerdem sehen sechs Augen mehr als zwei.« Die Wahrheit war, dass er so ziemlich alles lieber wollte, als allein im Urwald zurückzubleiben.

Pratt zuckte resignierend mit den Schultern und huschte dann geduckt voraus. Nolfi und Katie folgten ihm dichtauf.

Es waren nur wenige Schritte bis zu der sonderbaren Einfriedung. Aus der Nähe bot die Wand einen noch unheimlicheren Eindruck. Die mit Moos und Flechten bedeckten Steine, aus denen das Fundament bestand, waren nicht nur uralt, sie konnten auch leicht mit den tonnenschweren Quadern mithalten, aus denen die ägyptischen Pyramiden errichtet worden waren. Soweit Nolfi unter dem Bewuchs erkennen konnte, waren sie mit eingemeißelten Symbolen und grob ausgeführten Reliefarbeiten verziert, die menschliche Gestalten darstellten, ergänzt durch Tiere und Pflanzen, Jagd- und Alltagsszenen, aber auch bizarre Kreaturen, die nur aus dem Reich der Mythologie oder einem Albtraum der wirklich üblen Art stammen konnten.

Wenigstens hoffte Nolfi das.

»Das ist spannend«, sagte Katie. »So was hab ich schon mal gesehen.«

Nolfi und Pratt fuhren herum und fragten wie aus einem Mund: »Wo?«

»Atlantis.«

Nolfi seufzte tief. Pratt schüttelte den Kopf. »Atlantis?«

»Im Atlantis-Resort in Dubai, meine ich«, sagte Katie. »Ich war letztes Jahr da. Sie haben dort eine fantastische Freizeitanlage gebaut. Da sieht es fast genauso aus.« Sie machte ein nachdenkliches Gesicht. »Vielleicht ist das hier ja tatsächlich ein Luxus-Resort, und auf der anderen Seite des Zauns wartet ein Hotel mit einer Bar und einem Bad mit einem riesigen Whirlpool auf uns?« Sie legte den Kopf schräg und machte ein nachdenkliches Gesicht. »Die Reliefs in Dubai waren aber irgendwie schöner.«

Nolfi musterte die Bilder im Stein genauer und musste ihr im Stillen recht geben: Diese Zeichnungen waren grob ausgeführt und wirkten auf eine schwer in Worte zu fassende Weise *aggressiv*. Es gab Jagdszenarien mit Menschen und Tieren, wie man sie aus den Höhlen urzeitlicher primitiver Völker kannte. Dazwischen waren jedoch auch immer wieder andere Szenen, in denen als Strichmännchen visualisierte Menschen gegen sonderbar eckig wirkende, auffallend riesenhaft dargestellte Gestalten zu kämpfen schienen. Blitze schossen aus Händen und Augen der Riesen, warfen die menschlichen Widersacher zu Dutzenden nieder. Manche der Giganten schienen in der Luft zu schweben, andere bewegten sich zu Fuß über wellenförmige Linien, die möglicherweise Wasser symbolisieren sollten.

»Das müsste Ihnen doch gefallen«, sagte Pratt grinsend. »Ureinwohner gegen Cyborgs. Oder Aliens. Oder sind es Cyborg-Aliens? Sie kennen sich doch mit so was aus, Nolfi.« Er zuckte mit den Schultern. »Fantasie hatten die Bewohner dieser Insel jedenfalls.«

Nolfi schluckte eine wenig charmante Antwort herunter. Dennoch hatte Pratt nicht ganz unrecht, wie er eingestehen wollte. Mit ein wenig Fantasie ähnelten die Blitze schleudernden Angreifer tatsächlich eckigen Robotern mit zu großen Köpfen und Dingen in den Händen, die auch gut als Phaser aus *Star Trek* durchgegangen wären.

»Und da bist ja auch du!« Pratt deutete feixend auf eine andere Abbildung, die eine Frauengestalt mit grotesk überproportionierten Brüsten und unmöglich breiten Hüften zeigte, deren Haar wie Igelstacheln in alle Richtungen abstand.

»Hey!«, protestierte Katie.

»… nachdem du einen Finger in die Steckdose gesteckt hast«, fügte Pratt lachend hinzu.

Katie boxte ihm so hart in die Rippen, dass Nolfi es knacken zu hören meinte. Aber Pratt hatte offensichtlich noch nicht genug.

»Natürlich ist dein Hintern in der Realität nicht ganz so ausladend«, kicherte er. »Aber in ein paar Jahren – wer weiß?«

»Das ist eine klassische Fruchtbarkeitsgöttin«, sagte Nolfi hastig. »So etwas findet sich in fast allen frühen Kulturen. Man erkennt sie an übertrieben dargestellten Brüsten und den breiten Hüften. Die seltsamen Haare sollen wahrscheinlich Sonnenstrahlen darstellen.«

Katie schnaubte verächtlich. Pratt warf Nolfi einen amüsierten Blick zu, war aber klug genug, das Thema auf sich beruhen zu lassen. Er begann, den verbarrikadierten Eingang zu inspizieren.

So improvisiert und krude es aussah, das Hindernis machte einen äußerst stabilen Eindruck, der sich auch bestätigte, als Pratt vorsichtig die Hände zwischen einigen Ästen hindurchschob und daran rüttelte. Es zeigte sich davon ungefähr so beeindruckt, als wäre es aus massivem Eisen geschmiedet. Als Pratt endlich aufgab, prangte auf seinen Handrücken eine Anzahl frischer, blutiger Schrammen. »Vielleicht klettern wir besser über die Mauer«, sagte er missmutig.

»Wieso?«, fragte die Influencerin.

»Weil wir wissen müssen, was sich hinter der Mauer verbirgt«, antwortete Nolfi. »Ich glaube, dass es wichtig ist.«

»Warum gehen wir nicht einfach außen herum und suchen nach dem offiziellen Eingang zum Resort?«, erkundigte sich Katie.

»Weil wir nicht genau wissen, was hier los ist«, erklärte Pratt geduldig. Ohne eine weitere Antwort abzuwarten, ließ er den Blick in beiden Richtungen die Mauer entlangschweifen. Dann hob er die Arme und begann, an einer der weniger mit Stacheln gespickten Stellen nach oben zu klettern. Es sah nicht besonders anstrengend aus, und die Wand war auch nicht sonderlich hoch. Wenige Augenblicke später war er hoch genug oben, um einen Blick auf die andere Seite zu werfen.

Was er auch tat. Ausführlich, schweigend.

»Was sehen Sie?«, fragte Nolfi schließlich.

»Ein … Gelände«, antwortete Pratt.

»Das hätte ich nie erwartet«, sagte Nolfi sarkastisch. »Tatsächlich?«

»Es sieht ein bisschen wie ein Friedhof aus«, antwortete Pratt, der weiter gebannt über die Mauer starrte. »Aber auch irgendwie … anders.«

»Ah«, machte Nolfi. Sein Geduldsfaden wurde langsam dünner.

Pratt schien das zu spüren, denn er zwang ein nervöses Lächeln auf seine Lippen und drehte den Kopf, um etwas zu erwidern. Als sein Blick auf das Dickicht jenseits von Nolfi fiel, weiteten sich seine Augen, und er zuckte so heftig zusammen, dass er beinahe den Halt verloren hätte. »Da kommen welche!«, entfuhr es ihm, wobei er über Nolfi und Katie hinweg ins Dickicht deutete.

»Wer? Wo?« Hastig sah sich Nolfi nach allen Seiten um, konnte aber nichts entdecken.

»Keine Ahnung, wer die sind«, gestand Pratt. »Aber sie sehen nicht besonders sympathisch aus.« Er überlegte eine Sekunde, schwang dann ein Bein über den Wall und streckte den Arm aus. »Kommt rauf, rasch! Katie!«

Die Influencerin reagierte sofort, und das war auch gut so, denn als Nolfi hinter sich sah, ließ ihn das umso hastiger nach Pratts ausgestreckter Hand greifen und sich von ihm den Wall hinaufhelfen. Oben angekommen, schwang er sich, Katies Beispiel folgend, ohne zu zögern, über die Mauerkrone und sprang in die Tiefe. Er kam auf den Füßen auf, kippte aber zur Seite und fing den längst noch nicht aufgezehrten Schwung seines Sturzes nicht nur mit Handflächen und Knien, sondern auch mit dem Gesicht ab.

Für einen Moment sah er Sterne. Er schmeckte Blut und wartete instinktiv darauf, dass alles dunkel wurde.

»Keinen Laut!«, zischte Pratt ganz in seiner Nähe. »Nicht bewegen.«

Nolfi hob trotzdem vorsichtig den Kopf und sah, dass Pratt neben ihm auf die Knie gesunken war und Katie schützend an sich und seine linke Hand auf ihren Mund presste, damit sie nicht schrie.

Schritte näherten sich, schwere Atemzüge und Stimmen, die

aufgeregt in einer Sprache durcheinanderredeten, die Nolfi noch nie gehört hatte. Auch bei genauerer Betrachtung klang sie völlig fremd, eher wie eine willkürliche Abfolge von Kehl- und Klicklauten.

Dann hatten sie die Mauer erreicht. Es war kein Dutzend, wie er zuerst befürchtet hatte, sondern lediglich drei – soweit er das durch die Dornenranken des Walls zwischen ihnen erkennen konnte: kleine halb nackte Menschen mit bronzefarbener Haut und buntem Federschmuck auf den Köpfen, die genau auf ihr Versteck zuhielten.

Als sie nur noch wenige Schritte entfernt waren und es eigentlich unvermeidlich schien, dass sie sie entdeckten, erscholl nicht weit entfernt ein machtvoller, lang gezogen klagender Ton. Die drei Männer fuhren in einer synchronen Bewegung herum und stürzten davon, dem äußeren Verlauf des Zauns folgend. Nolfis Herz schlug endlich weiter und gab sich alle Mühe, übersprungene Schläge in einem wahren Stakkato nachzuholen.

Auch Pratt atmete hörbar auf. »Was waren das für Kerle?«, stieß er hervor.

Nolfi zuckte mit den Schultern.

»Das waren Wilde«, zischte Katie.

»Ureinwohner«, verbesserte Nolfi.

»Menschenfresser«, fuhr die Influencerin unbeeindruckt fort.

Wer oder was immer die kleinen Männer gewesen waren, Nolfi fragte sich, wieso sie so plötzlich und mit unübersehbarer Hast verschwunden waren. Das unheimliche Geräusch hatte sich nicht wiederholt, doch je länger er darüber nachdachte, desto sicherer war er, dass es so etwas wie ein Signalhorn gewesen war.

»Wir sollten von hier verschwinden, bevor sie zurückkommen«, sagte Pratt, der sich mit dem Rücken gegen den gewaltigen Obelisken lehnte, hinter dem sie Schutz gefunden hatten.

An seinem Hals pochte eine Ader, und er hatte die Hände zu Fäusten geballt, vermutlich, damit die anderen nicht sahen, wie seine Finger zitterten.

Nolfi kam erst jetzt dazu, sich umzusehen. Er war nicht ganz sicher, dass Pratts Einschätzung zutraf, was den Zweck dieses sonderbaren, eingezäunten Ortes anging. Der Obelisk war nicht der einzige seiner Art und auch nicht der kleinste. Es gab zahlreiche weitere große und kleine Steingebilde, die ohne erkennbares System überall ringsum verteilt waren. Manche maßen kaum einen Meter, andere das Drei- bis Vierfache. Sie waren ausnahmslos mit düsteren Symbolen verziert, denselben bizarren Tier- und Menschengestalten, die sie schon draußen am Fundament des Walls gesehen hatten. Auf mindestens zwei davon erkannte er die grotesk überproportionierte Fruchtbarkeitsgöttin. Eine Stimme tief in seinem Inneren zweifelte daran, dass es sich um eine gewöhnliche Begräbnisstätte handelte.

»Signore Nolfi?«

»Fabrizio, bitte.« Nolfi nickte und schüttelte praktisch in derselben Bewegung auch schon den Kopf. »Wir müssen herausfinden, was hier los ist. Wer diese Leute sind und ob sie gefährlich sind. Die anderen haben keine Ahnung, dass wir nicht allein auf der Insel sind. Möglicherweise schweben sie in Gefahr!«

»Natürlich sind diese Kerle gefährlich«, sagte Katie heftig. »Ich will hier weg!«

»Das wollen wir alle«, beschwichtigte Pratt. »Aber nicht, bevor wir mit ihnen gesprochen haben. Vielleicht können sie uns helfen.«

»Das glaubst du doch selbst nicht«, schnaubte die Influencerin.

Nein, das tat Pratt nicht, das sah Nolfi ihm an. Er selbst auch nicht. Er hatte die Insulaner nur für wenige Augenblicke gesehen, aber sie hatten ganz und gar *keinen* harmlosen Eindruck gemacht.

Bevor er sich weiter damit beschäftigen konnte, erscholl ein dumpfes, rasch an Schnelligkeit und Lautstärke zunehmendes Dröhnen wie von einem Dutzend gewaltiger Trommeln, untermalt von einem mindestens ebenso unheimlichen, an- und abschwellenden Gesang in derselben fremdartigen Sprache, die die drei kleinen Männer gesprochen hatten.

Katie sah mit einem Ruck hoch. Sie sagte nichts, aber ihre Augen wurden vor Furcht so groß, dass das Weiße darin nahezu zu verschwinden schien. Pratt ballte die Fäuste, lauschte mit schräg gehaltenem Kopf, dann setzte er sich in Bewegung, bedeutete ihnen mit einer knappen Geste, ein Stück hinter ihm zurückzubleiben, und verschwand geduckt in dieselbe Richtung, aus der der unheilvolle Gesang kam.

Als sie zu ihm aufschlossen, hatte sich Pratt so geschickt zwischen zwei der behauenen Monolithen platziert, dass man schon sehr genau hinsehen musste, um ihn überhaupt zu erkennen. In aller Vorsicht schlichen sie zu ihm hin.

Die bizarre Ansammlung aus Monolithen und steinernen Strukturen setzte sich vor ihnen fort. Sie rahmten einen kreisrunden, vielleicht dreißig Meter durchmessenden Platz ein, der das Zentrum des vom Wall eingezäunten Areals darzustellen schien. In seiner Mitte erhob sich eine sonderbare Konstruktion aus schwarzem Stein, die vage an einen Altar erinnerte. Obenauf thronten zwei mannsgroße, in einem rechten Winkel zueinander angeordnete Zahnräder. Auch sie waren mit den allgegenwärtigen bizarren Reliefs übersät.

Die drei Männer, die sie gesehen hatten, schienen das Areal durch einen anderen, nicht verbarrikadierten Zugang betreten zu haben und standen nun nicht weit vor ihnen. Und sie waren nicht allein. Dicht gedrängt auf der freien Fläche hatten sich mindestens zweihundert weitere kleinwüchsige Menschen versammelt, eine schier unübersehbare, kupferbraune Menge halb nackter Leiber, die sich im psychedelischen Takt der Trommeln und des Gesangs wiegte. Viele trugen bunten Federkopfschmuck oder Umhänge aus demselben, kunstvoll verarbeiteten Material. Nahezu alle waren bewaffnet, mit Speeren, Keulen oder auch Messern aus schwarzem Obsidian. Trinkgefäße aus halbierten Kokosnüssen oder ausgehöhlten Flaschenkürbissen machten die Runde, und in der Luft hing ein schwerer, süßlicher Geruch, der Nolfi an gewisse Zeiten aus seiner Jugend erinnerte, die er schon beinahe vergessen hatte.

Der Trommelrhythmus beschleunigte sich, und auch der Gesang wurde anders – lauter, fordernder und irgendwie bedrohlicher.

Nur ein kleines Stück von ihrem Versteck entfernt teilte sich die Menge, um einer bizarren Prozession Platz zu machen: einem guten Dutzend martialisch wirkender Inselbewohner mit langen Speeren, bedrohlichen Schwertern aus Obsidian am Gürtel und bunten Schilden aus geflochtenem und mit Vogelfedern verziertem Bast, die das Muster auf ihren wippenden Kopfbedeckungen wiederholten. Angeführt wurde die Gruppe von einem besonders prachtvoll gekleideten, uralt wirkenden Mann, der sich auf einen knorrigen Stab stützte und einen großen, ebenfalls schreiend bunten Fächer in der anderen Hand hielt. Als einer von wenigen trug er keinen Kopfschmuck, dafür war sein kahler Schädel über und über mit bunten Tätowierungen verziert, die ein kompliziertes Schlangenmuster bildeten und sich zu bewegen begannen, wenn man zu lange hinsah.

Wie alle anderen war der Greis eher klein und hätte Nolfi wahrscheinlich nicht einmal bis zur Brust gereicht. Dennoch strahlte er etwas aus, das ihm einen eisigen Schauer über den Rücken laufen ließ.

Dann sah er etwas, das ihn noch sehr viel mehr erschreckte: Hinter dem unheimlichen Alten, flankiert von weiteren Ureinwohnern, deren Gesichter mit weißer Farbe in gruselige Totenschädel verwandelt worden waren, näherten sich zwei Gestalten, ein Mann und eine Frau. Letzteres war unschwer zu erkennen, denn die beiden trugen als Einzige weder Federschmuck noch Kleidung, sie waren nackt bis auf einen Lendenschurz und die groben Stricke, mit denen ihre Handgelenke und auch die Fußknöchel so eng gefesselt waren, dass sie nur kleine, trippelnde Schritte machen konnten. In ihren Gesichtern mit den hohen Wangenknochen stand Todesangst.

Langsam, ihre Schritte dem monotonen Rhythmus des Gesangs und der Trommeln anpassend, näherte sich die Prozession der steinernen Zahnradkonstruktion in der Mitte des Platzes. Noch immer hatte Nolfi keine Vorstellung, wozu der Apparat diente, aber er war zunehmend überzeugt davon, dass es nichts Gutes war.

»Was geschieht hier?«, flüsterte Katie. »Haben die vor, wovon ich glaube, dass sie es vorhaben?«

»Keine Ahnung«, antwortete Pratt ebenso leise. »Ist mir auch egal. Ich weiß nur, dass wir verschwinden sollten, solange wir es noch können.«

Damit hatte er natürlich recht, aber wie Nolfi und Katie war auch Pratt nicht imstande, sich aus dem Bann der unheimlichen Szene zu lösen. Die Prozession hatte inzwischen das Zentrum der Menschenmenge erreicht, deren Gesang jetzt immer aufpeitschender und schriller wurde. Die beiden Gefangenen wurden losgebunden, aber sofort von jeweils zwei kräftigen Männern gepackt, sodass an eine Flucht nicht zu denken war. Der unheimliche Alte hob seinen Stock, und die Menge verstummte. Nur das Dröhnen der Trommeln hielt noch weiter an, schien sogar noch lauter zu werden.

Die junge Frau begann zu schreien und sich im Griff der Krieger zu winden, was ihr aber nichts nutzte. Genau wie ihr Begleiter wurde sie gepackt und mit ausgebreiteten Armen und Beinen in der Mitte der waagerechten Steinplatte festgebunden.

Die Menge begann zu johlen, verstummte aber ebenso rasch wieder, als der Alte erneut seinen Stock hob. Dann begann er zu singen, ein schrilles, atonales Lied ohne erkennbare Melodie. Schließlich hob er zum dritten Mal seinen Stock und ließ ihn dann mit einem Ruck wieder sinken.

Ein schweres, machtvolles Klacken antwortete ihm, als die beiden steinernen Zahnräder sich in Bewegung setzten und ineinandergriffen.

Endlich verstand Nolfi, was er da sah.

Um ein Haar hätte er laut aufgeschrien.

Die beiden Zahnräder griffen nicht nur ineinander. Die Vertiefungen in der unteren, gut fünf Meter durchmessenden Scheibe waren spiralförmig angeordnet, sodass sich das tonnenschwere, aufrecht stehende Gegenstück nicht nur kreisförmig auf ihr bewegen konnte, sondern mit jeder Umdrehung auch ein Stück weiter nach innen wanderte. Auf diese Weise würde es den gefesselten Gefangenen zuerst die Gliedmaßen, dann auch den Rest ihrer Leiber zerquetschen.

»Aber das ist ja ...«, hauchte Katie.

»Ein Menschenopfer«, vollendete Nolfi den Satz an ihrer Stelle, als ihr die Stimme versagte. »Und zwar ein ganz besonders brutales.« Das Rad drehte sich so langsam, dass nur alle dreißig Sekunden einer der monströsen Zinken einrastete. Selbst die Menschenopfer der Maya, bei denen dem Opfer das Herz bei lebendigem Leib aus der Brust gerissen worden war, erschienen Nolfi im Vergleich hierzu beinahe gnädig. Es würde eine schiere Ewigkeit dauern, bis die Mechanik die beiden unglückseligen Opfer vollständig zermalmt hätte. Ihnen würde es vorkommen wie *zehn* Ewigkeiten.

»Das können wir doch nicht zulassen!«, hauchte Katie.

Pratt gestikulierte ihr erschrocken, leiser zu sein. »Und was schlägst du vor? Willst du vielleicht rausgehen und ein bisschen rumschreien, damit wir als Nächste auf diesem Ding landen?«

Er schüttelte den Kopf. »Wir müssen verschwinden, bevor es zu spät ist!«

Aber das war es bereits. Nolfi hörte ein Geräusch hinter sich und wusste schon, was er sehen würde, bevor er den Kopf drehte und die drei braunhäutigen Männer erblickte, die mit Speeren auf sie zielten. Irgendwie war er sich sicher, dass es dieselben drei waren, die sie vorhin schon gesehen hatten.

Der Erste schleuderte seine Waffe aus kaum drei Metern Entfernung. Einen Wimpernschlag darauf sah sich Nolfi gezwungen, alles zurückzunehmen, was er jemals über Pratt und dessen vermeintlich angeberisches Gehabe gedacht hatte. Der Schauspieler schoss wie von einer Stahlfeder getrieben in die Höhe, schlug den heranfliegenden Speer mit der bloßen Hand beiseite und hämmerte seinem Besitzer eine Faust ins Gesicht. Der Krieger brach wie vom Blitz getroffen zusammen. Pratt stützte sich auf einen der beiden anderen, bevor der Erste noch ganz zu Boden gefallen war.

Fabrizio Nolfi hatte Szenen wie diese Dutzende Male in seinen Büchern beschrieben, doch sie real zu erleben, war etwas vollkommen anderes. In einem Roman wäre es jetzt an Nolfi gewesen, sich auf den dritten Angreifer zu werfen und Pratt zur Seite zu stehen. Er jedoch stand einfach wie gelähmt da und glotzte. Alles kam ihm so unwirklich vor wie ein Traum. Ein Teil von ihm begriff sehr wohl, was geschah, und sah voller Entsetzen zu, wie der dritte Angreifer sein Obsidianmesser hob, um es Pratt in den Rücken zu rammen, doch er war einfach nicht in der Lage, auch nur einen Finger zu rühren.

Katie dagegen schon. Mit einem schrillen Schrei sprang sie in die Höhe, packte den Krieger von hinten und versuchte, ihm das Messer zu entreißen. Das gelang ihr zwar nicht, aber immerhin lenkte es den zustoßenden Arm mit der Klinge so weit ab, dass sie Pratt nur eine hässliche Schramme an der Seite zufügte, statt ihm mittig in den Rücken zu fahren. Der Krieger riss sich los, wirbelte mit einem wütenden Fauchen zu ihr herum und schlug ihr mit dem Handrücken so wuchtig ins Gesicht, dass ihre Nase zu bluten begann. Er riss sein Messer erneut in die Höhe.

Es war das Letzte, was er jemals tat. Pratt hatte auch den zweiten Angreifer niedergerungen, ergriff den dritten mit beiden Händen, riss ihn in die Höhe und warf ihn mit furchtbarer Wucht gegen einen der Obelisken. Noch während der Krieger mit gebrochenen Gliedern daran zu Boden rutschte, fiel Pratt neben Katie auf die Knie, legte die Hand unter ihr Kinn, um ihren Kopf anzuheben und ihr Gesicht zu betrachten.

»Alles in Ordnung?«, fragte er. »Hat er dir wehgetan?«

Katie schniefte nur. Ihre Nase blutete. Sie versuchte, das Blut wegzuwischen, machte es damit aber nur noch schlimmer. Jetzt sah sie aus wie ein Stephen-King-Clown mit blutigen Zähnen.

»Nichts wie weg hier«, bestimmte Pratt, zog die Influencerin in derselben Bewegung hoch, mit der er sich selbst aufrichtete, und streifte Nolfi mit einem eindeutig verächtlichen Blick.

Im selben Moment zischte aus Richtung des Altars ein weiterer Speer heran, verfehlte Katie um Haaresbreite und hinterließ eine blutige Schramme auf Pratts Unterkiefer.

Dann brach die Hölle los.

Weitere Speere prallten klappernd an den steinernen Stelen ab, die sie umgaben. Ein Chor aufgebrachter Stimmen übertönte selbst das Dröhnen der Trommeln. Nolfi sah über die Schulter und wünschte fast sofort, er hätte es nicht getan.

Die gesamte Masse der Inselbewohner schien in Bewegung. Dutzende kupferfarbene Gestalten stürmten vor, Dutzende Speere und auch Steine flogen in ihre Richtung. Es grenzte an ein Wunder, dass sie nicht schon in den ersten Augenblicken getroffen wurden.

Ein halbes Dutzend aufgebrachter Krieger versuchte sich gleichzeitig durch die Lücke zwischen den beiden Obelisken zu drängen, hinter denen sie Schutz gesucht hatten, wobei sie sich in ihrer Hast gegenseitig behinderten. Doch andere umrundeten die Monumente, und im Nu wimmelte es ringsum von braunen Gestalten mit bunten Federn und langen Speeren, die mit Messern, Spießen oder auch bloßen Händen auf sie eindrangen.

Pratt schickte zwei, drei, vier Angreifer mit Fausthieben zu Boden, packte einen fünften und warf ihn so kraftvoll in die heranwogende Menge, dass er ein halbes Dutzend weiterer mit sich zu Boden riss. Auch Nolfi erwachte endlich aus seiner Erstarrung, boxte einem der Angreifer die Faust ins Gesicht und machte eine weitere neue Erfahrung, auf die er gerne verzichtet hätte – nämlich, dass eine mit aller Kraft geführte rechte Gerade nicht nur dem Getroffenen wirklich wehtut.

Hinter ihm brüllte Pratt vor Wut, riss einen zappelnden Angreifer an beiden Armen hoch über den Kopf und schleuderte auch ihn in die Menge zurück. Für einen kurzen Moment kam der Angriff ins Stocken, als sich die kaum eins fünfzig großen Krieger einem tobenden Giganten gegenübersahen, gegen den sie sich wie bloße Kinder ausnahmen.

Aber es waren zu viele. Pratt schickte noch zwei weitere Angreifer zu Boden, dann wurde er von der schieren Masse an Leibern überrannt. Eine Sekunde später fühlte sich auch Nolfi von zahllosen Händen gepackt und zu Boden gezogen. Pratt und er wurden davon-, zwischen den Obelisken hindurch auf den Platz gezerrt, wo bereits eine johlende Menge auf sie wartete.

Auch Katie wurde ergriffen und aus ihrem Versteck zwischen den Obelisken gezerrt. Doch ebenso schnell, wie die Krieger sie gepackt und hochgerissen hatten, ließen sie sie plötzlich wieder los und wichen erschrocken zurück.

Nolfi fand keine Gelegenheit, die Szene zu verfolgen. Pratt und er wurden weitergezerrt, Schläge und Tritte prasselten auf sie herab. Er schmeckte Blut, trat und schlug nach Kräften um sich und spürte auch, dass er traf. Aber es nutzte nichts. Neben ihm brüllte auch Pratt vor Schmerz gellend auf.

Und dann tat Katie etwas vollkommen Verrücktes.

Statt ihre Chance zu nutzen und zu fliehen, trat sie auf den freien Platz hinaus, wobei sie mit der Kraft der Verzweiflung eine ganze Anzahl Inselbewohner aus dem Weg stieß. Sofort stürzten andere mit erhobenen Waffen auf sie zu …

… und verharrten ebenfalls mitten in der Bewegung.

Die Menge stockte, als hätte jemand einen unhörbaren Befehl erteilt. Etliche Krieger wurden von den Nachdrängenden niedergeworfen, bevor diese ihrerseits anhielten. Manche ließen ihre Waffen fallen und sanken auf die Knie, auf ihren Gesichtern erschien ein Ausdruck zwischen Unglauben und purem Entsetzen. Manche fuhren auf der Stelle herum und ergriffen die Flucht.

Katie zeigte sich von alldem wenig beeindruckt. »*Lasst sie in Ruhe!*«, schrie sie und stürmte weiter, wobei sie jeden aus dem Weg stieß, der nicht schnell genug zur Seite sprang.

Nolfi gelang es irgendwie, sich loszureißen. Neben ihm richtete sich auch Pratt schwer atmend auf, schüttelte mehrere der kleinen Männer ab und wollte gerade einen weiteren packen. Doch ringsum waren plötzlich keine Krieger mehr zu sehen – alle befanden sich in wilder Flucht.

Aber nicht vor Pratt.

Nolfi richtete sich verstört auf und versuchte zu begreifen, was er sah. Die gesamte Menge – rund zweihundert bewaffnete Ureinwohner – floh in blinder Panik, wobei sie sich oft genug gegenseitig niedertrampelten. Augenblicke später war die Fläche um den sonderbaren Altar wie leer gefegt, selbst die Trommeln waren verstummt. Nur der Alte und die weiß geschminkten Krieger in seiner Begleitung waren zurückgeblieben, auch wenn Nolfi ihnen ansah, wie schwer es ihnen fiel.

Als Katie einen weiteren Schritt in ihre Richtung machte, ließen die Leibwächter des Greises ihre Waffen fallen und flohen. Der Alte hielt noch einen Atemzug länger stand, doch dann machte er kehrt und rannte davon, so schnell ihn seine dünnen Beine trugen.

Nolfi warf einen verwirrten Blick über die Schulter. Als er Katie erblickte, musste er an sich halten, nicht selbst Angst zu bekommen.

Das Mädchen bot einen furchterregenden Anblick. In dem Handgemenge hatte sie ihr Haargummi verloren, das hellblonde Haar stand in wirren, blutig verklebten Strähnen in alle Richtungen ab. Gesicht, Mund und Kinn waren blutverschmiert, auch ihre Zähne schimmerten rot. Den Inselbewohnern, die vermutlich noch nie eine hellhäutige und hellblonde Frau gesehen hatten, musste sie in der aufgepeitschten Stimmung des Augenblicks wie ein Dämon aus den Tiefen der Hölle vorgekommen sein.

Doch Nolfi ahnte vage, dass dies nicht der einzige Grund für ihre überstürzte Flucht gewesen war.

»Wieso sind sie abgehauen?«, wunderte sich die Influencerin.

»Völlig egal«, antwortete Pratt. Er stand zwar aufrecht, wankte aber und sah nicht so aus, als würde er eine zweite Runde gegen auch nur einen einzigen Inselkrieger durchstehen. »Wir verschwinden, bevor die Kerle es sich anders überlegen und wiederkommen.«

»Ja, wir … müssen weg«, brachte Nolfi mühsam hervor. Alles drehte sich um ihn, ihm tat buchstäblich jeder Knochen im Leib weh.

»Was ist mit den beiden da?« Katie deutete auf die monströse Zahnradkonstruktion des Altars, die sich gerade mit einem schweren Klacken um eine Position weiterdrehte und zitternd einrastete.

Die Gefesselten hatten aufgehört zu schreien und sich anscheinend in ihr Schicksal ergeben. Möglicherweise hatten sie

auch das Bewusstsein verloren, das war auf die Entfernung nicht zu erkennen. Was man dagegen mit schrecklicher Klarheit sehen konnte, war, dass die Zähne des senkrechten Rads höchstens noch eine Elle von ihren festgebundenen Händen entfernt waren.

»Wir müssen sie befreien!«, rief Katie.

»Wie denn?« Der Schauspieler deutete auf die dicken, aus Hanf geflochtenen Stricke, mit denen die beiden Opfer an den Stein gefesselt waren. »Wir haben kein Messer dabei. Bis wir sie von den Fesseln befreit haben, hat sich dieses teuflische Ding längst so weit gedreht, dass von den beiden nur noch Mus übrig ist.«

»Dann müssen wir den Mechanismus anhalten!« Für Katie war die Sache klar. Sie war bereits auf dem Weg zu der steinernen Konstruktion.

Pratt stand wie versteinert, dann verdrehte er die Augen gen Himmel und folgte ihr. Als Letzter schloss sich Nolfi an.

Aus der Nähe erwies sich die mörderische Konstruktion als erstaunlich durchdachtes Stück Technik. Die hölzerne Antriebswelle des senkrecht stehenden Rads, ein armdicker, grob bearbeiteter Holzpfahl, wurde mittels einer ebenfalls hölzernen Gelenkwelle senkrecht nach unten umgeleitet, wo diese in einem ummauerten Schacht im Boden verschwand. Nolfi vermutete, dass die Insulaner einen unterirdischen Wasserlauf als Antrieb nutzten.

»Die beiden sind ohnmächtig«, stellte die Influencerin fest.

Die Apparatur setzte sich erneut in Bewegung. Instinktiv packte Nolfi die Antriebswelle mit beiden Händen, um sie aufzuhalten, während Pratt auf die waagerechte Steinplatte sprang und sich mit ganzer Kraft gegen das mannshohe Rad stemmte. Doch sie vermochten nichts auszurichten: Unbeeindruckt und mit einem dumpfen Rucken wanderte das tonnenschwere Mühlrad eine Vertiefung weiter – die letzte, bevor es die Hände der Opfer zermalmen würde.

»Es *muss* einen Weg geben, das Rad abzukoppeln«, sagte Nolfi. »Als wir kamen, hat es sich ja auch nicht gerührt. Der Alte hat es irgendwie aktiviert.«

»Wie wäre es hiermit?« Katie deutete auf die Frontseite des Steinsockels. Dort war ein kreisrundes Muster eingemeißelt, das sich deutlich von den anderen Reliefs unterschied, die überwiegend szenische Darstellungen zum Inhalt hatten.

»Was soll das sein?«, fragte Pratt.

»Die Symbole in den unterschiedlichen Kreisebenen – sie stehen erhöht auf dem Stein hervor ... wie Tasten!« Nolfi ging vor der Darstellung in die Knie. »Vielleicht kann man welche davon hineindrücken? Wenn wir die richtigen erwischen, stoppt das möglicherweise den Mechanismus.«

»Aber welches *sind* die richtigen?« Pratt ging an seiner Seite in die Hocke.

»Wenn diese Insulaner nur halb so gewitzt sind, wie ich denke«, stieß Nolfi zwischen zusammengebissenen Zähnen hervor, »haben sie dafür gesorgt, dass sich die betreffenden Symbole von den restlichen unterscheiden!« Er begann, mit spitzen Fingern auf einige der steinernen Felder zu drücken ...

Sieh dir die Symbole auf der vorangegangenen Seite genau an. Wenn du zu wissen glaubst, welche Symbole nicht wie die anderen sind, drücke sie, indem du ihre jeweiligen Zahlenwerte addierst. Die Summe der gedrückten Tasten verrät dir die Seitenzahl, auf der du weiterlesen musst.

Beginnt der Text NICHT mit »Knirschend verschwand ...«, war deine Wahl falsch. Verfahre weiter, als hättest du die Lösung nicht gewusst (s. u.).

Kannst du das Rätsel nicht lösen, blättere um und lies weiter auf Seite 98!

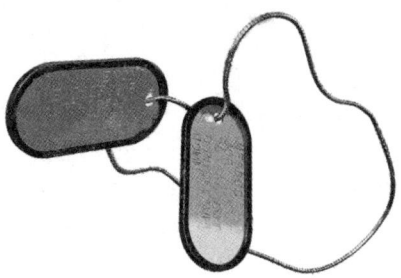

Schlag den hinteren Bucheinband auf und markiere einen beliebigen Totenschädel mit einem Kreuz!

»Beeilt euch!« Katies Stimme klang schrill vor Angst. »Jeden Moment wird sich das Ding wieder zu drehen beginnen!«

»Verdammt! Ich stehe total auf dem Schlauch«, gab Nolfi zu. »Falls es eine Lösung gibt, sehe ich sie nicht.«

Über ihren Köpfen fuhr ein kaum merkliches Zittern durch das schwere Steinrad. Gleich würde es sich von Neuem in Bewegung setzen.

»*Da!*« Pratts Stimme überschlug sich fast. »Sehen Sie? Nahezu alle Symbole tauchen mehrfach auf – gespiegelt, auf gegenüberliegenden Seiten des Kreismusters. Nur diese vier gibt es lediglich ein einziges Mal: *dieses*, *dieses*, *das* hier und *das!*« Während er sprach, presste er der Reihe nach fest auf jedes der bezeichneten Symbole.

Lies weiter auf Seite 155!

Ein gedämpftes Piepsen ertönte. Die kleine rote LED sprang von Rot auf Grün um.

»Was zum ...?«, entfuhr es Brianna.

Von irgendwoher ertönte ein dumpfes Geräusch, wie ein Hammerschlag auf Metall. Dann schwang das tonnenschwere Schott vor ihnen lautlos beiseite.

»Ich darf dann bitten?« Fyfield grinste wie ein Haifisch und trat, ohne auf irgendjemanden zu warten, durch die Öffnung.

- *Möchtest du erfahren, was hinter der Tür liegt, lies weiter bei KAPITEL 12.*

- *Unternimmst du lieber einen Abstecher zu Nolfi, Pratt und Katie, lies weiter bei KAPITEL 13. Kennst du dieses Kapitel schon, lies KAPITEL 15. Kennst du auch dieses bereits, lies KAPITEL 17. (Hast du diese Kapitel alle schon gelesen, wähle die obige Option.)*

7

Dr. Fisz wollte die Klappe aus teflonbeschichtetem Material eben aufklappen, als Captain Bati unvermittelt warnend die Hand hob. »Still! Hören Sie nichts?«

Alle lauschten gebannt, dann sagte Elena Zanik in genervtem Ton: »Nein.«

Ihr Mann und auch Fisz nickten zustimmend, doch Bati wiederholte die mahnende Geste. Nach einigen Sekunden ließ er die Hand jedoch sinken. »Da war wieder dieses Summen. Aber es klang anders als vorhin.«

»Dieser komische Rucksack hat auch vorhin schon gesummt. Oder vibriert«, erinnerte Fisz. »Jetzt, wo der Schließmechanismus deaktiviert ist, sollte er das eigentlich nicht mehr tun.«

»Vielleicht habe ich mich getäuscht«, räumte Bati ein.

Fisz lauschte noch eine Weile. Als er nichts hörte, griff er erneut zu und klappte den Tornister auf.

Irritiert hielt er den Atem an: Für einen Moment meinte er, etwas aus dem Behälter emporsteigen zu sehen, wie einen feinen silberfarbenen Dunst oder aufgewirbelten Staub.

Dann war alles ebenso rasch verschwunden, wie es vermeintlich gekommen war.

Bati indes riss die Augen auf und starrte in den offenen Behälter.

»Und?«, fragte Elena. »Was ist drin?«

Bati machte einen Schritt zur Seite und eine einladende Handbewegung. »Sehen Sie selbst.«

Elena trat rasch neben ihn, um ihrem Mann zuvorzukommen. Dann riss auch sie die Augen auf.

»Aber der ist ja …«

»Leer«, führte Jacek Zanik den Satz zu Ende, der neben sie getreten war.

»Völlig«, bestätigte Bati.

Fisz senkte den Blick und verengte die Augen. Der Tornister war leer, bis auf einen kleinen Rest feinen, silberfarbenen Staubs, der sich am Boden und den Ecken des Innenraums festgesetzt hatte.

»Wer macht sich so viel Mühe, um einen leeren Tornister zu sichern?«, wunderte sich Jacek. »Das ergibt doch keinen Sinn!«

»Vielleicht war er nicht immer leer«, sagte Fisz.

»Sie meinen, Fyfield hat etwas in diesem Kasten mitgebracht und es nach unserer Landung herausgenommen?«, hakte Zanik nach.

Fisz zuckte mit den Schultern. Er musste an den seltsamen Dunst denken, den er gerade zu sehen geglaubt hatte, und konnte nicht anders, als sich furchtsam umzusehen.

Sie waren nach wie vor allein am Strand, nichts und niemand war zu sehen.

Etwas streifte so sacht wie ein lauer Windhauch sein Gesicht. Doch als er die Hand hob und seine Wange berührte, war da nichts. Mit seinen Nerven stand es scheinbar nicht mehr zum Besten.

Jacek lachte nervös. »Das alles ist vollkommen verrückt ...«

In diesem Augenblick klickte etwas.

Fisz drehte den Kopf und erkannte eindeutig eine Bewegung, auch wenn er sie zuerst nicht einordnen konnte. Erst nach Sekunden gelang es ihm, den Ursprung des noch immer anhaltenden Klickens zu identifizieren.

Es war das Zahlenschloss. Alle drei Walzen waren auf die Ziffer 9 gesprungen. Sie drehten sich, sodass die dargestellte Zahl immer mehr abnahm. Während er hinsah, rotierten die Walzen hektischer, der Schrumpfungsvorgang der dreistelligen Zahl beschleunigte sich noch.

»Was ist denn das schon wieder?«, fragte Elena.

Fisz konnte nur mit den Schultern zucken.

Bati fragte: »Ein neues Zahlenrätsel, Professor?«

»Doktor reicht.« Fisz zuckte abermals mit den Achseln. »Ich habe keine Ahnung, was …«

Die Zahlen bewegten sich immer schneller, rasten der finalen 000 entgegen. Fisz stellte fest, dass ihn der Anblick auf unangenehme Weise an einen Countdown erinnerte.

Wenn er einer war, gab es keine Möglichkeit, ihn anzuhalten. Die Walzen rotierten jetzt so schnell, dass die Zahlen darauf vor seinen Augen zu verschwimmen begannen. Jeder Versuch, sie zu stoppen, konnte nur in abgeraspelten Fingerkuppen resultieren.

Wenige Herzschläge später schließlich wurden sie wieder langsamer und rasteten nacheinander auf Position 0 ein.

Fisz war nicht der Einzige, der instinktiv die Luft anhielt.

In der ersten Sekunde geschah nichts.

In der zweiten auch nicht, auch nicht in der dritten.

Zanik atmete hörbar aus. »Dieser Kerl, Fyfield … Der Bursche hat echt gewaltig einen an der Klatsche!«

Etwas summte, und diesmal hörten sie es alle: ein hohes, sonderbar mechanisches Geräusch, das aus keiner bestimmten Richtung oder vielleicht auch allen zugleich zu kommen schien und mehr zu spüren als wirklich zu hören war. Fisz hob mit einem Ruck den Kopf und sah einen feinen, metallisch schimmernden Schleier, der sich ein Stück entfernt über den Strand bewegte. Er schien sich zu gleitenden, tanzenden Formen zusammenzufügen, die sich ebenso schnell wieder auflösten, wie sie sich bildeten.

»Was …?«, keuchte Elena.

Der Schleier zerstob, als hätte ihre Stimme ihn erschreckt.

Zanik lachte noch einmal, diesmal nervöser. »Was soll der Quatsch?«

Fisz sagte nichts. Dies war kein Quatsch, da war er vollkommen sicher, sondern etwas Fremdartiges, vielleicht Gefährliches.

»Doktor?«, fragte Bati. Seine Stimme zitterte.

Bevor Fisz in die Verlegenheit kam, antworten zu müssen, erklang das Summen wieder, lauter und aggressiver als zuvor. Fisz spürte eine Berührung auf dem Handrücken. Er hob den Arm vors Gesicht und sah etwas ebenso Erstaunliches wie Unheimliches: Feiner, metallischer Staub hatte sich auf seine Hand gesenkt. Noch während er hinsah, begann er, sich zusammenzuziehen und zu verklumpen, bildete winzige Dreiecke, Würfel und Quadrate, die sich ihrerseits wieder zusammenfügten und noch kompliziertere Formen bildeten.

Und es hörte nicht auf. Nach nur wenigen Sekunden starrte Fisz auf ein winziges, bizarres Etwas, das aussah wie ein kaum einen halben Zentimeter messendes, mechanisches ... *Insekt?*

Obwohl Fisz wusste, dass er besser irgendwie reagieren sollte, schlug ihn der Anblick in seinen Bann. Die bizarre Metamorphose war noch nicht zu Ende: Weitere winzige Dreiecke, Würfel und mikroskopisch dünne Plättchen schwirrten heran, fanden ihren Platz auf seinem Handrücken und vergrößerten das bizarre Konstrukt, bis es zu einem knapp zwei Zentimeter langen, vielgliedrigen Insekt mit nadeldünnen segmentierten Beinchen, einem dreieckigen Kopf mit großen Facettenaugen und hauchzarten Flügeln geworden war.

Und einem nadelspitzen Stachel, den es tief in seinen Handrücken rammte.

Fisz schrie auf, mehr vor Schreck als echtem Schmerz, und schlug instinktiv mit der anderen Hand zu. Als er sie zurückzog, lag ein Miniaturtrümmerfeld auf seinem Handrücken: zerknickte Flügel, verbogene Beinchen und weniger als millimetergroße Zahnrädchen und Gelenke, die vor seinen Augen zu silberfarbenem Staub zerfielen ...

… und sich neu zusammenfügten!

Diesmal zog er die Hand blitzartig unter dem Insekt fort, bevor sich der Stachel erneut in seine Haut bohren konnte. Der künstliche Moskito sackte ein Stück nach unten, bevor er seine Flügel ausklappte und sich taumelnd fing. Sein Stachel zielte wie ein lächerlich winziger Speer auf Fisz' Gesicht, während das Ding an Höhe gewann und ganz zu ihm herumschwenkte.

Fisz schlug es mit dem Handrücken aus der Luft, wodurch es erneut zu einer winzigen silberfarbenen Wolke zerstob. In diesem Moment erscholl hinter ihm ein spitzer Schrei.

Elena war einen Schritt zur Seite gestolpert und hatte die Hand gegen ihre Wange geschlagen. Auf ihrem Gesicht lag ein Ausdruck zwischen Schrecken und Schmerz. Als sie die Hand zurückzog, rieselte silberner Staub zu Boden und verwehte im Wind. Wo sie sich selbst geohrfeigt hatte, war der Abdruck ihrer Hand zu erkennen, und in der Mitte davon ein winziger, roter Punkt wie ein Nadelstich, aus dem ein stecknadelkopfgroßer Blutstropfen quoll.

»Was ist?«, fragte Zanik alarmiert. »Was hast du?«

Er sprach nicht weiter, sondern sog unvermittelt scharf die Luft zwischen den Zähnen ein. Dann schlug er sich selbst so fest mit der flachen Hand in den Nacken, dass es klatschte.

Und plötzlich waren sie überall. Silberfarbener Dunst trieb in Schwaden durch die Luft und ballte sich zu einem Schwarm winziger, chromfarbener Stechmücken zusammen, die sich mit einem zornigen Summen auf Elena, Zanik und Bati stürzten. Eine weitere, deutlich größere Wolke schwenkte herum und nahm summend Kurs auf Fisz.

Er verschwendete keine Zeit mit Denken, sondern wirbelte auf dem Absatz herum, schlug einen vorwitzigen Moskito aus der Luft, der es anscheinend auf seine Augen abgesehen hatte, und jagte los in Richtung Meer. Der Schwarm brummte zornig und verdoppelte seine Anstrengungen, ihn einzuholen, während hinter ihm nun auch Captain Bati aus Leibeskräften zu schreien und um sich zu schlagen begann.

Mit drei, vier ausgreifenden Sätzen erreichte er das Wasser, schwenkte wahllos nach links und registrierte aus dem Augenwinkel, wie der Schwarm die Bewegung zwar prompt nachvollzog, das aber deutlich langsamer und irgendwie ein wenig ... ziellos. Zwei oder drei der kleinen Biester verloren den Kontakt zum Schwarm und lösten sich in silberfarbenen Staub auf, der vom Wind zerpflückt wurde.

Trotzdem holte der Schwarm unerbittlich auf. Als wäre das noch nicht schlimm genug, teilte er sich plötzlich in zwei Hälften auf, um ihn in die Zange zu nehmen. Wenn das kein Zeichen für Intelligenz war, kam nur noch Zauberei infrage.

Der Wissenschaftler in Fisz wollte weder an das eine und schon gar nicht an das andere glauben, aber dem größten Teil von ihm war das herzlich egal. Der wollte einfach nur am Leben bleiben.

Hinter ihm schrien Bati und die beiden anderen jetzt um die Wette. Ein Blick über die Schulter offenbarte Fisz, dass Bati auf die Knie gesunken war, die Hände vors Gesicht geschlagen. Blut quoll zwischen seinen Fingern hervor. Elena wälzte sich kreischend am Boden, und ihr Mann führte einen irren Veitstanz auf und schlug wie besessen um sich. Sein Gesicht war mit zahllosen roten Punkten übersät und vor Schmerz zu einer Grimasse verzerrt.

Der Anblick brachte Fisz dazu, noch schneller zu laufen und den Abstand zu dem Moskitoschwarm zu vergrößern. Aber er spürte schon nach wenigen Schritten, dass er das Tempo im knietiefen Wasser nicht lange durchhalten würde.

Er versuchte es trotzdem, kam prompt ins Stolpern und fiel so schwer auf die Knie, dass das Wasser bis über seinen Kopf aufspritzte.

Einige Tropfen trafen den vorderen Moskito.

Er explodierte.

Eigentlich war es nur ein zu groß geratener Funke, der schnell wie ein Lidschlag wieder verschwand. Aber er nahm den Moskito mit, der sich diesmal nicht wieder zusammensetzte, sondern als Schauer winziger glühender Trümmerteile ins Wasser fiel.

Doch in diesem Moment waren die anderen heran und senkten sich summend und stechend auf Fisz' Gesicht. Es waren kaum mehr als Nadelstiche, aber *sehr viele* Nadelstiche, und schon nach einer Sekunde begannen sie, wie Feuer zu brennen.

Er sprang auf, wodurch das Wasser abermals hochspritzte und diesmal ein gutes Dutzend der stechwütigen Maschinenmonster einäscherte, fuhr mit einem Schrei herum und warf sich mit ausgestreckten Armen der Länge nach ins tiefere Wasser.

Ein halbes Dutzend Moskitos nutzte die Gelegenheit zu einem Kamikaze-Angriff und versetzte ihm noch rasch eine Anzahl schmerzhafter Stiche, dann schlug das Wasser über ihm zusammen. Heftig mit Armen und Beinen strampelnd, drehte er sich unter Wasser auf den Rücken und sah ein ganzes Gewitter winziger gelber und roter Funken auf der Wasseroberfläche, nur wenige Zentimeter über seinem Gesicht explodieren.

Es hörte so schnell auf, wie es begonnen hatte. Der Rest des Schwarms stürzte sich auf ihn und verbrutzelte beim Kontakt mit dem Meerwasser binnen Sekunden zu mikroskopischer Schlacke.

Fisz blieb so lange unter Wasser, bis er es nicht mehr aushielt, dann stemmte er sich prustend und nach Atem ringend auf die Knie hoch, wobei er sich bemühte mit den Händen das Wasser so heftig aufspritzen zu lassen, wie es ihm nur möglich war.

Er blinzelte ein paarmal, konnte im ersten Moment aber kaum etwas sehen, so sehr brannte das Salz in seinen Augen. Vorsichtshalber schöpfte er zwei Hände voller Wasser, bevor er sich ganz aufrichtete.

Es gab nichts, wogegen er es einsetzen musste. Offensichtlich hatte sich der gesamte Schwarm in seinem Drang, ihn selbst unter Wasser doch noch zu erreichen, eliminiert.

Fisz blinzelte sich Reste von Salzwasser aus den Augen und wandte sich mit klopfendem Herzen zum Strand. Die Bewegung löste ein leises Schwindelgefühl hinter seiner Stirn aus, das er aber auf die ungewohnte Anstrengung und die ausgestandene Angst schob. Es war sofort vergessen, als er den Strand sah.

Captain Bati und die Zaniks hatten aufgehört zu schreien. Genau genommen taten sie gar nichts mehr, sondern lagen reglos im Sand. Über ihnen schwebte ein feiner, metallisch schimmernder Dunst, den man für Nebel hätte halten können, hätten sich die hauchzarten Schleier nicht in verschiedene Richtungen zugleich und auch gegen den Wind bewegt.

Fisz' Gedanken begannen zu rasen. Er hatte keine Ahnung, ob die drei schwer verletzt waren oder überhaupt noch lebten, aber er konnte sie nicht einfach im Stich lassen. Mochte sein Herz auch hämmern, als wollte es im nächsten Moment aus seiner Brust springen, und seine Knie sich so anfühlen, als könnten sie das Gewicht seines Körpers keine drei Schritte tragen – er musste etwas tun.

Er musterte die übrig gebliebenen Moskitos, einen Schwarm, der zusammengenommen rund dreimal so groß war wie der, dem er gerade mit Mühe und Not entkommen war.

Fisz überlegte kurz, dann fasste er einen Entschluss.

Warum sollte, was einmal funktioniert hatte, nicht auch ein zweites Mal funktionieren?

Er hüpfte ein paarmal im aufspritzenden Wasser auf und ab,

wedelte mit den Armen und schrie aus Leibeskräften, ohne dass sich jedoch am erratischen Tanz des Schwarms irgendetwas änderte. Schließlich gab er es auf, watete durch das knietiefe Wasser zum Strand zurück und blieb alle zwei oder drei Schritte stehen, ohne den Schwarm einen Sekundenbruchteil aus den Augen zu lassen.

Als er sich bis auf zehn Schritte genähert hatte, kam Bewegung in die tanzenden Schleier. Tatsächlich schienen sie sich für einen Moment in so etwas wie eine vielfingrige Hand zu verwandeln, die unsicher umhertastete, wie um Witterung aufzunehmen. Dann ballte sich der Schwarm plötzlich zu einem einzigen, blitzenden Keil zusammen, der rasend schnell in seine Richtung schoss.

Fisz wirbelte herum und rannte zum Wasser zurück. Hinter ihm wurde aus dem Summen etwas anderes, Aggressiveres. Der Wissenschaftler meinte, die Nähe des Schwarms schon fast körperlich zu spüren, als er das Wasser erneut erreichte und zum zweiten Mal mit einem lang gestreckten Hechtsprung untertauchte.

Am Schluss war es beinahe zu leicht. Er tauchte diesmal so tief, dass er über den mit Muschelschalen und Korallenstückchen übersäten Sand schrammte. Gleichzeitig schien die Wasseroberfläche über ihm regelrecht zu explodieren.

Es dauerte länger als beim ersten Mal, weil der Schwarm so viel größer war. Aber nach kaum einer Minute war es vorbei, die letzten Moskitos stürzten sich über ihm ins Wasser und zerbarsten.

Er blieb noch eine weitere halbe Minute unter Wasser und tauchte erst auf, als seine Lunge zu explodieren drohte.

An der Wasseroberfläche bot sich ihm ein befriedigendes Bild: Der Schwarm hatte sich ausgelöscht, und wie es aussah, diesmal komplett. Er brauchte eine weitere geschlagene Minute, in der er im Wasser kniete und nur langsam begriff, dass er noch am Leben war, bevor er zum zweiten Mal aufstand und sich zum Strand zurückschleppte.

Ihm war immer noch schwindelig, seine Glieder fühlten sich an wie mit Blei gefüllt. Sein Kopf tat weh. Aber Bati und die beiden anderen rührten sich nach wie vor nicht, und Fisz gestattete sich nicht, über seinen eigenen Zustand nachzudenken, solange er nicht wusste, was mit ihnen war.

Mehr taumelnd als gehend erreichte er Bati, sank neben ihm auf die Knie und brauchte fast seine gesamte Kraft, um ihn auf den Rücken zu drehen.

Er konnte nicht sagen, ob Bati tot war, aber er sah so aus. Seine Haut war grau, sein Gesicht mit unzähligen winzigen Stichen übersät, die jeder für sich harmlos sein mochten, in ihrer gewaltigen Summe jedoch absolut nicht mehr. Fisz tastete nach seinem Puls, ohne ihn zu finden, doch er war nicht einmal sicher, ob er überhaupt noch in der Verfassung war, solche Feinheiten zu registrieren.

Er versuchte aufzustehen und stellte fest, dass er es nicht konnte. Der Schwindel ließ nicht nach, schien im Gegenteil immer schlimmer zu werden. Unsichtbare Gewichte zerrten an seinen Gliedern, und selbst seine Gedanken bewegten sich nur noch träge. Er musste nach den Zaniks sehen … aber warum eigentlich?

Da war irgendetwas gewesen mit … Moskitos?

Wie albern.

Alles begann, vor seinen Augen zu verschwimmen, in seinem Mund war plötzlich ein scharfer, chemischer Geschmack. Irgendwie gelang es ihm, sich bis zu Elena zu schleppen, und in seinem Bewusstsein war sogar noch Platz für ein vages Erschrecken, als er in ihr Gesicht blickte und sah, dass es wie gehäutet wirkte und ihre Augen leer und starr waren, wie die Glasaugen einer Puppe.

Etwas fraß sich durch seine Adern. Enis Fisz konnte regelrecht spüren, wie es alle Kraft und vielleicht sogar das Leben selbst aus ihm herausätzte.

Und dann … nichts mehr.

- **Möchtest du nun die Aktivitäten Nolfis, Pratts und Katies verfolgen, lies K**APITEL **4. Kennst du dieses bereits, lies K**A-PITEL **6 bzw. K**APITEL **9. Kennst du auch diese Kapitel schon, wähle eine andere Option (s. u.).**

- **Ziehst du es vor, mehr über den Fortschritt von George und Heather McManus, Clifford Fyfield und Brianna Colfer im Herz des Dschungels zu erfahren, lies als Nächstes K**APITEL **8. Kennst du dieses Kapitel bereits, lies sämtliche oben genannten Kapitel (sofern du dies noch nicht getan hast) und löse dann das Rätsel am Ende von K**APITEL **8.**

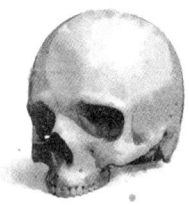

Nolfi streckte die Hand aus, hob den unteren der beiden linken Äste auf und platzierte ihn rechts oberhalb des Gebildes, sodass ein Ende die obere Spitze des mittleren Astes berührte. »Hier muss er gelegen haben!«

»Aber ... das ist ja ein Pfeil«, stellte Pratt fest.

»Und er zeigt geradeaus, den mittleren der drei Pfade entlang«, fügte Nolfi mit einem Anflug von Stolz hinzu. Im gleichen Moment wurde ihm klar, dass er in seinem Ehrgeiz einen Fehler begangen hatte. Er hätte seine Entdeckung lediglich zu verschweigen brauchen, und sie wären gewiss umgekehrt und zum Strand zurückgekehrt.

Er hätte sich ohrfeigen können.

»Dann los!«, rief Katie und marschierte mit großen Schritten geradeaus. »Ich bin durstig. Ich glaube, ich habe mich noch nie auf eine Diät-Cola so gefreut wie jetzt!«

- *Möchtest du Nolfi, Pratt und Katie weiter durch den Dschungel folgen, lies jetzt KAPITEL 6.*

- *Ziehst du es vor zu erfahren, was George McManus, Clifford Fyfield, Brianna und Heather gerade tun, lies als Nächstes KAPITEL 8 – es sei denn, du kennst dieses Kapitel bereits. Dann wähle eine der anderen Optionen.*

- *Möchtest du zu Captain Bati und den anderen am Strand Gebliebenen zurückkehren, lies KAPITEL 5. Kennst du dieses Kapitel bereits, lies stattdessen KAPITEL 7 – es sei denn, du kennst dieses ebenfalls schon. Dann wähle eine der obigen Optionen.*

Mit angespannter Miene verfolgte Riker, wie Fyfield das Codewort eingab. Für einen kurzen Augenblick wurde der Monitor völlig schwarz, dann erschien ein neuer Text darauf.

»AUTORISIERUNG ERFOLGREICH«.

»Dieses Geheimnis hast du also damals mit ins Grab genommen, Bertie«, murmelte Riker im Hintergrund gerührt.

Fyfield stieß zischend die angehaltene Luft aus und scheuchte McManus mit einem Schwenk des Revolvers wieder vom Tisch fort. »Und nun?«, erkundigte er sich misstrauisch. »Was passiert jetzt?«

Bevor du erfährst, was weiter im Labor geschieht, stelle sicher, dass du auf dem aktuellsten Stand bist, was die Ereignisse um Nolfi, Pratt, Katie und die beiden Insulaner angeht: Lies (sofern du das noch nicht getan hast) die Kapitel *13, 15 und 17 und löse die dortigen Rätsel!*

Anschließend lies Kapitel *19!*

8

»Ihr hättet bei den anderen bleiben sollen«, erklärte George McManus, während er einen Zipfel seines Hemdsärmels mit Spucke befeuchtete, um anschließend behutsam damit über eine blutige Schramme in Heathers Gesicht zu tupfen. Es war eine von mehreren, die sie sich auf dem Marsch vom Strand hierher zugezogen hatte, und es würde mit Sicherheit nicht die letzte bleiben. In der Richtung, in die sie jetzt unterwegs waren, wurde der Dschungel sogar noch dichter, auch wenn McManus das vor Kurzem noch für unmöglich gehalten hätte. Am anderen Ende der kleinen Lichtung, auf der sie für einen Moment zum Verschnaufen haltgemacht hatten, erhob sich eine schier undurchdringliche grüne Mauer, die bis in den Himmel zu reichen schien.

»Es ist doch nur ein Kratzer«, behauptete Heather und machte eine abwinkende Geste. »Die Stimmung am Strand wurde uns einfach zu toxisch. Wir *mussten* da weg.«

Neben ihr nickte Brianna Colfer zustimmend. Ihr schien darüber hinaus eine Bemerkung auf der Zunge zu liegen, aber nach einem Seitenblick zu McManus blieb sie stumm.

»Außerdem gab es dort nichts Nützliches für uns zu tun«, fuhr Heather fort. »Darum folgten wir der Spur, die ihr durch den Dschungel hinterlassen hattet, in der Hoffnung, euch einzuholen.«

»Wir haben *Spuren* hinterlassen?« Clifford Fyfields Brauen hoben sich fragend.

Heather zuckte mit den Schultern. »Klar. Geknickte und abgebrochene Äste, niedergetrampeltes Blattwerk, zertrampelte Spinnen … Die Vegetation hier ist so unberührt, dass sich auch ohne Pfadfinderausbildung sehr leicht erkennen lässt, wo jemand … *au!*« Letzteres galt George McManus, der noch immer an ihrem Gesicht zugange war.

»Sorry«, entschuldigte er sich. »Ich versuche nur, den Schmutz aus der Wunde zu bekommen.«

Brianna trat neben ihn. »Lassen Sie mich mal.« Sie zog ein kleines, erstaunlich sauberes Stofftaschentuch aus ihrer Bluse, dann einen winzigen Zerstäuber aus einer anderen Tasche. »Es ist nicht gerade *Chanel No. 5,* und es wird tierisch brennen, aber das ist allemal besser, als wenn sich die Wunde entzündet. Dann hättest du hier im Urwald ein echtes Problem.«

McManus registrierte, dass die Frauen während ihres Marsches offenbar zum »Du« übergegangen waren. Weder Fyfield noch ihm war bisher etwas Ähnliches eingefallen.

»Können wir jetzt weiter?« Fyfield spähte unruhig ins umgebende Dickicht, aus dem neben Vogelgezwitscher und Rascheln ein Durcheinander aus Tierlauten drang, ein ständig an- und abschwellendes Geschnatter und Gekreisch. »Wenn wir vor Einbruch der Dunkelheit auf den Vulkan und zurück zum Strand wollen, sollten wir allmählich weitergehen.«

Natürlich hatte er recht. McManus signalisierte Zustimmung und erhob sich stöhnend.

Hintereinander drangen sie auf der anderen Seite der Lichtung wieder in den Busch ein, Fyfield vorneweg, gefolgt von McManus, Heather und Brianna, die die Nachhut bildete. Das Blätterdach über ihren Köpfen war so dicht, dass man weder den Himmel noch den düsteren Kegel des Vulkans erkennen konnte.

»Sind Sie sicher, dass das die richtige Richtung ist, Fyfield?«, rief McManus den schwingenden grünen Ranken vor sich zu. Fyfield legte ein solches Tempo vor, dass er im Dickicht schon wieder nicht mehr zu sehen war. »Ich meine, zum Vulkan? Ich habe, ehrlich gesagt, keine Ahnung, ob wir noch in die richtige …«

In diesem Augenblick verlor er den Boden unter den Füßen. Innerhalb eines Sekundenbruchteils sausten Erde und verkrümmte Wurzeln dicht vor seinem Gesicht vorbei. Instinktiv riss McManus die Arme hoch und packte zu. Der Ruck trieb ihm die Tränen in die Augen, und ganz kurz fürchtete er, sich beide Schultergelenke ausgekugelt zu haben. Splitter der trockenen Wurzel, die er zu fassen bekommen hatte, stachen in seine Handinnenflächen, dann krachten seine Beine schmerzhaft gegen eine lehmige, senkrecht aufragende Wand.

»George? *George?*« Heathers Stimme, dumpf und irgendwo weit über ihm. »Wo bist du?«

»Hier unten!« Er brachte kaum mehr als ein Krächzen hervor. »Passt auf! Da ist ein Loch! Fallt nicht auch rein!«

Er hob den Kopf. Anderthalb, vielleicht zwei Meter über sich erkannte er einen unregelmäßig geformten Ausschnitt diesiger Helligkeit. Darin erschienen zwei vertraute Umrisse: die Gesichter Heathers und Briannas.

»Um Gottes willen, George! Ist dir was passiert?«

»Hab mich schon besser gefühlt.« McManus spürte, dass sich seine Armmuskeln verkrampften. »Lange kann ich mich nicht mehr halten!« Er trat mit den Schuhspitzen gegen die Wand vor sich. Vielleicht konnte er eine Trittstufe improvisieren, um seine Arme zu entlasten? Doch die Erde rieselte einfach heraus, ohne ihm auch nur den geringsten Halt zu bieten.

»Das Loch ist nicht natürlich entstanden«, stellte Brianna fest. »Es ist eine Fallgrube! Sie war mit einer dünnen Deckschicht aus Wurzeln, Moos und dichten Kriechgewächsen abgedeckt. Und am Grund der Grube ... oh, nein! Heather, siehst du das?«

McManus hörte, wie seine Frau ein entsetztes Keuchen ausstieß. »George! Komm sofort nach oben, hörst du?«

»Können vor Lachen!« Auch McManus' Hände begannen,

sich unter der anhaltenden Belastung zu verkrampfen. »Was, zur Hölle, ist da unter mir? Ein Schlund? Oder Dreckwasser?«

Über ihm schüttelte Brianna den Kopf. »Weder noch. Direkt unter Ihnen sind angespitzte Bambuspflöcke – Speere, die senkrecht in die Höhe ragen. Wenn Sie loslassen …«

Sie brauchte nicht weiterzusprechen. McManus konnte es sich lebhaft vorstellen. Ihm brach kalter Angstschweiß aus.

Als hätte das Schicksal nur auf einen passenden Anlass gewartet, um ihm den Mittelfinger zu zeigen, gab die Wurzel, die er umklammert hielt, mit einem Ruck nach. Er stieß einen keuchenden Laut aus, und dann sackte er auch schon ein ganzes Stück abwärts.

Es hätte sein Tod sein können, und er sah sich schon aufgespießt auf den Bambusspeeren. Doch da verklemmte sich das Gewächs wunderbarerweise zwischen einigen anderen aus der Wand ragenden Stümpfen und kam zitternd zum Stillstand.

McManus stieß keuchend die Luft aus. Mit einiger Verspätung begriff er, dass er erneut festsaß. Aber wie lange?

Er versuchte, nach unten zu peilen und das Muster einzuschätzen, in dem die Bambusspeere angeordnet waren. Wenn er stürzte, konnte er vielleicht so dazwischen landen, dass …

»Ein Sturz würde nicht gut ausgehen«, sagte da eine dritte Stimme über seinem Kopf. »Selbst wenn Sie ihn überleben – schon eine leichte Verletzung könnte hier draußen üble Folgen haben.«

»Danke für die Belehrung, Fyfield. Dann hätten Sie vielleicht die Güte, mir herauszuhelfen?« Die Wurzel unter McManus' Händen begann, sich erneut zu lockern, und Panik stieg in ihm hoch.

»Ich habe kein Seil.« Unendlich langsam – zumindest kam es McManus so vor – ließ sich Fyfield am Rand der Fallgrube auf die Knie sinken und streckte einen Arm nach ihm aus.

Zwischen seiner Hand und denen von McManus lag noch fast ein Meter.

»Ich komme nicht ran«, stieß McManus hervor. »Außerdem kann ich meine Hände nicht öffnen.« Er hielt sich mittlerweile nur noch mit reiner Verzweiflung fest, und als wäre das noch nicht genug, musste er sich an der Wurzel verletzt haben. Seine Hände bluteten, und das verdammte Wurzelgeflecht wurde zunehmend glitschig.

Fyfield stieß einen Fluch aus und verschwand kurz aus McManus' Blickfeld, als er einige rasche Worte mit den Frauen wechselte.

Er tauchte auf dem Bauch liegend wieder auf. Mit ausgestreckten Armen schob er sich immer weiter vorwärts. Schließlich hing er mit mehr als der Hälfte seiner Körperlänge über dem Rand. McManus begriff: Heather und Brianna mussten sich oben einen festen Stand gesucht haben und Fyfields Beine festhalten.

Sekunden später war Fyfield nah genug heran und packte eines seiner Handgelenke. »Ziehen!«, keuchte er über die Schulter nach oben. »*Jetzt!*«

Für einen bangen Moment geschah nichts, und McManus fürchtete schon, die Frauen könnten nicht kräftig genug sein, sie beide nach oben zu ziehen. Fyfield schien etwas Ähnliches gedacht zu haben. Er hielt McManus lediglich mit einer Hand fest, mit dem anderen Arm stützte er sich an der unebenen Wand der Grube ab und half, sie beide nach oben zu schieben.

McManus glaubte, ein Knirschen zu hören, als sich seine verkrampften, blutenden Hände von der Wurzel lösten, doch er biss die Zähne zusammen und half Fyfield nach Kräften, indem er mit den Füßen nach Unebenheiten und vorstehenden Wurzeln tastete und diese als Tritte benutzte.

Nach einer gefühlten Ewigkeit lagen sie beide schwer atmend nebeneinander am Rande der Grube.

»George! Um Gottes willen!« Sofort war Heather an seiner Seite. »Wie fühlst du dich?«

»Ich bin okay«, log er und stemmte sich auf die Ellbogen hoch. Brianna kniete neben ihm nieder, reinigte die Wunden an seinen Händen und verband sie notdürftig mit ihrem Taschentuch und einem Fetzen ihrer Bluse.

Er wandte sich an Fyfield. »Weshalb haben Sie mich nicht gewarnt?«

Fyfield sah ihn mit gehobenen Brauen an. »Gewarnt? Wovor?«

»Vor der Grube. Sie sind vor mir gegangen. Da Sie nicht selbst reingefallen sind, müssen Sie sie gesehen und umrundet haben.«

Sein Gegenüber schüttelte ärgerlich den Kopf. »Überhaupt nichts habe ich gesehen! Die Falle war getarnt, wie Sie sich erinnern werden. Vielleicht bin ich seitlich davon vorbeimarschiert oder auch drüber weggesprungen, ohne es zu bemerken.« Fyfield kam auf die Füße und klopfte sich den Schmutz von der Vorderseite seiner Kleidung. »Keine Ursache übrigens.«

Mit einem Mal kam sich McManus unsagbar töricht vor. »Sorry«, sagte er. »Sie haben mir das Leben gerettet. Und ihr beiden auch«, fügte er an Heather und Brianna gewandt hinzu. »Danke.«

Brianna war mit seinen Händen fertig. Allmählich kehrte das Leben in seine bandagierten Finger zurück. Eigentlich sollten sie jetzt kribbeln. Stattdessen taten sie erbärmlich weh, und McManus hatte das Gefühl, dass es demnächst noch viel schlimmer werden würde.

Fyfield war an den Rand der Fallgrube getreten. Er ging in die Hocke und spähte hinunter. »Ganz schön niederträchtig«, murmelte er. »Aber immerhin wissen wir jetzt, dass diese Insel bewohnt ist.«

»Oder es zumindest einmal war.« Brianna trat neben ihn.

»Die Falle könnte uralt sein«, wandte sie ein. »Ihr Vorhandensein beweist noch lange nicht, dass heute noch jemand auf der Insel lebt.«

Skeptisch musterte Fyfield die Reste der Moosdecke am Rand des Lochs. Plötzlich verengten sich seine Augen. Mit einer schnellen Bewegung riss er einen Teil der verbliebenen Abdeckung beiseite. Dann stieß er einen halblauten Pfiff aus.

Im Handumdrehen waren die anderen bei ihm.

Als McManus Fyfields deutendem Zeigefinger mit dem Blick folgte, schrak er ungewollt zusammen.

Am Grund der Grube, auf jener Seite, die durch die verbliebene Tarnung im Schatten gelegen hatte, lag ein menschliches Skelett.

»Da hat wohl jemand weniger Glück gehabt als Sie«, sagte Fyfield. Er wirkte wenig beeindruckt.

Neben sich spürte McManus, wie Heather sich mit den Händen in seinen Arm krallte.

Der Tote war vollständig skelettiert, er wurde nur noch von zusammengebackenem Staub und den vermoderten Resten einer Uniform zusammengehalten. Auf seinem Schädel saß ein verbeulter Helm, und in der Nähe seines rechten Arms lag ein verrostetes Etwas, das einmal eine Schusswaffe gewesen sein mochte.

»*Charlie was here*«, sagte Fyfield.

»Charlie?«, echote McManus verständnislos.

Fyfield machte eine Kopfbewegung in die Grube. »Solche Fallen waren im Vietnamkrieg äußerst beliebt. Sehen Sie die Spitzen?«

»Die, die mich beinahe aufgespießt hätten?« McManus grinste humorlos. »Ich glaube, ja.«

»Sehen Sie auch das braune Zeugs darauf?«

McManus beugte sich behutsam vor und legte die Stirn in Falten. »Dreck?«

»Riechen Sie nichts?«

McManus schnüffelte gehorsam und deutete dann ein Achselzucken an. »Doch. Es stinkt. Und weiter?«

»Kot«, erklärte Fyfield. »Fäkalien. War beim Vietkong ebenfalls beliebt. Das ist nicht nur ekelig, sondern auch höchst infektiös. Schon eine einzige tiefere Schramme reicht, und Sie kriegen eine Entzündung, an der Sie mit etwas Pech sterben können. Auf jeden Fall können Sie nicht mehr kämpfen.«

»Vietkong?«, wiederholte McManus verständnislos.

Fyfield nickte. »Die GIs haben sie Charlie genannt. Interessanterweise trägt der Tote da unten Reste einer mindestens vierzig Jahre alten amerikanischen Uniform.«

»Sie wissen schon, dass wir uns in der Karibik befinden, und nicht im Indischen Ozean?«, wandte Brianna von der Seite ein.

»Ich weiß nur eines: dass hier etwas nicht stimmt«, antwortete Fyfield. Vorsichtig wich er in der Hocke ein Stück zurück und stand dann auf. Er wies auf die Moostarnung des Loches. »Diese Falle ist jedenfalls keine vierzig Jahre alt. Wer auch immer auf dieser Insel lebt: Er hält eindeutig nicht viel von Besuch.«

McManus wich ebenfalls vom Rand der Fallgrube zurück und schüttelte erneut die Hände, um die Durchblutung wieder in Gang zu bringen. Allmählich kehrte neben dem Schmerz auch das Gefühl zurück, aber es würde wohl noch eine Weile dauern, bis er seine Finger wieder normal gebrauchen konnte.

Er betrachtete die Blätter und das Moos, mit denen die Falle abgedeckt gewesen war. Tatsächlich wirkten die Pflanzen nicht übermäßig verdorrt. Das mochte am feuchtwarmen Klima des Dschungels liegen, aber McManus bezweifelte dennoch, dass sie länger als ein paar Wochen hier lagen.

»Sollten wir nicht zurückgehen und die anderen warnen?«, schlug Heather vor.

»Wir sind jetzt schon so weit gekommen«, wandte Fyfield ein, »wir können ebenso gut noch eine halbe Stunde weitergehen, bis wir den Vulkan erreichen. Er kann nicht mehr weit entfernt sein. Je nachdem, wie lange wir auf dieser Insel bleiben müssen, könnten sich die Ortskenntnisse, die wir dort gewinnen, als wichtig erweisen.« Er sah die anderen der Reihe nach an. »Ich kann aber auch allein weitergehen, wenn Sie nicht wollen. Sie kehren zu Captain Bati und den anderen zurück.«

»Wissen Sie denn, wo es zum Vulkan geht?«, fasste Brianna in Worte, was sich McManus schon seit geraumer Zeit fragte.

Fyfield schien etwas erwidern zu wollen, doch er schloss den Mund, ohne etwas zu sagen. Stattdessen spähte er mehrmals ratlos in verschiedene Richtungen und schließlich nach oben. Doch außer undurchdringlichem Grün war nichts zu sehen.

In das einsetzende Schweigen hinein sagte plötzlich Heather: »Was ist denn das?«

McManus und die anderen folgten ihrem ausgestreckten Finger mit Blicken. Er wies auf etwas, das in der Fallgrube, kaum einen halben Meter unterhalb der Kante am Wurzelgestrüpp baumelte, das die Wände des Lochs bedeckte, und zwar ziemlich genau oberhalb der Stelle, an der der tote Soldat lag. Das Objekt war nicht größer als eine Handinnenfläche und von rechteckiger Form. Obwohl es kaum heller war als die umgebende Erde, schien es aus bestimmten Winkeln doch das spärlich durch die Baumdecke dringende Licht zu reflektieren.

»Das haben wir gleich.« Im Nu lag Fyfield wieder auf dem Bauch und reckte die Arme in die tödliche Grube. McManus bezog prophylaktisch hinter ihm Stellung, um ihn im Notfall halten zu können. Doch das Was-immer-es-war hing nicht annähernd so tief wie er selbst wenige Minuten zuvor.

Als Fyfield sich wieder erhob, hielt er eine rechteckige, aus dünnem Metall gestanzte Plakette in der Hand. An einer der Schmalseiten war eine Kette befestigt. Sie musste sich beim

Sturz des bedauernswerten Soldaten an einer Wurzel verfangen haben.

»Was ist das?«, wollte McManus wissen. »Eine Identifikationsmarke?«

Fyfield schüttelte den Kopf. »Dafür ist sie zu groß. Warten sie, ich wische mal den Dreck ab.«

Er reinigte die Plakette mit einem Zipfel seiner Jacke. Das Metall darunter war dunkel angelaufen, dennoch ließ sich jetzt ein Raster erkennen, das in die Oberfläche gepresst war. In nahezu jedem der quadratischen Kästchen befand sich ein Buchstabe.

»Was zum ...?«, entfuhr es McManus. »Was soll das sein?«

»Dieses Kauderwelsch ergibt nicht den geringsten Sinn«, stellte Heather fest.

»Ist das Atbasch?« Neugierig betrachtete Brianna die Plakette.

»Wer oder was ist Atbasch?«, wollte McManus wissen.

»Atbasch ist ein aus dem Hebräischen stammender, monoalphabetischer Substitutionscode«, erklärte Brianna, ohne von der Plakette aufzusehen. »Jedem Buchstaben des Alphabets wird exakt ein anderer zugeordnet: Den ersten Buchstaben des Alphabets ersetzt man durch den letzten, den zweiten durch den vorletzten und so weiter.« Sie starrte weiter auf die Buchstaben der kleinen Metallplatte, dann schüttelte sie enttäuscht den Kopf. »Aber das hier ist was anderes. Wenn man A mit Z, B mit Y und so weiter ersetzt, kommt nichts Sinnvolles heraus.«

Heather McManus sah sie mit unverhohlener Bewunderung an. »Was du alles weißt.«

»Es handelt sich ziemlich sicher um einen zu militärischen Zwecken verschlüsselten Text«, mischte sich Fyfield ein. »Möglicherweise enthält er eine Wegbeschreibung, wie man von einem bestimmten Markierungspunkt aus zu einem militärischen Stützpunkt gelangt.« Er sah auf. »Jede Wette, dass das Lager der Soldaten sich weder an der Küste noch mitten im Dschungel befand.«

»Sondern?«, wollte Brianna wissen.

»Ich glaube, ich weiß, worauf Sie hinauswollen«, sagte McManus langsam. »Sie denken, das Militär – falls wirklich mal welches auf dieser Insel stationiert war – hatte seinen Stützpunkt am ehesten in der Nähe des Vulkans?«

Fyfield nickte.

»Aber was nützt uns das?« Brianna schüttelte den Kopf. »Selbst wenn wir den Text entschlüsseln könnten, wir hätten immer noch keinen Bezugspunkt, von wo aus eine Wegbeschreibung …«

Fyfield gebot ihr mit einer Geste zu schweigen und machte einige rasche Schritte in die Richtung, in die sie vor dem Zwi-

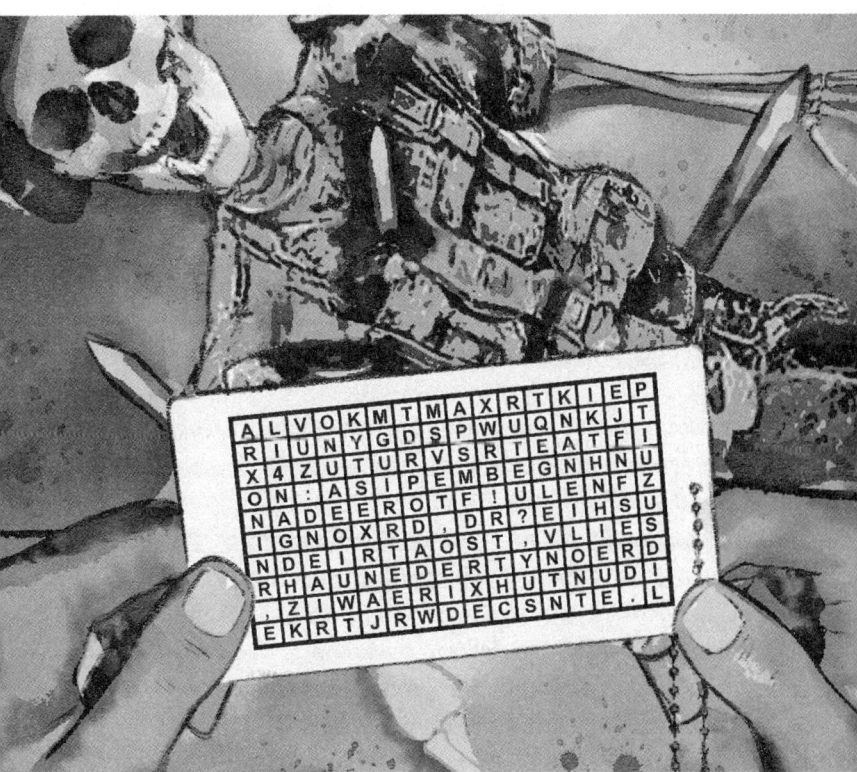

schenfall mit der Falle unterwegs gewesen waren. »Ich war ein Stück voraus, als George abstürzte, Sie erinnern sich? Und einen knappen Steinwurf weiter entdeckte ich ...« Er blieb unter einem Baum stehen, dessen Stamm mindestens zwei Meter dick war, und deutete senkrecht nach oben.

In etwa acht Metern Höhe hingen die verrotteten Reste von etwas, das vor Jahrzehnten einmal ein aus Holz und ein paar Dachblechen errichteter militärischer Hochstand gewesen sein mochte. An der Seite waren Markierungen zu erkennen, die in ihrer Machart an die weißen Sprühschablonenbuchstaben alter Militärausrüstung erinnerten. Die Lettern X und 4 waren gerade noch zu entziffern.

»Ein Beobachtungsturm«, sagte Heather. Ihr war die Verwirrung deutlich anzuhören.

»Oder ein Wachturm«, warf Brianna nachdenklich ein.

»Wann hatten Sie vor, uns davon zu berichten?«, wandte sich McManus mit hörbarem Ärger an Fyfield.

»Direkt nachdem ich jemandem, der unvorsichtig genug war, in eine primitive Falle zu tappen, das Leben gerettet hatte«, gab der unbeteiligt zurück. Erneut musterte er die Plakette in seiner Hand. »Einen Bezugspunkt hätten wir. Jetzt bräuchten wir nur noch den Klartext dieser Wegbeschreibung ...«

Achtung: Bevor du dich an diesem Rätsel versuchst, stelle sicher, dass du ALLE der folgenden Kapitel gelesen hast: 4, 6 und 9 (um die Aktivitäten Nolfis, Pratts und Katies zu verfolgen) sowie 5 und 7 (um zu erfahren, wie es Captain Bati und den am Strand Zurückgebliebenen ergeht)!

Kennst du all diese Kapitel, versuche, den Buchstaben auf der Plakette einen Richtungshinweis zu entnehmen. (Dabei könnte dir eine Information von einer Seite von Nutzen sein, die du beim Lesen mit einem Eselsohr markiert hast.)

Kannst du die Gravur entschlüsseln, addiere sämtliche Schrittangaben der Wegbeschreibung und teile die Summe durch 10. Das Ergebnis verrät dir die Seitenzahl, auf der du weiterlesen musst. Beginnt der Text dort NICHT mit »Fyfield räusperte sich ...«, war deine Lösung falsch. Verfahre weiter, als hättest du das Rätsel nicht gelöst (s. u.).

Kannst du das Rätsel nicht lösen, blättere um und lies weiter auf Seite 126!

Schlag den hinteren Bucheinband auf und markiere einen beliebigen Totenschädel mit einem Kreuz!

Minutenlang starrten alle vier die kleine Metallplatte in Fyfields Hand an. Niemand sprach.

Heather war die Erste, die die Geduld verlor. »Das bringt doch nichts«, meinte sie und wandte sich ab.

Sofort war George McManus an ihrer Seite. »Pass bitte auf, wo du hintrittst, Schatz! Hier könnten noch weitere Gruben sein. Oder andere, noch miesere Fallen!«

Brianna, die ihnen nachgekommen war, peilte prüfend ins Buschwerk, dann verschwand sie für einige Augenblicke darin. Als sie zurückkam, hielt sie zwei gut anderthalb Meter lange, abgebrochene Äste in der Hand, die sie McManus und Heather in die Hand drückte. »Ich besorge mir auch noch einen. Damit können wir vor jedem Schritt den Boden auf seine Festigkeit prüfen.«

»Gute Idee«, bekundete Heather.

McManus wandte sich wieder zu Fyfield um, der noch immer mit der Plakette in seiner Hand beschäftigt war. Von Weitem sah es aus, als hielte er etwas neben die kleine Metalltafel, das er aus einer Tasche seiner Jacke geholt haben musste.

»Wir sollten zurück zum Strand gehen«, sagte McManus. »Ohne den Vulkan als Orientierungspunkt wird es schwer genug werden, überhaupt zur Küste zurückzufinden, geschweige denn ...«

»Ich hab's«, unterbrach ihn Fyfield.

Mit verwirrten Mienen scharten sich die anderen um ihn.

»Es ist ein simpler Auslassungscode«, erklärte Fyfield, während er unauffällig mit der Linken etwas zurück in seine Jacke schob. »Eine vor dem Computerzeitalter gebräuchliche, im Grunde recht simple, zweigeteilte Art der Nachrichtenübermittlung. Eine Komponente enthält die Nachricht, getarnt durch zahlreiche überflüssige Buchstaben. Eine zweite Komponente verrät, welche Lettern man weglassen muss, um den Text lesen zu können.«

Brianna starrte ihn skeptisch an. »Aber Sie haben diesen Schlüssel nicht. Die Information, welche Buchstaben nicht zur Nachricht gehören.«

Fyfield zuckte mit den Schultern. »Ich bin gelernter Programmierer. Das schult den Blick für Muster, auffällige Zeichenballungen und Wahrscheinlichkeiten. Außerdem ist das Verfahren, wie gesagt, sehr primitiv, und auf der Tafel befinden sich nicht allzu viele Buchstaben.«

McManus runzelte die Stirn. »Sie wissen also, was da steht?«

Lies weiter auf Seite 165!

Es stellte sich nicht als schwer heraus, den auf der Karte verzeichneten Punkt zu finden. Zunächst arbeiteten sie sich bis zu dem felsigen Hang vor, den Pratt durch das Dickicht bereits ausgemacht hatte. Ausgehend von dem Küstenabschnitt, an dem sie gestrandet waren und der sich auf der Karte ebenfalls lokalisieren ließ, ermittelte Nolfi, in welcher Richtung sie seinem Verlauf folgen mussten, um den angeblichen Hintereingang auf kürzestem Weg zu erreichen.

Zum Glück war das Dickicht in der Nähe des Vulkans weniger dicht, sodass sie beinahe in normalem Marschtempo vorankamen. Die beiden Inselbewohner gingen nicht länger voraus, sondern schlichen in gebührendem Abstand hinter ihnen her. Ihren entsetzten Mienen war deutlich zu entnehmen, was sie vom Kurs der kleinen Gruppe hielten, doch keiner von beiden sagte etwas oder versuchte, sie aufzuhalten.

Nach einer Dreiviertelstunde stoppte Nolfi und konsultierte wieder die Karte in seiner Hand. »Ich bin mir ziemlich sicher, dass ich weiß, wo wir uns befinden. Diese zackige Ausbuchtung der Felswand dort vorne ...« Er deutete auf den vor ihnen liegenden Verlauf der schartigen Felswand, die seit geraumer Zeit zu ihrer Rechten aufragte, dann bezeichnete er dieselbe Stelle auf der Karte mit dem Zeigefinger.

»Sieht verdammt ähnlich aus«, bestätigte Pratt.

»Das würde bedeuten, der Hintereingang müsste irgendwo hinter der nächsten Kurve liegen.« Katie setzte sich in Bewegung und huschte um die nächste Kehre des Felshanges.

»Warte! Mach doch keinen Quatsch.« Pratt beeilte sich, ihr zu folgen.

Nolfi setzte sich ebenfalls in Bewegung. Lediglich die beiden Insulaner blieben noch weiter zurück. Der Autor drehte sich um und sah, wie sie mit weit aufgerissenen Augen erregt miteinander tuschelten. Er war sich völlig sicher, dass sie diese Stelle kannten und ihnen den Weg von Anfang an hätten zeigen können, wenn sie darauf bestanden hätten. Aber wie die Dinge jetzt lagen, war das egal.

»Und?«, rief er und umrundete die Ecke. »Ist da was?«

Er erhielt nicht sofort eine Antwort, und zunächst sah er nicht einmal, wo seine Gefährten steckten. Erst als aus einem über und über mit Lianen und Schlingpflanzen überwucherten Abschnitt der Felswand ein Lianenstrunk und mehrere Farnwedel geflogen kamen, untermalt von einem angestrengten Grunzen, das nur von Pratt stammen konnte, begriff er. In Sekundenschnelle war er ebenfalls im Buschwerk und half den anderen freizulegen, was Pratt zwischen den Ranken entdeckt hatte.

Es entpuppte sich als nicht übermäßig große Stahltür, deren Rahmen bündig in das umgebende Gestein eingelassen war. Während Pratt und Katie weiter Schlingpflanzen und andere Hindernisse entfernten, versuchte Nolfi zu erkennen, ob es sich bei dem bis auf etwas Grünspan und leichten Oberflächenrost erstaunlich gut erhaltenen Gebilde um eine Schiebe- oder eine Schwingtür handelte.

Die Antwort gab die Tür selbst, als Pratt nach getaner Arbeit kräftig mit der Faust gegen den Stahl schlug. »Da hätten Sie Ihren Hintereingang, Fabrizio!«

Ein dumpfes Klonk ertönte, gefolgt von einem markerschütternden Quietschen, dann schwang das schwere Schott ohne Widerstand nach innen.

»Was zum …?«, entfuhr es Pratt.

»Du hast sie geöffnet, Schatz«, rief Katie begeistert.

»Das ging zur Abwechslung leichter als gedacht«, musste Nolfi zugeben. Mit einem skeptischen Blick auf das gähnende Rechteck, hinter dem wenig mehr als Schwärze zu erkennen war, faltete er die Landkarte zusammen und verstaute sie in der Brusttasche seines Hemds. »Ich wüsste zu gern, wo Fyfield die Karte herhat«, murmelte er nachdenklich. »Und noch mehr, woher er wusste, dass wir auf dieser Insel stranden würden.«

»Nicht zu vergessen«, fügte Pratt hinzu, »weshalb hat er die Karte nicht mitgenommen, als er zusammen mit George in Richtung Vulkan aufgebrochen ist?«

»Vielleicht erhalten wir die Antworten auf diese Fragen – und noch andere – dort drinnen?« Mit diesen Worten trat Nolfi zwischen den beiden hindurch über die Schwelle und hinein in die Dunkelheit.

- *Möchtest du Nolfi, Pratt und Katie ins Innere des Vulkans folgen, lies weiter bei* Kapitel *17.*

- *Möchtest du erfahren, was Heather und George McManus, Brianna und Fyfield in der alten Militärstation widerfährt, lies* Kapitel *12. Kennst du dieses bereits, lies* Kapitel *14 oder, wenn du dieses ebenfalls schon kennst,* Kapitel *16. Kennst du auch dieses schon, lies* Kapitel *18.*

9

Auch nachdem die monströse Mordmaschine längst zum Stehen gekommen war, meinte man, ihre entsetzliche Kraft und die der Konstruktion innewohnende Bosheit noch zu spüren, wie ein unhörbares Echo, das unter der Ebene des eigentlich Wahrnehmbaren in der Luft vibrierte und alles durchdrang. Aus der Nähe betrachtet wirkte die bizarre Konstruktion wie ein Requisit aus einem B-Movie, in dem todesmutige Abenteurer auf die Artefakte einer untergegangenen Zivilisation von Titanen stießen.

»Welcher Wahnsinnige baut so etwas, nur um Menschen umzubringen?«, fragte Katie, die noch immer versuchte, die beiden Gefesselten aus ihrer Bewusstlosigkeit zu wecken. »Das ist doch verrückt!«

»Zweifellos«, bestätigte Nolfi. »Aber Sie würden sich wundern, welche Mühen Menschen seit jeher auf sich nehmen, um andere Menschen umzubringen – und sei es nur aus irgendwelchen verschrobenen religiösen Gründen.«

Als Resultat von Katies Bemühungen schlug die junge Insulanerin die Augen auf. Ihr Partner stieß ein leises Stöhnen aus.

»Könnt ihr mir vielleicht mal helfen?« Pratt hatte sich an den Hand- und Fußfesseln der beiden zu schaffen gemacht. »Knoten machen kann der alte Glatzkopf, das muss man ihm lassen.«

Nolfi verstand zwar nicht, wovon er sprach, trat aber gehorsam zu den anderen an den Altar. Außer einem blutig abgebrochenen Fingernagel hatte Pratt bisher keinen Erfolg vorzuweisen.

Die beiden kleinwüchsigen Gefesselten, jetzt beide vollständig bei Bewusstsein, starrten sie aus großen Augen an. Die junge Frau zitterte am ganzen Leib, während ihr Begleiter zur sprichwörtlichen Salzsäule erstarrt war. Die Augen beider waren weit geöffnet, aber ihr Blick ging geradewegs durch Pratt hindurch ins Leere, vermutlich eine Folge des Schocks.

Nolfi sah verwirrt zu, wie Pratt mit wachsender Ungeduld an den aus verzwirbelten Pflanzenfasern geflochtenen Stricken zerrte, mit denen die Hand- und Fußgelenke des jungen Mannes an den mit eingetrocknetem Blut verkrusteten Stein gebunden waren. Die Stricke machten einen ebenso primitiven wie kruden Eindruck, aber die Knoten waren so teuflisch geknüpft, dass sie sich immer weiter zusammenzogen, je mehr man sie zu lösen versuchte. Die Handgelenke des jungen Kriegers, der kaum größer als ein zwölfjähriges Kind war, bluteten bereits. Nolfi versuchte, die Knoten am anderen Arm des Mannes zu lösen, erreichte damit aber ebenfalls nur das genaue Gegenteil.

»Möchtet ihr den armen Kerl noch weiter quälen, oder habt ihr vielleicht Verwendung *hierfür?*«

Katie war von der Steinplatte gesprungen, kaum dass das nur mit einem spärlichen Lendenschurz bekleidete Insulanerpärchen erwacht war, und hatte sich ein paar Schritte weit entfernt. Nun kam sie wieder heran, wobei sie triumphierend einen schwarzen Gegenstand in die Höhe hielt.

Pratt starrte das rasiermesserscharfe Obsidianmesser eine Sekunde lang an, dann riss er es ihr grob aus der Hand.

Die Feuersteinklinge schnitt so mühelos durch den Strick wie ein Skalpell durch nasses Papier. Mit wenigen Schnitten befreite er den gefesselten Krieger und reichte das Messer an Nolfi weiter, der auf der anderen Seite der Steinplatte auf die gleiche Weise mit der jungen Frau verfuhr. Als er fertig war, richtete er sich wie Pratt vor ihm rasch auf und wich ein kleines Stück zurück.

Die Gerettete stemmte sich auf die Ellbogen hoch und versuchte, ein Stück von ihnen wegzukriechen. Ihre Augen waren so groß, dass sie schier aus den Höhlen zu quellen schienen. In ihrem Gesicht stand das pure Entsetzen.

Nolfi legte das Messer aus der Hand und versuchte, ein beruhigendes Lächeln auf sein Gesicht zu zwingen, bevor er begriff, dass der Schrecken der Ureinwohnerin gar nicht ihm galt.

Während die junge Frau hastig ihre Blöße bedeckte, starrte sie einen Punkt hinter ihm an. Eine Person, um genau zu sein.

»Bitte verstehen Sie das nicht falsch, Katie«, sagte er, ohne die Kleinwüchsige aus den Augen zu lassen, »aber treten Sie doch bitte ein Stück zurück.«

»Wie bitte?«, fragte Katie empört.

»Tu es einfach«, forderte sie Pratt auf. »Bitte.«

Die Influencerin hüllte sich zwar in beleidigtes Schweigen, zog sich aber gehorsam ein paar Schritte zurück. Die beiden halb nackten Insulaner verdrehten sich schier den Hals, um ihr mit Blicken zu folgen.

Behutsam streckte Nolfi eine Hand aus, hütete sich aber, die junge Frau zu berühren. Ganz wie er erwartet hatte, versuchte sie, vor ihm zurückzuweichen. Dabei starrte sie weiter Katie an.

»Die beiden haben eine seltsame Art, sich dafür zu bedanken, dass wir ihnen das Leben gerettet haben«, knurrte Pratt.

»Ich glaube, sie haben panische Angst vor Katie«, sagte Nolfi. »Wie zuvor die Krieger ihres Stammes.«

»Aber wieso?« Der Schauspieler runzelte die Stirn.

»Denken Sie an die Zeichnungen auf den Steinen.«

»Wollen Sie damit andeuten«, Katies Gesicht färbte sich gefährlich rot, »dass diese dämonische Fruchtbarkeitsgestalt auch nur im Entferntesten so aussieht wie …«

»Ich vermute«, unterbrach sie der Italiener, »dass es sich nicht nur um ein reines Fruchtbarkeitssymbol handelt, sondern um eine mächtige Figur aus dem Götterpantheon dieses Volkes.«

»Eine Göttin?«, fragte Katie blinzelnd.

»Ich habe ja schon immer gesagt, dass du meine Göttin bist«, feixte Pratt.

Katie machte ein nachdenkliches Gesicht. »Aber warum haben sie Angst vor mir?«

Nolfi und Pratt starrten sie wortlos an. Katies Gesicht war noch immer mit Blut besudelt, das allmählich zu einer barbarischen Kriegsbemalung eintrocknete, und auch ihre Zähne waren eher braun als weiß. Eine Laune des Augenblicks und das schräg einfallende Licht wollten es, dass sie tatsächlich wie spitz zulaufende Fänge aussahen.

Katie hielt den Blicken der Männer mehrere Sekunden lang stand, dann schien sie deren Bedeutung zu begreifen. Sie drehte sich mit einem plötzlichen Ruck weg und verschwand zwischen den Obelisken.

Nolfi wandte sich wieder der jungen Frau zu, während Pratt ihren Begleiter im Auge behielt, ebenfalls lächelnd und um eine entspannte Haltung bemüht, zugleich aber jederzeit bereit einzugreifen. Nolfi streckte erneut eine Hand aus.

»Verstehst du mich?«, fragte er sanft.

Er bekam exakt die Antwort, mit der er rechnete: keine.

»Also schön. Falls du mich doch verstehst und der Meinung bist, dass ich jetzt Unsinn rede, lass es mich wissen, okay?«

Er wartete eine weitere Sekunde auf eine Reaktion – vergeblich –, dann richtete er sich ein wenig auf und legte die linke Hand mit gespreizten Fingern auf die Brust. »Fabrizio.« Mit der anderen deutete er auf Pratt. »Derek.«

Die Antwort bestand aus einem verständnislosen Blick.

Aber so leicht gab er nicht auf. Er deutete auf die junge Frau, legte den Kopf auf die Seite und machte ein fragendes Gesicht. »Dein Name?«

Keine Antwort, keine Reaktion. Nolfi deutete erneut auf Pratt und sich selbst und wiederholte ihre Namen, ohne dass etwas geschah. Irgendwann schüttelte Pratt seufzend den Kopf und wies seinerseits auf die junge Frau.

»Dann eben nicht. Wir nennen dich der Einfachheit halber

Eva, und dein Freund da ... oder ist er dein Bruder?« Er deutete auf den jungen Krieger. »Er heißt von nun an Adam. Zumindest, bis wir eure richtigen Namen kennen.«

Als hätte sie ihn mit einem Mal verstanden, richtete sich Eva kerzengerade auf und sog hörbar die Luft zwischen den Zähnen ein. Auf das Schlimmste gefasst, fuhr Nolfi herum. Es war jedoch nur Katie, die zurückkam.

Doch sie hatte sich verändert. Ihr Gesicht und ihre Zähne glänzten nass und sauber. Sie hielt einen Flaschenkürbis in der Linken, aus dem sie abwechselnd trank und dann wieder Wasser in ihre offene Handfläche schüttete, um sich damit Blut und Schmutz aus den Haaren zu waschen. »Die Wilden haben freundlicherweise nicht nur Waffen zurückgelassen, sondern auch ein paar andere nützliche Dinge.« Sie hielt zwei grob gewobene Gewänder in den Händen, die sie den Geretteten zuwarf. Danach befreite sie eine letzte Strähne ihres blonden Haars von verklumptem Blut, dann hielt sie Pratt die Flasche hin und machte ein fragendes Gesicht. »Auch einen Schluck?«

Pratt antwortete nicht, und auch Nolfi deutete nur ein Kopfschütteln an. Katie hob die Schulten, trank selbst noch einen Schluck, trat dicht vor den Altar und hielt den Kürbis den beiden Befreiten hin.

Eva, die eines der Kleidungsstücke ergriffen hatte, ohne Anstalten zu machen, es überzuziehen, starrte sie aus Augen an, die noch größer geworden zu sein schienen. Wenn Nolfi jemals blanke Angst auf dem Gesicht eines Menschen gesehen hatte, dann jetzt auf ihrem.

»Katie«, sagte er mit einer Geste in Katies Richtung.

»Ka...thari«, brachte die junge Frau mit bebender Stimme hervor.

»Katie«, verbesserte die Influencerin, lächelte unerschütterlich weiter und hielt erneut den Flaschenkürbis hoch. Eva schien versucht, zurückzuweichen, hob dann aber zu Nolfis

Verwunderung die Hand. Sie griff jedoch nicht nach der angebotenen Flasche.

Stattdessen berührte sie mit zitternden Fingern eine Strähne von Katies Haar, um sie fast ehrfürchtig durch die Finger gleiten zu lassen. »Kathari?«, murmelte sie noch einmal.

»Immer noch Katie«, sagte die Influencerin freundlich. »Aber immerhin redest du jetzt mit uns.«

»Ich denke, sie hat noch nie in ihrem Leben blondes Haar gesehen«, sagte Pratt.

Das mochte angehen, aber Nolfi bezweifelte, dass es der alleinige Grund für ihre Ehrfurcht war. Instinktiv fragte er sich, ob das Wort, das Eva gewählt hatte, wirklich nur zufällig wie *Katharsis* klang. Oder geheimnisste er zu viel in das Wort hinein?

»Was machen wir jetzt mit den beiden?«, fuhr der Schauspieler fort. »Wir können sie nicht hierlassen. Die anderen werden früher oder später zurückkommen, und dann bringen sie sie um.«

»Und uns«, fügte Nolfi hinzu. Automatisch sah er hinter sich, aber von den Kriegern war nichts zu sehen. Er fragte sich, wie lange das noch so bleiben würde.

»Warum fragen wir sie nicht, ob sie mitkommen wollen?«, schlug Katie vor. »Die anderen möchten sie bestimmt auch kennenlernen.«

»Von mir aus. Auf jeden Fall müssen wir weg«, sagte Nolfi.

Als hätten sie ihn verstanden, sprangen in diesem Moment zuerst Adam, einen Sekundenbruchteil später auch Eva so blitzartig in die Höhe, dass sie nicht einmal den Hauch einer Chance hatten zu reagieren, und jagten davon. Nach nicht einmal zwei Sekunden waren sie zwischen den Obelisken am Rand der freien Fläche verschwunden.

»So viel dazu«, sagte Pratt kopfschüttelnd. »Eine Sorge weniger.«

»Dafür eine neue mehr!« Katie deutete zum entgegengesetzten Ende des Platzes. »Da hat sich was bewegt. Glaube ich.«

Nolfi sah in die angegebene Richtung, konnte aber nichts entdecken. Auch Pratt schüttelte nach einer Sekunde den Kopf. »Auf jeden Fall müssen wir hier weg. Unser glatzköpfiger Freund sah nicht so aus, als ließe er sich so leicht einschüchtern.«

Er wies in die Richtung, in der Adam und Eva verschwunden waren. »Ich schlage vor, wir folgen unseren beiden neuen Freunden, zumindest ein kleines Stück. Sie dürften einen nutzbaren Durchgang durch den Wall kennen, der diese Opferstätte umgibt. Ich würde gern vermeiden, noch einmal über die Mauer kraxeln zu müssen.«

Er wartete keine Antwort ab, griff Katies Arm und zog sie hinter sich her. Der Bestsellerautor schloss sich an.

Als sie den jenseitigen Rand des Zeremonienplatzes erreichten, sah Nolfi noch einmal über die Schulter zurück. Diesmal meinte auch er, eine Bewegung auf der anderen Seite zu erkennen, nicht mehr als ein Huschen in den tieferen Schatten zwischen den Steinstelen. Hastig ging er weiter.

In der Richtung, in die Adam und Eva geflohen waren, stießen sie auf einen Bereich, wo die Einfriedung mit dem gemauerten Fundament zusammengebrochen war. Die beiden Flüchtenden waren rücksichtslos durch die Dschungelvegetation gebrochen, die sich hier bereits einen Großteil des verlorenen Terrains zurückerobert hatte. Ihre Spur war nicht zu übersehen.

Nolfi überlegte, ob es eine gute Idee wäre, den beiden zu folgen. Auch wenn es ihm eher unwahrscheinlich vorkam, war es immerhin möglich, dass die beiden zurück zu ihren Leuten flüchteten und sie geradewegs in ihr Verderben rannten. Oder in eine Wand aus Speeren, Messern oder anderen unangenehmen Dingen.

Aber welche Wahl hatten sie? Hinter ihnen war nach wie vor nichts zu sehen. Dafür hörte Nolfi jetzt Geräusche wie von etwas Großem, sehr Ärgerlichem, das hinter ihnen näher kam. Einer Menschenmenge zum Beispiel.

Jenseits der Friedhofsmauer setzte sich der Dschungel zwar fort, aber nicht mehr annähernd so dicht wie zuvor.

Für einen kurzen Augenblick schien es, als verlöre sich die Spur der beiden Flüchtenden hier. Doch dann stieß Katie einen hellen Laut aus und deutete auf einen Ast in Kopfhöhe, ein Stück rechts von ihnen.

Dort baumelte eine Kette.

»Was zum …?« Nolfi trat mit zu Schlitzen verengten Augen näher.

Es handelte sich um eine Metallkette mit einer rechteckigen Metallplakette daran, vielleicht zehn mal sechs Zentimeter groß. Sie war eindeutig industriell gefertigt, auf der Oberfläche war ein Raster eingraviert, in das in unregelmäßigen Abständen Löcher gestanzt waren.

»Das muss einer unserer neuen Freunde dort aufgehängt haben«, vermutete Pratt. »Zwischen den Baumstämmen ist es windstill, dennoch baumelt die Kette hin und her. Sie hängt also erst ganz kurz hier.«

»Ein Geschenk von Eva!«, freute sich Katie. »Vielleicht ihr Dank für die Rettung?« Sie griff nach der Kette und zog sie vom Ast herunter. »Was mag das sein?«

»Sieht aus wie eine militärische Identifikationsplakette«, sagte Pratt. »Ich habe in mehreren meiner Filme welche getragen. Aber die hier ist größer. Und es ist auch keine Schrift drauf.«

Nolfi inspizierte das Objekt. »Das haben sicherlich nicht die Ureinwohner hergestellt. Folglich müssen sie schon Kontakt mit der sogenannten Zivilisation gehabt haben …«

»… oder die Insel war früher einmal von Menschen aus unserem Kulturkreis besiedelt«, beendete Pratt den Gedankengang.

Nolfi kraulte sich am Kinn. »Was tun? Sollen wir den beiden

weiter folgen, oder versuchen wir, uns auf eigene Faust zurück zur Küste durchzuschlagen?« Er hob eine Braue und fügte etwas leiser hinzu: »Ich muss zugeben, dass ich die Orientierung längst verloren habe.«

»Geht mir ähnlich«, brummte Pratt.

»Die Kette war ein Zeichen von Eva«, behauptete Katie, die sich das wenig attraktive Stück um den Hals gehängt hatte. »Da, seht: Hinter dem Baum, an dem sie hing, sind Zweige abgeknickt und Blätter und Moos niedergetrampelt. Sie hat die Kette hier hingehängt, um uns darauf aufmerksam zu machen, wohin sie und Adam gegangen sind. Damit wir ihnen folgen!«

Pratts Miene war deutlich zu entnehmen, was er von dieser Theorie hielt. Doch nach kurzem Nachdenken zuckte er mit den Schultern. »Eine Richtung ist so gut wie die andere.«

»Solange wir nur von dieser verfluchten Opferstätte wegkommen!«, stimmte Nolfi zu.

Ohne weitere Verzögerung setzten sie sich in Bewegung.

Während sie sich einen Weg durch das Unterholz bahnten, wurde Nolfi klar, dass die Spuren, die sie dabei hinterließen, fraglos noch unübersehbarer waren als die der beiden Geretteten. Von dem Lärm, den sie beim Brechen durch Geäst und beim Stolpern über den unebenen Boden verursachten, ganz zu schweigen. Er machte sich nichts vor: Wenn die Insulaner, die hier zu Hause waren und jeden Busch und jeden Zweig kannten, beschlossen, sie zu verfolgen, hätten sie nicht den Hauch einer Chance, zu entkommen.

Sie waren noch nicht lange unterwegs, als Pratt, der vorneweg marschierte, plötzlich langsamer wurde und dann stehen blieb. Lauschend legte er den Kopf auf die Seite und bedeutete ihnen mit einer hektischen Geste, sich still zu verhalten.

»Was?«, fragte Katie genervt.

»Ich dachte, ich hätte etwas …«, begann Pratt, brach dann aber mit weit aufgerissenen Augen ab und deutete nach vorne. »Da!«

Die Influencerin starrte ihn aus großen Augen an, Nolfi dagegen spähte konzentriert in die angegebene Richtung. Er sah eine ganze Menge – Bäume, Büsche, Schlingpflanzen und eine Million Schatten, auf die sich seine Fantasie begierig stürzte, um jede nur denkbare Gefahr daraus zu basteln.

Darüber hinaus sah er nichts.

Pratt ließ sich nicht zu einer Erklärung herab, sondern ging weiter, wenn auch deutlich langsamer und darauf bedacht, keine unnötigen Geräusche zu verursachen.

Nach einem Dutzend Schritten machte die Fährte, die Adam und Eva hinterlassen hatten, einen Knick nach links, dem sie gehorsam folgten. Schließlich endete sie am Fuß eines vier oder fünf Meter hohen Felsenhügels, auf dessen Kuppe sich ein uraltes, aus klobigen Steinquadern errichtetes Gebäude erhob.

Doch das Gebäude war nicht der Grund, aus dem sie alle drei wie vom Donner gerührt stehen blieben.

Zwei mannshohe steinerne Stelen flankierten die unterste Stufe einer grob aus dem Felsen gehauenen Treppe, die hinauf zum Eingang führte. Sie ähnelten den schwarzen Obelisken, die sie bereits mehrfach gesehen hatten, doch das war nicht die einzige Gemeinsamkeit: In jeden war die monströs überproportionierte Frauengestalt eingemeißelt, die sie ebenfalls schon kannten, diesmal in Lebensgröße und mit einem wirren Strahlenkranz aus feinen, kunstvoll in den Felsen eingelegten Goldfäden, die ihr Haar darstellen sollten.

Wortlos starrten sie die Darstellung an. Nolfi musste daran denken, wie ehrfürchtig Eva Katies Haare berührt hatte. Jetzt war ihm klar, dass sie in diesem Moment tatsächlich überzeugt gewesen war, einer leibhaftigen Göttin gegenüberzustehen. Kathari.

Pratt wollte weitergehen, doch Nolfi legte ihm eine Hand auf den Unterarm und deutete mit der anderen auf die aus dem Stein gehauenen Stufen. »Nicht so schnell. Seht euch die Treppe an.«

Beide gehorchten.

Die breiten Stufen waren mit einer schleimig wirkenden, dunklen Moosschicht bedeckt. Am rechten Rand der Treppe jedoch war diese Schicht in unregelmäßigen Abständen losgerissen und lag in kleinen Klumpen über die Stufen verstreut.

»Hier ist vor Kurzem jemand hinaufgehastet«, stellte Nolfi fest.

»Eva und Adam?«, vergewisserte sich Pratt und runzelte die Stirn. »Aber wozu?«

»Sie haben Angst vor ihr.« Nolfi deutete auf Katie. »Die Figur auf den Steinsäulen ist nicht bloß irgendein Fruchtbarkeitssymbol.«

»Dann hätten sie sich hierher geflüchtet«, überlegte Pratt

laut. »Ob vor uns oder vor dem Rest ihres eigenen Stammes ... wer kann das sagen?«

»Dennoch haben sie uns mit der Kette eine Spur hinterlassen, damit wir ihnen folgen können«, erinnerte ihn Katie.

Nolfi trat ein paar Schritte zurück und legte den Kopf in den Nacken, um den steinernen Rundbau oben auf dem Hügel genauer zu betrachten. Er machte einen abweisenden, feindseligen Eindruck. Er hatte eine einzelne, sehr schmale Tür, die selbst für die kleinwüchsigen Inselbewohner kaum auszureichen schien. Sie stand offen, doch dahinter waren nichts als Schatten zu erkennen.

Der Italiener bezweifelte mittlerweile immer mehr, dass es eine gute Idee gewesen war, den jungen Leuten zu folgen. Trotzdem zuckte er nach einer Weile mit den Schultern, machte eine auffordernde Geste und stieg die moosbewachsenen Stufen hinauf.

Pratt und Katie folgten ihm dichtauf, aber er konnte ihre Unsicherheit spüren. Nach etwas über einem Dutzend unförmiger Stufen erreichte er die Tür. Er musste sich tief bücken, um hindurchzutreten.

Wie er es erwartet hatte, war er zunächst so gut wie blind und sah nur wogende Schatten, wo vermutlich gar nichts war. Als er stehen blieb und lauschte, bildete er sich ein, hektische Atemzüge von mindestens zwei Menschen zu hören, wenn nicht mehr.

Er blinzelte ungeduldig und wartete darauf, dass sich seine Augen an die Dunkelheit anpassten. Geradeaus vor ihm lag der einzige Bereich, der von dem diesig durch die schmale Tür einfallenden Tageslicht wenigstens teilweise erfasst wurde. In seinem grünlichen Schein erkannte er, dass die rückwärtige Wand des steinernen Gebäudes ebenfalls mit krude gehauenen Reliefs übersät war, ähnlich denen auf der rituellen Tötungsmaschine. Irgendwie schien es ihm jedoch, als seien diese hier anders, auf eine schwer fassbare Weise *bedeutungsvoller* als die Darstellungen der goldhaarigen Göttin.

Doch Nolfi blieb keine Zeit, sich eingehender mit den Bildern zu befassen. Seine Aufmerksamkeit wurde von etwas in Anspruch genommen, das unmittelbar vor der verzierten Wand auf einer Art Sockel kauerte, ebenfalls grob aus Stein gehauen, einem sonderbar gedrungenen Umriss.

Er riss die Augen auf. Neben ihm zog Pratt scharf die Luft zwischen den Zähnen ein, und auch Katie gab einen überraschten Laut von sich.

»Das ist doch …«, piepste Katie.

»… vollkommen unmöglich«, beendete Pratt den Satz.

Dem konnte Nolfi nur zustimmen, während er die gerade einmal halbmetergroße, in ein zerschlissenes braunes Gewand gehüllte Gestalt mit den spitzen, abstehenden Ohren anstarrte, die vor ihnen saß und aus ebenfalls viel zu großen Augen zu ihnen hochsah.

»Meister Yoda?«, murmelte er fassungslos.

- *Willst du jetzt zu Captain Bati und den anderen an den Strand zurückkehren, lies KAPITEL 5. Kennst du dieses schon, lies weiter bei KAPITEL 7. Kennst du auch dieses Kapitel bereits, wähle eine andere Option (s. u.).*

- *Ziehst du es vor, mehr über den Fortschritt von George und Heather McManus, Clifford Fyfield und Brianna Colfer im Herz des Dschungels zu erfahren, lies als Nächstes KAPITEL 8. Kennst du dieses Kapitel bereits, lies sämtliche der oben genannten Kapitel (sofern du das nicht bereits getan hast) und löse dann das Rätsel am Ende von KAPITEL 8.*

10

Fyfield ging voraus. Er legte ein strammes Marschtempo vor, scheinbar ohne Angst vor weiteren Fallen. Die militärische Wegbeschreibung schien ihm Vertrauen eingeflößt zu haben. Oder er wusste irgendetwas, von dem McManus keine Ahnung hatte.

Nach wie vor war das Blätterdach über ihnen so dicht, dass sie den Vulkan nicht sehen konnten. Dennoch hatte McManus den Eindruck, dass sie sich ihm nun allmählich näherten. Der Boden begann sacht, aber spürbar anzusteigen, was das Gehen nicht unbedingt erleichterte, und ein- oder zweimal meinte er, so etwas wie ein sanftes Zittern im Boden unter sich zu spüren. Auch die Decke aus Pflanzen und von Wurzeln zusammengehaltenem Erdreich schien wärmer geworden zu sein. Vielleicht spielten ihm aber auch nur seine Nerven einen Streich.

Fyfield ging mit einem Mal langsamer und peilte suchend umher. McManus und die Frauen nutzten die Gelegenheit, zu ihm aufzuschließen.

»Verraten Sie uns, wonach genau wir suchen, Mister Fyfield?«, fragte Brianna nach einer Weile.

Sie hatte nicht besonders laut gesprochen, aber Fyfield antwortete trotzdem. »Auf dieser Insel war offenbar zu irgendeinem Zeitpunkt während der letzten vierzig Jahre Militär stationiert. Der Stützpunkt des toten Soldaten befand sich mit Sicherheit nicht mitten im Dschungeldickicht, sondern an einem Ort, von wo man einen guten Überblick hatte.«

»Zum Beispiel am Hang des Vulkans«, beendete McManus den Gedankengang.

Fyfield nickte knapp. »Laut der Wegbeschreibung müssten wir gleich da sein.« Er drehte sich nach links und ging so schnell weiter, dass sie sich sputen mussten, um ihn nicht aus den Augen zu verlieren. Ein- oder zweimal passierte es trotzdem, aber Fyfield brach so rücksichtslos durch das Unterholz, dass ihnen allein der Lärm den Weg wies.

Als sie ihn schließlich einholten, geschah es so plötzlich, dass McManus um ein Haar in ihn hineingerannt wäre.

»Was …?«, begann er ärgerlich, brach aber mit einem überraschten Laut ab.

Allem Anschein nach hatten sie den Vulkan erreicht. Vor ihnen stieg eine nahezu senkrechte Felswand weit genug in die Höhe, um rund dreißig Meter über ihren Köpfen mit den Baumkronen zu verschmelzen. Wenigstens nahm McManus an, dass es sich um eine Felswand handelte, denn sie war so dicht mit Moos, Flechten, Luftwurzeln und Schlingpflanzen überwuchert, dass nur hier und da ein wenig Grau hindurchschimmerte.

Aber das war nicht der Grund, aus dem sie alle vier wie vom Donner gerührt stehen geblieben waren.

Der Grund waren die vier halb mannshohen Bambuspfähle, die zwischen Fyfield und der grünen Mauer aufgestellt waren, genauer: die vier Totenköpfe, die jemand darauf aufgespießt hatte. Drei davon waren so klein, dass sie einst Kindern hätten gehört haben können, der vierte war nicht nur deutlich größer, er trug auch einen verbeulten Stahlhelm, dessen Design McManus auf ungute Weise bekannt vorkam.

Neben ihm schlug Heather mit einem erschrockenen Laut die Hand vor den Mund, während Brianna zurückwich und sich anspannte, als erwarte sie einen Angriff. McManus sah nicht hin, bemerkte aber trotzdem, dass sie weniger erschrocken als vielmehr alarmiert aussah, nicht wirklich verängstigt.

»Da drüben sind noch mehr.« Fyfield zeigte nach links. Auch dort erhoben sich aufgespießte Totenköpfe auf Bambusspießen. Dasselbe galt für die andere Richtung. Wie eine Reihe stummer

Wächter, die ihnen eine ebenso lautlose wie unüberhörbare Warnung entgegenschrien: *Geht nicht weiter!*

»Das ist unheimlich«, flüsterte Heather.

McManus war kein abergläubischer Mensch. Mit Geister- und Spukgeschichten hatte er nichts am Hut, und doch konnte er sich des Eindrucks nicht erwehren, aus zahllosen leeren Augenhöhlen angestarrt zu werden. Bewegte sich da etwas, tief hinter den schwarzen Schatten im Inneren der leeren Schädel? Er schüttelte den Gedanken ab. »Auf jeden Fall ist es deutlich. Jemand will nicht, dass wir weitergehen.«

»Als ob die Felswand allein nicht Hindernis genug wäre«, sagte Heather. »Oder haben Sie zufällig eine Bergsteigerausrüstung dabei, Mister Fyfield?«

»Die brauche ich nicht«, behauptete Fyfield.

Bei jedem anderen hätte McManus das für einen dummen Spruch gehalten, aber irgendetwas sagte ihm, dass es das nicht war. Er trat zwei Schritte zurück und legte den Kopf in den Nacken, um die grüne Mauer vor ihnen einer zweiten und gründlicheren Musterung zu unterziehen. Sie verschmolz nicht nur über ihnen, sondern auch nach rechts und links nahezu nahtlos mit den Schatten des Waldes. Davon abgesehen war sie nicht wirklich senkrecht, wie es im ersten Moment den Anschein gehabt hatte. Dennoch bildete sie ein nahezu unüberwindliches Hindernis.

»Es muss auch anders gehen«, fuhr Fyfield in nachdenklichem Ton fort, mehr an sich selbst als an die anderen gewandt.

»Wie bitte?«, fragte McManus.

»Vor einer solchen Wand zu kapitulieren liegt nahe, wenn man keinen triftigen Grund hat, es zu versuchen.« Fyfield deutete auf die Totenschädel. »Das da *ist* ein triftiger Grund. Jetzt will ich erst recht wissen, was sich hinter dieser Wand befindet!«

»Und was, wenn es genau andersherum ist?«, fragte Brianna.

»Wie meinen Sie das?«

»Wenn es zwar eine Warnung ist, aber eine, auf die man tatsächlich besser hören sollte?«, fuhr Brianna fort. »Weil irgendetwas Gefährliches dahinter lauert?«

»Sie meinen, gefährlicher als eine versteckte Grube voller vergifteter Speere?« Fyfield schüttelte mit einem spöttischen Lächeln den Kopf und machte einen demonstrativen Schritt an den stummen Wächtern vorbei. Im Gehen streckte er den Arm aus, um die Felswand zu berühren …

… und verschwand.

Es geschah so schnell und so unspektakulär, dass McManus zunächst nicht wirklich begriff, was er sah. Es war, als hätte die Felswand Fyfield einfach verschluckt.

»Fyfield?«, rief er nach zwei oder drei bangen Herzschlägen. Er rechnete nicht mit einer Antwort und bekam auch keine. Irgendwo schrie ein tropischer Vogel, aber es hörte sich in seinen Ohren eher wie spöttisches Gelächter an.

McManus hätte in diesem Moment nichts lieber getan, als kehrtzumachen, mit Verspätung auf Fyfields Angebot zurückzukommen und zum Strand zurückzukehren. Andererseits fühlte er sich für ihn ebenso verantwortlich wie für jeden anderen in der Gruppe. Schließlich war die ganze, auf so katastrophale Weise gescheiterte Reise seine Idee gewesen.

»Wartet hier«, sagte er zu den Frauen und ging ebenfalls los – nicht annähernd so forsch wie Fyfield vor ihm, sondern viel langsamer mit heftig klopfendem Herzen. Fast war er davon überzeugt, dass ihn im nächsten Augenblick irgendetwas anspringen oder sich der Boden auftun würde, um ihn zu verschlingen.

Nichts davon geschah. Dafür meinte er, so etwas wie ein gedämpftes Stöhnen zu hören. Als er sich der Wand auf halbe Armeslänge genähert hatte, erkannte er eine schmale Lücke im Grün, und spürte einen sachten Luftzug. Noch vorsichtiger ging er weiter, berührte die Wand behutsam mit den Fingerspitzen – und hätte trotz seiner Vorsicht beinahe das Gleichgewicht verloren, denn sie setzte seiner Hand nicht den geringsten Widerstand entgegen!

Was wie eine undurchdringliche Mauer aussah, war lediglich ein kaum mehr als hauchzarter Vorhang aus geschickt angebrachten Blättern, Ästen und Farnwedeln, hinter dem es kein weiteres Hindernis mehr gab.

Und keinen Boden.

Stattdessen ragten McManus' Fußspitzen unvermittelt über die Kante einer aus bröckelndem Beton gegossenen Stufe hinaus, der sich ein gutes Dutzend weitere anschlossen. Fyfield lag auf halber Höhe der Treppe auf der Seite und versuchte sich gerade mit einem benommenen Kopfschütteln auf die Ellbogen hochzustemmen.

»Alles in Ordnung?«, fragte McManus.

»Selbstverständlich«, knurrte Fyfield. »Ich habe mich nie besser gefühlt.«

McManus verzichtete auf eine Erwiderung. Stattdessen stieg er die Treppe zu Fyfield hinab, wobei er sich mit den Händen am rauen Felsen zu beiden Seiten abstützte. Er fühlte sich tatsächlich nicht wie Stein an, sondern wie uralter, rissiger Beton. Rasch erreichte er Fyfield, streckte eine Hand aus, um ihm aufzuhelfen, und zuckte dann wieder zurück, als er dessen ärgerlichem Blick begegnete.

»Das … äh, kam jetzt unverhofft, wie?«, fragte er mit einem verunglückten Grinsen.

Fyfield würdigte ihn keiner Antwort, sondern richtete sich – sehr vorsichtig – auf der schmalen Stufe auf und sah nach unten. Die Treppe, eindeutig maschinell und nicht von den Ureinwohnern errichtet, mündete in einen kaum zwei Meter breiten, ebenfalls betonierten Gang ohne Decke, dessen Wände vollkommen kahl waren, als hätte irgendetwas verhindert, dass auch nur die geringste Spur von Leben darauf Fuß fasste. Erst am Ende des gegossenen Schachts war wieder das altbekannte Grün zu sehen, ein Wust aus Luftwurzeln, Lianen und sonderbar fettigen Blättern, die eine massige Stahltür einrahmten. Sie musste Tonnen wiegen und erinnerte an die überdimensionierten Tresore, die man manchmal in Filmen sah, oder auch den Eingang eines antiken Atombunkers, als man solche noch gebaut hatte.

Über ihnen raschelte es, als die beiden Frauen den Vorhang aus Vegetation zur Seite schoben und die Treppe entdeckten. Sie schickten sich an, die Stufen hinabzusteigen, doch ihre Schritte kamen, wie die von McManus, schon auf den obersten wieder ins Stocken. Sie waren offenbar genauso überrascht wie er.

Oder sie hatten vor ihm gesehen, was auf dem Boden des Schachtes lag.

Es waren Skelette. Ihre Köpfe waren nicht abgeschnitten und aufgespießt, sie trugen auch keine Helme oder verschimmelten Uniformen. Dafür waren es viele: mindestens ein Dutzend, wahrscheinlich sogar zwei oder mehr. Die meisten waren zerbrochen, Schädel waren davongerollt, Finger- und Zehenknochen auseinandergefallen, als Vögel, Insekten und andere Aasfresser sowie der Zahn der Zeit an Fleisch und Sehnen und Muskeln genagt hatten.

»Ist das der Militärstützpunkt, den Sie gesucht haben, Mister Fyfield?«, fragte Brianna. McManus hatte nicht einmal gemerkt, dass sie die Treppe schon weiter herabgestiegen war, aber er drehte sich auch jetzt nicht zu ihr um, sondern behielt Fyfields Gesicht aufmerksam im Blick.

»Ich habe *gar nichts* gesucht«, behauptete Fyfield wenig überzeugend. »Aber wenn wir schon mal hier sind ...«

Langsam, sich wie zuvor McManus mit einer Hand am rissigen Beton der Wand abstützend, ging Fyfield die restlichen Stufen nach unten, zögerte kurz und versuchte dann, den Fuß aufzusetzen, ohne auf eines der kreuz und quer liegenden Skelette zu treten. Natürlich gelang es ihm nicht. Schon das erste Skelett, das er berührte, fiel mit einem an ein Seufzen erinnernden Knirschen auseinander. Der Schädel rollte davon und zerbrach in drei unterschiedlich große Stücke, als er gegen die Wand prallte.

»Das ist ja entsetzlich«, hauchte Heather. »Da gehe ich nicht runter.«

»Sie haben gehört, was er gesagt hat«, erwiderte Brianna. »›Wenn wir schon mal hier sind …‹«

Indessen setzte Fyfield seinen Weg behutsam fort. Es gelang ihm, die meisten Skelette nicht völlig zu zerstören, auch wenn er eine sichtbare Spur der Verwüstung durch den Gang zog. Schon die leiseste Berührung reichte, die meisten Knochen zu Staub zu verwandeln oder sie zumindest zerbrechen zu lassen.

Welches Schicksal auch immer all diese bedauernswerten Menschen ereilt hatte, sie mussten schon sehr lange hier liegen, dachte McManus. Aber das machte es nicht besser. Es kostete ihn fast seine gesamte Willenskraft, die letzten Stufen hinabzusteigen und Fyfield durch das Trümmerfeld aus zerbrochenen Menschen zu folgen.

Vor der Metalltür holte er ihn ein.

Bei genauerer Betrachtung schien es sich um eine Art Schleuse zu handeln. Linker Hand gab es einen Tastenblock mit metallenen, nummerierten Tasten. Rechts der Tür war ein Schild zu erkennen, halb verhangen von Schlingpflanzen.

Fyfield wischte die Ranken beiseite. Ein Verbotsschild in englischer Sprache kam dahinter zum Vorschein.

»Das ist nicht der Haupteingang«, murmelte Fyfield halblaut. »Aber besser als nichts.«

»Der Haupteingang *von was*?«, wollte Brianna wissen.

Fyfield drehte ruckartig den Kopf, als erinnere er sich erst

jetzt wieder, dass er nicht allein war. »Zum ... Militärstützpunkt.« Er schlug probehalber mit der Faust gegen die stählerne Tür. Ein leiser, dumpfer Laut ertönte.

»Meint ihr, diese armen Leute sind alle die Treppe runtergefallen und da unten gestorben?«, wollte Heather von oben wissen.

»Glaube ich nicht.« Brianna schüttelte den Kopf. »Bevor Fyfield durch sie durchgewalzt ist, machten die Gerippe einen recht intakten Eindruck. Sie lagen auch nicht über- und untereinander, als wären sie heruntergestürzt. Vielmehr ganz ordentlich, so als habe sie jemand hier in Reih und Glied hingelegt ...«

»Wieso ist das alles so gut erhalten?«, fragte McManus und deutete auf die Schleusentür. »Das Metall wirkt überhaupt nicht rostig. Bis auf den Pflanzenbewuchs deutet nichts darauf hin, dass das Ding älter als ein paar Monate ist.«

»Der Schacht ist hier unten gut geschützt vor Wind und Wetter.« Brianna trat dichter ans Tor. »Sogar das Tastenfeld sieht noch ... Aber das ist doch nicht möglich!«

Im Handumdrehen waren Fyfield und McManus an ihrer Seite. Heather, die nun auch die Treppe heruntergekommen war, aber an deren Fuß stehen blieb, reckte den Kopf, um zu sehen, was die anderen entdeckt hatten.

»Seht ihr dasselbe wie ich?«, stieß Brianna hervor.

McManus nickte.

Über dem Tastenblock glühte eine kleine rote LED.

»Die Anlage ist noch in Betrieb«, stieß McManus hervor.

»Du meinst, da drinnen sind möglicherweise noch Leute?« Vorsichtig bahnte sich nun auch Heather einen Weg durch die Knochen. »Soldaten, die uns helfen können?«

»Wenn dieser Stützpunkt – oder was auch immer es ist – so alt ist, wie die Uniform des toten Soldaten es nahelegt, ist das extrem unwahrscheinlich«, gab Brianna zu bedenken.

»Dennoch könnte es drinnen noch funktionstüchtige Geräte geben«, bemerkte Fyfield.

»Zum Beispiel eine Funkanlage, mit der wir Hilfe herbeirufen können!«, entfuhr es McManus.

Fyfield sah ihn einen Augenblick ausdruckslos an. »Genau«, bestätigte er dann. »Eine Funkanlage.« Er wandte sich ab und machte sich an dem Tastenblock zu schaffen. »Wenn tatsächlich noch alles funktioniert, müssen wir nur den richtigen Zahlencode eingeben, und die Schleuse öffnet sich.«

»Wenn's weiter nichts ist«, höhnte Brianna.

»Versuchen können wir es immerhin«, sagte McManus, der spürte, wie sich in seinem Innern ein Hoffnungsschimmer zu regen begann.

Achtung: Bevor du dich an diesem Rätsel versuchst, <u>stelle sicher, dass du Kapitel 11 gelesen hast!</u>

Anschließend versuche, den Öffnungscode des Tors zu ermitteln. (Hierbei könnte dir eine Information von einer Seite von Nutzen sein, die du beim Lesen mit einem Eselsohr markiert hast.)

Kannst du die benötigte Zahlenfolge ermitteln, addiere alle enthaltenen Ziffern und lies weiter auf der Seite, deren Seitenzahl ihrer Summe entspricht. Beginnt der Text dort NICHT mit »Ein gedämpftes Piepsen ...«, war deine Lösung falsch. Verfahre weiter, als hättest du das Rätsel nicht gelöst (s. u.).

Kannst du das Rätsel nicht lösen, blättere um und lies weiter auf Seite 154!

Schlag den hinteren Bucheinband auf und markiere einen beliebigen Totenschädel mit einem Kreuz!

»Was für ein Irrsinn«, murmelte Brianna. »Wie wollen Sie einen Code knacken, den sich vor vierzig oder mehr Jahren irgendwelche Militärs ausgedacht haben und von dem Sie nicht den geringsten Hinweis darauf haben, wie er lauten könnte?«

»Haben wir wirklich keinen Hinweis?« Gedankenverloren sah sich Heather um. »Was ist damit?« Sie deutete auf das stählerne Schott. »Diese Schmiererei.«

»*Elysium*«, las McManus. Er hob die Brauen. »Und weiter?«

»Es ist eher unwahrscheinlich, dass das einer der Ureinwohner der Insel dorthin geschmiert hat, oder?« Heather lächelte triumphierend. »Folglich war es einer der Soldaten – möglicherweise, um sich eine Gedächtnisstütze für den Code zu basteln?«

»Dummerweise hat der Zahlencode nur Ziffern, keine Buchstaben«, erinnerte sie Brianna. »Nicht mal Hilfsbuchstaben, wie es sie früher auf alten Handytasten gab.«

»Vielleicht gab es eine Entsprechungstabelle«, mutmaßte McManus. »Also eine Liste, die jeden Buchstaben des Alphabets einer bestimmten Zahl zuordnete. So könnte man sich eine Ziffernfolge mühelos mithilfe eines Eselsbrückenworts merken.«

Brianna verdrehte die Augen. »Dummerweise haben wir keine solche …«

»Ha!« Fyfield hatte etwas in das Tastenfeld eingegeben. Er schien etwas in seine Brusttasche zurückzuschieben und trat einen Schritt beiseite.

Lies weiter auf Seite 99!

Knirschend verschwand auch das letzte der nur einfach vorkommenden Symbole in dem kreisrunden Muster. Nolfi, Pratt und Katie hielten den Atem an. Wenn sie falschlagen, würde das tonnenschwere Rad in den nächsten Sekunden die Hände des hilflosen Paars zerquetschen ...

Nichts rührte sich.

»Das war richtig!«, quiekte Katie. »Genial!«

An Nolfis Seite stieß auch Pratt hörbar die angehaltene Luft aus. »Ich schlage vor, wir suchen uns jetzt irgendwas, womit wir die Fesseln der beiden durchschneiden können. Einer seiner Stammesgenossen sollte ja auf der Flucht sein Messer verloren haben. Und dann nichts wie weg hier!«

- *Möchtest du Nolfi, Pratt und Katie bei der Befreiung der beiden Inselbewohner über die Schulter schauen, lies weiter bei KAPITEL 9.*

- *Willst du für den Augenblick zu Captain Bati und den anderen an den Strand zurückkehren, lies KAPITEL 5. Kennst du dieses schon, lies weiter bei KAPITEL 7. Kennst du auch dieses Kapitel bereits, wähle eine der anderen Optionen.*

- *Ziehst du es vor, mit George und Heather McManus, Clifford Fyfield und Brianna Colfer das Herz des Dschungels zu erkunden, lies als Nächstes KAPITEL 8. Kennst du dieses Kapitel bereits, wähle eine andere Option.*

11

Der Anblick war absurd. Was-auch-immer-es-war maß höchstens einen halben Meter, hatte einen riesigen Kopf mit spitzen Fledermausohren, runde Augen, ein lächerliches grünes Knautschgesicht sowie dreifingrige Hände mit spitzen Raubvogelkrallen. Alles andere war unter einem groben Leinengewand verborgen, das nach wenig mehr als einem Sack mit einer zurückgeschlagenen Kapuze aussah. Seine linke Hand stützte sich auf einen knorrigen Stock, der bei genauerem Hinsehen allerdings eher nach rissigem Plastik aussah. Bei ganz genauem Hinsehen galt das für die gesamte Gestalt.

»Also, das ist irgendwie ...«, sagte Katie.

»Total verrückt«, murmelte Pratt. Er klang mindestens so verdattert, wie Nolfi sich fühlte.

»... niedlich«, schloss die Influencerin.

»Absolut absurd«, korrigierte der Bestsellerautor.

Tatsächlich sah die Kreatur exakt so aus wie der kleinwüchsige Jedi-Meister aus den *Star-Wars*-Filmen – bis hin zu den großen, klugen Augen, die abwechselnd ihn, Pratt und etwas länger auch Katie musterten. Als sie den Kopf drehte, meinte Nolfi, ein leises Knirschen zu hören.

»Da erlaubt sich jemand einen Scherz mit uns«, sagte Pratt. Seiner Stimme fehlte allerdings der nötige Nachdruck. Nolfi musste nicht zu ihm hinsehen, um zu wissen, dass er so fassungslos dreinschaute, wie er selbst sich fühlte.

Für einen schlechten Scherz war das alles hier allerdings zu aufwendig, dennoch war die Erklärung so gut oder schlecht wie jede andere.

Mit einer enormen Willensanstrengung gelang es ihm, sich vom Anblick des unmöglichen Hollywood-Geschöpfs loszureißen und die beiden anderen Gestalten anzusehen, die im Hintergrund des runden, ansonsten vollkommen leeren Raumes standen und sich zitternd, wenngleich mittlerweile wenigstens spärlich bekleidet mit den Rücken gegen die Wand pressten. Selbst im diesigen Licht der Eingangstür war zu erkennen, wie blass Eva trotz ihrer kupferfarbenen Haut geworden war. Das Gesicht ihres Begleiters war nach wie vor eine Maske ohne erkennbaren Ausdruck, aber Nolfi las in seinen Augen, dass er die Gefühle seiner Begleiterin teilte. Falls die beiden schauspielerten, dann war es eine oscarreife Vorstellung.

»Also schön«, sagte er, nachdem er sich mühsam geräuspert hatte. »Ihr habt euren Spaß gehabt. Jetzt verratet uns bitte, was hier los ist.«

Keiner der beiden antwortete. Nur das absurde Yoda-Wesen drehte mit einem nun deutlich hörbaren Knirschen den Kopf, bis sein Gesicht wie das einer Eule in einem Winkel von mehr als neunzig Grad zur Seite schaute, zu den beiden Insulanern. Der Anblick war überhaupt nicht komisch, vielmehr Furcht einflößend. Das Ding sprach mehrere Worte in der gutturalen Sprache der Ureinwohner und vollendete die Kopfbewegung zu einer unmöglichen Dreihundertsechzig-Grad-Drehung. Als sein Gesicht schließlich wieder in Nolfis Richtung wies, sagte es: »Sanfter sprechen du musst. Große Angst die beiden haben.«

Nolfi spürte, wie sein Unterkiefer herunterklappte. »Wie ... bitte?«

»Nicht eure Feinde diese beiden sind«, antwortete das Yoda-Ding. Seine Stimme klang ein bisschen blechern, fand Nolfi, und er hatte das Gefühl, dass seine Worte vom leisen Geräusch viel zu lange nicht mehr bewegter Zahnräder begleitet wurde.

»Ist das ... ein Scherz?«, piepste Katie.

Pratt deutete ein nervöses Schulterzucken an. »Ich suche schon die ganze Zeit nach der versteckten Kamera.« Laut fügte er hinzu: »Zeigt euch – wer auch immer ihr seid!«

»Niemand außer uns hier ist«, krächzte das Yoda-Ding.

Adam sagte etwas. Das Ding drehte erneut den Kopf in seine Richtung, antwortete etwas in seiner Sprache und beendete anschließend eine zweite Dreihundertsechzig-Grad-Drehung, bevor es in verständlicher Sprache übersetzte: »Sie danken euch wollen, ihr gerettet habt ihre Leben.«

»Wieso spricht er so komisch?«, wunderte sich Katie. Sie hatte offenbar noch nie *Star Wars* gesehen.

»Das war doch selbstverständlich«, erwiderte Nolfi instinktiv. Nach einem kurzen Zögern, während dem er sich fragte, was er hier eigentlich tat, fügte er hinzu: »Wir sehen nicht tatenlos zu, wie jemand umgebracht wird. Schon gar nicht auf so bestialische Weise.«

Eva sagte etwas, das Yoda nicht übersetzte. Sie schien einen Moment mit sich zu ringen und machte dann zwei zögernde Schritte vorwärts. Vor Katie sank sie auf die Knie und beugte sich so weit nach vorn, dass ihre Stirn den Boden berührte. »Kathari«, sagte sie halbwegs verständlich.

»Kathari! Kathari!«

Es war nicht nötig, dass Yoda das übersetzte.

»Sie hält dich für eine Göttin«, sagte Pratt.

»Aber das bin ich nicht.« Mit einer Geste in Richtung des Yoda-Dings fügte die Influencerin hinzu: »Sag ihr, dass ich keine Göttin bin. Ich bin Katie.«

»Übersetz das nicht«, warf Pratt hastig ein, aber es war bereits zu spät. Diesmal vollführte Yodas Kopf nur eine Vierteldrehung, dann sagte er etwas in der Sprache der Inselbewohner. Eva sah ihn beinahe erschrocken an, antwortete etwas, und Yoda übersetzte: »Herabgestiegen von den Göttern du bist. Sagen du den beiden sollst, was deine Wünsche sind.«

Diesmal war der Schauspieler schnell genug, Katie von einer übereilten Antwort abzuhalten, indem er ihr die Hand vor den Mund legte.

»Das, äh ... klären wir später«, sagte Nolfi hastig. »Verratet uns, warum sie euch töten wollten. Was habt ihr angestellt?«

»Götter zornig sind«, übersetzte Yoda die darauffolgende Antwort Evas. Das Knirschen, das seine Worte untermalte, war lauter geworden. »Das Volk besänftigen muss den Zorn der Göttin«.

»Mit einem *Menschenopfer?*«, ächzte Pratt.

»In ursprünglichen Glaubenssystemen nicht unüblich«, kommentierte Nolfi halblaut und wandte sich dann wieder an Yoda: »Weshalb sind die Götter zornig?«

Eva antwortete etwas, noch immer ohne die Stirn vom Boden zu heben.

»Göttin zornig war«, dolmetschte Yoda. »Vergangene Nacht geworfen hat Feuer vom Himmel. Manche gestorben sind.«

»Das Unwetter letzte Nacht«, vermutete Pratt. »Es muss auch hier auf der Insel gewütet haben.«

»Viele gestorben sind«, bestätigte Yoda. Täuschte sich Nolfi, oder sah er einen dünnen, grauen Rauchfaden aus seinem linken Ohr aufsteigen?

Katie schien etwas einwerfen zu wollen, doch er brachte sie mit einer raschen Handbewegung zum Verstummen. Er wandte sich jetzt direkt an Adam. Mit dessen Begleiterin zu sprechen, erschien ihm wenig sinnvoll, denn diese wagte immer noch nicht vom Boden hochzusehen. »Der ... äh, der Zorn der Götter ist besänftigt. Kathari verlangt nicht mehr nach einem Opfer.«

Yoda übersetzte. Endlich hob die junge Frau den Kopf und starrte erst ihn, dann und deutlich länger und gänzlich ungläubig Katie an. Sie sagte etwas, das der Jedi-Meister jedoch für sich behielt. Etwas knirschte.

»Ihr seid frei«, sagte Nolfi mit dem Versuch eines Lächelns. Sofern er Evas Reaktion richtig deutete, misslang es kläglich. »Die Göttin verlangt kein Opfer mehr«, wiederholte er. Einer Eingebung folgend, fügte er hinzu: »Weder jetzt noch irgendwann.«

Pratt hob zweifelnd eine Augenbraue, enthielt sich aber eines Kommentars. Katie ließ sich indessen vor der knienden Frau in die Hocke sinken, ergriff sie an den Schultern und zog sie sanft auf die Füße. Evas Gesicht verlor noch mehr Farbe. Nolfi ver-

suchte erst gar nicht, den Ausdruck darauf zu deuten. Sein Blick schweifte ab und erfasste erneut die in den Stein gehauenen Bilder, die die Wand oberhalb der Yoda-Figur zierten.

Seine Augen hatten sich mittlerweile, so gut es ging, an das grünliche Zwielicht gewöhnt, und nun gelang es ihm, Details der Zeichnungen auszumachen. Ungläubig verengte er die Augen zu Schlitzen. Was er sah, entsprach absolut nicht dem, was er von den Darstellungen eines naturnahen, nie mit moderner Technik in Kontakt gekommenen Volkes erwartet hätte.

Die Gestalten an den Seiten des Motivs schienen relativ eindeutig Krieger darzustellen, Angehörige des Stammes, zu dem Eva und Adam gehörten. Die Person, die quer in der Mitte lag, war offenbar tot. Doch was war mit der Figur, die über dem Leichnam aufragte und den Insulanern etwas Kostbares zu überreichen schien? Handelte es sich um einen Priester? Wenn ja, wieso trug er etwas, das in Nolfis Augen verdammt noch mal wie eine militärische Atemschutzmaske aussah? Und was sollte das Raster mit sämtlichen Buchstaben des Alphabets und den Zahlen darunter?

»Sag uns, wo wir hier sind«, riss ihn Pratts Stimme aus seinen Betrachtungen. Der Schauspieler versuchte noch immer, mithilfe des Yoda-Roboters Konversation mit den Insulanern zu treiben. »Lebt ihr nur mit euresgleichen auf der Insel, oder gibt es hier mehr ...« Er wies auf Nolfi, dann auf sich. Katie ließ er bewusst aus. »Gibt es hier mehr Menschen wie uns?«

»Keine anderen Menschen auf dieser Insel leben«, übersetzte Yoda. »Nur das Volk. Und die Dämonen.«

»Dämonen?«, echote Pratt. Nolfi wünschte, er hätte es ohne den spöttischen Ton in der Stimme getan, den Meister Yoda nicht erst übersetzen musste, damit die beiden Insulaner ihn verstanden.

Eva antwortete nicht einfach. Es brach regelrecht aus ihr hervor. Sie gab einen nicht enden wollenden Redeschwall von sich, den Yoda getreulich zu übersetzen versuchte. Doch schon nach den ersten Worten geriet er ins Stocken und gab nur noch eine Reihe knirschender und krächzender Laute sowie ein jetzt eindeutig mechanisches Klappern und Knirschen von sich.

Nolfi hatte sich geirrt, wie er jetzt sah: Es war nicht das linke, sondern das *rechte* Ohr, das qualmte.

»Ähm … Pratt?«, begann er zögernd.

»Derek«, antwortete Pratt. »Oder, wenn schon: *Mister* Pratt.«

»Derek«, sagte Nolfi und wies wortlos auf das Yoda-Ding. Aus dem Krachen und Knirschen war jetzt ein ungesundes Raspeln geworden, das eindeutig an das Geräusch zerbröselnder Zahnräder erinnerte. Aus dem rechten Ohr des Plastik-Jedi stieg nun fettiger schwarzer Qualm. Es stank nach schmorenden Kabeln.

»Shit«, sagte Pratt.

»Sieht aus, als habe er sein Haltbarkeitsdatum überschritten«, sagte Nolfi. »Wir sollten allmählich verschwinden.« Er deutete auf das Insulanerpärchen. »Was machen wir mit ihnen?«

»Nicht in ihr … bzzz … Dorf zurückgehen die beiden können«, verkündete Yoda, ohne dass Adam oder Eva zuvor etwas gesagt hatten. »Opfer … *bzzz* … nicht tot … *chrrrk* … sind. Großes Unglück … *sssss* es bringt, wenn sie …«

Der Rest ging im Geräusch einer gedämpften Explosion unter, die das komplette rechte Ohr der Figur wegsprengte. Eva schrie auf und fuhr entsetzt in die Höhe, während ihr Begleiter einmal mehr zur Salzsäule erstarrte.

»Wenn sie nicht mehr zu ihren Leuten zurückkönnen, müssen wir sie mitnehmen«, sagte Katie. »Wir können nicht zulassen, dass die sie doch noch umbringen.«

Pratt schüttelte entschieden den Kopf. »Das können wir nicht, Liebes. Außerdem glaube ich nicht, dass ihre Verfolger sich hierherwagen werden. Denk an die ... äh, an die Götterstatuen am Eingang.«

Katies Augen verschossen Blitze in seine Richtung. »Dann sollen sie also hierbleiben, bis sie an Altersschwäche sterben?«, fragte sie spitz. Sie wartete Pratts Reaktion nicht ab, sondern wandte sich an Eva.

»Wir gehen zurück zu unseren Freunden am Strand«, erklärte sie mit übertriebener Betonung und noch übertriebeneren Gesten. »Könnt ihr uns zeigen, wie wir dorthin kommen, ohne ... äh, ohne dass uns eure Stammesgenossen erwischen und uns die Kehlen durchschneiden?«

Nicht nur zu Nolfis Erstaunen übersetzte Yoda auch diese Frage noch, auch wenn er nicht sicher war, ob wirklich Worte in der Inselsprache aus seinem Mund drangen oder eher Geräusche, mit denen sich das Innenleben des Plastik-Jedi-Meisters in seine Einzelteile auflöste.

Eva starrte den qualmenden Yoda mit sichtbarem Entsetzen an. Sie sagte etwas.

»Den ... *brrzzl* ... Weg der A*chrrr*ahnen ihr ... *kzsch* ... gehen müsst«, übersetzte Yoda.

»Das ist ja mal hilfreich«, knurrte Pratt.

Eva und ihr Begleiter tauschten einen vielsagenden Blick, dann traten sie nebeneinander an die qualmende Jedi-Figur heran, wie um sie von ihrem Sockel zu stoßen. Stattdessen drückten sie mit vereinten Kräften gegen den steinernen Sitz, worauf ein Klicken ertönte und die gesamte Figur sich scheppernd und qietschend zur Seite bewegte. Darunter kam ein runder Schacht zum Vorschein, der in vollkommener Schwärze verschwand.

»Der Pfad der Ahnen, nehme ich an«, sagte Nolfi wenig begeistert.

Niemand antwortete. Aber sowohl Adam als auch die kupferfarbene Eva sprangen, ohne zu zögern, nacheinander in die lichtlose Tiefe.

- **Möchtest du Nolfi, Katie und Pratt in den unterirdischen Tunnel folgen, lies als Nächstes KAPITEL 13.**

- *Ziehst du es vor, dich zunächst bezüglich George und Heather McManus, Brianna Colfer und Clifford Fyfield auf den neuesten Stand zu bringen, lies weiter bei KAPITEL 8. Kennst du es bereits und hast das dortige Rätsel gelöst, lies KAPITEL 10. Hast du auch dieses Kapitel bereits gelesen, wähle die obige Option.*

Fyfield räusperte sich. »Hier steht: ›Vom Markierungspunkt X4 zur Station: siebenhundertfünfzig Nord, dreihundert Ost, vierhundert Nord, zweihundert West.‹«

»Das müssen Schrittangaben sein«, stellte Brianna fest. »Und Sie denken, diese Route führt uns zum Vulkan?«

»Laut dieser Anleitung sind es nur noch ein paar Hundert Schritte.« Fyfield steckte die Metallplakette ein. »Lassen Sie es uns probieren. Wenn wir binnen der nächsten Viertelstunde nicht am Fuß des Vulkans stehen, geben wir es auf und suchen uns einen Weg zurück zum Strand. Einverstanden?«

Niemand hatte etwas einzuwenden.

- *Möchtest du die vier auf ihrem Weg in Richtung Vulkan weiter begleiten, lies weiter bei KAPITEL 10.*

- *Willst du zunächst erfahren, wie es Nolfi, Pratt und Katie gerade ergeht, lies weiter bei KAPITEL 11.*

Ohne einen Moment des Zögerns betrat Fyfield die erste der gravierten Bodenfliesen.

Nichts geschah.

Er trat auf die nächste.

Erneut löste sich kein Schuss.

»Sieht gut aus«, erklärte er, noch immer grinsend.

Wenige Schritte und mehrere scheinbar willkürliche Richtungsänderungen später, die dazu dienten, bestimmte Symbole auf dem Boden zu umgehen, stand Fyfield am anderen Ende der Passage.

»Kommt ihr?«, erkundigte er sich. »Falls ja, möchte ich empfehlen, exakt denselben Weg zu benutzen wie ich.« Er wandte sich um, trat mit einem großen Schritt über den mumifizierten Leichnam des Insulaners und verschwand im angrenzenden Raum.

Rasch schickten sich die anderen an, ihm zu folgen, wobei sie penibel darauf achteten, dieselben Bodenkacheln zu betreten wie zuvor Fyfield.

Auf diese Weise erreichten zuerst Heather, dann Brianna und schließlich auch McManus unbeschadet den Raum am anderen Ende der Passage.

Als McManus den angehaltenen Atem ausstieß und sich umschauen wollte, begann der Boden unter seinen Füßen plötzlich zu beben. Von der Decke begannen Putzstücke, Schrauben, losgerissene Verkleidungsteile und Dreck zu regnen, während aus den Tiefen der Erde ein urzeitliches Grollen an ihre Ohren drang.

»Sucht irgendwo Deckung«, hörte er Fyfield brüllen.

Dann verschwand die Welt in einer alles auslöschenden Wand aus Staub.

- *Möchtest du bei McManus, Heather, Brianna und Fyfield bleiben und sehen, wie es ihnen ergeht, lies* Kapitel *14.*

- *Willst du lieber einen Abstecher zu Nolfi, Pratt und Katie machen, lies weiter bei K*APITEL *13. Kennst du dieses Kapitel schon, lies K*APITEL *15. Kennst du auch dieses bereits, lies K*APITEL *17. (Hast du diese Kapitel alle schon gelesen, wähle die obige Option.)*

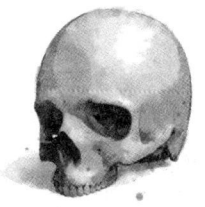

12

Nun sind wir also endgültig in einem Science-Fiction-Film angekommen, dachte McManus. Und zwar in einem der ganz üblen Sorte, wie sie in den frühen Achtzigern besonders beliebt gewesen waren – die Sorte, die nach einem verheerenden Atomkrieg oder einer noch verheerenderen Umweltkatastrophe in einer apokalyptischen Welt spielte. Im Gegensatz zu den Filmen dieser Zeit, die ihm beim Betreten der Anlage in den Sinn kamen und die aus Kostengründen oft in verlassenen Industrieanlagen, heruntergekommenen Parkhäusern und aufgegebenen Minenschächten gedreht worden waren und dementsprechend aussahen, wirkte hier allerdings nichts wie eine billige Kulisse.

Hinter dem Stahlschott hatte sie ein kurzer, dämmriger Gang mit Betonwänden empfangen, an dessen Ende eine weitere, verschlossene Metalltür auf sie wartete, diesmal jedoch weniger massiv und ohne Tastenfeld, Klinke oder sonstigen erkennbaren Öffnungsmechanismus. Fyfield hatte das Problem mit einem beherzten Fußtritt gelöst, der die Tür nahezu aus dem Rahmen sprengte.

Noch während sich die Wolke aus rostfarbenem Staub legte, in der die Tür zu Boden gegangen war, erhob sich ein Geräusch wie von Dutzenden altmodischer Neonröhren-Starter. Nach etlichen Sekunden gesellte sich das klassische blau-weiße Flackern dazu, und über ihren Köpfen erwachte ein knappes Dutzend großer Leuchtstoffröhren zum Leben. Nicht annähernd so viele, wie es einmal gewesen sein mussten, wie das an zahllosen Stellen unterbrochene Muster bewies, und die meisten brannten auch nur noch trüb. Viele flackerten darüber hinaus unregelmäßig, was den Anblick, der sich ihnen bot, noch gespenstischer machte.

Vor ihnen erstreckte sich eine gewaltige Halle, die bequem Platz für ein halbes Dutzend großer Lkw oder auch drei oder vier Helikopter geboten hätte. Gegenwärtig diente sie jedoch nur als Garage für Schrott, Trümmer, Staub und einen einzelnen Militärlaster ohne Räder, dessen ehemals bullige Karosserie überwiegend aus Rost zu bestehen schien. Trotzdem erkannte McManus sofort, dass das Baujahr zur Uniform und dem Helm des Soldaten passte, den sie in der Fallgrube gesehen hatten. Überall lag zur Härte von Beton zusammengebackener Schmutz, und von Decken und Wänden hingen graue Gardinen wie zum Trocknen aufgehängte Bettlaken, die sich auf den zweiten Blick als staubverkrustete Spinnweben offenbarten. Das nervöse Klacken weiterer Starter-Relais, die nicht einsehen wollten, dass die zugehörigen Leuchtstoffröhren längst den Geist aufgegeben hatten, bildete das einzige Geräusch. Die Luft roch so trocken und alt, dass schon die ersten Atemzüge zum Husten reizten.

»Na, wenn das keine Überraschung ist«, durchbrach Brianna als Erste das verblüffte Schweigen. Seltsamerweise hatte McManus das Gefühl, dass sie die Worte eher wie eine Frage betonte. Als er über die Schulter zu ihr hinübersah, fiel ihm auf, dass sie Fyfield nicht aus den Augen ließ.

Er verscheuchte den Gedanken. Es gab hier wirklich genug Sonderbares, auch ohne dass er anfing, alles Mögliche in hingeworfene Bemerkungen hineinzuinterpretieren.

»Eine alte Militärbasis«, murmelte Fyfield.

»Leider keine, die uns einen Ausblick über die Insel und damit etwas Orientierung bieten würde«, sagte Heather.

Fyfield deutete ein Schulterzucken an und fügte in beinahe heiterem Tonfall hinzu: »Dann war die Idee mit dem Störsender vielleicht doch nicht so absurd, wie wir dachten.«

»Störsender?«, wiederholte McManus.

»Fisz hatte die Idee, glaube ich«, antwortete Fyfield. »Vielleicht war es auch Pratt oder dieser Science-Fiction-Schreiberling.«

»Fabrizio Nolfi ist einer der erfolgreichsten Autoren auf seinem Gebiet weltweit«, belehrte ihn Heather.

»Das eine schließt das andere nicht aus«, erwiderte Fyfield kurz angebunden. »Ich würde jedenfalls sagen, wir gehen weiter.«

»*Da rein?*« Heather schrie nicht, aber dank der Akustik der leeren, weiten Halle hörte es sich trotzdem fast so an. »Aber hier ist doch schon seit Jahren niemand mehr gewesen!«

»Strom gibt es jedenfalls noch.« Fyfield wies zur Decke hinauf.

»Was wollen Sie tun? Die Neonröhren einsammeln, um sie bei eBay zu verkaufen?«, erkundigte sich Brianna.

»Gar keine schlechte Idee«, antwortete Fyfield mit einem verächtlichen Gesichtsausdruck. »›Vintage‹ ist seit ein paar Jahren schwer angesagt. Die alten Dinger haben gewiss Seltenheitswert und könnten ein hübsches Sümmchen bringen. Aber wenn das Licht noch funktioniert, funktionieren vielleicht auch noch ein paar andere Dinge.«

»Zum Beispiel eine Funkstation«, erinnerte ihn McManus.

Fyfield bedachte ihn mit einem Kopfnicken. »Oder etwas anderes, das uns von Nutzen sein könnte.«

»Zum Beispiel?«, wollte Brianna wissen.

Fyfield wollte etwas antworten, doch McManus kam ihm zuvor. »Ich weiß nicht, ob das eine gute Idee ist. Auch wenn hier niemand mehr ist – irgendwer hat sich große Mühe gegeben, diese Anlage zu verbergen und zu sichern.« Er machte eine Kopfbewegung hinter sich. »Denken Sie an die Toten draußen.«

»Wir wissen nicht, ob diese Leute tatsächlich vor dem Schott ums Leben gekommen sind«, widersprach Fyfield. »Und selbst wenn – was immer sie vor dreißig oder mehr Jahren dahingerafft hat, es dürfte lange nicht mehr hier sein.«

McManus fragte sich unbehaglich, woher Fyfield das wissen wollte. Seiner Meinung nach konnte im Innern dieser Anlage sehr leicht etwas zurückgelassen worden sein. Etwas Gefährliches, möglicherweise Tödliches.

Fyfield deutete sein Schweigen als Zustimmung und wandte sich an Heather: »Vielleicht sollten Sie auf Ihren Mann hören und zusammen mit Miss Colfer zurück zu den anderen gehen. Auch wenn ich selbst nicht wirklich daran glaube, dass uns hier eine Gefahr droht, sollten wir kein Risiko eingehen. Ich würde es mir nie verzeihen, wenn Ihnen oder Brianna etwas zustieße.«

McManus konnte sich nicht erinnern, etwas Derartiges vorgeschlagen zu haben, aber Heather nahm ihm die Mühe ab, zu widersprechen, indem sie heftig den Kopf schüttelte. »Es wird hier drin kaum gefährlicher sein, als allein zurück durch einen Dschungel voller Fallen und wilder Tiere zu marschieren.«

»Außerdem haben wir zwei tapfere Männer bei uns, die uns beschützen«, fügte Brianna spöttisch hinzu. »Wir bleiben. Es sei denn, Sie wollen uns aus irgendeinem Grund nicht hier haben, Mister Fyfield?«

Fyfield starrte sie einen Moment lang wortlos an, dann wandte er sich abrupt ab und stapfte los. Trockener Staub wirbelte unter seinen Schritten auf, und auch wenn McManus sich sagte, dass es nur ein weiterer dummer Streich sein konnte, den ihm seine Nerven spielten, war er plötzlich sicher, dass das Licht über seinem Kopf plötzlich in einem anderen, bedrohlicheren Rhythmus flackerte.

Die Halle war um etliches größer, als es zunächst den Anschein gehabt hatte. Sie brauchten mehrere Minuten, um ihr anderes Ende zu erreichen. Auch hier war alles voller Trümmer, verrosteter Fahrzeugteile und restlos verrotteter Gegenstände, deren ehemalige Bestimmung nicht mehr zu erahnen war. Einmal glaubte McManus ein Geräusch zu hören, als spränge irgendwo tief unter ihren Füßen eine gewaltige Maschine an, aber es war schon wieder verhallt, bevor er sicher sein konnte.

Oder war es der Vulkan gewesen, der sich genau diesen Moment ausgesucht hatte, um sich zu räuspern? Immerhin schien sich diese unterirdische Anlage unmittelbar im Massiv des Berges zu befinden. McManus verdrängte den Gedanken rasch.

Fyfield blieb stehen und deutete nach links, wo sich eine Reihe verbeulter Spinde aus dem Wust von Trümmern und Schutt erhoben wie rostige Felsen aus der erstarrten Brandung eines bizarren Metallplaneten. »Wartet hier.«

Ohne eine Antwort abzuwarten, marschierte er hinüber und riss einen der Spinde auf, um den Innenraum zu durchsuchen. Nachdem er dort nicht fand, wonach er suchte, durchwühlte er einen zweiten Spind, dann einen dritten. Plötzlich gab er einen triumphierenden Laut von sich.

Als er zu den anderen zurückkam, schwenkte er einen robust wirkenden Handscheinwerfer. »Wusste ich's doch!«

»Waren Sie schon einmal hier?«, fragte Brianna misstrauisch.

Fyfield schaltete die Lampe probehalber ein, und als sie einen kräftigen, eng gebündelten Lichtstrahl von sich gab, wieder aus. Er schüttelte den Kopf. »Nicht hier. Aber in einer ähnlichen Anlage. Im Prinzip sind sie alle gleich. Notfallausrüstung findet sich meistens in den Eingangsbereichen.«

»Dann wissen Sie ja sicher auch, wo wir ein Funkgerät finden«, vermutete Brianna, »und dazu am besten einen vollgetankten Hubschrauber samt Piloten.«

»Dahinten ist eine Tür«, sagte Fyfield statt einer direkten Antwort. »Kommt.«

Erneut marschierte er los, ohne eine Antwort abzuwarten, und erneut schlossen sich die anderen an. Im Gehen warf McManus Brianna einen fragenden Blick zu, den diese jedoch ignorierte. Er nahm sich vor, ihr bei nächster Gelegenheit ein paar Fragen über ihr Verhältnis zu Clifford Fyfield zu stellen. War es möglich, dass sie diesen Mann kannte? Oder dass sie zumindest Dinge über ihn wusste, die ihm selbst unbekannt waren?

Die Tür, die Fyfield entdeckt hatte, war eine von mehreren, die allesamt robust genug aussahen, um einem Kanonenschuss standzuhalten. In einem Aspekt unterschied sie sich jedoch von den anderen: Sie war als einzige nicht vollständig von Schutt und rostigen Trümmern blockiert. Fyfield öffnete sie vorsichtig und schaltete die Handlampe ein.

Dahinter lag eine kurze Passage mit glänzenden Metallwänden. Nach etwa sechs Metern öffnete sie sich zu einem weiteren Raum.

Fyfield machte einen vorsichtigen Schritt vorwärts, blieb aber sofort wieder stehen. Als McManus neben ihn trat, verstand er, warum.

Im grellen Licht des Handscheinwerfers erkannte er am Ende der Passage, höchstens zwei, drei Meter weit im angrenzenden Raum, einen reglosen, kaum kindergroßen Körper, der verkrümmt auf der Seite lag und offensichtlich schon vor langer Zeit mumifiziert war. Seine Haltung war verkrümmt, so als sei er aus vollem Lauf niedergeschossen worden.

Fyfield ließ den Strahl der Lampe langsam über die Wände der Passage tasten. Im Gegensatz zu der Halle, die sie gerade durchquert hatten, waren hier keine großen Beschädigungen zu sehen.

Auf mehreren länglichen, metallenen Objekten, die auf beiden Seiten des Gangs aus der Wand ragten, ließ Fyfield das Licht verharren.

Brianna stieß zischend die Luft zwischen den Zähnen aus.

»Ist das, wofür ich es halte?«, fragte McManus leise.

Fyfield nickte. »Automatische Waffen. Eindringlinge waren hier offensichtlich alles andere als willkommen.« Er schwenkte

den Scheinwerfer abwärts, bis das Licht den Boden der Passage erhellte. »Sehen Sie sich die Bodenplatten an.«

»Sie sind staubig«, erkannte Heather. »Und aus Metall.«

Bevor Fyfield etwas erwidern konnte, sagte McManus: »Jemand hat etwas eingraviert. Symbole.«

»Ich vermute, dass sich in den Fliesen Kontakte befinden«, sagte Fyfield.

»Trittkontakte?« Brianna verengte die Augen zu Schlitzen. »Sie meinen, man darf nur bestimmte Kacheln betreten?«

»Was, wenn man eine falsche erwischt?«, fragte Heather mit banger Stimme.

Niemand antwortete. Fyfield ließ den Strahl der Lampe erneut zum verkrümmten Körper des mumifizierten Ureinwohners schweifen.

»Indiana Jones lässt grüßen«, sagte Brianna humorlos.

»Denken Sie, diese Sicherheitseinrichtung ist nach all der Zeit noch funktionstüchtig?«, wollte McManus wissen.

»Sie können es gerne ausprobieren, wenn Sie wollen«, sagte Fyfield. »Ich dagegen würde es vorziehen, auf dem Weg zur anderen Seite nur die sicheren Bodenfliesen zu betreten.«

»Und woher wollen Sie wissen, welche das sind?«, zischte Brianna.

»Es muss einen Hinweis geben«, murmelte Fyfield. »Vermutlich wurde die richtige Reihenfolge in regelmäßigen Abständen geändert. Damit Mitarbeiter ungefährdet hier durchkonnten, musste man ihnen den richtigen Weg zugänglich machen. Warten Sie mal ...« Er trat vorsichtig einen Schritt vorwärts.

»Sind Sie wahnsinnig?«, entfuhr es McManus.

Doch Fyfield betrat die Passage nicht. Stattdessen berührte er mit der Fußspitze eine Messingschwelle am Boden, die den Beginn des mit Bodenplatten verkleideten Bereichs markierte. Etwas begann zu summen, dann flackerte über ihren Köpfen ein monochromer Röhrenmonitor auf.

»Na bitte«, freute sich Fyfield. »Da steht: Der sichere Weg. Jetzt können wir gehen.«

Studiere die Passage auf der vorangegangenen Seite aufmerksam. Wenn du den sicheren Weg zur anderen Seite zu kennen glaubst, addiere die Zahlenwerte der Bodenplatten, die gefahrlos betreten werden können. Die Summe verrät dir die Seitenzahl, auf der du weiterlesen musst.

Beginnt der Text dort NICHT mit »Ohne einen Moment des Zögerns ...«, *war deine Lösung falsch. Verfahre weiter, als hättest du das Rätsel nicht gelöst (s. u.).*

Kannst du das Rätsel nicht lösen, blättere um und lies weiter auf Seite 178!

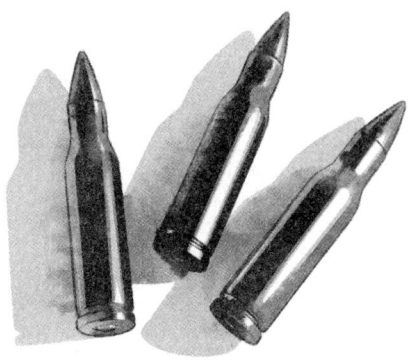

Schlag den hinteren Bucheinband auf und markiere einen beliebigen Totenschädel mit einem Kreuz!

»Wie bitte?« McManus hob die Brauen. »Ich sehe nur unverständliche Zeichen.«

Brianna musterte die Symbole auf dem Monitor eindringlich. Mehrmals lenkte sie ihren Blick von dort zu den gravierten Bodenplatten und wieder in die Höhe. »Ich glaube, ich hab's«, verkündete sie dann.

»Ach?« Fyfield sah sie beinahe ärgerlich an.

Sie nickte. »Nicht alle Symbole, die auf den Bodenplatten vorkommen, sind auch auf dem Monitor zu sehen. Ich vermute, sicher sind nur diejenigen, die dort oben angezeigt werden. Kommt ein Symbol nicht vor, darf es nicht betreten werden.«

Heather rollte die Augen. »Hätte man nicht einfach jedes richtige Symbol einmal abbilden können? Und am besten gleich in der richtigen Reihenfolge?«

»Sie vergessen, dass dieser Gang als Abwehrmechanismus gegen unbefugte Eindringlinge dienen sollte«, wandte Fyfield ein. »Vorrangig wahrscheinlich gegen die Ureinwohner dieser Insel. Wenn man den Code zu plakativ gezeigt hätte, wäre die Chance zu hoch gewesen, dass einer von ihnen den Kniff durchschaut.«

Brianna wandte sich mit fragender Miene zu ihm um. »Sie denken also auch, dass ich recht habe?«

Fyfield grinste. »Das werden wir gleich wissen.«

Lies weiter auf Seite 166!

13

Der Schacht erwies sich als nicht ganz so tief, wie es den Anschein gehabt hatte, und auch nicht als vollkommen dunkel. Auf einem Dutzend bebender Sprossen aus zurechtgestutzten Ästen kletterte Nolfi eine aus Pflanzenfasern geflochtene Strickleiter hinab, hinein in dunkelgrünes staubiges Licht, in dem sich Schatten bewegten und es nach nassem Erdreich und heißem Stein roch. Unter ihm sagte Eva etwas, das sich ziemlich drängend anhörte, aber da sich Meister Yoda in seine Bestandteile aufgelöst hatte, gab es keine Übersetzung mehr.

Nolfi hätte ohnehin nicht hingehört, er war viel zu sehr damit beschäftigt, zu allen ihm bekannten (und auch allen unbekannten) Göttern zu beten, dass die aus Pflanzenfasern zusammengedrehte Strickleiter seinem Gewicht gewachsen sein möge, schließlich wog er mindestens das Doppelte eines der kleinwüchsigen Inselbewohner. Von Katies und Pratts Gewicht, die irgendwo über ihm an der Leiter hingen, gar nicht zu reden.

Kaum hatte er wieder festen Boden unter den Füßen, begann die Strickleiter erneut zu zittern, sodass er vorsichtshalber einen großen Schritt zur Seite trat, damit ihm niemand auf den Kopf fiel, sollte das abenteuerliche Gebilde doch kapitulieren. Seine Augen gewöhnten sich rasch an das grüne Dämmerlicht, sodass er seine Umgebung deutlicher erkennen konnte – auch wenn es nicht wirklich viel zu entdecken gab. Die Insulaner standen in geringer Entfernung beisammen und redeten mittlerweile beide in ihrer sonderbaren Sprache auf ihn ein, ohne dass er ein einziges Wort verstand. Hinter ihnen verlor sich der Raum in unbestimmbarer Entfernung in Dunkelheit und grünen Schemen, eine krude Mischung aus nacktem Felsgestein und von Wurzeln durchzogenem Erdreich. Von irgendwoher kam ein sachter Luftzug, der ganz leicht nach Salzwasser zu riechen schien.

Hinter ihm erreichte Katie den Boden und machte ebenfalls einen raschen Schritt von der Strickleiter fort. Doch diese blieb für eine ganze Weile still, Pratt folgte ihr nicht direkt. Stattdessen knirschte, knackte und zischte es oben eine Zeit lang, dann erst begann die Strickleiter erneut zu wackeln, und Pratt turnte mit affenartigem Geschick daran herab. Die Strickleiter hielt seinem Gewicht stand, aber Nolfi war fast sicher, so etwas wie ein erleichtertes Seufzen zu hören, als er sie endlich losließ.

»Was hielt Sie auf?«, erkundigte er sich.

»Hatte oben noch was zu erledigen«, erwiderte Pratt schmallippig, während er sich bereits neugierig umsah. »Was für ein lauschiges Fleckchen. Das ist also der Pfad der Ahnen, von dem der Übersetzungsroboter gesprochen hat.«

Eva wandte sich nun an Pratt und sprudelte erneut einen längeren Wortschwall hervor. Zu Nolfis Erstaunen erklang wie aus dem Nichts Yodas Stimme:

»Ihr schnell folgen müsst. Gefährlich der Pfad der Ahnen ist. Böse Dinge in der Tiefe lauern.«

Katie riss die Augen auf, und Nolfi wollte etwas sagen, wurde von Pratt aber mit einer fast erschrockenen Handbewegung zum Schweigen gebracht. »Dann geht voraus«, sprach er, an Eva gewandt. »Wir sind euch sehr dankbar, dass ihr uns helft, aber wir müssen euch noch einmal um Hilfe bitten. Könnt ihr uns zu unseren Freunden am Strand bringen?«

Yodas Stimme übersetzte erneut. Endlich begriff Nolfi, dass sie nicht wirklich aus dem Nichts kam, sondern aus Pratts rechter Jackentasche. Er erinnerte sich auch wieder an die brechenden und berstenden Geräusche, die er von oben gehört hatte, und nahm an, dass Pratt die Überreste der Yoda-Figur auseinandergenommen hatte, um herauszuholen, was immer für die

Übersetzung verantwortlich war. Er fühlte sich irgendwie nicht recht wohl bei der Vorstellung.

Eva gestikulierte und setzte sich an der Seite Adams in Bewegung. Nolfi ließ den beiden einige Schritte Vorsprung und sagte dann ganz leise und in der Hoffnung, dass der Dolmetscher nicht auf Flüstern reagierte: »Sie haben Yoda auseinandergenommen? Davon werden die Insulaner nicht begeistert sein.« Er dachte weniger an Eva und Adam als vielmehr an die Hundertschaften ihrer mit Speeren und Keulen und Messern bewaffneten Stammesgenossen.

»Ich fürchte es auch«, gestand Pratt ebenso leise. Yodas Stimme verzichtete auch jetzt darauf, die leisen Worte zu übersetzen. »Aber das Ding war sowieso am Ende. Ein erstaunliches Stück Elektronik nichtsdestotrotz, das muss ich schon sagen. Dreißig oder noch mehr Jahre alt, aber für die damalige Zeit eindeutig Hightech vom Feinsten.«

»Eine *Yoda-Puppe?*«

Pratt lachte. »Ich meinte eher den Prozessor, der die Dolmetscherfunktion steuert. Ich hatte keine Ahnung, dass es so etwas damals schon gab. Die Optik dagegen … Hmm. Wer immer den Roboter gebaut hat, war anscheinend ein großer *Star-Wars*-Fan. Dennoch, ein phänomenales Stück Technik, trotz des sonderbaren Sprachduktus.«

»Das ganz bestimmt nicht die Inselbewohner gebaut haben«, meinte Nolfi.

»Kaum«, bestätigte Pratt. »Irgendetwas stimmt mit dieser Insel nicht. Ich bin gespannt, was Fisz und die anderen dazu sagen werden, sobald wir zurück am Strand sind.«

Ihre Anführer gingen jetzt langsamer, sodass sie ganz von selbst wieder zu ihnen aufschlossen. Eva sagte ab und zu etwas, das das Yoda-Modul aber nicht übersetzte, und sie legten eine ganze Strecke schweigend zurück. Manchmal wurde der Stollen so schmal, dass sie kaum noch zu zweit nebeneinander gehen konnten, dann weitete er sich wieder oder bog und wand sich auf eine fast organische Art, als folgten sie einem Weg, den einst ein monströser Wurm durch den Fels gegraben hatte. Das unheimliche grüne Leuchten wurde mal schwächer, mal stärker, erlosch aber niemals ganz, auch wenn seine Quelle nicht sichtbar wurde.

Schließlich stellte Katie eine entsprechende Frage.

»Biolumineszenz«, sagte Pratt. »Dies muss ein alter Lavatunnel sein. In solch extremen Umgebungen gibt es die erstaunlichsten Dinge. Die Chemie spielt dort manchmal verrückt. Leuchtendes Moos, fluoreszierendes Gas, glühende Mikroben und was weiß ich noch. Kein Wunder, dass die guten Leutchen hier an Gespenster glauben und Angst haben.«

Nolfi schwieg dazu. Er hoffte, dass das wirklich die Erklärung war und es nicht noch eine andere, sehr viel unangenehmere gab.

Der Weg führte beständig bergab. Es wurde wärmer, und der Salzwassergeruch nahm zu. Bald waren auch die Wände nicht mehr kahl. Es gab immer mehr Moos und Flechten, Wurzeln, die sich ihren Weg mit der Beharrlichkeit der Natur durch die erstarrten Lavaschichten ringsum gegraben hatten, und irgendwann auch wieder die obligaten Spinnweben.

Nach weiteren Minuten erreichten sie eine größere Höhle, die Adam und Eva mit spürbar schnellerem Schritt durchqueren wollten. Doch Pratt stoppte sie mit einem scharfen Ruf, den das Yoda-Modul seinerseits mit einem Dutzend gekrächzten Lauten übersetzte. Die beiden blieben gehorsam stehen, warfen ihm aber angsterfüllte Blicke zu. Es war unübersehbar, wie unwohl sie sich fühlten. Evas Blick wanderte immer wieder nervös zu einer bestimmten Stelle an der Wand.

Auch Pratt schien dort etwas entdeckt zu haben. Er ging hinüber, hob den Arm und riss ohne Mühe eine dicke Schicht Luftwurzeln und faulenden Grüns herunter, die den Felsen bedeckte. Darunter kam nicht nur schwarz glänzende Lava zum Vorschein, sondern auch ein Gewirr verstörender Linien und

Symbole, dessen bloßer Anblick Nolfi Unbehagen bereitete. Sie schienen nach den Regeln einer Geometrie angelegt, die dem menschlichen Denken zuwiderlief.

»Was ist das?«, murmelte Katie. »Das ... gefällt mir nicht.«

Yodas Stimme übersetzte ihre Worte unaufgefordert, ebenso Evas gekrächzte Antwort. Den fast flehenden Blick, den sie Katie dabei zuwarf, musste der Apparat nicht erklären.

»Nicht ansehen die Bilder du darfst, Kathari. Böser Zauber ihnen innewohnt.«

»Können vor Lachen«, sagte Pratt, um einen verächtlichen Ton bemüht, der ihm aber nicht ganz gelang. »Man erkennt ja kaum etwas in diesem Zwielicht. Wartet mal ...« Damit verschwand er für einige Augenblicke in die Richtung, aus der sie gekommen waren. Etwas krachte. Als er zurückkam, hielt er zwei unterarmlange abgebrochene Wurzeln in der Hand, um deren Ende etwas Graues gewickelt war.

»Spinnweben«, erklärte er heiter. »Den Trick habe ich während der Dreharbeiten zu einem Abenteuerfilm gelernt, der im Dschungel von Borneo spielte.«

»Und das funktioniert?«, wunderte sich Katie. »Spinnweben? Igitt!«

»Spinnenseide ist auch nur Seide«, erwiderte Pratt. »Mit ein paar kleinen Zusätzen brennt sie sogar ganz hervorragend ... Jetzt müssten wir nur noch irgendwie Feuer machen.«

Er überlegte mit demonstrativ gerunzelter Stirn, ging dann in die Hocke und legte eine der selbst gebastelten Fackeln beiseite. Mit der frei gewordenen Hand zog er den Schnürsenkel aus einem seiner teuren Designer-Sneaker und band eine Schlaufe, in die er das Ende der improvisierten Fackel schob. »Das stammt aus *Kannibalen auf Madagaskar*«, erklärte er stolz, indem er sich die Fackel zwischen die Knie klemmte und mit beiden Händen abwechselnd an dem Schnürsenkel zu ziehen begann. »Wenn man lange genug reibt, entstehen Funken.«

Katie blinzelte, und nun war es Nolfi, der demonstrativ zweifelnd die Stirn krauste. »Ich dachte immer, man schlägt Steine aneinander.«

»Wird nicht funktionieren«, erwiderte Pratt. »Das klappt nur mit Feuersteinen. Hier gibt es nur Lava.«

»Käme auf einen Versuch an, oder?«, gab Nolfi ein wenig eingeschnappt zurück. Er drehte sich um und ließ den Blick über den Boden tasten, bis er zwei faustgroße Lavabrocken entdeckt hatte, die er aufhob und heftig aneinanderschlug. Mit demselben Ergebnis wie Pratt: Weder stoben Funken, noch begann die trockene Wurzel zu qualmen. Doch weder er noch der Schauspieler ließen sich davon beeindrucken.

Eine Zeit lang scheuerten und klickten sie um die Wette, bis es Katie schließlich zu dumm wurde. Sie hob die Fackel auf, die Pratt weggelegt hatte. Mit der anderen Hand griff sie in ihre Hosentasche, um ein pinkfarbenes Zippo hervorzuziehen. Mit spöttischem Blick ließ sie es aufschnappen und hielt die Flamme ans Ende der Fackel, die daraufhin mit einem hörbaren *Wusch!* Feuer fing.

»Das habe ich aus einem meiner Videos, in dem ich mal den praktischen Nutzen von Feuerzeugen für Nichtraucher getestet habe«, sagte sie mit unverhohlenem Stolz in der Stimme.

Gelber, flackernder Lichtschein erfüllte die Höhle und vertrieb nicht nur die Schatten und das grüne Zwielicht, sondern überzog auch Evas Gesicht mit tanzenden Lichtreflexen. Ihre Augen weiteten sich, dann sanken Adam und sie gleichzeitig vor Katie auf die Knie. Die Influencerin konnte gerade die freie Hand ausstrecken, um sie daran zu hindern, schon wieder mit der Stirn den Boden zu berühren.

»Kathari!«, stieß das Pärchen unisono hervor. Das nächste Wort kam in Meister Yodas Stimme aus Pratts Hosentasche und wäre eigentlich gar nicht mehr nötig gewesen.

»Göttin!«

»Unsinn«, erwiderte Katie. »Ich bin keine Göttin, und das hier ist keine Magie, sondern ein Feuerzeug. Nichts Besonderes. Hier, siehst du?« Um die Behauptung zu bekräftigen, schlug sie mit dem Feuerzeug drei-, viermal eine Flamme, erreichte damit aber nichts anderes, als dass sich Evas Augen nun mit blankem Entsetzen füllten.

»Lass es«, riet ihr Pratt. »Du machst es nur schlimmer, siehst du das nicht?«

Katie warf ihm einen verärgerten Blick zu, steckte das Feuerzeug dann aber gehorsam ein und reichte die brennende Fackel an Pratt weiter, der sie benutzte, um die zweite anzuzünden, die er dann an Nolfi gab. Nebeneinander traten sie vor die Wand.

Erneut spürte Nolfi ein fast körperliches Unbehagen, als das flackernde gelbe Licht auf das Relief fiel und die bedrohlichen Linien und Formen zu unheimlichem Leben zu erwecken schien.

Pratt trat näher heran und benutzte die Fackel, um die Reste der trockenen Schicht aus Moos und kränklichem Grün wegzubrennen.

Nolfi wünschte sich fast, er hätte das nicht getan, denn der Effekt war beunruhigend: Das Pflanzenmaterial zerfiel praktisch sofort zu Asche, die noch einen Moment beinahe widerwillig im flackernden Licht zu tanzen schien und sich dann einfach auflöste. Die darunter in die erstarrte Lava gemeißelten und gekratzten Linien und Formen schienen zu eigenständigem böswilligem Leben zu erwachen. Zuerst war es nicht möglich, Einzelheiten zu erkennen, fast als versuche das Relief, sich seinen Blicken zu entziehen. Das war natürlich haarsträubender Unsinn, wie der für Logik zuständige Teil von Nolfis Verstand ihm erklärte, aber das änderte nichts daran, dass der Effekt alles andere als angenehm war.

»Nicht anschauen die Bilder ihr dürft«, übersetzte Yodas Gehirn aus Pratts Jackentasche Evas nächste Worte. »Schlimme Dinge geschehen, wenn Menschen die bösen Bilder ansehen.«

»Na, dann kann uns ja nichts passieren«, sagte Pratt. »Immerhin hat sie uns gerade erklärt, dass wir in Begleitung einer leibhaftigen Göttin unterwegs sind.« Doch seiner Stimme fehlte es an Überzeugung. Schließlich räusperte er sich, trat einen Schritt von der Wand zurück und hob die Fackel höher. »Dann schauen wir doch mal, was es hier so Schauerliches gibt, dass wir es mit Blicken unserer unwürdigen Menschenaugen nicht beleidigen dürfen.«

»Was um alles in der Welt ist das?«, flüsterte Katie. Ihre Stimme bebte.

Nolfi schluckte. Die Darstellungen ähnelten denen in Yodas Hütte. Im Unterschied zu diesen waren hier deutlich mehr Personen dargestellt. Wie auf dem Bild in der Hütte fanden sich im Zentrum priesterähnliche Gestalten und solche, die allem Anschein nach tot waren – doch in beiden Fällen in erheblich höherer Zahl.

»Das da in der Mitte«, krächzte Pratt. »Ist das ein Berg aus … *Leichen?*«

»Es sieht so aus«, bestätigte Nolfi tonlos.

»Und diese monströsen Gestalten mit den riesigen Augen und den Rüsseln im Gesicht?«, hauchte Katie.

Nolfi hob die Brauen. »Möglicherweise waren es für die Vorfahren von Eva und Adam Monster. Oder Götter. Das ist nicht weiter verwunderlich … Wofür würden *Sie* den ersten Menschen mit Gasmaske halten, den Sie in Ihrem Leben sehen?«

Pratt schüttelte den Kopf in einem vergeblichen Versuch zu verstehen. »Die Menschen hier … bringen sie diesen Typen ihre Toten?«

»Wenn dem so ist, bekommen sie im Austausch Edelsteine oder andere Kostbarkeiten«, erwiderte Nolfi. »Da – die glitzernden Objekte, die die Maskenmänner ihnen aushändigen.«

Pratt wandte sich direkt an ihn. »Sie sind Autor von abwegig unrealistischen Geschichten, Fabrizio. Sagen Sie mir: Was sehen wir hier?«

Nolfi drehte langsam den Kopf. »Das mit den ›abwegig unrealistischen Geschichten‹ habe ich überhört. Und was diese Bilder darstellen, kann ich mir momentan nicht einmal im Entferntesten zusammenreimen.«

»Ich möchte jetzt wirklich hier weg«, sagte Katie. Ihre Stimme zitterte, aber Nolfi vermeinte auch einen entschiedenen Unterton darin zu hören.

Die improvisierten Fackeln nahmen ihnen die Entscheidung ab. Obwohl sie so hervorragend brannten, wie Pratt behauptet hatte, verzehrten die Flammen den Ball aus trockener Spinnenseide und Staub doch in Windeseile. Nach kaum einer Minute war zuerst Nolfis, dann auch Pratts Fackel heruntergebrannt und erloschen. Das unheimliche Relief versank wieder in barmherziger Dunkelheit.

Vielleicht war sie auch nicht ganz so barmherzig, denn Nolfis an das Fackellicht gewöhnte Augen benötigten eine gefühlte Ewigkeit, um sich wieder an den blassgrünen Schein der Biolumineszenz anzupassen – eine Zeit, in der es ihn fast seine gesamte Beherrschung kostete, der Panik Herr zu werden, die sich im Gefolge der Dunkelheit seiner Gedanken bemächtigen wollte. Waren da nicht plötzlich Geräusche, die es vorher nicht gegeben hatte? Ein Schleifen und Scharren, vielleicht auch das Tappen großer, krallenbewehrter Pfoten? Oder war es nur der Widerhall ihrer eigenen Schritte, als sie sich wieder in Bewegung setzten und der Fortsetzung des Tunnels folgten?

Irgendwie gelang es ihm, sich zu beherrschen, und jetzt war er beinahe dankbar für das schwache Licht, in dem die anderen den Ausdruck von Schrecken auf seinem Gesicht nicht erkennen konnten. Wenigstens hoffte er das.

Zu seiner Erleichterung war es nicht mehr besonders weit.

Der Tunnel begann, noch abschüssiger zu werden, sodass er sich mehr als einmal mit der Hand an den Wänden abstützen musste, um auf dem unebenen Boden nicht den Halt zu verlieren. Doch ganz allmählich wurde es vor ihnen hell. Zuerst war es nur ein mattgrauer Schimmer, der jedoch rasch an Leuchtkraft und Größe zunahm und schließlich zu einem unregelmäßig geformten Fleck am Ende der jetzt grünen Dämmerung wurde, durch die sie sich vorantasteten. Ein Ausgang?

Pratt übernahm die Führung, wurde jedoch zunehmend langsamer und hielt schließlich an. Inzwischen war es hell genug, um den Ausdruck auf seinem Gesicht zu erkennen, der nichts anderes als Ekel signalisierte.

Als sie ihren Blicken folgten, erkannten sie den Grund. Der Ausgang des Lavatunnels wurde zur Gänze von einem riesigen Spinnennetz versperrt, ein grauer, gazeartiger Vorhang, in dem sich zahlreiche handgroße Dinge mit viel zu vielen Beinen bewegten.

Katie erstarrte mitten im Schritt, doch Adam und Eva marschierten ungerührt vorwärts, um das riesige Netz mit einem Stück Wurzelholz zu zerreißen und ihrer ängstlichen Göttin den Weg frei zu machen. Das Intermezzo dauerte nur wenige Augenblicke, und schließlich waren sie draußen.

Als Nolfi ins Freie trat, musste er feststellen, dass sie nur ein Übel gegen das andere eingetauscht hatten. Sie befanden sich wieder im Dschungel. Ringsum reckten sich Urwaldriesen in den Himmel, der Raum dazwischen wurde von dornigem Gestrüpp und Farngewächsen nahezu unpassierbar gemacht. Nichtsdestotrotz atmete er erleichtert auf. Alle Spinnen, Schlangen und sonstiges Getier, das in diesem Dschungel wohnen mochte, waren ihm lieber als die stygische Schwärze, durch die sie gegangen waren. Albern oder nicht, er *wusste*, dass ... *etwas* ... in dieser Dunkelheit lauerte.

Eva machte eine einladende Geste auf die grüne Wand vor

sich, und Adam fügte eine Bewegung hinzu, die wohl *mitkommen* bedeuten sollte. Pratt wollte sich in Bewegung setzen, doch Katie schüttelte nur den Kopf und zog eine Schnute. »Nicht schon wieder stundenlang durch den Dschungel«, nörgelte sie.

»Möchtest du lieber stundenlang hierbleiben?«, erkundigte sich Pratt.

Katie setzte zu einer Erwiderung an, doch obwohl Yodas Restgehirn ihr Gespräch nicht übersetzt hatte, schien Eva begriffen zu haben, worum es ging. Sie schüttelte heftig den Kopf, sagte: »Kathari« und trat an einen fast mannshohen Farnbusch heran, um eines seiner Blätter zur Seite zu biegen. Dahinter kam kein Grün mehr zum Vorschein, sondern ein blau glitzernder, endlos scheinender Spiegel.

Sie waren kaum einen Steinwurf vom Meer entfernt.

»Oh«, machte Pratt.

»Ja – oh«, maulte Katie. »So viel dazu, dass du uns vorhin einmal quer über die gesamte Insel hast latschen lassen.« Sie zog eine genervte Grimasse. »Luftlinie war das keine halbe Stunde! Zu dumm, dass du nie einen Film über einen indianischen Fährtensucher gedreht hast.«

»Übertreib nicht, Liebes«, sagte Pratt mit einem entschuldigenden Lächeln. Er legte eine Hand auf die Jackentasche, in der er das Übersetzungsmodul trug, und wandte sich an Eva und ihren Begleiter. »Sehe ich es richtig, dass ihr nicht zurück zu eurem Volk könnt, ohne um euer Leben fürchten zu müssen?«

Yoda übersetzte.

Eva nickte nur. Ihr Begleiter sagte etwas.

»Opfer für die Götter wir sind. Großes Unglück unser Volk trifft, wenn Opfer nicht gebracht werden.«

»Dann kommt doch mit uns«, schlug Katie vor. »Oder ich gehe zusammen mit euch zurück in euer Dorf und rede mit eurem Häuptling.«

»Bist du verrückt?«, entfuhr es Pratt.

»Nein, aber eine Göttin«, antwortete die Influencerin. »Sie werden sich kaum trauen, sich mir zu widersetzen.«

»Und falls doch, bist du tot. Nichts da.« Pratt wandte sich an die beiden Insulaner. »Kommt mit Kathari. Wir suchen später eine Lösung für euer Problem.« Er unterstrich Yodas Übersetzung mit einer auffordernden Geste.

Eva zögerte und sah nicht gerade glücklich aus. Doch schließlich bog sie den Farn weiter auseinander und trat vorsichtig durch die entstandene Lücke.

Der Strand war sogar noch näher, als es ausgesehen hatte. Nach kaum einer Minute knirschte wieder Sand unter ihren Sohlen. Nolfi meinte sogar, eine bestimmte Baumgruppe wiederzuerkennen, an der sie auf dem Hinweg vorbeigekommen waren. Bis zum Lager und dem gestrandeten Rettungsboot konnte es nicht mehr weit sein.

Wie sich herausstellte, hatte er recht. Doch das Rettungsboot war nicht mehr da, das Lager verlassen. Nolfi sah es schon von Weitem. Am Strand stapelten sich all die Dinge, die Pratt und er zum Teil eigenhändig aus dem Rettungsboot geborgen hatten. Die Haufen waren umgeschichtet, aber von denjenigen, die das getan hatten, war nichts zu sehen.

Im Näherkommen stellten sie fest, dass sich überall im Sand Spuren befanden, so als wäre nicht eine Handvoll, sondern eine ganze Hundertschaft Menschen in heller Aufregung eine Stunde lang kopflos hin und her gerannt.

Weit und breit war niemand zu sehen.

»Aber ... wo sind sie denn?«, fasste Katie zusammen, was sie wohl alle in diesem Moment dachten. Eva und Adam tauschten einen verstörten Blick. Obwohl der Hosentaschen-Yoda die Worte nicht übersetzt hatte, gehörte nicht viel Fantasie dazu, zu begreifen, dass hier etwas nicht so war, wie es ihre Göttin und deren Begleiter erwartet hatten.

»Vielleicht sind sie Wasser holen gegangen«, sagte Pratt, doch

Nolfi sah ihm an, dass er selbst nicht daran glaubte. Unsicher machte der Schauspieler einen Schritt auf den Stapel geretteter Ausrüstungsgegenstände zu, blieb stehen, machte einen weiteren Schritt in die entgegengesetzte Richtung und verharrte erneut. Er sah so hilflos aus, dass er Nolfi beinahe leidgetan hätte.

Schließlich trat er rückwärts bis zur Wasserlinie zurück, musterte den Waldrand in beiden Richtungen lange und konzentriert und hob schließlich die Hände, um einen Trichter vor dem Mund zu bilden. »Captain Bati!«, brüllte er. »Dr. Fisz!«

Nichts geschah. Jenseits der Baumgrenze flog ein einzelner Vogel auf und beschwerte sich lautstark krächzend über die Störung. Kurz kam es Nolfi so vor, als änderte sich etwas in der Bewegung der Schatten zwischen den Bäumen. Aber das war bestimmt nur Einbildung.

»Das ist wirklich ... seltsam«, sagte Pratt schließlich. Nolfi hatte das sichere Gefühl, das ihm eigentlich ein anderes Wort auf der Zunge gelegen hatte. Der Schauspieler lächelte unsicher. »Vielleicht ist ja zwischenzeitlich eine Rettungsmannschaft eingetroffen?«

Der Gedanke war absurd, aber Nolfi verzichtete darauf, das laut zu sagen. »Den Fußspuren nach könnten ein paar Dutzend von Eva und Adams Leuten hier gewesen sein.«

Katie deutete mit fragender Miene auf einen dunkelgrün und grau gemusterten, rechteckigen Kasten mit Schultergurten. Weder Pratt noch Nolfi konnten sich an diesen Monster-Rucksack erinnern, sodass sie ihn selbst in Augenschein nahm.

Der Tornister im Military-Look lag auf der Seite. Er war geöffnet worden, der Sand ringsum noch mehr zertrampelt als auf dem übrigen Strand, und etwas wie ein feiner silbriger Staub bildete einen unregelmäßigen Kreis rings um ihn herum. Katie näherte sich langsam. Es war nicht zu übersehen, dass es sie Überwindung kostete, in die Knie zu gehen und den Behälter aufrecht zu stellen.

Erneut meinte Nolfi, einen sonderbaren, fast metallisch schimmernden Dunst wahrzunehmen, der daraus emporstieg, als die Influencerin den Deckel ganz zurückklappte, aber der Eindruck war schon wieder vorbei, bevor er ganz sicher sein konnte.

»Ist was drin?«, fragte Pratt.

Katie reagierte mit einem Achselzucken, beugte sich aber dann vor und lugte zögerlich hinein. »Nichts. Gähnende Leere.« Sie beugte den Kopf tiefer. »Was ist denn das? Ein Teil der Seitenverkleidung steht so komisch ab … Wartet mal!«

Aus einem Grund, den er sich selbst nicht erklären konnte, hätte Nolfi sie am liebsten angeschrien, es nicht zu tun, als sie den Arm ausstreckte und in den monströsen Rucksack griff. Doch das namenlose Unglück, von dessen Existenz ein Teil von ihm vollkommen überzeugt war, blieb aus. Stattdessen fuhrwerkte Katie eine Weile im Innern des Tornisters herum, wobei sie leise fluchte. Schließlich zog sie den Arm heraus und präsentierte ihren Fund: ein mehrfach zusammengefaltetes Stück Papier. Sie faltete es auseinander, doch ihrem verstörten Blick nach zu urteilen, konnte sie mit den verwirrenden Linien und Farben darauf nicht viel anfangen.

»Das ist eine Karte«, erklärte Pratt, der an ihre Seite getreten war. »Eine Landkarte dieser Insel.«

»Gut, dass es Ihnen aufgefallen ist«, erwiderte Nolfi. »Ich hätte es gar nicht gemerkt.«

»Sie war in einer Seitenlasche des Kastens versteckt«, berichtete Katie. »Aber jemand scheint ziemlich ruppig mit dem Ding umgegangen sein, sodass sich eine Ecke des Fachs gelöst hat. Sonst hätte ich sie nie gefunden.«

Pratt betrachtete das Dokument kopfschüttelnd. »Es ist eine topografische Karte«, präzisierte er. »So etwas kenne ich.«

»Aus welchem Film?«, konnte sich Nolfi nicht verkneifen.

Pratt musterte ihn scharf, ging aber nicht darauf ein. »Ich

müsste mich schon sehr täuschen, wenn das da in der Mitte nicht unser Vulkan wäre.«

Nolfi sah genauer hin und versuchte, in dem verwirrenden Durcheinander der Linien etwas zu erkennen.

»Ich glaube übrigens, den Riesenrucksack habe ich schon mal gesehen«, sagte Katie. »Er gehört diesem komischen Fyfield.«

Pratt nickte grimmig. »Offensichtlich wusste unser geheimnisvoller Mitreisender von Anfang an weit mehr über diese Insel, als er zugeben wollte.«

»Sind Sie sicher, dass das auf dem Papier wirklich *diese* Insel hier ist?«, fragte Nolfi.

Pratt zuckte mit den Schultern. »Wie soll ich das beurteilen? Ich habe sie ja nie aus der Luft gesehen. Aber es ist schon sonderbar, nicht wahr? Die Karte einer Insel mit einem Vulkan in der Mitte in dem ansonsten leeren Tornister. Und alle sind verschwunden.« Er peilte den Küstenverlauf entlang, dann wieder auf die Karte. Nachdem er sie ein paarmal hin- und hergedreht hatte, nickte er zögernd. »Dies hier könnte der Teil des Strandes sein, auf dem wir stehen.« Er sah erst Nolfi, dann Katie mit großen Augen an. »Ich will verdammt sein, wenn das *nicht* unsere Insel ist!«

Nolfi spürte, wie ihm eine Gänsehaut den Rücken hinunterkroch. »Was schließen Sie daraus? Wie konnte Fyfield wissen, dass wir hier stranden würden? Und wo sind Captain Bati und die anderen?«

Statt einer Antwort sah Pratt erneut lange auf die Karte und dann und deutlich länger zum Gipfel des Vulkans empor. Von dessen Spitze kräuselte sich noch immer eine dünne Rauchfahne in den jetzt windstillen Himmel. »Wenn der Captain und die anderen nicht mehr hier sind, ist die einzige Erklärung, dass sie aus irgendeinem Grund George und Fyfield zum Vulkan gefolgt sind.« Sein Zeigefinger stieß deutend auf die Karte hinab. »Zu diesem Berg!«

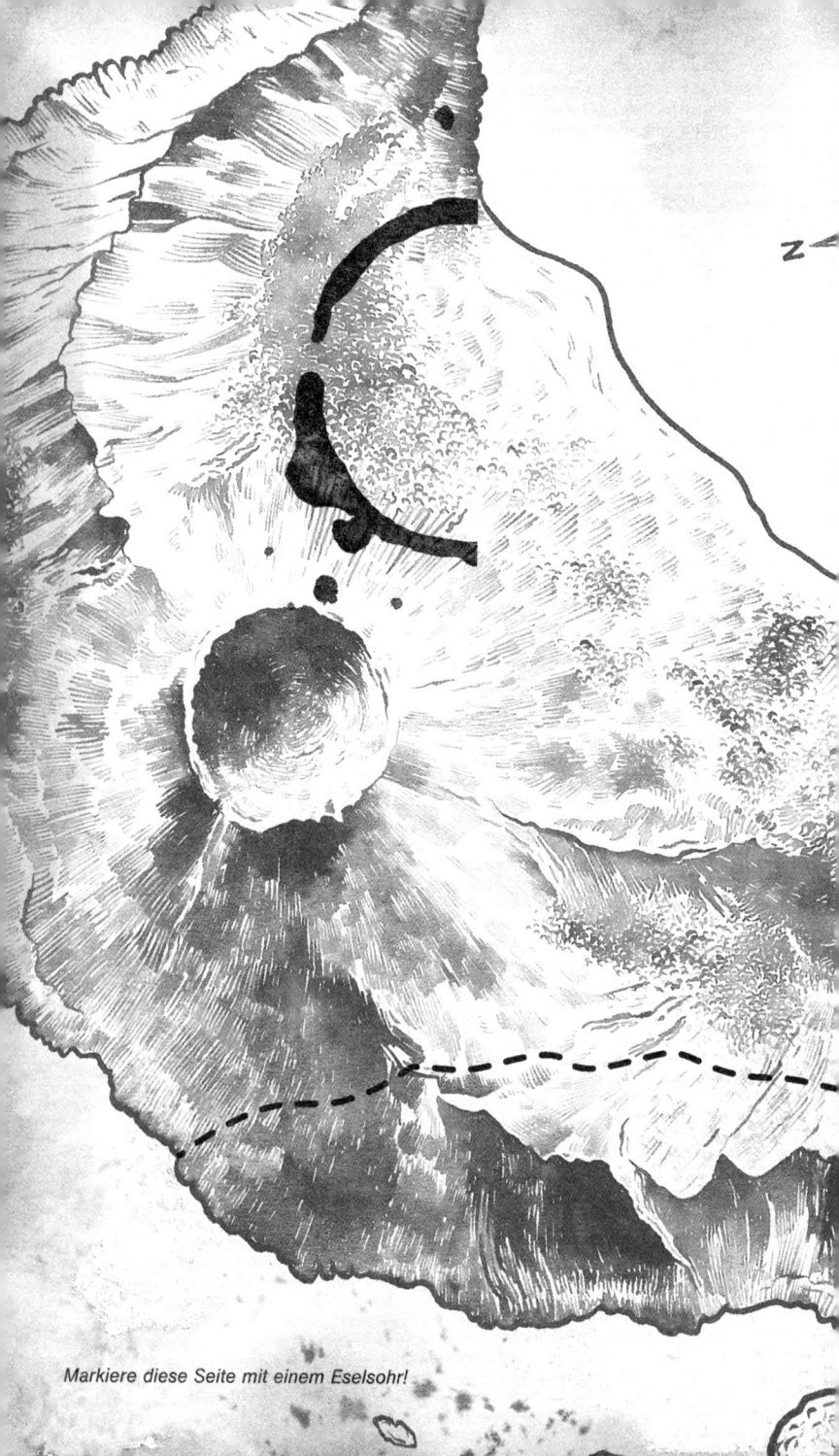
Markiere diese Seite mit einem Eselsohr!

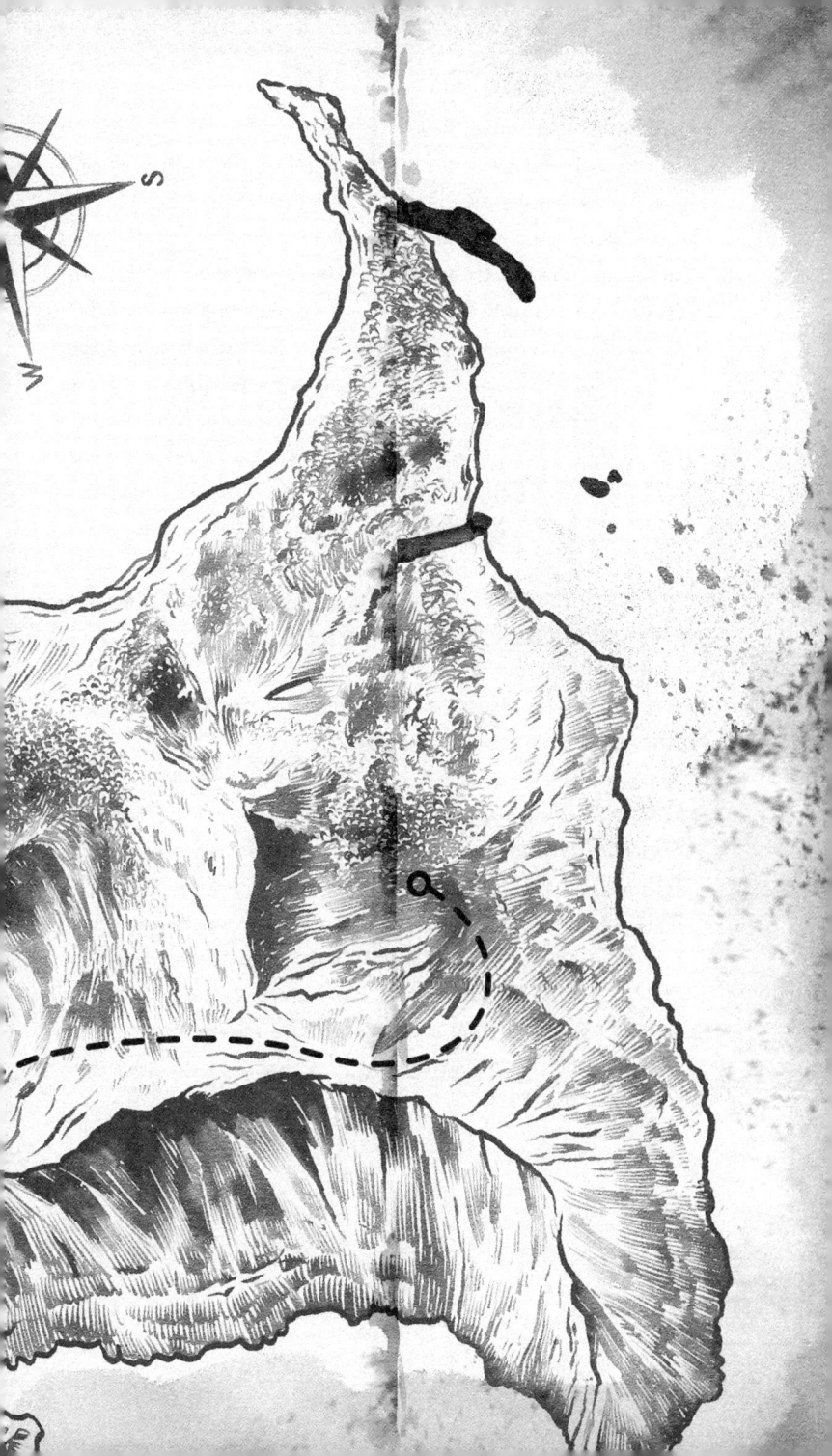

»Aber sicher können Sie nicht sein.«

Pratt faltete die Karte zusammen und ließ sie in einer Hosentasche verschwinden. »Selbst wenn nicht – ich denke, wir sind uns alle einig, dass Fyfield etwas vor uns verbirgt. Und dass es aus diesem Grund nicht sehr klug von George war, sich zusammen mit ihm auf den Weg zu machen.« Er warf einen auffordernden Blick in die Runde. »Ich schlage vor, wir gehen den beiden nach. Vielleicht braucht George unsere Hilfe. Auf jeden Fall können wir Fyfield ein bisschen auf den Zahn fühlen, wenn wir sie finden. Und möglicherweise stoßen wir auf dem Weg auch auf Captain Bati, Dr. Fisz und die anderen. Was sagt ihr?«

Niemand hatte etwas dagegen.

Bevor du weiterliest, <u>stelle sicher, dass du Kapitel 10 gelesen und das dortige Rätsel gelöst hast!</u>

Kennst du Kapitel 10 schon und hast das dortige Rätsel hinter dich gebracht, kannst du wählen:

- *Willst du erfahren, was Nolfi, Pratt, Katie und deren neue Freunde gerade unternehmen, lies weiter bei Kapitel 15.*

- *Möchtest du Heather und George McManus, Brianna und Fyfield ins Innere der alten Militärstation folgen, lies Kapitel 12. Kennst du es bereits, lies Kapitel 14 oder, wenn du dieses ebenfalls schon kennst, Kapitel 16. Kennst du auch dieses schon, lies Kapitel 18.*

Ganz langsam stellte Fisz die Zahlen ein, eine nach der anderen. Als die dritte Walze in die richtige Position glitt, ertönte aus dem Innern des Behälters ein vernehmliches Klicken.

»Das war's.« Er stieß die angehaltene Luft aus und griff nach dem Deckel, um den Tornister zu öffnen.

- *Möchtest du erfahren, was sich im Innern des Tornisters befindet, lies KAPITEL 7.*

- *Möchtest du zunächst erfahren, was Nolfi, Pratt und Katie in der Zwischenzeit erleben, lies jetzt KAPITEL 4. Kennst du dieses schon, lies KAPITEL 6. Kennst du auch dieses schon, lies KAPITEL 9. Ansonsten wähle eine der anderen Optionen.*

- *Ziehst du es vor zu erfahren, was George McManus, Clifford Fyfield, Brianna und Heather gerade tun, lies als Nächstes KAPITEL 8. Kennst du dieses Kapitel bereits, wähle eine der obigen Optionen.*

14

Zum Glück dauerte das Chaos nicht lange an. Nach kaum zehn hektischen Atemzügen hörte der Boden wieder auf zu zittern, wenngleich das Bombardement aus losgerissenen Deckenplatten, Putz, Schrauben und Trümmerstücken aus Beton noch eine ganze Weile anhielt.

McManus und die Frauen hatten Schutz unter einem großen Metalltisch gesucht, dessen massive Platte nicht nur wie das hoffnungslos misslungene Gesellenstück des untalentiertesten Glockenbauers aller Zeiten gedröhnt, sondern sich auch unter den Einschlägen bedenklich verbeult hatte. Ringsum waren etliche Bodenfliesen zerborsten, und die Luft war so voller Staub, dass man das Gefühl hatte, Sand zu atmen.

Doch jetzt war es vorbei. Der Vulkan hatte sich kurz geräuspert und sich dann wieder schlafen gelegt.

Die Frage war nur, wie lange? Das Beben hatte höchstens fünf Sekunden gedauert, aber McManus würde das Geräusch nie wieder vergessen: ein dunkel vibrierendes Grollen und Rumpeln, das tief aus der Erde gekommen war und eine vage Ahnung der unvorstellbaren Gewalten mit sich brachte, die dort unten darauf warteten, loszubrechen und sie alle zu verschlingen.

»Ich glaube, das Schlimmste ist vorbei«, drang Fyfields Stimme aus dem Staub, der den Rest der Welt verschlungen hatte. »Für meinen Geschmack war das jetzt allerdings ein bisschen knapp.«

»Und für meinen Geschmack höre ich diesen Spruch in letzter Zeit ein bisschen zu oft«, murmelte Brianna irgendwo neben ihm. »Vor allem von einer gewissen Person.«

»Für den Vulkan kann er nun wirklich nichts«, hörte sich

McManus Fyfield fast zu seiner eigenen Überraschung verteidigen.

»Ich weiß«, maulte Brianna. »Aber dafür, dass wir hier drin sind.«

Fyfields Handlampe blitzte auf und stanzte einen staubflirrenden weißen Balken in die Finsternis. »Wäre es Ihnen lieber, wenn wir all das hier nicht entdeckt hätten?«, fragte er mit sanftem Spott, der Briannas Wut sichtlich anstachelte.

»Am liebsten wäre es mir, wenn wir noch lange genug leben würden, um irgendjemandem davon erzählen zu können!«

»Dann sollten wir genau das versuchen«, sagte McManus rasch. »Glauben Sie, dass es sicher ist?«

»Wenn Sie damit den Vulkan meinen – das weiß ich nicht«, antwortete Fyfield. »Wenn ich präzise vorhersagen könnte, wann ein Vulkan ausbricht, dann wären wir nicht hier, und ich hätte längst den Nobelpreis bekommen und würde all das Geld verprassen, das ich mit dieser Entdeckung verdient hätte. Aber Sie können gerne unter Ihrem Tisch sitzen bleiben und darauf warten, dass Ihnen der Himmel auf den Kopf fällt. Was ist mit Ihnen, meine Damen?«

Der Lichtstrahl stocherte suchend durch den Staub, strahlte für eine Sekunde direkt in McManus' Gesicht, sodass er blinzeln musste, und suchte dann nach Heather und Brianna, die neben ihm unter dem Tisch kauerten.

Sie hatten Glück im Unglück gehabt. Wie der umherschweifende Lichtstrahl zeigte, hatte das Beben sie in der ehemaligen Küche der Anlage überrascht, die groß genug dimensioniert war, um eine ganze Kompanie zu verköstigen. Neben etlichen Herden, Kühlschränken und Spülmaschinen und zahllosen anderen Küchengeräten, die vor einem halben Jahrhundert vermutlich einmal ziemlich modern gewesen waren, gab es auch eine Anzahl äußerst stabiler Metalltische, von denen ihnen einer Schutz vor den herabregnenden Trümmern gewährt hatte.

Dennoch hatte Fyfield natürlich recht: Wenn ihnen der ganze Berg auf den Kopf fiel, würde ihnen auch kein Edelstahltisch mehr etwas nutzen.

Fyfield begann, sich lautstark rumorend durch die verwüstete Küche zu bewegen. Dann und wann fiel noch immer etwas von der Decke und zerbarst auf dem Boden, und McManus ertappte sich bei dem Gedanken, dass ihm vermutlich nicht das Herz brechen würde, wenn eines der Trümmerstücke den Start-up-Unternehmer träfe.

Er war ein bisschen erstaunt über sich selbst, denn nicht einmal der Anflug eines schlechten Gewissens, den er dabei empfinden sollte, wollte sich einstellen. Vorsichtig kroch auch er nun unter dem Tisch hervor und streckte den Arm aus, um den Frauen zu helfen. Heather nahm das Angebot dankend an und ließ sich von ihm auf die Füße ziehen, während Brianna aus eigener Kraft aufstand.

»Ich glaube, hier geht's weiter«, drang Fyfields Stimme aus der Dunkelheit zu ihnen. »Passt auf, wo ihr hintretet«, fügte er unnötigerweise hinzu. Fyfields hoffnungsvolles Start-up rutschte auf McManus' Liste favorisierter Geschäftspartner so weit nach unten, dass er allmählich anfangen musste, ein Kellergeschoss auszuschachten.

Was ihn allerdings nicht daran hinderte, zu tun wie geraten und bei jedem Schritt vorsichtig mit dem Fuß durch die Dunkelheit zu tasten. Mehr als einmal stieß er dabei auf Hindernisse, die durchaus das Potenzial gehabt hätten, einem unvorsichtigen Schritt ein unschönes Ende zu bereiten.

Schließlich hatten sie Fyfield eingeholt, der vor einer massiven Metalltür stehen geblieben war. Sie hatte sich durch das Beben so stark verzogen, dass es selbst Fyfield und McManus mit vereinten Kräften nur mit Mühe gelang, sie aufzuziehen. Dahinter erwartete sie vollkommene Schwärze.

McManus stockte kurz, als er sich an den Eingang mit dem

Selbstschussmechanismus erinnerte. Doch Fyfield ging so selbstverständlich voran, als wäre er hier zu Hause und würde jeden Schatten persönlich kennen. Kaum hatte er ein paar Schritte getan, erwachten unter der Decke klickend und summend die Überbleibsel einer ganzen Anzahl altmodischer Leuchtstoffröhren zu flackerndem Leben. Wie sie enthüllten, gab es auf dem Boden keinerlei Symbole, und auch keine weiteren getöteten Inselbewohner.

»Scheint sicher zu sein.« Fyfield schaltete die Handlampe aus, steckte sie ein und wedelte auffordernd mit der Hand. »Kommt.«

»Wer hat den Kerl eigentlich zum Anführer ernannt?«, beschwerte sich Brianna, und zwar so laut, dass Fyfield es eigentlich nicht überhören konnte. Er ließ sich jedoch nichts anmerken, und natürlich schlossen sie sich ihm gehorsam an, als sie den langen Flur durchquerten. Abgesehen vom Staub eines halben Jahrhunderts gab es hier drinnen rein gar nichts – außer einem halben Dutzend großer Metalltüren in den Seitenwänden des Korridors, bezeichnet mit weißer Schablonenschrift. Fyfield probierte jede einzelne aus, jede mit dem gleichen Ergebnis: Sie waren verschlossen. Auf dem letzten Stück legte er ein wenig an Tempo zu, bis sie eine Tür am Ende des Korridors erreicht hatten. Zu McManus' Überraschung öffnete sie sich gehorsam und so gut wie lautlos.

Dahinter erwartete sie keine weitere Dunkelheit, sondern ein von weißem Neonlicht erfüllter, quer verlaufender Gang, der sich nach rechts in der Ferne verlor und linker Hand nach wenigen Schritten vor einer aus Metall gefertigten Treppe aus Gitterroststufen endete. Fyfield zögerte kurz – McManus konnte nicht anders, als sich zu fragen, ob er sich vielleicht zu *erinnern* versuchte – und wollte sich dann nach rechts wenden. Doch da erzitterte der Boden unter ihren Füßen erneut, und das ihnen schon zur Genüge bekannte Grollen und Rumpeln erklang. Im rechten Abschnitt des Ganges lösten sich etliche Quadratmeter

Deckenverkleidung und zerbarsten beim Aufschlag auf den Boden in einer Staubwolke – wenn auch nicht schnell genug, um die Einschläge von haufenweise weiteren, größeren Trümmerstücken vor ihren Blicken zu verbergen. Binnen Sekunden war der Korridor unpassierbar.

Mit einem beinahe zufrieden wirkenden Rumpeln verebbte das Grollen aus der Tiefe.

»Das ist dann wohl die Entscheidung«, sagte Fyfield, wandte sich mit einem Ruck der Treppe zu und begann, sie mit raschen Schritten zu erklimmen. Die Stufen dröhnten unter seinem Gewicht, und McManus fürchtete bereits, das Quietschen sich verbiegenden Metalls zu hören und zum Husten reizenden Staub hochwirbeln zu sehen. Doch nichts geschah. Dieser Trakt der Anlage schien aus irgendeinem Grund in besserem Zustand zu sein als alles, was sie bisher gesehen hatten.

Beim Hinaufsteigen machte sich McManus die Mühe, die Stufen zu zählen – es waren zweiundvierzig, was bedeutete, dass sie mindestens zwei Etagen nach oben stiegen, wenn nicht drei –, bevor sie auf einem kleinen Absatz mit einer massiven Metalltür anlangten, auf die jemand mit einer Sprühdose und wenig Sorgfalt die Worte: FUCK OFF! gesprüht hatte. Daneben grinste sie eine kleine Schalttafel mit beleuchteten rechteckigen Tasten an, die jedoch keine Ziffern oder Buchstaben zeigten, stattdessen dieselben kryptischen Symbole, die sie bereits aus dem Sicherheitskorridor kannten.

Fyfield streckte die Hand aus.

»Vielleicht sollten wir erst einmal ...«, begann McManus, aber es war bereits zu spät. Fyfield begann, eine Folge von Symbolen einzugeben – jene Symbole, die ihnen drei Etagen tiefer die sichere Passage durch den Gang mit den Geschützen ermöglicht hatten.

Nichts geschah.

Zumindest in der ersten Sekunde. In der zweiten hob ein leises, elektrisches Summen an, und die Farbe der Symboltasten änderte sich von verblichenem Weiß zu Rot.

»Das ist nicht gut«, sagte Brianna.

Ganz offensichtlich hatte sie recht, denn plötzlich begann der gesamte Absatz unter ihnen sacht zu zittern. McManus war noch dabei, seinen Schrecken zu verarbeiten, da spürte er, wie sich der gesamte Treppenabsatz nebst den darunterliegenden Stufen knirschend schräg zu stellen begann. Hastig klammerte er sich mit beiden Händen ans Geländer. Neben ihm taten Brianna und Heather dasselbe, während sich Fyfield nur mit einer Hand festhielt und mit der anderen mit fliegenden Fingern auf die Tastatur einzuhämmern begann.

Die Stufen neigten sich weiter, auch das Summen wurde lauter.

»Fyfield!«, sagte McManus alarmiert.

Fyfield tippte weiter auf den Tasten herum, trat einen Schritt zurück und schien auf etwas zu warten, während sich der Boden unter ihren Füßen unerbittlich immer schräger stellte.

»Fyfield!«, rief McManus, diesmal nachdrücklicher.

»Jaja, ich weiß«, antwortete Fyfield nervös. »Mein Fehler. Ich hab's gleich ...« Mittlerweile stand der Treppenabsatz so schief, dass sich McManus und die Frauen mit aller Kraft festklammern mussten, um nicht über den Rand und die ebenfalls gefährlich schief stehenden Stufen hinabzurutschen. Auch Fyfield stand schräg wie ein Seemann an Deck eines Schiffes bei stürmischem Wetter da und hackte verzweifelt auf die Schalttafel ein.

»FYFIELD!« McManus schrie jetzt. Noch ein paar Sekunden, und sie würden den Halt verlieren und die zu einer unebenen Rutsche gewordene Treppe hinab in die Tiefe stürzen. McManus zweifelte nicht daran, dass sie auf jeder einzelnen Stufe schmerzhaft aufschlagen würden.

Gerade, als er spürte, wie sich seine schweißnassen Finger zu lösen begannen, hörte es auf. Das Summen verstummte, das rote Licht der Tastatur wurde wieder weiß, und der Absatz schnappte mit einem so jähen Ruck in die Waagerechte zurück, dass sie allesamt das Gleichgewicht verloren und auf die Knie fielen. Unter ihnen justierten sich auch die Treppenstufen von Neuem, wobei sich eine einzelne knirschend aus ihrer Verankerung löste und mit einem lang anhaltenden, scheppernden Poltern in die Tiefe stürzte.

»Das war knapp«, japste Brianna.

Fyfield sah sie über die Schulter hinweg an. »Sagten Sie nicht, dass Sie diesen Spruch nicht mehr hören wollten?«

»Nicht von einer bestimmten Person«, gab Brianna zurück und stand unsicher auf. Auch Fyfield erhob sich, legte die linke Hand mit gespreizten Fingern gegen die Tür und schien nicht wirklich überrascht zu sein, als sie mit einem Klicken nach innen aufschwang. Rasch trat er hindurch und dann einen Schritt zur Seite, um McManus Platz zu machen, der Heather am Handgelenk ergriffen hatte und hinter sich herzog. Brianna folgte als Letzte, wobei das weiße Neonlicht aus dem Raum hinter der Tür die zornigen Blitze, die ihre Augen in Richtung Fyfield verschossen, nicht zu überstrahlen vermochte.

»Hat man Ihnen als Kind nie beigebracht, dass man nicht wahllos irgendwelche Knöpfe drückt, wenn man nicht weiß, was passiert?«, giftete sie.

»Das war nicht wahllos«, belehrte sie Fyfield. »Auf den Tasten waren dieselben Symbole wie unten. Also habe ich die gleiche Symbolfolge eingegeben, die uns schon dort gerettet hat.«

»Mit durchschlagendem Erfolg«, sagte Brianna, erntete aber nur ein ärgerliches Kopfschütteln.

»Wer immer sich diese Falle ausgedacht hat, war nicht besonders einfallsreich«, sagte Fyfield. »Es war tatsächlich die gleiche Folge von Zeichen – nur in umgekehrter Reihenfolge.« Er gedachte offensichtlich nicht, das Gespräch fortzusetzen, sondern betrat den Raum hinter der Tür.

Erneut fiel McManus auf, dass hier alles in wesentlich besserem Zustand zu sein schien als in jenem Trakt, durch den sie die Anlage betreten hatten. Alles war vergleichsweise sauber, auch die technischen Anlagen schienen weitgehend intakt. Ein kurzer Korridor führte sie zu einer weiteren Tür, die mit etwas aufwartete, von dem McManus schon beinahe vergessen hatte, dass es überhaupt existierte: einer ganz normalen Türklinke. Fyfield drückte sie ohne Zögern herunter, trat durch die Tür – und blieb mit einem erstaunten Laut stehen.

Als ihm McManus folgte, verstand er, warum.

Vor ihnen lag ein riesiger, fensterloser Raum, der früher einmal eine Art Computerzentrale gewesen zu sein schien. An den Wänden reihten sich altmodische Monitore, zwei oder drei wuchtige Röhrenfernseher mit einem guten Meter Bildschirmdiagonale und zahllose Schalttafeln, Knöpfe, Hebel, Rädchen und tausend andere Dinge. Aber das war nicht das Erstaunlichste, und auch nicht der Grund für Fyfields überraschten Ausruf. Sehr viel sonderbarer war das, worin sich der Raum verwandelt zu haben schien, nämlich eine Mischung aus Rumpelkammer, Kinderzimmer und Spielzeugladen: achtlos herausgerissene Holzwolle und zerrissenes Papier, bedruckte Flyer und Bedienungs- und Bastelanleitungen in unterschiedlichen Sprachen und Farben sowie eine Unzahl leerer Kartons und Schachteln, die vorwiegend Spielzeuge enthalten zu haben schienen, zumindest den ehemals schreiend bunten, jetzt zum Großteil verblassten Aufdrucken nach zu urteilen.

»Was um alles in der Welt ist das denn?«, hauchte Heather. »Die Babykrippe?«

Nach einer Krippe sah es eigentlich nicht aus. Alles war chaotisch, und in der Luft lag eine Melange größtenteils unangenehmer Gerüche. Der Duft nach gebrauchten Windeln gehörte jedoch nicht dazu. Und Säuglinge spielten im Allgemeinen auch eher selten mit Flugzeug- und Raumschiffmodellen, die es hier überall zuhauf gab – auf Tischen, neben Computertastaturen, von der Decke hängend und auf den Sitzflächen etlicher Stühle.

»Vielleicht gab es hier früher mal Kinder«, murmelte Heather, »obwohl ich mir nicht vorstellen kann, wer ein Kind in eine solche Hölle mitnehmen würde. Noch dazu in die Nähe eines aktiven Vulkans.«

Während Fyfield sich den zum größten Teil abgeschalteten Computern und Bildschirmen zuwandte und sie zu studieren begann, betrachtete McManus die überall herumliegenden und -hängenden Spielzeuge genauer. Etwas daran fesselte seine Aufmerksamkeit, auch wenn er nicht genau sagen konnte, was. Es handelte sich überwiegend um Science-Fiction-Modelle, manche grob aus Kartonbausätzen gefertigt, andere professionell hergestellte Plastikmodelle. Manche sahen so kunstvoll aus, dass sie auch in einem Spielzeugmuseum eine gute Figur gemacht hätten, andere waren primitiv aus Karton und Klebestreifen zusammengeschustert und mit Filzschreibern bemalt. Und doch gab es eine Gemeinsamkeit.

Eine halbe Sekunde, bevor McManus es aussprechen konnte, stellte Fyfield fest: »Wir scheinen es mit dem Werk eines ausgemachten Filmfreaks zu tun zu haben. Eigentlich müssten Sie doch Ihre helle Freude an alldem haben, oder, George?«

»Wieso?«, fragte Brianna.

»Das sind alles Modelle und Figuren aus dem *Star-Trek*- oder *Star-Wars*- Universum«, sagte McManus. Doch darüber hinaus gab es noch eine weitere Gemeinsamkeit, die er nicht recht in Worte fassen konnte …

Er ging zu einem hoffnungslos überladenen Tischchen und nahm mit spitzen Fingern ein unglaublich detailliertes Modell der *USS Enterprise* auf – das Schiff aus der ersten Fernsehserie, in dem Captain Kirk auf der Brücke gesessen hatte –, und plötzlich machte es in seinem Kopf *Klick*. Schlagartig wusste McManus, was die zweite Gemeinsamkeit all dieser Spielsachen war.

Kein Stück war jünger als fünfunddreißig oder vierzig Jahre. Sämtliche Modelle, Bausätze, Bastelbögen und Wackelbilder waren Motive aus den Anfängen beider Film- und Fernsehserien. Es war fast so, als wäre in diesem Raum seit damals die Zeit stehen geblieben.

Er wollte gerade eine entsprechende Bemerkung machen, als mit einem Klicken eine Tür am anderen Ende des Raumes aufging und R2D2 hereinrollte.

»Oha«, sagte Brianna. »Besuch.«

Der kleine Roboter aus den *Star-Wars*-Filmen piepste und summte eine Antwort, kam leicht schlingernd auf seinen drei Beinen heran und richtete etwas auf Brianna, das verdächtig nach einem leeren Salzstreuer aussah, in dem ein trübes Lämpchen blinzelte. Eigentlich sah es nicht nur so aus, begriff McManus bei genauerem Hinsehen. Es *war* ein Salzstreuer, dem jemand mit Farbe und Knetmasse das Aussehen des entsprechenden Roboterbauteils verpasst hatte. Dasselbe galt für den restlichen Droiden.

In einem früheren Leben schien es sich um einen Mülleimer gehandelt zu haben. Dann war jemand mit viel Fantasie, wenig Talent und einer Menge farbiger Klebestreifen und Knetmasse über ihn hergefallen, so lange, bis er dem drolligen kleinen Roboter aus den Filmen zumindest mit viel gutem Willen oberflächlich ähnelte. Unter den starr angebrachten Beinen waren Rollschuhe befestigt, die offensichtlich von Elektromotoren angetrieben wurden, welche jedoch nicht exakt aufeinander abgestimmt waren. Das führte dazu, dass er beständig hin- und herschlingerte. Auch sein Piepsen hörte sich nicht ganz so an, wie es sollte.

Fyfield grinste, klappte den Mund auf, um etwas zu sagen – und dann rasch wieder zu, als eine weitere Gestalt hinter dem

Droiden durch die Tür trat, die auf ihre Weise sogar noch bizarrer war.

Es war ein Mensch – wenigstens war es einmal einer gewesen. Der Mann war nicht besonders groß, spindeldürr und hatte einen kurz geschnittenen, schlohweißen Vollbart und einen ebensolchen Haarkranz, dessen lange, dünne Strähnen kreuz und quer über eine Dreiviertelglatze gekämmt waren. Gekleidet war er in verblasste rote Lumpen, die wohl einmal ein Trainingsanzug gewesen waren, jetzt aber zu einem Gutteil aus Löchern und abgewetzten Stellen bestanden und ausgebeult um seine spindeldürre Gestalt schlotterten. Auf der Brust prangte ein gelbes Symbol, das an ein auf der Seite liegendes Dreieck erinnerte, an dem sich ein Dali-Jünger ausgetobt hatte.

In der rechten Hand – McManus blinzelte, sah noch einmal genauer hin, aber es blieb dabei – hielt er einen *Star-Trek*-Phaser, mit dem er wild hin- und herfuchtelte. Dass die futuristische Strahlenwaffe ganz offensichtlich aus einem Stück Seife geschnitzt worden war, nahm ihr viel von ihrer Bedrohlichkeit.

»Wer seid ihr? Ihr habt hier nichts zu suchen!«

Seine Stimme war kaum mehr als ein Krächzen, das beinahe mehr über das wahre Alter ihres Besitzers verriet als das ausgemergelte Gesicht mit den eingefallenen Augen. *Einem* eingefallenen Auge, um genau zu sein. Wo das andere sein sollte, befand sich ein aus Metalldrähten zusammengepfriemeltes Etwas, das beständig surrte und zitterte.

»Mein Name ist Fyfield«, antwortete Fyfield. »Dies sind Miss Colfer und Heather und George McManus. Und mit wem habe ich die Ehre?«

»Die Fragen stelle ich!«, gellte der Weißhaarige. »Wer hat euch reingelassen? Wo kommt ihr her? *Und wer seid ihr?*«

»Das ist jetzt schon ein bisschen unhöflich«, sagte Fyfield, während er sich unauffällig auf den alten Mann und seinen Mülltonnen-Droiden zuschob. McManus registrierte, dass er die rechte Hand zur Faust geballt hatte, und schickte ein Stoßgebet zum Himmel, dass Fyfield nicht auf den alten Mann losgehen würde.

»Bitte verzeihen Sie unser unbefugtes Eindringen«, sagte McManus rasch. »Aber wir waren in einer gewissen Notlage und hatten gehofft, hier Hilfe zu finden. Unser Schiff ist vor der Küste gesunken, und wir waren froh, hier Spuren menschlicher Besiedlung zu finden.«

»Schiff?«, wiederholte der Alte plötzlich aufgeregt. »Was für ein Schiff?« Das künstliche Auge (war das eine aufgebogene *Büroklammer,* die da aus seiner Seite ragte?) war nicht das einzig Künstliche an ihm. Seine linke Hand war eine dreifingrige Metallklaue, wie man sie manchmal in industriellen Roboter-Fertigungsstraßen sah, und seine Zähne schienen zum Großteil durch Metall-Implantate ersetzt worden zu sein, die alle unterschiedlich aussahen, als wären sie einzeln von Hand zurechtgefeilt worden. Als er einen weiteren Schritt auf sie zumachte, fiel McManus nicht nur auf, dass er das linke Bein nachzog, er hörte auch ein leises metallisches Schleifen und Surren, wie von einem Elektromotor, der nicht sauber arbeitete.

»Wie ist Ihr Name, mein Freund?«, fragte er. »Verraten Sie ihn uns?«

Der alte Mann sah ihn sekundenlang verstört an und wedelte weiter drohend mit seinem Seifen-Phaser. »Riker«, sagte er schließlich. »Ich bin Commander William T. Riker. Aber Sie können mich Nummer Eins nennen, wenn Sie möchten.«

»Riker?«, entfuhr es Fyfield. »Wollen Sie uns verarschen?«

Riker ignorierte die Frage. »Sie ... Sie sind wirklich mit einem *Schiff* gekommen?«, vergewisserte er sich.

»Leider nur mit einem primitiven Wasserschiff«, stellte McManus klar, dem dämmerte, woher die Faszination des Alten rührte. »Keinem Raumschiff.«

Der Alte senkte endlich die Hand mit dem vermeintlichen

Phaser. Plötzlich füllte sich sein gesundes Auge mit Tränen. »Soll ... soll das heißen, dass es ... es noch andere Menschen gibt?«

»Auf diesem Planeten?« Fyfield nickte. »Ja, die eine oder andere Milliarde.«

»Also gibt es Überlebende?«, flüsterte Riker. »Ich bin nicht der Einzige? *Es gibt noch andere Menschen auf der Welt?*«

- **Möchtest du bei Heather und George McManus, Brianna und Fyfield bleiben und mehr über den merkwürdigen alten Mann erfahren, lies als Nächstes KAPITEL 16.**

- *Ziehst du es vor zu erfahren, was Nolfi, Pratt, Katie und deren neue Freunde gerade unternehmen, lies weiter bei KAPITEL 13. Kennst du dieses Kapitel schon, lies KAPITEL 15. Kennst du auch dieses bereits, lies KAPITEL 17. (Hast du diese Kapitel alle schon gelesen, bleib bei McManus und den anderen und lies KAPITEL 16.)*

15

»Genau *das* habe ich mir die ganze Zeit gewünscht«, sagte Katie und duckte sich im buchstäblich letzten Moment unter einem zurückschnappenden Ast weg, der mit einem Dutzend nadelspitzer Dornen nach ihren Augen schlug. Ganz gelang es ihr nicht. Auf ihrer Schläfe blieb eine dünne blutige Schramme zurück, die ihr noch vor wenigen Stunden Grund für einen hysterischen Kreischanfall geliefert hätte. Jetzt schien sie sie kaum zu bemerken. »Ein gemütlicher Waldspaziergang. Es geht doch nichts über einen netten Tag in der freien Natur!«

Wahrscheinlich hätte sie noch mehr gesagt, wäre nicht in diesem Moment ein weiterer Ast zurückgeschnappt und hätte ihr eine dünne Strähne ihres blonden Lockenhaars ausgerissen. Diesmal bemerkte sie es und fluchte wenig damenhaft.

»Es kann nicht mehr weit sein bis zum Vulkan«, meldete sich Pratt zu Wort, der den Anfang der kleinen Kolonne bildete – oder besser: das Verbindungsglied zwischen Eva und Adam, die nochmals ein Stück vor ihm gingen, und dem Rest der Gruppe. Vielleicht schwebten sie auch voraus, da war Nolfi nicht ganz sicher. Irgendwie schienen sie einfach zwischen all den Ästen, Farnwedeln, Luftwurzeln und anderen, größtenteils stacheligen Hindernissen hindurchzudiffundieren, ohne sie auch nur zu berühren.

»Ich glaube, das hast du schon einmal gesagt, Schatz«, erwiderte Katie. »Vor fünf Minuten ... oder war es vor zehn ... oder fünfzehn? Ach nein, warte: Es war vor fünf Minuten *und* vor zehn Minuten *und* vor fünfzehn Minuten. Und auch vor einer halben Stunde. Und vor einer Dreiviertelstunde.«

Der Schauspieler seufzte. »Bitte, Liebes. Diese Karte ist nicht maßstabsgerecht. Ich kann doch auch nur schätzen.«

»Dann schätz gefälligst genauer«, maulte Katie. »Allmählich reißt mir der Geduldsfaden.«

»Oh-oh«, machte Pratt. »Niemand will in der Nähe sein, wenn eine Göttin die Geduld verliert.«

»Nein, das willst du wirklich nicht«, bestätigte Katie, beließ es aber zu Nolfis Erleichterung dabei. Wahrscheinlich war die Nörgelei ohnehin nur ihre Art, mit der Anspannung fertigzuwerden. In gewisser Weise konnte er sie verstehen. Er hatte nicht auf die Uhr gesehen, schätzte aber, dass sie seit mindestens einer Stunde unterwegs waren. Pratt hatte in dieser Zeit ein halbes Dutzend Mal erklärt, dass es *jetzt nicht mehr weit* sein könne.

Tatsächlich waren sie dem Vulkan – sofern er sich in einer Lücke in der Vegetation über ihren Köpfen einmal kurz als finsterer Schemen ausmachen ließ – schon ein gutes Stück näher gekommen. Die ersten Ausläufer des Berges konnten theoretisch wirklich nicht mehr weit entfernt sein. Doch selbst wenn sie dort ankämen, das war Nolfi klar, hätten sie die anderen noch längst nicht gefunden.

Ohne ihre zwei ortskundigen Führer hätten sie in derselben Zeit keine fünfhundert Meter zurückgelegt. Eva und Adam schienen immer wieder auf fast magische Weise Lücken im Unterholz zu finden, einen schattigen Umriss, der sich als Durchgang erwies, oder eine Bresche, wo Nolfi und die anderen niemals ein Durchkommen für möglich gehalten hätten.

»Ich habe Durst«, sagte Katie. »Hat zufällig jemand daran gedacht, Wasser mitzunehmen?«

Das hatte niemand – aus dem einfachen Grund, weil es im Lager keines mehr gegeben hatte. Ein weiteres Rätsel: Nicht nur der zurückgelassene Teil ihrer Reisegruppe war verschwunden gewesen, sondern auch die kompletten Wasser- und Lebensmittelvorräte. Warum sich Bati und die anderen damit abschleppen sollten und wohin sie damit wollten, war Nolfi ein Rätsel – eines von mittlerweile ziemlich vielen, über die er mit dem Kapitän der ULTHAR und dem Rest der Gruppe dringend reden wollte.

»Ich werde unsere neuen Freunde fragen«, sagte Pratt säuerlich. »Sie können uns bestimmt sagen, wo der nächste Schnellimbiss zu finden ist.« Seine Hand glitt in die Tasche, und Yodas Maschinenstimme krächzte und rülpste etwas in der Sprache der Insulaner. Eva verschwand daraufhin wortlos im Unterholz. Adam seinerseits blieb stehen und sagte etwas, das Pratts Hosentasche mit: »Hier warten ihr müsst. Nicht lange es dauert«, übersetzte.

»Allmählich geht mir dieser Yoda-Quatsch auf die Nerven«, maulte Katie. Womit sie auch Nolfi aus dem Herzen sprach.

Pratt griff wortlos in die Tasche und zog ein kleines, verschrammtes Metallkästchen heraus, auf dem ein einzelnes Licht blinkte und mehrere kleine Tasten angebracht waren. Er musterte es eine Weile mit angestrengt gerunzelter Stirn und drückte dann zwei davon.

Eine quäkende Maschinenstimme verkündete: »*Übersetzungsmodus zwei deaktiviert. Bitte neuen Modus wählen!*«

Katies Augen wurden groß, während Pratt Mühe hatte, ein triumphierendes Lächeln zu unterdrücken. Er betätigte eine weitere Taste, und das Kästchen sagte: »*Übersetzungsmodus drei aktiviert*«, diesmal jedoch mit der unverwechselbaren, Shakespeare-trainierten Stimme eines noch recht jungen Patrick Stewart – alias Captain Picard aus *Star Trek*.

Adam plapperte ein paar Worte, die das Übersetzungsmodul gehorsam übersetzte. »Ruht euch ein wenig aus, Kathari. Soji bringt Essen und Wasser, danach könnt Ihr Euren Weg fortsetzen.«

Katies Augen wurden noch größer, während sie abwechselnd Pratt, das Kästchen in seiner Hand und den Insulaner anstarrte. »Soll das etwa heißen, du hättest dieses nervige Gequatsche schon die ganze Zeit über umstellen können?«, ächzte sie.

Der Schauspieler feixte und steckte das Kästchen ein. »Ich fand's lustig.«

»Ich nicht«, grollte die Influencerin.

»Jemand hat sich wirklich große Mühe gegeben, dieses kleine Wunderwerk zu programmieren«, widersprach Pratt. »Das sollte man doch ein bisschen honorieren, findest du nicht?«

»Nein.«

»Woher wussten Sie das?«, fragte Nolfi, bevor die beiden aneinandergeraten konnten. Er hatte seine Meinung über Katie inzwischen grundlegend geändert und wollte wirklich nicht dabei sein, wenn sie die Contenance verlor.

»Nicht mehr als eine Vermutung. Ich habe mal einen interessanten Artikel über die Thematik gelesen, wissen Sie?«, antwortete Pratt, sichtlich stolz. »Wir haben damals einen Science-Fiction-Film gedreht, in dem es um diese fiesen Außerirdischen ...«

Er unterbrach sich, als Katie genervt die Luft zwischen den Zähnen einsog. In verändertem Tonfall fuhr er fort: »Egal. Jedenfalls kam im Drehbuch ein ›Übersetzungsmodul‹ vor. Daraufhin habe ich das Thema ein bisschen recherchiert und bin im Internet über einen Fachartikel gestolpert. Ich bereite mich nämlich gut auf meine Rollen vor, müssen Sie wissen. In dem Artikel ging es sozusagen um den Großvater aller Übersetzungscomputer – ein Gerät, das man angeblich bereits Mitte der 1980er-Jahre entwickelt hatte und das dem damaligen Stand der Technik etliche Jahrzehnte voraus war. Es hieß, der Apparat habe damals schon Gespräche simultan und so gut wie fehlerfrei von einer in eine andere Sprache übersetzen können.«

Pratt zuckte mit den Schultern. »Der Grundton des Artikels war ein wenig skeptisch, denn nachdem der erste Prototyp – von ihm gab es sogar eine verwaschene Fotografie – angeblich hervorragend funktionierte, hatte nie wieder jemand etwas davon gehört. In späteren Jahren hielt man die Geschichte dann für eine Ente. Aber als ich dieses Ding vorhin sah, kam es mir verdächtig bekannt vor ...«

»Sie meinen, dieser Apparat hätte über dreißig Jahre auf dem Buckel?« Nolfi runzelte ungläubig die Stirn. »Mitsamt Yoda und Captain Picard?«

Pratt hob abermals die Schultern. »Wäre doch möglich. Denken Sie daran, wie verrottet die Yoda-Puppe schon war. Wenn Sie mich fragen, hat sich damals das Militär diese Technik unter den Nagel gerissen und dafür gesorgt, dass sie aus der öffentlichen Wahrnehmung verschwindet. Wäre ja nicht das erste Mal gewesen, dass so was passiert.«

»Und das Militär war ein Fan von *Star Trek* und *Star Wars*?«, wandte Nolfi zweifelnd ein.

»Sogar ein waschechter amerikanischer Präsident war bekennender Fan«, antwortete Pratt. »Sagen Sie bloß nicht, Sie hätten noch nie vom *Star-Wars*-Programm gehört? Reagans Weltraumprojekt zur Früherkennung und Abwehr russischer Interkontinentalraketen?«

»Natürlich kenne ich das *Star-Wars*-Programm«, antwortete Nolfi. Sich mit solchen Dingen auszukennen, gehörte zu seinem Beruf, er hatte sogar einmal eine Geschichte über die verrückten Rüstungstechnologien des Kalten Krieges verfasst. »Aber ich dachte ...«

»... dass das Programm ineffektiv gewesen und irgendwann eingestellt worden sei?«, fiel ihm Pratt ins Wort. »Ja, ich schätze, das sollte der Rest der Welt auch denken. Aber haben Sie mal darüber nachgedacht, dass manche der Dinge, die das Militär damals mit unfassbarem technischem Aufwand und nahezu unendlichen Geldmitteln ins Werk gesetzt hat, möglicherweise *nicht* eingestellt und verschrottet wurden?«

Nolfi musste sich eines plötzlichen Schauers erwehren, der ihm über den Rücken lief, als er begriff, was Pratts Behauptung – und vor allem das kleine Wunderkästchen in seiner Hand – implizierte. »Das könnte bedeuten, auf dieser Insel existiert vielleicht *tatsächlich* eine geheime Militärbasis«, murmelte er.

Pratt erwiderte nichts. Er betrachtete das Kästchen noch ein paar Sekunden lang, steckte es dann ein und sah sich suchend um, um schließlich auf einem Wurzelballen Platz zu nehmen. Nolfi und Katie taten es ihm gleich.

Nolfis Gedanken rotierten. Wenn Pratt recht hatte – und den Beweis dafür trug er gewissermaßen in seiner Tasche –, war vielleicht alles ganz anders, als er bisher angenommen hatte. Vielleicht war McManus' Jacht gar nicht zufällig hier gestrandet? Und vielleicht waren sie alle in noch viel größerer Gefahr, als sie bisher angenommen hatten.

»Sie wissen, was das bedeutet, nicht wahr?«, fragte er.

»Wir müssen die anderen warnen«, bestätigte Pratt. »Aber dazu müssen wir sie erst mal finden.« Er lehnte sich mit dem Rücken gegen einen Baumstamm, schloss für einen Moment die Augen und griff dann in seine Hosentasche. Als er die Hand wieder hervorzog, hielt er die zusammengefaltete Karte in den Fingern, die sie in Fyfields Tornister gefunden hatten. »*Das hier* wäre dann wohl auch alles andere als ein Zufall ...« Er faltete die Karte auseinander, betrachtete sie mit gerunzelter Stirn, drehte sie dann um fünfundvierzig, schließlich um neunzig Grad, ohne dabei wirklich schlauer auszusehen. Schließlich warf er einen Blick auf die Rückseite. »Hier steht *Hintereingang*. Handschriftlich, offenbar in Eile hingekritzelt.«

»Ist es Fyfields Handschrift?«, wollte Nolfi wissen.

»Woher soll ich das wissen?«

Nolfi ließ sich die Karte geben und vertiefte sich in die Linien auf der Vorderseite.

Eva – oder *Soji*, wie Picard sie genannt hatte – kehrte zurück, ein großes Palmblatt in beiden Händen, in dem sich kristallklares Wasser befand. Mit der üblichen demütigen Geste sank sie gesenkten Hauptes vor Katie auf die Knie und reichte es ihr. Katie nahm einen großen Schluck, machte ein genießerisches Gesicht und trank etwas mehr. Nach der Hälfte reichte sie das Blatt an Nolfi weiter. Er trank ebenfalls, dann reichte er Pratt den Rest.

»Das hat gutgetan«, seufzte Katie. »Jetzt noch eine Kleinigkeit zu essen, und ich bin fast rundum glücklich. Was mir fehlt, ist dann nur noch ein Smartphone mit Internet-Zugang, mit dem ich unsere kleinen Abenteuer posten kann.«

»Essen wäre mir wichtiger«, meinte Pratt.

Die Picard-Stimme übersetzte gehorsam, und das Insulanermädchen stand wortlos auf und verschwand im Unterholz.

Eine kurze Weile später raschelte und knackte es im Gebüsch, dann kehrte Soji zurück. Pratt riss erstaunt die Augen auf, während Katie aufsprang und zwei hastige Schritte rückwärtstaumelte, eine Hand vor den Mund geschlagen.

Nolfi konnte ihre Reaktion durchaus verstehen, auch wenn er diese spezielle, recht weitverbreitete Form von Phobie nicht teilte.

Die junge Inselbewohnerin hielt eine absurd fette, heftig mit allen acht Beinen strampelnde Vogelspinne in der Hand, die sie so stolz schwenkte wie ein Goldsucher, der soeben das Nugget seines Lebens gefunden hatte.

»Für Euch, Kathari!«, sagte sie. Picards Computerstimme gelang es sogar, den stolzen Klang in ihren Worten mit zu übersetzen.

»Wie bitte?«, ächzte Katie. Ihr Gesicht verlor das letzte bisschen Farbe, als Soji ihr das zappelnde Tier entgegenstreckte. Sie versuchte, sich rückwärts durch die Rinde des Urwaldriesen in ihrem Rücken zu pressen, was ihr aber nicht gelang.

»Ihr müsst zu Kräften kommen, Kathari.«

Die Spinne zappelte zustimmend.

»*Wie bitte?*«, quiekte Katie noch einmal.

»In manchen Ländern gelten die Dinger als Delikatesse«, sagte Nolfi.

Katie wurde noch ein bisschen blasser.

Soji sagte: »Das ist wirklich gut, Kathari«, riss der Spinne die beiden vorderen Beine aus und fuhr mit vollem Mund kauend fort: »Gibt Euch Kraft.«

Die Influencerin schaffte es gerade noch, den Kopf zur Seite zu drehen und sich nicht in Sojis Gesicht zu übergeben, sondern in einen Farnbusch neben ihr. Auch Pratt wandte sich mit einem Ruck ab und gab eine Reihe unterdrückter Würgelaute von sich.

»Habe ich … etwas falsch gemacht, Kathari?«, fragte Soji ängstlich.

Katie versuchte zu antworten, übergab sich stattdessen aber noch ausgiebiger in die andere Richtung.

Nolfi beeilte sich, eine besänftigende Geste zu machen. »Es ist nicht deine Schuld, Soji. Du hast nichts falsch gemacht. Die Göttin ist nur sehr erschöpft. Und sie ist die Nahrung der Sterblichen nicht gewohnt. Es geht ihr gleich besser.«

Das Inselmädchen sah ihn ebenso verunsichert wie erschrocken an, genehmigte sich zwei weitere Spinnen-Sticks und hielt ihm dann kauend die mittlerweile nur noch vierbeinige Spinne hin. Nolfi schüttelte hastig den Kopf und bot all seine Schauspielkünste auf, um ein dankbares Lächeln zuwege zu bringen. Mittlerweile saß auch in seiner Kehle ein bitterer Kloß, und die Geräusche, die Katie von sich gab, trugen nicht gerade dazu bei, seine aufsteigende Übelkeit zu besänftigen.

»Das … ist sehr großzügig von dir«, brachte er hervor, »aber ich bin nicht hungrig. Außerdem müssen wir weiter. Wir müssen unsere Freunde finden.«

»Die, die zum Berg der Götter gegangen sind?«, erkundigte

sich Soji kauend. Sie schüttelte den Kopf. »Ihr könnt nicht dorthin. Dort leben Dämonen.«

Noch vor wenigen Stunden hätte Nolfi über diese Behauptung laut gelacht. Jetzt jagte sie ihm einen neuerlichen Schauer über den Rücken.

»Umso wichtiger ist es, dass wir sie einholen und warnen«, sagte Pratt. »Sie wissen nicht, was sie erwartet.«

»Wenn sie in den Berg der Götter gegangen sind, sind sie tot«, antwortete Soji. Sie biss einen weiteren Happen von ihrem zappelnden Dschungelsnack ab und fuhr mit vollem Mund fort: »Niemand kehrt von dort zurück. Unser Volk hat vor vielen Jahren Krieger geschickt, um die Dämonen zu verjagen. Keiner ist zurückgekommen.«

»Aber ihr kennt den Weg?«, fragte Pratt scharf.

Soji zögerte lange. Als sie schließlich antwortete, war es nur ein angedeutetes Nicken.

»Und ihr könntet uns hinbringen?«

Das Mädchen zögerte noch länger und warf einen fast flehenden Blick in Katies Richtung. »Wenn Kathari es befiehlt ... «

Nolfi bedachte Pratt mit einem beinahe flehenden Blick, den dieser jedoch ignorierte. Die Todesangst in Sojis Augen war unübersehbar, und wenn auch nur die Hälfte von dem stimmte, was sie gerade behauptet hatte, konnte er das absolut verstehen. Pratt verlangte nichts anderes von ihr, als dass ihr Begleiter und sie sehenden Auges in den Tod gingen.

»Lassen Sie das, Derek«, sagte er. »Sie sehen doch, wie viel Angst die beiden haben.«

»Und das vermutlich zu Recht«, bestätigte Pratt grimmig. »George und die anderen haben keine Ahnung, dass sie in großer Gefahr schweben. Bati und der Rest ebenso wenig, wo auch immer sie stecken.« Er wandte sich wieder an die Insulanerin. »Ihr werdet uns dorthin bringen. Es ist der Wille der Göttin!«

»Nein, ist es nicht«, mischte sich Katie ein. Sie hatte sich wieder im Griff, wie es schien, auch wenn ihr Gesicht noch immer totenbleich war und sie es krampfhaft vermied, die kauende Soji anzusehen. »Hör auf, die beiden zu quälen.«

»Aber wir *müssen* die anderen warnen«, beharrte Pratt. »Allein finden wir den Weg nie.«

Katie schüttelte verständnislos den Kopf. »Wir haben doch einen Lageplan der Gegend hier, oder?«

»Mit dem wir nichts anfangen können«, murrte Pratt.

»So schwer kann es nicht sein, eine Karte zu lesen«, fand Katie.

»Wenn Sie das sagen!« Nolfi erhob sich, die kryptische Karte nach wie vor in Händen, und drehte sich einmal suchend um die eigene Achse.

Auch Pratt hatte sich erhoben und spähte angestrengt ins umgebende Unterholz. Plötzlich verengten sich seine Augen. Er machte ein paar rasche Schritte auf eine Lücke zwischen den Baumstämmen zu und bog zwei, drei Farnwedel beiseite. »Seht mal! Dort hinten! Da ist eine Felswand, kaum einen Steinwurf von hier entfernt.«

»Dann haben wir die unteren Ausläufer des Vulkans erreicht.« Der Autor senkte den Blick wieder auf die Karte. »Wenn ich nur wüsste, wo … Auf dieser Karte ist ein Weg eingezeichnet.«

»Der Weg zu irgendeinem ›Hintereingang‹!« Pratt trat neben ihn. »Glauben Sie, Fyfield könnte damit eine Hintertür der alten Militärstation meinen?«

»Ich weiß es nicht. Der Zielpunkt der gestrichelten Linie jedenfalls liegt nicht in der Nähe des Vulkankegels.«

»Stimmt.« Der Schauspieler verengte die Augen. »Aber um den ganzen Berg abzusuchen, ist das Areal viel zu groß – noch dazu, da wir nicht einmal genau wissen, wonach wir eigentlich suchen.«

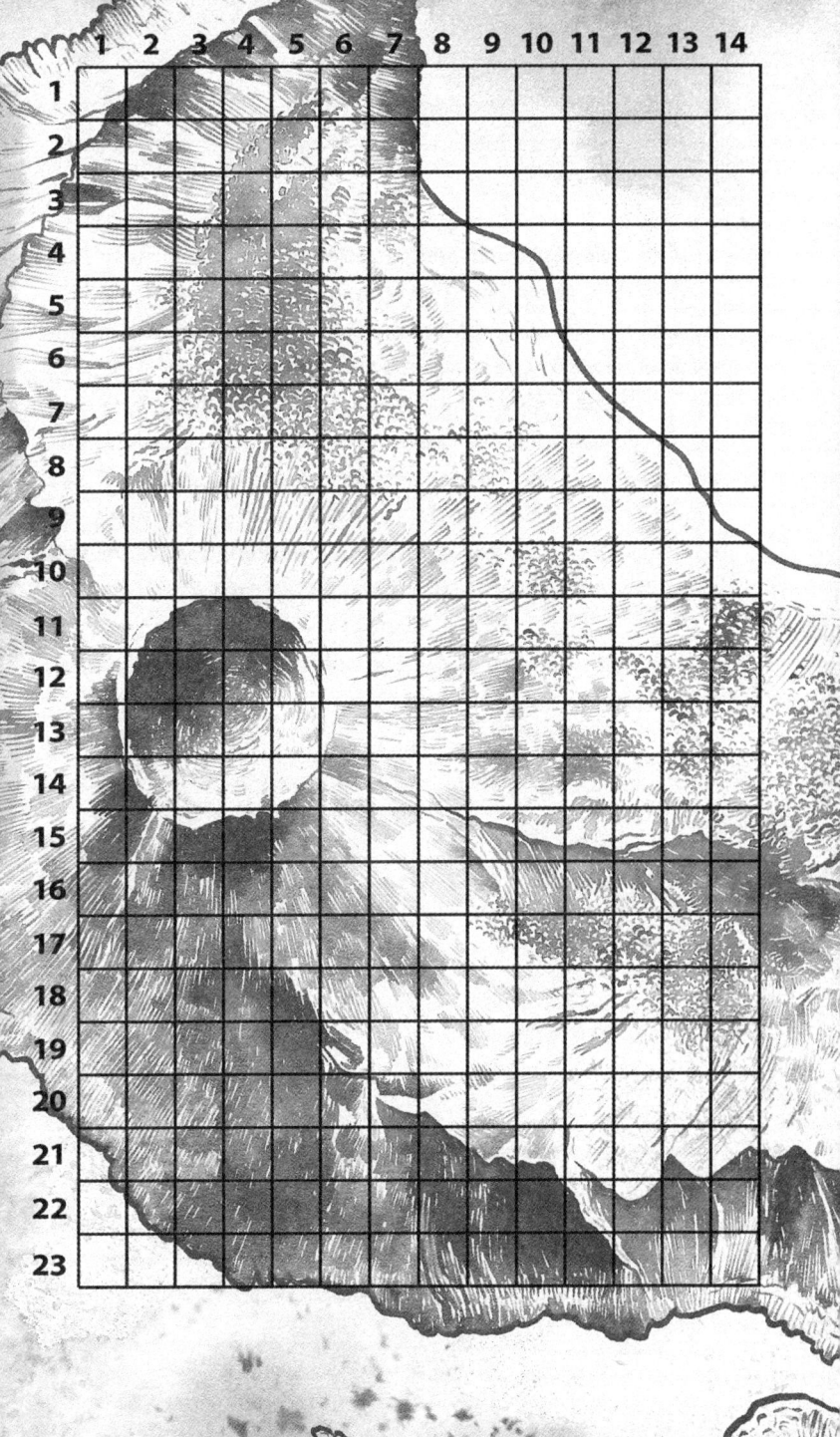

Nolfi nickte. »Nur wenn wir wüssten, wohin wir müssen, könnten wir einen Zugang finden, möglicherweise sogar einen getarnten.«

Studiere die Karte der Insel auf der vorigen Seite. Wenn du eine Idee hast, wo sich der »Hintereingang« befinden könnte, ermittle seinen exakten Standort im Zahlenraster, multipliziere den Wert der x- mit dem der y-Achse und lies weiter auf der Seite mit der entsprechenden Seitenzahl. (Eine Seite, die du während der bisherigen Lektüre mit einem Eselsohr markiert hast, könnte dir hierbei von Nutzen sein.) Beginnt der Text dort NICHT mit »Es stellte sich nicht als schwer heraus ...«, war der lokalisierte Punkt falsch. Verfahre weiter, als hättest du das Rätsel nicht gelöst (s. u.).

Kannst du den Standort des Zugangs nicht ermitteln, blättere um und lies weiter auf Seite 224!

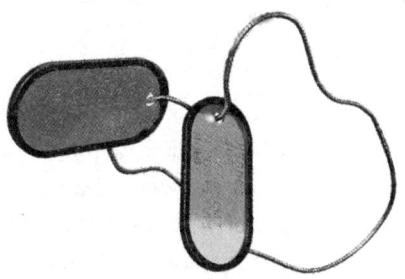

Schlag den hinteren Bucheinband auf und markiere einen beliebigen Totenschädel mit einem Kreuz!

»Ich werde nicht schlau aus dem Ding.« Kopfschüttelnd gab Nolfi die Landkarte an Pratt zurück, der sie ratlos betrachtete.

»Und wenn wir die Menschen hier *doch* dazu bringen, uns hinzuführen?«, schlug der Schauspieler halbherzig vor. »Das Mädchen sprach von Stammesmitgliedern, die *in* den Berg der Götter gegangen sind. Das bedeutet, sie kennen möglicherweise einen Zugang ...«

Katie hatte sich den Mund mit einem letzten Rest Wasser aus dem Palmblatt ausgespült und erhob sich energisch. »Das werden wir nicht! Und wenn ihr beide zu dämlich seid, die Karte zu lesen, mache ich das eben. Zeig her!« Sie riss Pratt die Karte aus den Fingern. »Hmm. Stimmt: Die Linie, die Fyfield oder Wer-auch-immer eingezeichnet hat, endet nicht in der Nähe des Vulkans.« Sie starrte einige weitere Augenblicke konzentriert auf die Karte. »Was ist das?«, entfuhr es ihr dann.

»Was meinst du?« Pratt trat neben sie und sah ihr über die Schulter.

»Hier ist ein Schmutzrand«, stellte Katie fest. »Von einer Kaffeetasse, wie es aussieht.«

»Na und?« Pratt verdrehte die Augen. »Dann hat Fyfield – oder Wer-auch-immer – eben einen Kaffee getrunken, während er ...«

»Aber eine Hälfte des Abdrucks befindet sich *hier* ...«, Katie deutete mit dem Finger auf den Fleck, »... während die andere Hälfte *hier drüben* ist!«

Auch Nolfi trat jetzt hinzu. »Zeigen Sie mal! Es stimmt – die beiden Hälften des Kaffeerings liegen viel zu weit auseinander. Das kann nur bedeuten ...«

»... dass die Karte auf eine ganz bestimmte Weise gefaltet

war, als der Pfad zum Hintereingang eingezeichnet wurde«, beendete Pratt den Satz.

Der Autor nahm die Karte und faltete sie so, dass die beiden Hälften des Kaffeerings einen vollständigen Kreis ergaben. Nun lag der Endpunkt der Linie nicht mehr irgendwo im Hinterland der Insel, sondern an einem der Hänge des Vulkans.

»Du bist genial, Liebes!« Pratt ergriff Katie an den Schultern, zog sie an sich und drückte ihr einen Kuss auf die Wange.

»Natürlich«, erwiderte sie und machte sich von ihm los. »Was erwartest du von einer Göttin?«

Lies weiter auf Seite 128!

16

»Langsam!«, sagte Brianna und hob zusätzlich die Hand, um Fyfield zum Schweigen zu bringen, der unübersehbar zu einer hämischen Bemerkung Luft holte. Leiser und in deutlich sanfterem Ton wandte sie sich an den Mann in Rot. »Sie glauben, dass es ...« Sie zögerte, als fiele es ihr selbst schwer, die Worte zu glauben. »Sie sind überrascht, dass es noch andere Menschen auf der Welt gibt? Mister Riker?«

»*Commander* Riker«, sagte der Alte. Der R2D2- Mülleimer neben ihm zwitscherte zustimmend. »Und ja, bis vor einer Minute dachte ich das. Aber wenn Sie tatsächlich die Wahrheit sagen, dann ...« Seine Stimme versagte ihm für einen Moment den Dienst, und er musste ein paarmal tief ein- und ausatmen, bevor er weitersprechen konnte. Sein Blick irrte unstet und flackernd von einem zum anderen. »Ich bin ja so unendlich erleichtert.«

»Dass wir keine Klingonen sind?«, höhnte Fyfield. Es brachte ihm nicht nur einen bösen Blick von Brianna ein, sondern auch von Heather und McManus.

»Dass es noch Überlebende gibt!«, sprudelte Riker los, ohne Fyfields Bemerkung überhaupt zur Kenntnis zu nehmen. »Und offensichtlich nicht nur ein paar verstrahlte Mutanten, die in Erdlöchern hausen wie die Kreaturen auf diesem Eiland, sondern zivilisierte Menschen, die sogar ein *Schiff* haben. Was führt Sie hierher? Waren Sie auf der Suche nach gesundem Land, um dort neu anzufangen?«

»Hä?«, machte Heather.

»Ach, ich bin so aufgeregt! Entschuldigen Sie, aber ich habe eine Million Fragen und weiß gar nicht, wo ich anfangen soll! Wie viele gibt es noch? Wer hat gewonnen? Gibt es überhaupt einen Sieger? Und wie …« Er verhaspelte sich, wollte neu ansetzen, sah dann stattdessen aber nur von einem Gesicht zum anderen. »Was?«, fragte er schließlich.

»Wovon zum Teufel reden Sie eigentlich?«, polterte Fyfield. »Überlebende? Gewonnen? Was gewonnen?«

»Na, den Krieg«, antwortete Riker verstört.

»Von welchem Krieg reden Sie?«, schnappte Fyfield. »Korea? Vietnam? Kosovo oder Iran?«

»Dem *großen* Krieg.« Riker flüsterte jetzt fast. »Dem letzten.«

Für einen Moment wurde es still, eine unangenehme Art des Schweigens, die sich wie etwas Erstickendes im Raum ausbreitete und sogar das Denken schwer zu machen schien.

»Sie reden vom … Dritten Weltkrieg?«, vergewisserte sich McManus.

»Natürlich«, antwortete Riker. »Gab es denn danach noch einen?«

»Nein«, sagte Fyfield. »Keinen vierten und keinen fünften. Und auch keinen dritten!«

Riker starrte ihn an. Sein künstliches Auge klickte und surrte. McManus hatte das Gefühl, dass es plötzlich nach verschmorter Isolation roch. Es war unmöglich, im verheerten Gesicht des Mannes zu lesen, aber das musste man auch nicht, um zu erkennen, wie erschüttert er war. Schließlich rettete er sich in ein nervöses Lachen. Vielleicht war es auch ein Schluchzen.

»Sie nehmen mich auf den Arm«, sagte Riker. »Oder haben sie euch geschickt, um hier nach Waffen zu suchen? Dann muss ich euch enttäuschen. Es sind keine mehr da. Sie haben alles mitgenommen. Und an die Forschungsergebnisse von damals kommt ihr niemals ran. Die Computer sind gesichert. Daran beißt sich jeder die Zähne aus, verdammtes Klingonenpack!«

»Computer?«, höhnte Fyfield. »Sie meinen diesen Elektroschrott hier?«

»Fyfield, halten Sie doch endlich mal die Klappe«, zischte Brianna. »Sonst schwöre ich, dass Ihnen ...«

»Ja?«, unterbrach sie Fyfield lauernd.

»Und wenn sie es nicht tut, dann ich!«, fügte Heather in so schneidendem Ton hinzu, dass Fyfield überrascht die Stirn krauste. Dann wandte er sich mit veränderter Stimme an Riker: »Bitte verzeihen Sie. Lassen Sie uns noch einmal von vorn beginnen, einverstanden? Ich meine: Das alles hier ist für uns genauso überraschend wie für Sie.«

Brianna nickte und machte eine Geste in Richtung der offenen Tür hinter Riker. »Sicher gibt es doch noch andere hier. Warum gehen wir nicht zu ihnen und besprechen alles gemeinsam?«

»Keine anderen«, antwortete Riker.

»Wie bitte?«, fragte Fyfield. »Wollen Sie behaupten, dass Sie hier ganz allein sind?« Kam es McManus nur so vor, oder klang er irgendwie ... *erleichtert?*

»Nur ich und R2D2«, bestätigte Riker, »und damit das klar ist: Ich glaube euch Romulaner-Abschaum kein Wort!«

»Gerade eben waren wir noch Klingonen«, erinnerte ihn Fyfield.

Rikers künstliche Hand klapperte drohend, doch dann sagte er unvermittelt: »Wo habe ich nur meine Manieren? Sie sind ganz allein durch den Dschungel hierhermarschiert. Sie müssen hungrig sein und erschöpft. Wir haben Gästequartiere hier, wo Sie sich ausruhen können. Ich werde einen kleinen Imbiss zubereiten. Erstklassige Föderationsrationen! Warten Sie hier.« Und damit verschwand er so schnell, dass niemand Gelegenheit hatte, ihn zurückzuhalten.

»He!«, rief Fyfield. »Was zum Teufel ...«

Er machte einen Schritt in Richtung Tür, doch R2D2 rollte ihm mit einem drohenden Piepsen in den Weg und richtete seinen blinkenden Salzstreuer auf ihn. Fyfield machte ein ärgerliches Geräusch und holte aus, um den Schrotthaufen mit einem Tritt aus dem Weg zu befördern. Doch McManus ergriff ihn grob am Arm und zog ihn zurück.

»Lassen Sie das, Sie Dummkopf!«, sagte er scharf.

Fyfield riss sich so grob los, dass der Multimilliardär um ein Haar das Gleichgewicht verloren hätte. »Wollen Sie diesen Irren einfach so davonspazieren lassen?«, fauchte er.

»Haben Sie vielleicht Angst, dass er mit einer Spezialeinheit aus klingonischen Nahkämpfern zurückkommt?«

Fyfields Unmut fokussierte sich nun ganz auf McManus. »Fangen Sie nicht auch noch mit diesem *Star-Trek*-Blödsinn an!«, polterte er. »Wer weiß, was dieser Verrückte dahinten treibt?«

»Dasselbe, was er vermutlich schon seit vielen Jahren tut«, sagte Brianna. »Überleben.«

Fyfield bedachte sie mit einem undeutbaren Blick. »Ihr seid ja verrückt«, knurrte er. »Aber beschwert euch hinterher nicht, wenn etwas Schlimmes passiert.«

»Das ist es längst«, sagte Heather, wenn auch mehr zu sich selbst als zu Fyfield. Sie klang traurig. »Der arme Mann ist vollkommen verstört. Glaubt ihr wirklich, dass er schon seit vielen Jahren ganz allein hier haust?«

»So wie es hier aussieht, seit mindestens dreißig oder vierzig«, vermutete McManus. Heather sah ihn erschrocken an, doch er deutete auf das Sammelsurium von Spielzeug und Action-Figuren. »Ich kenne mich ein bisschen damit aus ...«

»Ach?«, höhnte Fyfield.

Der Milliardär ignorierte ihn. »Einiges hiervon befindet sich auch in meiner Sammlung. Es sind ein paar wirklich seltene Stücke dabei, die unter Sammlern heiß begehrt wären.«

»Dann sollten Sie sie mitnehmen und auf eBay versteigern«, schlug Fyfield spöttisch vor. »Damit können Sie vielleicht einen Teil des Verlusts wettmachen, der Ihnen durch das gesunkene Schiff entstanden ist.«

McManus war irritiert. Dass Fyfield nicht der Mann war, für den er ihn anfangs gehalten hatte, hatte er längst begriffen. Aber nun ließ er seine Maske allmählich ganz fallen. Was darunter zum Vorschein kam, gefiel McManus ganz und gar nicht.

Er schüttelte ruhig den Kopf. »Darum geht es nicht. Dies sind seltene, alte Raritäten, einige davon sogar noch mit den Originalverpackungen. Späte Siebzigerjahre, würde ich schätzen, vielleicht auch Anfang der Achtziger. Ich kann mich irren, aber ich würde wetten, dass nichts hier jünger als fünfunddreißig Jahre ist.«

»Das würde zu dem anderen Krempel passen.« Fyfield deutete auf die Computer. »Ich sehe mir diese Dinosaurier mal genauer an.«

»Ich glaube nicht, dass der alte Herr einverstanden wäre«, sagte Heather.

»Was schert mich das?« Fyfield wandte sich dem nächsten Computer zu, fegte eine Anzahl leerer Spielzeugverpackungen zu Boden und brauchte dann fast eine Minute, um das Gerät überhaupt einzuschalten. Der Computer benötigte seinerseits ein Vielfaches dieser Zeit, um hochzufahren. Grüne Codezeilen huschten über einen schwarzen Bildschirm, erloschen wieder und machten schließlich einem einsam blinkenden Cursor Platz.

Fyfield starrte ihn sekundenlang an, sprachlos. »Heilige Sch...«, entfuhr es ihm schließlich. »Das Ding läuft noch unter DOS!« Sein Blick irrte irritiert in die Runde, dann begann er, mit allen zehn Fingern und erstaunlicher Behändigkeit zu tippen. Leuchtende Buchstaben jagten über den klobigen Monitor und verschwanden fast schneller nach oben, als McManus' Blick ihnen folgen konnte.

»Das könnte eine Weile dauern«, sagte Fyfield. »Immer vorausgesetzt, auf diesem Ding läuft überhaupt etwas anderes als *Pac-Man!*«

»Dann amüsieren Sie sich gut«, sagte Heather. »Wir sehen in der Zwischenzeit nach Mister Riker. Der Ärmste muss ja vollkommen verstört sein.«

»Nicht, dass er sich am Ende noch ohne uns hier wegbeamt«, ergänzte Fyfield. »Aber tun Sie sich keinen Zwang an. Ich komme klar.«

Die Dressurreiterin wandte sich zur Tür und bedachte auch Brianna mit einem auffordernden Blick, bekam aber ein Kopfschütteln zur Antwort.

»Ich bleibe bei Mister Fyfield«, sagte Brianna. »Vielleicht braucht er ja *Hilfe*.«

»Ich komme klar«, wiederholte Fyfield. Seine Finger flogen über die Tastatur.

Achselzuckend wandte sich Heather zur Tür und machte einen Schritt vorwärts. Doch R2D2 rollte ihr in den Weg und bedrohte sie piepsend und blinkend mit seinem Salzstreuer.

»Seien Sie vorsichtig«, spottete Fyfield. »Phaser-Verbrennungen sollen sehr schmerzhaft sein.«

»Bei *Star Wars* benutzen sie Laser«, berichtigte ihn McManus, bedeutete Heather aber trotzdem, stehen zu bleiben. Vorsichtig näherte er sich seinerseits dem Robotermodell.

Er rechnete nicht mit einem Strahlenangriff, aber auch ein altmodischer Stromschlag oder etwas in der Art konnte schmerzhaft sein. Das zusammengestückelte Robotermodell mochte komisch aussehen, aber es bewegte sich selbstständig und schien in gewissem Umfang zu eigenständigem Handeln fähig.

Vorsichtig näherte er sich dem rollenden Mülleimer und ließ sich davor in die Hocke sinken. Im nächsten Moment beglückwünschte er sich zu seiner Umsicht, denn urplötzlich schnappten zwei starre Kupferdrähte aus einer verborgenen Klappe und zielten nach seinen Augen. McManus drehte hastig den Kopf weg. Wo vor einer Sekunde noch sein Gesicht gewesen war, blitzten zwei blendend helle, blauweiße Funken auf. Es stank nach verbranntem Metall.

»Sehen Sie?«, spöttelte Fyfield.

McManus erwog kurz, den Roboter nach ihm zu werfen, doch stattdessen packte er den streitlustigen Mülleimer an ausgestreckten Armen und hob ihn vom Boden hoch. R2D2 piepste, blinkte und surrte aufgebracht. Noch mehr Funken sprühten, dann krachte es, und aus einer Klappe zwischen seinen Rollschuh-Füßen rieselte ein Strom winziger Zahnrädchen, Schrauben, Federn und anderer Metallteile. Ein Geruch nach schmorendem Kunststoff stieg auf.

»Das wird Ihnen Commander Riker übel nehmen«, sagte Fyfield. »Wahrscheinlich stellt er Sie vor ein Militärgericht der Sternenflotte.«

McManus schluckte herunter, was ihm dazu auf der Zunge lag, stellte den inzwischen leicht rauchenden Roboter ab und verließ den Raum ohne ein weiteres Wort durch die rückwärtige Tür. Heather schloss sich ihm an.

»Und mit diesem Kerl wolltest du Geschäfte machen?«, fragte sie, als sie außer Hörweite waren.

»Auch wenn es mir schwerfällt, es zuzugeben, Liebling«, antwortete McManus, »aber nicht einmal ich bin völlig unfehlbar.«

»Allein um diese Worte *einmal* aus deinem Mund zu hören, hat sich diese Reise schon fast gelohnt«, sagte Heather grinsend. Dann wurde sie übergangslos wieder ernst. »Können wir Brianna mit ihm allein lassen?«

McManus sah sie fragend an.

»Ich traue diesem Kerl alles zu«, sagte seine Frau. »Und ich begreife nicht, weshalb Brianna unbedingt in seiner Nähe bleiben will. Irgendwas stimmt mit ihm nicht …«

McManus nickte stumm. Aber da war auch noch mehr. Irgendwie galt dasselbe nämlich auch für Brianna. Er kannte die kochende und bedienende Reisebegleitung gerade mal ein paar

Stunden länger, als er Fyfield kannte, und inzwischen war er ziemlich sicher, dass sie ebenfalls das eine oder andere Geheimnis hatte. Welche Hostess kannte sich schon mit ... wie hatte sie es genannt? Mit *Atbasch-Codes* aus?

Bevor das hier zu Ende war, das nahm sich McManus fest vor, würde er der Sache auf den Grund gehen.

Geräusche, Klappern und schlurfende Schritte wiesen ihnen den Weg zu einer halb offen stehenden Tür. Als sie näher kamen, hörten sie auch Stimmen. McManus und Heather tauschten einen fragenden Blick. Hatte Riker sie belogen, und es gab doch noch andere Bewohner in der Anlage?

Er bedeutete ihr mit einer wortlosen Geste zurückzubleiben und trat, auf jedwede unangenehme Überraschung gefasst, als Erster durch die Tür.

Der Raum dahinter präsentierte sich genauso unaufgeräumt und vermüllt wie der Computersaal, allerdings schien es sich eher um eine Mischung aus Küche, Speisesaal und einer nachträglich eingerichteten Fernsehecke zu handeln. Der Projektionsbildschirm in Letzterer musste in den frühen Achtzigern geradezu monströs groß gewirkt haben, im Zeitalter preiswerter Flatscreens wirkte er nur noch wie ein weiteres Museumsstück. In einer anderen Ecke stand ein ungemachtes Feldbett, und von der Decke hingen an dünnen Nylonschnüren die unvermeidlichen Raumschiffmodelle.

Riker stand an der Küchenzeile, den Rücken ihnen zugewandt, und unterhielt sich nicht nur angeregt mit jemandem, der gar nicht da war, sondern gab sich auch gleich mit verstellter Stimme selbst Antwort.

McManus räusperte sich hörbar, bekam keine Antwort und klopfte daraufhin mit den Fingerknöcheln gegen den Türrahmen. Nach dem dritten Mal drehte sich Riker zu ihm und blinzelte ihn verständnislos an. Dann hellte sich sein Gesicht auf. »Da sind Sie ja schon. Ein bisschen zu früh. Das Essen ist noch nicht fertig. Der Replicator funktioniert nicht mehr so gut in letzter Zeit.«

Ein helles *Ping* erscholl, als wollte der Replicator – der sich als uralte Mikrowelle entpuppte – gegen diese verleumderische Behauptung protestieren. Riker machte eine einladende Handbewegung in Richtung des zugemüllten Tischs, blinzelte erneut und beeilte sich dann, hinzugehen und die Platte aufzuräumen. Zumindest versuchte er es. Hinterher sah es fast unordentlicher aus als vorher, und auch nicht wirklich sauberer. Aber McManus entging nicht, wie geschickt der alte Mann mit seiner künstlichen Hand war.

»Das ist überhaupt nicht schlimm«, sagte Heather vielleicht eine Spur zu hastig. »Wir sind gar nicht hungrig.«

»Aber eine Tasse Kaffee wäre himmlisch«, fügte McManus hinzu, als er den verletzten Ausdruck gewahrte, der von Rikers Gesicht Besitz ergreifen wollte. »Oder Tee.«

»Earl Grey?«, schlug Riker vor.

»Heiß«, bestätigte McManus.

Riker strahlte, wandte sich wieder der Küchenzeile zu und kramte drei verbeulte und nicht besonders saubere Blechtassen aus einem überquellenden Regal. Vielleicht war das mit dem Tee doch keine so gute Idee gewesen.

»Mister Riker«, begann Heather unbehaglich. »Ich fürchte, uns ist da ein kleines Missgeschick mit Ihrem Roboter passiert ...«

»R2D2? Ist er wieder auseinandergefallen?« Riker winkte ab. »Passiert ihm dauernd, aber das macht nichts. Ich setze ihn wieder zusammen. Die Technik des Imperiums ist nicht annähernd so robust wie die der Sternenflotte, müssen Sie wissen.«

»Ah«, sagte Heather verstört, während sich Riker umwandte und heißes Wasser aus einem Wasserhahn in die Tassen füllte. Anschließend kramte er aus einer Schublade drei Teebeutel, deren Etiketten bis zur Unkenntlichkeit vergilbt waren.

Der Tee, den er ihnen nach ein paar Augenblicken brachte, schmeckte entsprechend. »Das ... ist gut«, sagte McManus dennoch. »Vielen Dank.«

»Und Sie sind sehr freundlich«, antwortete Riker, »wenngleich ein Lügner.« Er hob abwehrend die Hand, als McManus widersprechen wollte. »Das Zeug schmeckt bestenfalls nach heißem Wasser und Papier, und mein sogenannter Replicator ist eine fünfunddreißig Jahre alte Mikrowelle.«

»Und Sie heißen auch nicht Riker?«, vermutete McManus.

»Doch«, widersprach Riker lächelnd. »Sogar William Riker. So hieß ich schon, lange bevor es die Fernsehserie gab. Sie glauben nicht, wie mich meine Kollegen später damit aufgezogen haben.« Sein mechanisches Auge surrte, klickte hierhin und dorthin. Schließlich nahm er es ab. Darunter kam ein ganz normales menschliches Auge zum Vorschein.

»Und ...«, McManus deutete auf die Raumschiffmodelle, den riesigen Fernseher und den fast ebenso hohen Stapel altmodischer VHS-Videokassetten daneben. Bereits beim Eintreten war ihm aufgefallen, dass es sich fast ausnahmslos um *Star Wars*, *Star Trek* und einige wenige andere Science-Fiction-Klassiker handelte, »... das da?«

Riker bedachte ihn mit einem Blick, der McManus auf sonderbare Weise anrührte.

»Ich bin nicht verrückt, falls Sie das andeuten wollen«, sagte der alte Mann beinahe sanft. »Weiß Gott, ich habe mir oft genug gewünscht, ich wäre es ... Endlich Ruhe haben vor den eigenen, rastlosen Gedanken!« Für einen Moment sah es so aus, als würden ihn seine Gefühle überwältigen, aber er fing sich wieder. »Ich war immer schon ein Fan von *Star Trek*. Zu meinen Jugendtagen war das wohl jeder, glaube ich. Das hier ist meine persönliche Sammlung. Als sie mir damals das Angebot machten, hier zu arbeiten – ein Angebot von der Art, die man nicht ablehnen kann, wenn Sie verstehen, was ich meine –, habe ich sie mitgebracht und nach und nach auch noch das eine oder andere Teil per Luftfracht hinzuerworben. Niemand hatte etwas dagegen. Ich glaube, wir waren alle ein bisschen verrückt damals.« Er lächelte traurig. »Als es dann ernst wurde und der Evakuierungsbefehl kam, sollte ich sie zurücklassen, was mir nicht leichtgefallen wäre.«

»Das verstehe ich«, sagte McManus und meinte es auch vollkommen ernst.

»*Was* wurde ernst?«, fragte Heather.

»Die politische Lage, was sonst?«

»Der Kalte Krieg?«, vermutete McManus.

»Ja, so haben wir es damals genannt«, sagte Riker. »Erstaunlich, dass Sie sich sogar nach so langer Zeit noch daran erinnern. Irgendwann war klar, dass der Kalte Krieg wohl endgültig heiß werden würde, und die Basis, in der wir über zehn Jahre lang geforscht hatten, wurde aus Sicherheitsgründen aufgegeben.«

»Aber Sie sind zurückgeblieben?«, erkundigte sich Heather zweifelnd. »Allein?«

Riker schüttelte den Kopf und trank einen Schluck von seinem gefärbten Wasser, bevor er antwortete. »Ursprünglich waren wir zu viert. Wir sollten alle Systeme herunterfahren und die Anlage gegen unbefugtes Betreten sichern. Aber dazu ist es nicht mehr gekommen. Ich schätze, unser Geheimnis war nicht ganz so geheim, wie wir gedacht hatten, denn wir müssen wohl eines der ersten Ziele gewesen sein. Als die Bombe fiel, befand sich der letzte Helikopter gerade im Anflug, und es hat ihn erwischt. Genau wie meine drei Kollegen, die schon draußen auf dem Landefeld gewartet haben.«

»Welche ... Bombe?«, fragte Heather.

»Die erste von vielen«, erwiderte Riker bitter. »Es muss ein großes Kaliber gewesen sein, bestimmt eine Megatonne, wenn nicht mehr. Sie wollten wohl auf Nummer sicher gehen. Ich hatte Glück, weil ich noch einmal zurückgegangen war, um ein paar meiner Lieblingsstücke zu holen und mitzunehmen.« Er lächelte flüchtig. »Sie sehen, meine vermeintliche Obsession hat mir sozusagen das Leben gerettet.«

»Was für eine Bombe?«, fragte Heather noch einmal. »Mister Riker, es *gab* keinen globalen Krieg. Weder in den Siebzigern noch in den Achtzigern.«

Riker sah sie einige Sekunden lang schweigend an. In seinem Gesicht arbeitete es, doch dann schüttelte er nur wieder den Kopf. »Ich weiß Ihre Bemühungen zu schätzen, meine Liebe, aber glauben Sie mir, wenn Sie den Einschlag einer Atombombe überlebt haben, dann wissen Sie Bescheid. Zuerst dachte ich, der ganze Berg stürzt zusammen.« Er hob seine Roboterhand und ließ sie ein paarmal klickend auf- und zuschnappen. »Vieles ging zu Bruch, trotz der meterdicken Panzerung, die zur Abschirmung gewisser … Experimente in die Flanken des Berges eingearbeitet war. Ich habe dies hier als bleibende Erinnerung zurückbehalten. Als ich wieder zu mir kam, war ich mehr tot als lebendig, und die halbe Basis stand in Flammen.«

»Es gab keine Bombe, Mister Riker«, sagte Heather noch einmal.

»Als ich gesundet war und mich wieder halbwegs bewegen konnte, habe ich einen Schutzanzug angelegt und bin hinausgegangen«, fuhr Riker unbeirrt fort. »Der halbe Berg war weg. Alles war verbrannt. Fast der gesamte Dschungel war nur noch Asche, und selbst der Himmel war grau. Nuklearer Winter, Sie verstehen?«

»Der Vulkan war ausgebrochen, sonst nichts«, beharrte Heather.

»Was er übrigens möglicherweise bald wieder tun wird«, fügte McManus hinzu. »Haben Sie die Erschütterung in den letzten vierundzwanzig Stunden bemerkt?«

»Sie sind durch den westlichen Eingang gekommen?«, fragte Riker unbeeindruckt. Er beantwortete seine eigene Frage mit einem Nicken. »Der einzige Teil, dessen Technik den Einschlag halbwegs unbeschadet überstanden hat. Die tiefer gelegenen Teile der Station sind ausgebrannt. Ich hatte unbeschreibliches Glück.«

»Wie jemand, der unbeschreibliches Glück gehabt hat, sehen Sie mit Verlaub gesagt nicht aus ...«, meinte McManus. »Seitdem sind Sie ganz allein hier?«

Riker nickte. »Ich brauchte Wochen, um mich vollständig zu erholen. Dass ich überhaupt überlebt habe, ist ein kleines Wunder. Am Anfang habe ich noch versucht, Kontakt mit dem Rest der Welt aufzunehmen. Ich habe die Kommunikationssatelliten angefunkt, die wir all die Jahre genutzt hatten, aber niemand hat geantwortet. Und irgendwann wurde mir klar, dass ich möglicherweise der einzige Überlebende war. Sie können sich nicht vorstellen, wie erleichtert ich bin, mich getäuscht zu haben.«

»Mister Riker, das ist ...«, begann Heather erneut.

Eine Stimme von der offenen Tür her unterbrach sie: »... die Wahrheit. Wenigstens, was diese Anlage hier betrifft.«

McManus sah über die Schulter und erblickte Clifford Fyfield, der soeben den Raum betrat. Er wirkte auf sonderbare Art zufrieden. Mit etwas Verzögerung folgte auch Brianna von nebenan. Im Gehen faltete sie einen Computerausdruck auf altmodischem Endlospapier zusammen und schob ihn in ihre Gesäßtasche.

»Die Wahrheit? Was soll das heißen?«, fragte McManus.

»*Area 49*«, antwortete Brianna an Fyfields Stelle.

»Area *was?*«

»Diese Anlage«, sagte nun wieder Fyfield. »Ich konnte diverse alte Dateien auf dem Computer entschlüsseln. Commander Riker sagt die Wahrheit. Dies hier ist die mysteriöse *Area 49*.«

McManus hob die Brauen. »Was soll das sein?«

»Eine geheime militärische Forschungsstation. So etwas wie eine inoffizielle Vorstufe zu *Area 51*. Nur, dass es hier nicht um die Erforschung von Ufos ging.« Fyfield steuerte einen leeren Stuhl am Tisch an und setzte sich. Brianna nahm auf der anderen Seite Platz, ohne ihn eine Sekunde aus den Augen zu lassen.

»Sie haben nie davon gehört?«

McManus schüttelte wahrheitsgemäß den Kopf und fragte sich, ob Fyfield ihn auf den Arm nahm.

»Sie haben Dateien aus dem Computer entschlüsselt?«, murmelte Riker. Er klang ein bisschen fassungslos.

»Es war nicht schwer«, erwiderte Fyfield. »Jede Playstation hat mehr Rechenpower als dieser Schrott hier. Von mehrstufiger dynamischer Verschlüsselung hat man vor vierzig Jahren auch noch nicht viel verstanden.«

Riker wollte auffahren, doch Brianna kam ihm zuvor: »Es gab Gerüchte. In den späten Achtzigern und frühen Neunzigern wurde immer wieder spekuliert, das amerikanische Militär könnte während des Kalten Krieges in abgelegenen Gegenden Geheimanlagen wie diese betrieben haben, um neue, hochkomplexe Waffensysteme zu entwickeln, zu erproben und so die Machtverhältnisse zugunsten der USA zu beeinflussen. Als man Jahre nach dem Ende des Aufrüstungswettstreits noch immer keine Beweise für die Existenz einer solchen Station gefunden hatte, nahm man allgemein an, dass wahrscheinlich doch keine existiert hätten.«

»Unsinn«, begehrte Riker auf. »Niemand wusste von uns!«

Fyfield ignorierte ihn. »Auch wenn das meiste hier nach heutigen Maßstäben nur noch Schrottwert besitzt, waren sie für die damalige Zeit doch extrem weit. Wäre der Kalte Krieg tatsächlich heiß geworden, hätten die Genossen auf der anderen Seite möglicherweise die eine oder andere böse Überraschung erlebt.«

»Aber weshalb wurde die Basis geschlossen?«, wollte Heather wissen. »Klar, das Wettrüsten war irgendwann vorbei, die weltpolitische Lage entspannte sich. Aber wenn hier einst irgendwelche technischen Innovationen entwickelt wurden, weshalb wollte man sie dann hier einmotten und wegschließen, statt sie weiter auszuwerten?«

»Vielleicht war man ja ein bisschen zu erfolgreich gewesen, wer weiß?« Fyfield hob theatralisch die Brauen. »Es scheint damals ein paar Leute gegeben zu haben, denen nicht wohl bei dem Gedanken war, dass man vielleicht die Büchse der Pandora geöffnet hatte ...«

Riker fuhr so heftig zusammen, dass seine Tasse klapperte. »Woher kennen Sie dieses Wort?«, entfuhr es ihm.

»Projekt Pandora?« Fyfield grinste. »Ich habe Ihnen doch gesagt, dass ich Ihren Computer gehackt habe.«

»Unmöglich!«, behauptete Riker. »Die Verschlüsselung ...«

»... war ein Witz«, fiel ihm Fyfield ins Wort. »Ich muss sagen, Sie haben wirklich penibel Buch geführt, sowohl während der Jahre Ihrer Forschungen für die Regierung als auch hinterher. Sogar über Ihre kleine ... Vereinbarung mit den Ureinwohnern.«

»Was für eine Vereinbarung?«, fragte McManus.

Riker antwortete nicht. Er starrte Fyfield an. Seine künstliche Hand öffnete und schloss sich unentwegt.

»Ja, ich dachte mir schon, dass Sie sich dazu nicht äußern wollen«, sagte Fyfield. »Mir wäre es auch unangenehm.«

»Was?«, fragte Heather.

Fyfield stieß mit dem Zeigefinger wie mit einer Waffe nach Riker. »Sind Ihnen all die toten Insulaner peinlich, Commander?«

»Ich musste mich verteidigen«, sagte Riker. »Sie hätten alles zerstört!«

»Primitive Wilde mit Pfeil und Bogen?«, fragte Fyfield. »Gegen die geballte Technik dieser Festung? Nehmen Sie es mir nicht übel, aber es fällt mir schwer, das zu glauben.«

»Vor ein paar Jahren ist eine ganze Horde von ihnen hier eingedrungen«, sagte Riker trotzig. »Ich konnte sie nur mit Mühe und Not abwehren, aber sie haben gewaltigen Schaden angerichtet.«

»Vielleicht hat es ihnen ja nicht gefallen, als Sklaven gehalten zu werden«, orakelte Fyfield. »Und als Versuchskaninchen.«

»Wie meinen Sie das?«, fragte Heather alarmiert.

Fyfield deutete auf Rikers künstliche Hand. »Wie viele Versuche am lebenden Objekt haben Sie gebraucht, bis dieses Ding so gut funktioniert hat?«

»Ich weiß nicht, was …«, begann Riker, doch Fyfield fiel ihm schneidend ins Wort:

»Versuchen Sie nicht, es zu leugnen! Sie selbst haben Buch über alles geführt, was hier geschehen ist. Über jede Begegnung mit den Ureinwohnern, jeden Zusammenstoß und jede … *disziplinarische Maßnahme*, die nötig war, um ihnen Respekt vor dem ›Berg der Götter‹ einzuimpfen.« Er legte eine Kunstpause ein, um sich der nötigen Aufmerksamkeit für seine folgenden Worte zu versichern. »Wie es aussieht, hat unser guter Commander mehr als einmal gegen die oberste Direktive verstoßen, um im militärischen Duktus zu bleiben.«

»Was wollen Sie damit sagen?«, fragte McManus unbehaglich. Er starrte Riker an, der seinem Blick zwar standhielt, zugleich aber immer mehr in sich zusammenzusinken schien.

»Der gute Commander hat sich hier als Gott aufgespielt. Vielleicht auch als das Gegenteil, darüber kann man streiten.« Fyfield machte eine Kopfbewegung zur offenen Tür hinter sich. »Das rollende Spielzeug, das Sie gerade so fachmännisch zerlegt haben, war nicht das einzige.«

»Es gibt noch mehr Roboter?«, fragte Heather beunruhigt.

»Oh, eine ganze Menge sogar«, antwortete Fyfield. »Und sie sind nicht alle so drollig wie der verblichene R2D2, fürchte ich.«

Rikers Miene gefror. Seine Roboterhand kam klappernd zum Stillstand.

»Was soll das heißen?«, fragte McManus. »Verdammt, Fyfield, reden Sie gefälligst Klartext!«

»Wie Sie wünschen.« Fyfield zuckte mit den Schultern. »Unser Freund hat sich im Laufe der Jahre eine ganze Armee kybernetischer Helferlein gebastelt, mit denen er die einheimische Bevölkerung auf Kurs gehalten hat. Sie haben ihn mit Lebensmitteln und Baustoffen und allem anderen versorgt, was er brauchte.« Er machte eine dramatische Pause. »Und natürlich mit Versuchsmaterial für seine kleinen Experimente. Wenn Sie verstehen?«

»Nicht ganz«, sagte McManus, obwohl er bereits ahnte, worauf Fyfield hinauswollte. Aber der Gedanke war einfach zu monströs.

»Das haben Sie nicht getan«, flüsterte Heather. »So ein freundlicher alter Mann wie Sie!«

»Manchmal täuscht der erste Eindruck«, sagte Fyfield lächelnd.

»Wie wahr«, gab Heather giftig zurück. Sie wollte noch mehr sagen, aber Fyfield brachte sie mit einer Geste zum Schweigen.

»Aber deswegen bin ich nicht hier«, wandte er sich in verändertem Ton wieder an Riker. »Erzählen Sie mir von Projekt Pandora, Riker. Sie waren erfolgreich, bevor die Station dichtgemacht wurde?«

»Ich … Ich weiß nicht, wovon Sie reden«, behauptete der alte Mann. Er war kein guter Lügner. Seine Roboterhand schloss sich so fest um die Tischkante, dass das altersschwache Holz protestierend knirschte.

»Oh, ich denke doch.« Fyfields Lächeln wurde zu etwas anderem, Lauerndem. »Und ich bin sicher, dass Sie es mir verraten werden.«

»Projekt Pandora?«, fragte Heather. »Was soll das sein?«

Riker hob halbherzig die Schultern, doch nun mischte sich Brianna ein. »Eines der Gerüchte, die es damals im Zusammenhang mit *Area 49* gab. Angeblich standen die Wissenschaftler des US-Militärs Mitte der Achtziger kurz davor, die ultimative Weltuntergangswaffe zu entwickeln.« Sie legte den Kopf auf die Seite und sah Riker an. »Sie waren nicht nur kurz davor, habe ich recht? Man hatte es geschafft. *Sie* hatten es geschafft. Projekt Pandora war fertig.«

»Aber dann ist ihnen der Vulkan dazwischengekommen«, fügte Fyfield hinzu. »Vermutlich sahen Rikers Vorgesetzte anhand seismischer Aktivitäten den Ausbruch voraus und ließen deswegen die Station räumen. Möglicherweise wollte man später wiederkommen, sollte die Anlage noch brauchbar sein. Wer weiß?«

»Aber die Bombe ...«, stammelte Riker. »Der Krieg ... Niemand meldete sich mehr über die Satelliten. Ich musste annehmen ...«

»*Natürlich* meldete sich niemand«, bellte Fyfield. »Es waren geheime Nachrichtensatelliten, die lediglich der abhörsicheren Kommunikation mit dieser Insel dienten. Da man davon ausging, hier sei alles zerstört und niemand mehr am Leben, schaltete man sie ab. Heute dürften sie nur noch Weltraumschrott sein.«

Riker sah ihn mit aufgerissenen Augen an, unfähig, ein Wort hervorzubringen.

»Projekt Pandora«, wiederholte Fyfield in forderndem Ton. »Worum genau handelte es sich? Die Hinweise, auf die ich während meiner aktiven Militärzeit stieß, sprachen von einer Biowaffe. Stimmt das? Haben Sie hier über Jahre hinweg einen

Kampfstoff zur biologischen Kriegführung entwickelt? Ein Virus, das infektiöser und gefährlicher war als alles, was dieser Planet je zuvor gesehen hatte?« Mit unverhohlener Gier fixierte er den alten Mann.

»Das ... wäre monströs«, sagte Heather. »Sagen Sie, dass das nicht wahr ist!«

Der alte Mann antwortete nicht. Sein Blick irrte unstet durch den Raum, doch Fyfield schüttelte ruhig den Kopf. »Denken Sie nicht mal dran, Alterchen. Pandora! Die Fakten, wenn ich bitten darf.«

Riker stieß ein Schnauben aus.

»Die würden Ihnen nichts nutzen, Fyfield«, mischte sich Brianna ein. »Es gab einen Grund, weshalb sie die Forschung damals eingestellt haben, wissen Sie?«

Fyfield nickte und sah sie aufmerksam an. »Für eine Köchin kennen Sie sich ziemlich gut in der Materie aus, finde ich.«

»Ich bin keine Köchin.«

McManus und Heather sahen nun irritiert von einem zum anderen.

Fyfield machte ein verächtliches Geräusch und sagte: »Stellen Sie sich vor: Das ist mir schon bei der ersten Mahlzeit klar geworden, die Sie zusammengebrutzelt haben. Sie heißen auch nicht Brianna Colfer, habe ich recht? Wer oder was sind Sie wirklich? Arbeiten Sie für die Klatschpresse?«

»Nicht ganz«, antwortete Brianna, beugte sich mit einem leisen Ächzen zur Seite und fummelte kurz an ihrem rechten Hosenbein herum. Als sie sich wieder aufrichtete, hielt sie eine kleine Pistole in der Hand, die sie offensichtlich in einem Knöchelholster getragen hatte, und zielte damit auf Fyfield.

McManus verstand nun gar nichts mehr, und auch Heather konnte nur noch mit offenem Mund starren.

»Mein Name ist tatsächlich Brianna Colfer«, sagte sie. »Special Agent Brianna Colfer, um genau zu sein. Ich arbeite für die CIA. Und Sie sind hiermit verhaftet, Mister Fyfield.«

»Und aus welchem Grund, wenn ich fragen darf?«, fragte Fyfield fast fröhlich. Die Pistole, die auf sein Gesicht zielte, schien ihn nicht im Mindesten zu beeindrucken. »Wie lautet die Anklage?«

»Fangen wir mit dem Harmlosen an?«, schlug Brianna vor. »Wie wäre es mit Bilanzfälschung, Betrug und Steuerhinterziehung?«

»Wie bitte?«, ächzte McManus neben ihr.

Brianna schenkte ihm ein knappes Nicken, ohne die Waffe von Fyfields Gesicht abzuwenden. »Ich zerstöre Ihre Illusion nur ungern, George, aber Mister Fyfield ist weder Programmierer noch Unternehmer, noch Inhaber eines aufstrebenden Start-ups. Die Berichte, Projektdaten und Bilanzen, die er Ihnen vorgelegt hat, waren von A bis Z gefälscht.«

»Unmöglich!«, entfuhr es McManus, obwohl er nicht wirklich überrascht war.

»Leider nein«, antwortete Brianna. »Der Wirtschaftsprüfer, den Sie auf ihn angesetzt haben, arbeitet in Wirklichkeit für ihn.«

»Aber wer ist er dann?«, wollte Heather wissen.

»In einem früheren Leben war Major General Clifford Gregory Sherman, wie sein korrekter Name lautet, ein hohes Tier bei der Armee der Vereinigten Staaten«, antwortete Brianna. »Bis er anfing, Waffen und Dienstgeheimnisse außer Landes zu schaffen und an den Höchstbietenden zu verschachern. Nach seiner unehrenhaften Entlassung mauserte er sich innerhalb weniger Jahre zu einem der international meistgesuchten Waffenhändler und -schmuggler.«

»Zu einem der besten«, bestätigte der Mann, der sich Fyfield nannte.

»Wie bitte?« McManus riss die Augen auf.

»Wir waren bei Anklagepunkten, die gegen Sie erhoben werden«, erinnerte ihn Brianna. »Machen wir doch weiter. Wie wäre es mit mehrfachem versuchtem Mord?«

»Ach?«, erkundigte sich Fyfield. »Wen habe ich denn umzubringen versucht?«

»Uns alle.« Briannas Lächeln erlosch wie abgeschaltet. »Mich, Mister McManus und seine Frau sowie alle anderen Gäste an Bord der ULTHAR.« Sie sah kurz in Heathers Richtung, dann wieder zu Fyfield. »Zumindest haben Sie unser aller Leben leichtfertig aufs Spiel gesetzt. Wir sind nicht zufällig hier gestrandet. Der Sturm war ein Zufall, den konnten Sie schlecht einplanen. Ganz anders die Störung des Navigationscomputers, den Sie mit einer technischen Spielerei außer Betrieb gesetzt haben. Wir *sollten* stranden – und zwar exakt hier, auf dieser Insel.«

»Und dabei draufgehen?«, fragte McManus zweifelnd.

»Von den Riffen hat er wahrscheinlich nichts gewusst«, räumte Brianna ein. »Diese Insel ist als Folge ihrer militärischen Vergangenheit auf keiner Seekarte verzeichnet. Ich nehme an, wir sollten ursprünglich nur auf dem Strand auflaufen und für eine Weile hier festsitzen – so lange, bis Fyfield sich hier umgesehen und im Idealfall gefunden hätte, worauf er aus war. Oder?«

»Das war der Plan.« Fyfield maß erst Heather, dann auch deren Mann mit kaltem Blick. »Niemand hätte dabei zu Schaden kommen müssen.« Seinem Tonfall war klar zu entnehmen, dass es ihn aber auch nicht gestört hätte, wenn er den Schiffbruch als Einziger überlebt hätte.

»Auf diese Weise hofften Sie, auf die Insel zu gelangen, ohne für Aufsehen zu sorgen«, fuhr Brianna fort. »Jede gecharterte Jacht, die groß genug gewesen wäre, dieses abgelegene Eiland anzulaufen, wäre zwangsläufig in irgendwelchen nautischen Unterlagen verzeichnet worden und darüber hinaus auf dem Weg hierher auf dem Radar anderer Schiffe aufgetaucht. Um das ehemalige militärische Sperrgebiet *unbemerkt* anzusteuern, brauchten Sie eine unauffällige Tarnung ...«

Fyfield schwieg. Aber sein Schweigen sagte mehr als tausend Worte.

»Und der Grund?« Brianna musterte ihn kühl. »Sie hatten von Projekt Pandora gehört und wollten der Sache auf den Grund gehen.«

»Sie haben unser aller Leben aufs Spiel gesetzt wegen eines *Gerüchts?*«, fragte Heather fassungslos.

»Machen Sie nicht so ein entrüstetes Gesicht«, erwiderte Fyfield barsch. »Menschen riskieren Tag für Tag ihr Leben für nichts und wieder nichts. Sie rasen mit zweihundert Stundenkilometern über die Autobahn oder rauchen sich gemächlich zu Tode – alles ohne den geringsten Anreiz, etwas als Gegenleistung für das tödliche Risiko zu bekommen, das sie eingehen. *Ich* dagegen habe ein Ziel, das jede noch so große Mühe, jede Gefahr legitimiert. Denn was ich während meiner aktiven Militärzeit über Projekt Pandora herausfand, war weit mehr als ein Gerücht.«

»Das bedeutet, wir können wohl auch Hochverrat und Spionage zu Ihrem Strafregister addieren«, stieß Brianna mit hörbarem Ekel hervor. »Ganz zu schweigen davon, was Sie mit Ihrem potenziellen Fund anzustellen vorgehabt hätten.« Sie schüttelte den Kopf. »Ich denke, für Ihre Verhaftung ist mir eine Beförderung sicher.«

Fyfield lachte. »Jetzt überschätzen Sie sich, mein liebes Kind.«

»Ich bin nicht Ihr Kind, Mister Fyfield«, sagte Brianna. »Und lieb schon gar nicht, verlassen Sie sich drauf.«

Fyfield sah sie eine Sekunde lang abschätzend an, beugte sich zur Seite und richtete sich langsam wieder auf. In seiner Hand lag plötzlich ein großkalibriger Revolver, mit dem er auf Brianna zielte. »Das nennt man wohl ein klassisches Patt. Aber meiner ist größer!«

Und damit schoss er Brianna zweimal hintereinander ins Gesicht.

- *Möchtest du in der Militärstation bleiben und erfahren, was hier weiter geschieht, lies als Nächstes KAPITEL 18.*

- *Ziehst du es vor, dich über den Fortschritt Nolfis, Pratts, Katies und deren neuer Freunde zu informieren, lies weiter bei KAPITEL 13. Kennst du dieses Kapitel schon, lies KAPITEL 15. Kennst du auch dieses bereits, lies KAPITEL 17. (Hast du diese Kapitel alle schon gelesen, wähle die obige Option.)*

17

Nach zwei Schritten blieb Nolfi stehen, damit sich seine Augen an die Dunkelheit gewöhnen konnten. Vor ihm lag ein niedriger, von schwachem rotem Licht erfüllter Raum, der kaum genug Platz für sie alle bot und vollkommen leer war. Am anderen Ende gab es eine zweite, ebenso massive Tür, die sich aber nicht rührte, weder als Nolfi die Hand dagegen presste, noch als sie alle gemeinsam und mit wachsender Frustration an der Klinke rüttelten. Über der Tür brannte ein winziges, rotes Licht.

»Was für ein famoses Versteck«, nörgelte Katie. »Und jetzt? Warten wir hier, bis Glatzkopf und seine Krieger unsere Spur aufnehmen und uns die Köpfe abschneiden?«

Pratt betrachtete das rote Licht über der Tür nachdenklich und drehte sich dann halb zu Katie um. »Mach die äußere Tür zu«, bat er.

Sie sah ihn zweifelnd an, trat aber gehorsam an das massive Schott und legte die Hand auf das kalte Metall, um es wieder ins Schloss zu drücken. Dabei fiel ihr Blick auf Adam und Soji, die nach wie vor außerhalb der Öffnung standen und mit schreckgeweiteten Augen zu ihr hereinstarrten. »Ich dachte mir schon, dass sich unsere Wege hier trennen«, sagte Katie. »Das ist okay. Wir wollen euch nicht zwingen, mit uns ...«

»Soji fürchtet sich«, sagte das Mädchen, das sie früher Eva genannt hatten. Patrick Stewards Stimme übersetzte gedämpft aus dem Hintergrund.

»Aber du darfst nicht allein gehen, Kathari. Die Götter im Berg sind nicht wie du. Sie sind *böse*. Wir werden an deiner Seite bleiben, egal was geschieht!« Und damit trat Soji an Katie vorbei durch die Öffnung. Nach kurzem Zögern folgte auch ihr Gefährte.

»Das ist nett von euch ... denke ich«, murmelte Katie. Dann besann sie sich ihrer Aufgabe und schob die schwere Tür ins Schloss.

Kaum hatte sie es getan, erscholl ein schweres Klacken, und das Licht über der anderen Tür wechselte von Rot zu Grün. Nur einen Moment später sprang sie einen schmalen Spaltbreit auf.

»Das dachte ich mir«, sagte Pratt zufrieden.

»Was? Dass wir jetzt endgültig in der Falle sitzen?«, fragte die Influencerin.

»Es ist eine Schleuse. Die innere Tür geht erst auf, wenn die äußere geschlossen ist.« Der Schauspieler versuchte, die zweite Tür aufzudrücken, machte ein überraschtes Gesicht, als es ihm nicht gelang, und stemmte sich schließlich mit der Schulter und demselben Ergebnis dagegen. »Helft mir mal.«

Nolfi ertappte sich zwar bei der Frage, um wie viel schneller die Luft in dem winzigen Raum wohl verbraucht wäre, wenn sie sich anstrengten, trat aber gehorsam neben Pratt und drückte ebenfalls. Erst zu dritt gelang es ihnen zentimeterweise, die Tür aufzustemmen. Schließlich passten sie nacheinander durch den Spalt.

Der Raum auf der anderen Seite schien erheblich größer und war vom gleichen, blassroten Licht erfüllt. Der Autor wollte sich umdrehen, um die innere Schleusentür hinter ihnen zu schließen, doch Pratt hielt ihn mit einer raschen Bewegung zurück. »Besser nicht. Wenn wir Glück haben, lässt sich die äußere Tür nicht öffnen, solange die innere offen steht.«

»Glauben Sie etwa, die Stammesangehörigen von Adam und Soji können das Tastenfeld draußen bedienen?«, wollte Nolfi stirnrunzelnd wissen. »*Und* den richtigen Code eingeben?«

»Wollen Sie es darauf ankommen lassen, Fabrizio?«

Das wollte Nolfi nicht. Im Stillen ärgerte er sich darüber, dass ihm die Idee nicht selbst gekommen war. Schließlich beschäftigte er sich in seinen Geschichten andauernd mit so etwas.

Der neue Raum war groß – riesig, verglichen mit der engen Schleusenkammer. Überall lag Staub, und von der Decke hingen Spinnweben, die vor allem Katie misstrauisch beäugte, ebenso wie Soji, auch wenn diese möglicherweise nur auf der Suche nach einem weiteren Snack war.

Auf der rechten Seite der Halle führten drei identisch aussehende Korridore in unterschiedliche Richtungen davon. Am rückwärtigen Ende gab es eine große, zweiflügelige Metalltür. Sie war nur angelehnt.

»Sieht so aus, als hätten Sie tatsächlich recht gehabt mit Ihrer Geheimstation, Fabrizio«, sagte Pratt beeindruckt. »Diese Anlage muss einst militärischen Zwecken gedient haben, glauben Sie nicht auch?«

»Und sie ist so geheim, dass sie sich hier nicht einmal eine Putzfrau leisten können?« Katie rümpfte die Nase, was Nolfi gut verstehen konnte. In der Luft lag nicht nur der Geruch nach Alter und Staub, sondern auch ein Hauch von Verwesung. Er hätte erwartet, dass ihre Schritte Staub aufwirbeln würden, aber unter ihren Schuhsohlen knirschte und knisterte es lediglich. Der Staub lag schon so lange hier, dass er zu einer festen Schicht zusammengebacken war. »Hier ist seit Ewigkeiten niemand mehr gewesen«, fasste er seine Eindrücke in Worte.

Pratt nickte und wandte sich mit einem fragenden Blick an das Inselmädchen namens Soji. »Was ist das hier? Wer lebt hier?«

»Dämonen. Man sagt, sie bewachen den Zugang zum Reich der Götter. Aber ich weiß nichts Genaues, ich war noch nie hier. Niemand war das.«

»Weil ihr nie durch die Schleuse gekommen seid. Ich verstehe. Aber woher wisst ihr dann, dass es hier drinnen Dämonen gibt?« Als Pratt keine Antwort bekam, marschierte er zu der großen Doppeltür und drückte einen der beiden Flügel so weit auf, dass sie alle einen Blick hindurchwerfen konnten.

Auf der anderen Seite lag ein mit rostigen Metallplatten verkleideter Korridor, so breit wie die Tür selbst. Ein paar Meter weiter lehnte eine gut anderthalb Meter große, eckige Gestalt an der Wand, die verdächtige Ähnlichkeit mit dem Roboter aus dem Film *Nummer Fünf lebt!* hatte. Die beiden Kameralinsen auf dem verbeulten ET-Schädel schienen sie misstrauisch anzustarren, auch wenn die Maschine selbst ebenso staubverkrustet und leblos wirkte wie alles hier.

»Das sind eure Dämonen?«, fragte Katie ungläubig.

Soji zeigte keine Reaktion, aber ihr Blick ließ den seltsamen Roboter nicht los. Nolfi fiel auf, wie starr und verkrampft sie plötzlich dastand. Dasselbe galt für ihren Begleiter. Die beiden hatten Angst, gewaltige Angst. Er fragte sich, ob vielleicht zu Recht.

Pratt machte ein paar Schritte vorwärts, ließ sich vor der bizarren Maschinengestalt in die Hocke sinken und streckte vorsichtig die Hand aus. Der Autor hielt die Luft an, aber nichts geschah, als er die leblose Maschine berührte.

»Tot.« Der Schauspieler klang enttäuscht. »Wahrscheinlich ist dem Ding schon lange der Saft ausgegangen. Genau wie allem hier.«

»Aber das Licht brennt noch«, wandte Nolfi ein.

Während Pratt aufstand, sah er sich aufmerksam um. »Die Notbeleuchtung läuft nur noch auf Sparflamme. Wenn es hier einmal Menschen gegeben hat, sind sie schon lange fort.«

Als wollte er ihm widersprechen, begann der kleine Roboter zu zittern, kaum dass er einen weiteren Schritt in den Korridor gesetzt hatte.

»Berechtigung«, knarzte er. »Bitte Berechtigungscode eingeben.«

»Ganz so tot ist er offensichtlich doch nicht«, stellte Katie fest.

Pratt nickte zustimmend, zuckte mit den Schultern und machte unbeeindruckt einen weiteren Schritt vorwärts.

»Bitte Berechtigungscode Alpha eingeben«, knarzte Nummer Fünf. Eine seiner beiden dreifingrigen Metallklauen fuhr ein paarmal klickend und knirschend auf und zu. Staub und Rost rieselten zu Boden, dann setzte sich die ganze Maschine ratternd auf ihren Laufketten in Bewegung.

Sie verstellte dem Schauspieler den Weg.

»Mach dich nicht lächerlich, Knirps«, sagte Pratt, versuchte, die Maschine zur Seite zu schieben – und riss seine Hand dann blitzschnell zurück. Die metallene Klaue war mit einem Geräusch zugeschnappt, das an eine ausgelöste Bärenfalle erinnerte. Sie hätte sich um sein Handgelenk geschlossen und es möglicherweise glatt durchtrennt, hätte er nicht so schnell reagiert.

Der andere Roboterarm schoss vor und versuchte, nach seinem Gesicht zu grapschen.

Der Schauspieler wich geschickt aus, umrundete die Maschine und packte sie von hinten an den Schultern, sodass die emsig klickenden und schnappenden Metallfinger ihn nicht länger erreichen konnten. Dann hob er den Roboter kurzerhand in die Höhe. Ein zorniges elektronisches Piepsen und Pfeifen erklang, während sich die Ketten schneller und schneller drehten.

Pratt trug die randalierende Maschine zur Wand des breiten Korridors und legte sie dort so auf die Seite, dass die Ketten den Boden nicht mehr berührten und die immer hektischer fuhrwerkenden Arme und Klauen nur leere Luft zu fassen bekamen.

»Und *davor* habt ihr Angst?«, wandte er sich an Soji und ihren Begleiter. Ohne eine Antwort abzuwarten, trat er an dem Roboter vorbei und machte einen Schritt in den Korridor hinein.

Im selben Moment sprang ihn Adam ohne Vorwarnung an und riss ihn mit sich von den Füßen, sodass sie aneinandergeklammert über den Boden rollten.

Dort, wo Pratt noch einen Sekundenbruchteil zuvor gestanden hatte, stach ein dünner Faden aus gleißendem Licht durch die Luft und sengte ein fingernagelgroßes, rauchendes Loch in die Wand.

Er war von dem Roboter gekommen.

»Bitte Berechtigungscode Alpha eingeben«, quäkte die Maschine.

Aus Nolfis Erschrecken wurde blankes Entsetzen, als er zusah, wie sich die Maschine mit einer eigentlich unmöglichen Bewegung selbst auf die Seite kippte und dann weit genug hochstemmte, damit ihre rotierenden Ketten wieder Kontakt mit dem Boden bekamen. Ein weiterer dünner Faden aus purem Licht zuckte in Richtung des Schauspielers, verfehlte ihn um Haaresbreite und hinterließ eine rauchende Brandspur auf dem Boden, als Pratt sich im letzten Moment herumwarf und nun seinerseits den Insulaner aus der Schussbahn zerrte, wenngleich nicht rasch genug. Adam keuchte gequält auf.

»Zurück!«, brüllte Pratt. *»Sofort!«*

Das musste er Nolfi nicht zweimal sagen. Noch bevor Nummer Fünf sein Sprüchlein ein weiteres Mal aufsagen konnte, war er herumgefahren, hatte Katie mit der einen und Soji mit der anderen Hand am Arm gepackt und zerrte sie hinter sich her zurück durch die Doppeltür. Hinter ihnen zischte und brutzelte es, und ein dünner Lichtblitz verfehlte nun Nolfi kaum um eine Handbreit. Dann waren sie durch die Tür.

Hinter ihnen stürmte Pratt hindurch, Adam im Schlepptau, der kaum noch die Kraft zu haben schien, sich auf den Beinen zu halten. Kaum war er bei ihnen, ließ er den Inselbewohner los, warf die beiden Türflügel hinter sich ins Schloss und stemmte sich mit der Schulter dagegen.

Nicht für lange. Plötzlich schrie er auf, stolperte von der Tür fort und presste mit schmerzverzerrten Lippen die Hand gegen die Schulter. Wo er sie gerade noch berührt hatte, begann die Tür zu glühen. Der Lack schlug Blasen und verschmorte, gleichzeitig erbebte die Tür, als hätte jemand mit einem Vorschlaghammer gegen die andere Seite geschlagen.

Dann, ganz plötzlich, hörte es auf. Das Glühen verlosch, und eine Sekunde später auch die kleinen Flämmchen, mit denen der Lack verbrannte.

Sekundenlang warteten alle mit klopfenden Herzen darauf, dass die Tür erneut zu glühen begann oder gleich komplett schmolz, doch wie es aussah, betrachtete der Roboter seine Aufgabe wohl für erledigt. Solange sie nicht wieder versuchen würden, den Korridor zu passieren, würde er auch keinen Berechtigungscode mehr fordern, den keiner von ihnen kannte.

Hoffentlich.

»Ja, Schatz«, beantwortete Katie die letzte Frage Pratts. »Davor *haben* sie Angst.«

Ihr Freund schenkte ihr einen galligen Blick, rieb sich die schmerzende Schulter und ging dann neben Adam auf die Knie, der auf der Seite lag, die Lippen zusammengepresst, und am ganzen Leib zitterte. Als er nach dessen Arm greifen wollte, schüttelte der Inselbewohner nur den Kopf.

»Das ist nichts«, behauptete er. Das Picard-Modul brachte es sogar fertig, den gequälten Ausdruck in seiner Stimme mit zu übersetzen.

»Red keinen Unsinn, Junge«, polterte Pratt. »Das ist eine üble Verbrennung.« Ohne auf den schwächlichen Widerstand des Ureinwohners zu achten, ergriff er den Arm und untersuchte die Wunde. Was er sah, war nicht gut. Der Blitz mochte kaum dicker als ein Bindfaden gewesen sein, aber er hatte eine zwei Finger breite, tiefe Furche in Adams Bizeps gebrannt, die höllisch schmerzen musste. Trotzdem gab der junge Mann keinen Schmerzenslaut von sich, auch nicht, als Pratt einen Streifen aus einem Hemdsärmel riss, um ihn zu einem improvisierten Verband umzufunktionieren und um seinen Oberarm zu wickeln.

»Was war das?«, flüsterte Katie erschüttert.

»Ich würde sagen, ein Laser«, antwortete Nolfi gleichermaßen erschrocken. Er hatte tausendmal über solche Dinge geschrieben und noch öfter über sie nachgedacht. Aber selbst von einer Laserwaffe attackiert zu werden, war dann doch etwas vollkommen anderes.

»Ich dachte immer, Kampfroboter mit Lasern gäbe es nur in Ihren Romanen«, stammelte die Influencerin.

»Das dachte ich auch«, murmelte Nolfi. Sein Herz klopfte.

»Was machen wir jetzt?«, fragte Katie.

Für Pratt schien das klar zu sein. Er hob den Arm und deutete auf die drei Korridormündungen in der rechten Wand der Halle. »Wir nehmen einen von diesen Gängen. Ich sehe dort keine Roboter, die sie bewachen.«

Der Autor machte ein paar vorsichtige Schritte auf die Öffnungen zu. »Das nicht«, bemerkte er skeptisch. »Aber diese Dinger dort an der Decke machen mir Sorgen.« Er wies nach oben.

An der Decke jedes der drei Korridore waren schwenkbare Rohre angebracht, die selbst auf einen nicht militärisch vorgebildeten Betrachter den Eindruck von Gewehrmündungen machen mussten.

Der Schauspieler stieß einen nicht jugendfreien Fluch aus. »Wieder Lasergeschütze?«

Nolfi zuckte mit den Schultern. »Schwer zu sagen. Aber auch wenn sie etwas anderes ausstoßen sollten – Giftgas zum Beispiel –, würde ich es lieber vermeiden, sie auszulösen.«

»Eine weitere Sicherheitsvorkehrung.« Pratt kraulte sich das Kinn. »Ich sehe hier weit und breit kein Terminal, um irgendetwas zu deaktivieren.«

»Vielleicht ist einer der Gänge sicher, und nur die anderen beiden werden mit Geschützen bewacht?«, schlug Katie vor.

Neben ihr nickte Soji unvermittelt. »In den alten Überlieferungen unseres Volkes, die sich mit den Göttern befassen, spielt die Zahl Drei eine wichtige Rolle. Oft ist von drei Wahlmöglichkeiten die Rede, von denen zwei den sicheren Tod bringen, während die dritte ...«

Nolfi schlug sich klatschend die Handfläche vor die Stirn. »Genau *so* hätte ich es in einem Roman auch gemacht: Einer der drei Flure ist sicher, die anderen beiden tödlich.«

Während Pratt ihn noch ungläubig anstarrte, rieb sich Katie tatendurstig die Hände. »Na dann? Das wird ja wohl herauszukriegen sein.«

Sieh dir die Illustration mit den Korridoren auf der vorigen Doppelseite genau an. Wenn du weißt, welcher der drei gefahrlos betreten werden kann, lies weiter auf der Seite mit der entsprechenden Seitenzahl. Beginnt der Text dort NICHT mit »Für etliche bange Sekunden ...«, war deine Lösung falsch. Verfahre weiter, als hättest du das Rätsel nicht gelöst (s. u.).

Kannst du dieses Rätsel nicht lösen, lies weiter auf Seite 260!

Schlag den hinteren Bucheinband auf und markiere einen beliebigen Totenschädel mit einem Kreuz!

Etliche Minuten lang untersuchten sie die Mündungen der drei Korridore. Doch selbst bei genauester Betrachtung ließen sich keinerlei Unterschiede ausmachen. Sowohl Wand- und Deckenverkleidungen wirkten identisch, ebenso das schummrig rote Licht, durch welches sich alle drei Gänge bereits nach wenigen Metern in einem indifferenten Zwielicht verloren.

»Wollen Sie uns nicht verraten, wie Sie diese Szene in einem Ihrer Romane aufgelöst hätten, Fabrizio?«, erkundigte sich Pratt mit hörbarem Zähneknirschen.

Nolfi, der beinahe damit gerechnet hatte, dass so ein Spruch kommen würde, schüttelte den Kopf. »Sie stellen sich das zu einfach vor. Natürlich wäre der Ausgang einer solchen Szene davon abhängig, wie ich zuvor den Rest der Geschichte angelegt hätte: Wer hat die Anlage erbaut und aus welchen Gründen? Über welche Informationen verfügen die Protagonisten, die ihnen jetzt vielleicht weiterhelfen können? Gab es in einem früheren Kapitel möglicherweise eine Andeutung darauf, welches von drei Elementen …«

»Schaut mal«, ertönte da Katies Stimme. »Ich glaube, ich hab was entdeckt!«

Pratt und Nolfi fuhren herum – und stellten verwundert fest, dass Katie auf allen vieren auf dem Boden kauerte, den Kopf Millimeter über dem schmutzigen Boden.

»Schatz?«, hob Pratt an. »Was, äh …?«

»Ich dachte, ich hätte auf dem Boden etwas liegen gesehen, und bückte mich, um es aufzuheben«, erklärte Katie. »Dabei fiel mir auf, dass sich diese Schmiererei dort«, sie deutete auf ein längliches, allem Anschein nach aus Öl oder alter Farbe bestehendes Muster auf dem Boden, »*veränderte,* während ich hinsah!«

»Veränderte?« Pratt runzelte die Stirn. »Bist du sicher, dass es dir gut geht?«

»Veränderte?«, wiederholte auch Nolfi. »Sie meinen eine Anamorphose?« Im Handumdrehen war er ebenfalls auf allen vieren. »Tatsächlich! Sie haben recht.«

Nun war der Ärger in Pratts Miene nicht mehr zu übersehen. »Könnte mir mal jemand verraten, wovon ihr da redet?«

»Es ist ein Hinweis«, keuchte der Autor aufgeregt. »Vielleicht eine Gedächtnisstütze einer Person, die hier einst arbeitete. Er oder sie hat die Nummer des sicheren Korridors auf dem Boden vermerkt – ausgeschrieben als Zahlwort, verzerrt als Anamorphose. Das bedeutet, das Wort ist nur aus einem ganz bestimmten Blickwinkel erkennbar.«

»Ihr wollt mich wohl veralbern«, knurrte Pratt. »Ich sehe da nur Dreck, keine Schrift.«

»Sie müssen in einem spitzen Winkel von ganz weit links darauf schauen«, belehrte ihn Nolfi. »Durch die perspektivische Verzerrung werden die Buchstaben gestaucht und lassen sich lesen. Es ist wie bei diesen Fahrbahnmarkierungen auf der Straße. Sie sind dazu gemacht, aus großer Entfernung und in spitzem Winkel lesbar zu sein. Steht man direkt drauf, sind sie nahezu unlesbar.«

Zögernd ging der Schauspieler auf die Knie und näherte sein Gesicht dem Boden an. Seine Augen weiteten sich. »Tatsächlich«, hauchte er. »Da steht MITTE!«

Lies weiter auf Seite 43!

18

An das, was in den nächsten Augenblicken geschah, erinnerte sich McManus später kaum noch – und wenn, konnte er nicht sicher sein, was davon wirkliche Erinnerung und was pure Panik gewesen war. Alles geschah gleichzeitig, oder in scheinbar unmöglich falscher Reihenfolge: Lärm, Schreie und mindestens ein weiterer Schuss, vielleicht mehr, Geräusche wie von einem Kampf und Poltern und eine Frauenstimme, die hoch und schrill und scheinbar ununterbrochen schrie, dazu ein dumpfer Schmerz, als wäre er geschlagen worden, obwohl er sich nicht einmal dessen vollkommen sicher war.

Als er nach einer gefühlten Ewigkeit, die wahrscheinlich nur Sekunden gedauert hatte, wieder in den normalen Ablauf der Zeit zurückfand, lag er vornübergesunken auf der Tischplatte. Sein Kopf tat weh, warmes Blut lief über sein Gesicht. Aus dem schrillen Geschrei war ein Wimmern geworden, das allmählich in ein Schluchzen überging.

»Bringen Sie sie endlich zum Schweigen, verdammt«, befahl Fyfield. »Das ist ja nicht auszuhalten!«

McManus benötigte ein paar Sekunden, um zu begreifen, dass die Worte ihm galten, und noch einmal ebenso lange, um die Benommenheit abzuschütteln und vorsichtig die Augen zu öffnen. Im allerersten Moment sah er nur rote Schlieren, dann hörte er Heathers Stimme, die irgendetwas murmelte, das er nicht verstand. Mühsam blinzelte er sich das Blut aus den Augen, stemmte sich an der Tischkante hoch – und hätte beinahe aufgeschrien, als er nach rechts sah und der Rest seiner Erinnerung schlagartig zurückkehrte.

Heather kniete am Boden, Briannas Kopf auf ihren Schoß gebettet. Das Gesicht der jungen Frau war eine einzige rote Maske. Die CIA-Agentin hatte inzwischen von selbst aufgehört zu wimmern und rang nur noch stoßweise nach Atem. Ihre Hände versuchten immer wieder, nach ihrem verheerten Gesicht zu greifen, und Heather hatte alle Mühe, sie davon abzuhalten. Auch ihre Hände waren so besudelt, dass sie aussahen, als steckten sie in roten Handschuhen, ihr Gesicht war eine einzige Maske des Entsetzens.

McManus ließ sich vom Stuhl und neben ihr auf die Knie sinken. Briannas Gesicht bot einen fürchterlichen Anblick, aber ihre Brust hob und senkte sich einigermaßen regelmäßig.

»Er hat sie umgebracht«, flüsterte Heather. »Er hat sie … einfach umgebracht!«

Das stimmte nicht ganz, erkannte McManus. Immerhin lebte Brianna noch. Aber wie lange sie durchhalten würde, und wie schwer sie wirklich verletzt war, ließ sich unmöglich sagen. Ein nicht kleiner Teil von ihm wollte gar nicht genauer hinsehen. McManus fühlte sich wie betäubt von diesem Ausbruch brutaler Gewalt, die so völlig anders war als alles, was er bisher in seinem von Zahlen, virtuellen Investitionen und wirtschaftlichem Erfolg bestimmten Leben gekannt hatte. Er verstand immer weniger, warum Fyfield das getan hatte, aber dafür umso deutlicher, dass er irgendetwas *tun* musste, damit Heather und ihn nicht dasselbe Schicksal ereilte.

»Machen Sie keine Dummheiten, George«, sagte Fyfield, als hätte er seine Gedanken gelesen. McManus starrte aus aufgerissenen Augen zu ihm hoch und begegnete einem schmutzigen Grinsen. »Den meisten Leuten, die den Helden spielen wollen, ist nicht klar, dass das kein Spiel ist und böse enden kann.«

Statt zu antworten, beugte sich McManus über Brianna und tastete nach ihrem Puls. Ihr Herz raste wie ein außer Kontrolle geratenes Hammerwerk, und ihr Atem ging rasselnd. Sie blutete heftig.

»Wir brauchen Verbandszeug«, wandte er sich an Riker. »Haben Sie welches?«

»Dafür ist keine Zeit«, schnaubte Fyfield.

Riker reagierte mit einem störrischen Schulterzucken. »Sie lassen ihn das Mädchen verarzten, oder ich sage nichts.«

Fyfield versuchte, ihn mit Blicken zu tranchieren, doch dann lenkte er mit einem sichtbaren Ruck ein.

»Im Schrank unter dem Replicator«, sagte Riker.

McManus stolperte hin, öffnete die Tür unter der uralten Mikrowelle und fand einen Erste-Hilfe-Kasten, der so voller Staub war, dass sich das rote Kreuz darauf nur noch erahnen ließ. Zusammen mit einer Anzahl nicht allzu arg verschmutzter Küchenhandtücher trug er ihn zu den Frauen zurück. Dort musste er all seine Willenskraft aufbringen, um Briannas zerstörtes Gesicht genauer anzusehen und zu verbinden.

Die erste Kugel hatte ihre Schläfe gestreift und ihr eine heftig blutende, aber im Grunde harmlose Wunde zugefügt. Das zweite, im anschließenden Chaos abgefeuerte Projektil hatte ihr jedoch das linke Jochbein zerschmettert. Die Kugel hatte den Schädel nicht durchschlagen, aber eine entsetzliche Wunde hinterlassen. Selbst wenn sie überlebte, würde sie vermutlich nie wieder dieselbe sein. Mit zitternden Fingern verband McManus die Verletzungen, so gut er es vermochte. Ob und wie viel es half, wagte er nicht zu prophezeien.

»Das reicht an guten Taten für einen Tag«, rief Fyfield. »Setzen Sie sich jetzt an den Tisch!«

Er wedelte ungeduldig mit der Waffe. Als McManus Platz genommen hatte, ging die Tür auf, und ein Roboter kam herein, vielleicht einen Meter groß und auf klirrenden Laufketten rollend. Einer seiner Arme endete in einem grob verschweißten Stumpf, der andere in etwas, das verblüffende Ähnlichkeit mit Rikers künstlicher Hand hatte. Zwei riesige Kameraaugen starrten Fyfield aus einem lächerlich kleinen Kopf über einem skeletthaften Körper an. »Sicherheitsverstoß!«, knarzte eine misstönende Maschinenstimme. »Legen Sie die Waffe weg und ...«

Fyfield drückte zweimal hintereinander ab. Die erste Kugel zertrümmerte eine der Kameralinsen, die zweite stanzte ein sauberes Loch in die Brust der Maschine, worauf sie mitten im Satz verstummte und heftig zu qualmen begann.

»Jetzt zu Ihnen, *Commander*«, sagte Fyfield, während er die Waffe langsam auf Riker richtete. »Ich denke, ich habe meinen Standpunkt hinreichend klargemacht. Wenn Sie also jetzt so freundlich wären, mir von Projekt Pandora zu erzählen?«

»Selbst wenn ich wüsste, wovon Sie reden, würde ich das nicht tun.« Trotz allem, was gerade passiert war, wirkte Riker kein bisschen ängstlich, eher trotzig, und auf eine Art zum Äußersten entschlossen, die auch Fyfield nicht entgehen konnte.

»Nein?«, fragte Fyfield. »Und warum nicht?«

»Gesetzt den Fall, dass wir damals tatsächlich eine Weltuntergangswaffe entwickelt *hätten*, würde ich sie ganz bestimmt nicht jemandem wie Ihnen aushändigen.«

»Aha. Nicht.« Fyfield schwenkte seine Waffe langsam herum, bis sie wieder auf McManus' Gesicht zielte. »Und wenn ich *ihn* erschieße? Und danach seine Frau?«

»Nur zu.« Riker sah McManus auf eine Art an, als wolle er ihn um Vergebung bitten, schüttelte aber dennoch den Kopf. »Es tut mir wirklich leid«, sagte er, mehr an McManus gewandt als an Fyfield und in fast flehendem Tonfall. »Aber zwei Menschenleben gegen das von Millionen – oder sogar Milliarden, falls Sie tatsächlich die Wahrheit gesagt haben und es keinen Krieg gegeben hat? Ich würde mich ebenso entscheiden, wenn es um mein eigenes Leben ginge.«

»Sie wären Nummer drei auf meiner Liste«, sagte Fyfield lauernd.

»Nur zu«, erwiderte Riker. »Sehr viel ist ohnehin nicht mehr von mir übrig. Das hier ...«, er klapperte mit der künstlichen

Hand, in der McManus nun das fehlende Endstück zum Arm des zerstörten Roboters erkannte, »… ist nicht das einzige künstliche Ersatzteil an mir. Über die Jahrzehnte war ich immer wieder gezwungen, auf gewisse … Spezialkomponenten zurückzugreifen, die ursprünglich einmal für ganz andere Zwecke hier entwickelt worden waren. Aber ich fürchte, dass dieses technische Sammelsurium nicht mehr allzu lange funktionieren wird. Dann endet das alles hier sowieso.«

»Sie würden also Ihr eigenes Leben opfern, um die Welt zu retten?«, erwiderte Fyfield. »Wie nobel. Wirklich, so viel Opferbereitschaft hätte ich gar nicht von Ihnen erwartet. Aber Sie täuschen sich, Alterchen: Die Technik ist in den letzten dreißig, vierzig Jahren nicht stehen geblieben, im Gegenteil. Sie können mich vielleicht ein bisschen behindern – vielleicht mehr als nur *ein bisschen* –, aber letzten Endes knacke ich jede Verschlüsselung in Ihrem gammeligen alten Kasten hier, und dann erfahre ich, was ich wissen will. Ich habe technische Möglichkeiten, von denen Sie nicht einmal träumen.«

»Sie Narr«, antwortete Riker unbeeindruckt. »Glauben Sie wirklich, man hätte eine Situation wie diese nicht vorhergesehen? Selbst wenn ich wollte, *könnte* ich Ihnen Pandora nicht ausliefern.«

»Lassen Sie mich raten: Weil Sie nicht wissen, wo das Ding steckt?«, vermutete Fyfield und schüttelte mit einem abfälligen Lachen den Kopf. »Das ist ein bisschen billig, finden Sie nicht?«

»Das wäre es in der Tat«, bestätigte Riker. »Tatsächlich weiß ich sehr gut, wo Projekt Pandora aufbewahrt wird.« Er machte eine Kopfbewegung auf einen schwarzen Kubus von einem knappen Meter Kantenlänge, der auf einem kleinen Tischchen in einer Ecke stand.

»Was soll das sein?«, fragte Fyfield stirnrunzelnd.

Commander Riker wandte sich mit einem auffordernden Blick an McManus. »Erklären Sie es ihm?«

McManus hatte den Würfel bereits beim Eintreten bemerkt, ihm aber keine besondere Bedeutung beigemessen. Nur ein weiteres Modell aus Rikers umfangreicher Sammlung. Jetzt sah er genauer hin und stellte fest, dass es einen Unterschied gab: Es handelte sich um ein Raumschiffmodell wie zahlreiche andere hier, doch es war kein Bausatz aus irgendeiner chinesischen Spielzeugmanufaktur, sondern ein offensichtlich mit großer Kunstfertigkeit und noch mehr Geduld aus unzähligen handgefertigten Einzelteilen zusammengefügtes Unikat. »Ist das ... ein Borg-Kubus?«, erkundigte er sich erstaunt.

»Sie sind wahrlich ein Bruder im Geiste«, sagte Riker anerkennend. »Ich habe fast zwei Jahre daran gearbeitet und mich schon damit abgefunden, dass es niemals jemand zu schätzen wissen würde.«

»Ich bin wirklich nur von Verrückten umgeben«, seufzte Fyfield. Ohne Riker und McManus aus den Augen zu lassen, stand er auf, ging hinüber und betrachtete das Modell eingehend. Dann machte er wieder zwei Schritte zurück, hob schützend die linke Hand vor das Gesicht und gab mit der anderen einen einzelnen Schuss ab.

Der Kubus explodierte in einem Regen aus Splittern und Funken. Riker gab ein Geräusch von sich, als hätte die Kugel ihn selbst getroffen.

Unter dem zerstörten Kubus kam ein Gebilde zum Vorschein, das McManus an den Besuch eines Labors in einem seiner technischen Betriebe erinnerte. Enis Fisz hatte ihn damals durch die Anlage geführt und ihn mit wissenschaftlichem Fachvokabular überhäuft, von dem McManus nichts verstand und auch nichts verstehen wollte. In seinen Augen genügte es, wenn er das Geld lockermachte und die Gewinne einstrich. *Wie* ein von ihm produzierter Apparat funktionierte, darum sollten sich diejenigen kümmern, die er dafür bezahlte.

Das Gerät auf dem Tisch bestand aus drei Teilen. Beim untersten schien es sich um eine vorsintflutliche Computertastatur zu handeln. Darüber gab es etwas, das wie ein alter Röhrenbildschirm aussah. Auf diesem wiederum thronte ein stählerner Kubus mit einer Frontklappe aus Panzerglas. Hinter der Scheibe waren gläserne Ampullen in einem Halter aufgereiht.

Auf dem Glas war ein schwarz-gelbes, dreigeteiltes Warnsymbol angebracht, das McManus trotz aller wissenschaftlichen Ignoranz sofort wiedererkannte. Es stand für *Biogefährdung*.

Mit einem gierigen Funkeln in den Augen näherte sich Fyfield der Vorrichtung. »Schusssicheres Panzerglas, nehme ich an?« Als Riker nichts erwiderte, fuhr er fort: »Mit einem Selbstzerstörungsmechanismus gekoppelt für den Fall, dass man auf physischem Wege versucht, den Behälter zu knacken?«

Wieder schwieg der alte Mann.

Auf dem Boden zu McManus' Füßen stieß Brianna ein leises Wimmern aus.

Fyfield umrundete den Apparat. »Man muss einen Entriegelungscode über die Tastatur eingeben, richtig?« Er schwenkte den Arm mit der Waffe herum und zielte damit auf Heathers Gesicht. »Verraten Sie ihn mir! Ich zähle bis drei!«

Riker reagierte nicht.

»Eins!«

»Ich kann Ihnen den Code nicht verraten …«

»Zwei!«

»… weil ich ihn nicht kenne.«

Fyfield stieß ein spöttisches Lachen aus.

»Dieses Gerät gehört zur ursprünglichen Sicherheitsausstattung dieser Anlage«, erklärte Riker. »Als man uns befahl, die Arbeiten an Projekt Pandora einzustellen, wurden sämtliche fertiggestellten Varianten in diesem Antikontaminationssafe deponiert. Nur eine einzige Person der damaligen Kernbesatzung kannte den Code.«

»Sie!«, zischte Fyfield.

Riker schüttelte den Kopf. »Für Codes und Schutzvorrichtungen war der Abteilungsleiter zuständig. Er kam ums Leben, als die Bombe fiel.« Er blinzelte. »Oder als der Vulkan ausbrach ... was auch immer damals geschehen ist.« Er schüttelte traurig den Kopf. »Sie können mit uns allen anstellen, was Sie wollen, aber ich kann Ihnen den Entriegelungscode nicht verraten. Weil ich ihn nicht *kenne*.«

Fyfields Gesicht verfinsterte sich. »Schön. Dann werde ich ihn eben auf eigene Faust herausfinden. Bleibt lediglich die Frage ... Wozu brauche ich Sie dann noch?« Er schwenkte die Pistole in Richtung des alten Mannes.

»Um selbst am Leben zu bleiben«, schlug Riker vor. Seine echte Hand landete mit einem hörbaren Klatschen auf seiner Brust. »Es gibt hier drinnen ein kleines Implantat, wissen Sie? Es datiert noch aus der Zeit, als ich und meine Kollegen hier regulär arbeiteten. Wir waren Geheimnisträger, wie Sie sich erinnern werden, und unser Arbeitgeber wollte verhindern, dass einer von uns von feindlichen Mächten gekidnappt werden konnte, die unsere Kenntnisse für ihre Zwecke missbrauchen wollten.« Er deutete erneut auf seine Brust. »Solange ich lebe, sendet eine kleine Apparatur hier drinnen alle zehn Minuten einen Funkimpuls an einen Mechanismus, der sich tief unter dem Vulkan im Erdboden verbirgt.«

»Was für ein Mechanismus?«, fragte McManus alarmiert.

»Mechanismus ist vielleicht das falsche Wort«, erklärte Riker. »Genau genommen handelt es sich um eine Sprengvorrichtung. Sie ist nicht einmal besonders groß, aber so gewitzt platziert, dass eine Detonation zwangsläufig den Vulkan zum Ausbruch bringt.« Er kicherte irr und nickte mehrmals hintereinander. »Sollte ich diese Anlage verlassen, ohne dass der Sender zuvor per Satellit von meinem Arbeitgeber deaktiviert wird, oder sollte mein Herz aufhören zu schlagen, hört der Apparat auf zu senden. Bleibt das Signal dreimal in Folge aus ...« Er hob die künstliche Hand und ließ sie mit einem Ruck aufschnappen. »*Puff!*«

»Blödsinn!«, behauptete Fyfield. Er klang nicht hundertprozentig überzeugt. »Wer soll Ihnen diese Räuberpistole glauben?«

»Sie?«, schlug Riker vor. »Aber wenn Sie es nicht tun, können Sie es darauf ankommen lassen. Erschießen Sie mich.«

»Wie hätten Sie und Ihre Kollegen damals die Station verlassen können, ohne zusammen mit ihr in die Luft zu fliegen?«, wollte Fyfield in lauerndem Ton wissen.

»Mein Kollege – der für die Codes innerhalb der Anlage zuständig war, Sie erinnern sich? – hätte per Funk die Deaktivierung per Satellit angefordert. Genau genommen war er gerade dabei, das zu tun, als die Bombe …«

Fyfield stieß einen derben Fluch aus.

»Eine Art Totmannschalter also«, sagte McManus nachdenklich. »Das bedeutet, selbst wenn Sie es gewollt hätten – Sie hätten die Anlage in den vergangenen Jahrzehnten gar nicht verlassen können?«

Mit betrübtem Blick sah Riker zu dem Roboter hinüber, den Fyfield zerstört hatte. »Jetzt wissen Sie, wozu ich meine mechanischen Freunde brauchte. Sie stellten meine Verbindung zur Außenwelt dar. Einer von ihnen war mit einem hochmodernen Übersetzungsmodul ausgestattet, sodass ich die Eingeborenen dieser Insel …«

»Genug!« Fyfield schnitt ihm mit einer barschen Bewegung seines Revolvers das Wort ab. In seinem Gesicht arbeitete es, er presste so heftig die Kiefer aufeinander, dass seine Zähne knirschten. Schließlich wandte er sich mit einem Ruck um, kehrte zum Tisch zurück und beugte sich über die Computertastatur. Er drückte eine Taste. Prompt flackerte der altmodische Bildschirm auf. Grünlich leuchtende Buchstaben tauchten auf der schwarzen Bildröhre auf.

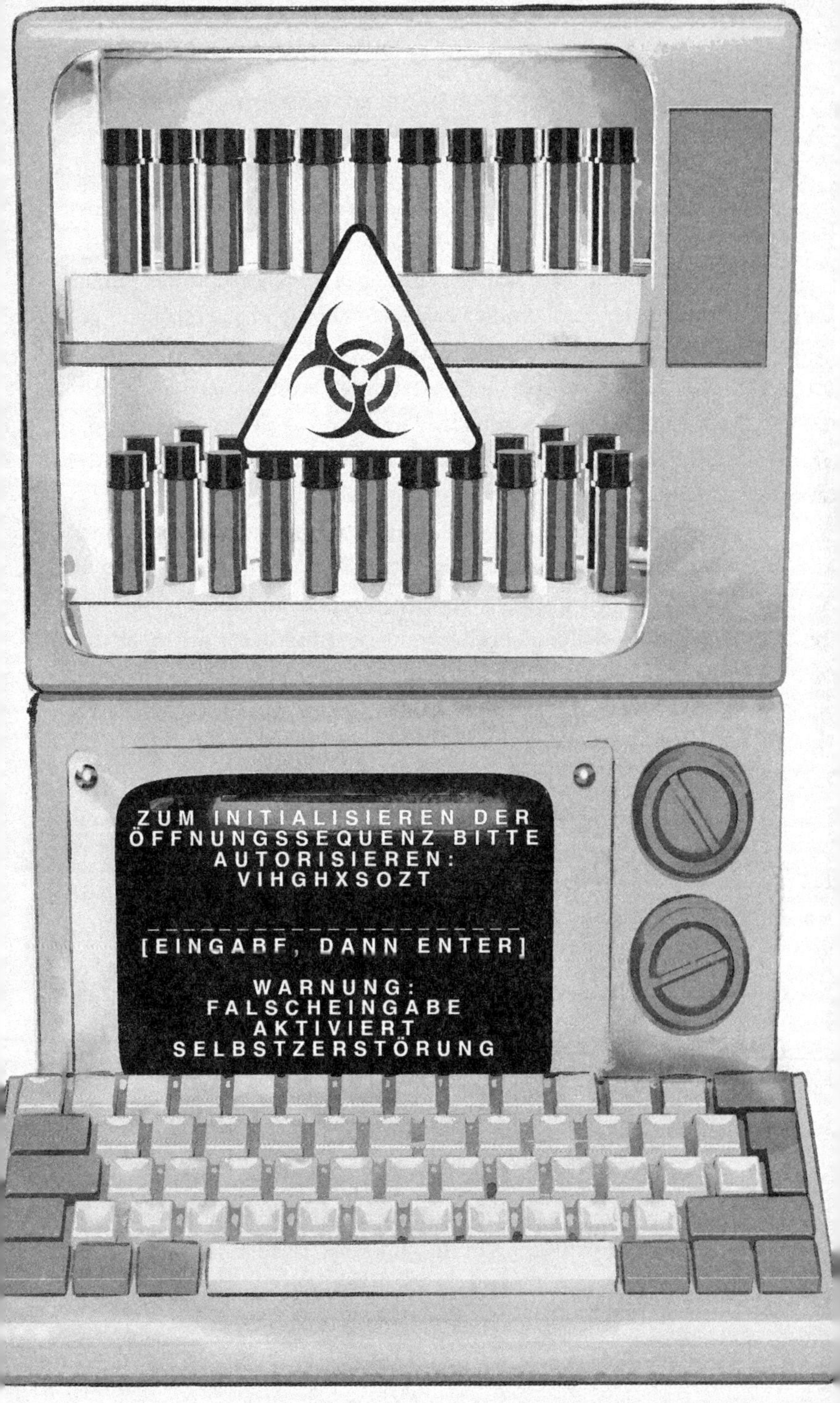
ZUM INITIALISIEREN DER
ÖFFNUNGSSEQUENZ BITTE
AUTORISIEREN:
VIHGHXSOZT
[EINGARF, DANN ENTER]
WARNUNG:
FALSCHEINGABE
AKTIVIERT
SELBSTZERSTÖRUNG

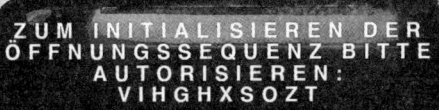

Fyfield starrte den Bildschirm an. »Eine Initialisierungssequenz. Und man hat nur einen einzigen Eingabeversuch! Wie lautet der Autorisierungscode?«

Riker seufzte. »Ich habe Ihnen doch schon gesagt, dass ich ...«

Mit einem Satz war Fyfield neben Heather und der immer noch leise wimmernden Brianna. »Gut. Ich habe das nicht gewollt, aber wenn Sie das Spiel unbedingt so spielen möchten ...«

Er setzte einen seiner grobstolligen Militärstiefel auf Briannas am Boden liegende Hand und trat zu. Die Agentin keuchte und versuchte, sich aufzubäumen, aber Fyfield stieß sie brutal zurück und stellte den Fuß erneut auf ihre Hand.

»Hören Sie auf, Sie Monster!«, schrie Heather. McManus machte sich zum Sprung bereit, erstarrte jedoch in der Bewegung, als Fyfields Waffe herumschwenkte und auf Heathers Gesicht wies. Sein Fuß presste weiter. Brianna begann, gequält den bandagierten Kopf hin- und herzuwerfen.

»Ich kann das den ganzen Tag machen«, drohte Fyfield. »Und wenn ich mit ihr fertig bin, kommen die beiden anderen dran. Wollen Sie das, *Commander*?«

»Hören Sie auf, bitte«, flehte Riker. »Ich *weiß* die Kombination nicht, verstehen Sie doch.«

Für eine Sekunde war McManus davon überzeugt, dass Fyfield allein aus Grausamkeit weitermachen würde. Doch plötzlich ließ er die Waffe sinken und trat mit einem grimmigen Lächeln einen Schritt zurück. »Na schön. Dann eben auf die altmodische Weise«, sagte er und widmete sich erneut dem Terminal. »Ihr vorsintflutliches System werde ich schon knacken.« Er schwenkte den Revolver in McManus' Richtung. »Und *Sie* werden mir dabei helfen, George!«

»Ich?« McManus riss die Augen auf.

»Stellen Sie Ihr Licht nicht unter den Scheffel. Zu Beginn Ihrer Karriere sollen Sie ein recht passabler Programmierer gewesen sein. Außerdem sehen vier Augen mehr als zwei.« Er bedachte Heather mit einem boshaften Seitenblick. »Und Sie lassen sich besser keine Schwachheiten einfallen. Wenn Sie oder Special Agent Colfer auch nur einen Mucks machen, schieße ich Ihrem Mann das Gesicht weg. Haben wir uns verstanden?«

Heather brachte keinen Ton hervor. Sie nickte stumm.

»Los jetzt, George! Kommen Sie rüber!«

Sieh dir die Illustration des Apparats auf der vorangegangenen Doppelseite genau an. Weißt du, welches Wort zur Initialisierung der Öffnungssequenz eingegeben werden muss, wandele es in eine Zahl um, indem du jedem Buchstaben einen Wert entsprechend seiner Stellung im Alphabet zuordnest (A=1, B=2 etc.) und alle Werte addierst. Anschließend lies weiter auf der Seite, die der erhaltenen Summe entspricht. Beginnt der Text auf dieser Seite NICHT mit den Worten »Mit angespannter Miene ...«, war deine Lösung falsch – verfahre weiter, als hättest du die Lösung nicht gewusst (s. u.).

Kannst du dieses Rätsel nicht lösen, lies weiter auf Seite 274!

Schlag den hinteren Bucheinband auf und markiere einen beliebigen Totenschädel mit einem Kreuz!

»Was haben diese dämlichen Buchstaben zu bedeuten?« Fyfields zu Schlitzen verengte Augen klebten an der Schrift auf dem Computermonitor. »Sie wirken völlig willkürlich. Jede Wette, dass es sich um einen Substitutionscode handelt. Nur … wie lautet der Schlüssel?« Er richtete den Lauf der Waffe auf McManus' Gesicht. »Haben Sie eine Idee?«

McManus schluckte hörbar. »Keine Ahnung. Es könnte eine Variante des Caesar-Codes sein. Aber ohne eine Info, um wie viele Stellen die Buchstaben im Alphabet verschoben werden müssen, lässt sich das auf die Schnelle und mit nur einem Versuch unmöglich …« Er stockte.

»Was ist?«, schnappte Fyfield.

McManus musste Speichel sammeln, bevor er weitersprechen konnte. Der Blick in den Lauf der entsicherten Waffe machte ihn mehr als nervös. »Ich musste gerade an etwas denken, was Brianna erwähnte … früher am Tag, als wir die Beschriftung auf der Plakette des toten Soldaten entschlüsselten. Sie erwähnte diesen Code …«

»Atbasch«, half Heather vom Boden.

»Atbasch«, wiederholte McManus. »Dabei wird der erste Buchstabe des Alphabets durch den letzten ersetzt, der zweite durch den vorletzten …«

Fyfield starrte auf den Monitor. »Das könnte es sein. Riker! Papier und Stift, aber zackig!«

Kaum hatte er das Geforderte vor sich, begann er, die Buchstaben einen nach dem anderen zu decodieren und zu notieren. Schließlich legte er den Stift beiseite. »Raffinierte Hunde«, zischte er. »Das war's. Der Code lautet ›Erstschlag‹!«

Lies weiter auf Seite 112!

19

Ohne Vorwarnung begann der geheimnisvolle Apparat zu klappern, zu blinken und zu summen. Für einen Moment vibrierte er so intensiv, dass seine Umrisse zu verschwimmen schienen – und verstummte dann so plötzlich, dass alle erschrocken zusammenfuhren.

Die Klappe aus Panzerglas schwang mit einem hydraulischen Zischen auf und in die Senkrechte. Fahlblau beleuchtete Kälteschwaden stiegen aus dem offenen Behälter, dessen Inneres angesichts seiner äußeren Abmessungen erstaunlich klein war, und ein durchdringender antiseptischer Geruch begann sich im Raum auszubreiten.

»Na bitte.« Fyfield versuchte zu lächeln, was ihm aber nicht wirklich gelang. Feiner Schweiß bedeckte seine Stirn und perlte von seiner Oberlippe. Seine Finger zitterten ganz leicht, als er die Hand ausstreckte, um in den offenen Apparat zu greifen. Dann zog er den Arm wieder zurück und sah zu Riker, der ihn auf eine sonderbar erwartungsvolle Art beobachtete.

Fyfield schüttelte den Kopf. »Netter Versuch. Ich darf doch bitten?«

»Ich verstehe nicht, was Sie meinen«, behauptete Riker.

Fyfield seufzte und wandte sich an McManus. »George, wenn Sie so freundlich wären, mir eines der Glasröhrchen aus diesem Behältnis zu reichen?«

McManus zögerte, doch Fyfield schwenkte die Waffe herum und zielte schräg nach unten auf Heather, die immer noch Briannas Kopf und Schultern im Schoß gebettet hatte und ihr beruhigend eine Hand tätschelte. Brianna war bei Bewusstsein, aber sie zitterte stark. Sie gab nicht mehr den geringsten

Schmerzlaut von sich. McManus wusste nicht, ob das ein gutes oder schlechtes Zeichen war.

»Schon gut, schon gut.« Er stand auf und ging zu Fyfield hinüber, um in den Würfel zu greifen.

»Warten Sie!« Riker machte eine Kopfbewegung zur Tür. »Im Schrank auf der anderen Seite. Die schwarze Tragetasche.«

Fyfield lächelte. »Dachte ich's mir doch. Sie heimtückischer alter Mann.«

»Offenbar nicht heimtückisch genug«, murmelte Riker. »Schade.«

McManus verstand nicht, worum es ging, aber er kehrte gehorsam in den Computerraum zurück und fand nach kurzem Suchen, was Riker ihm beschrieben hatte: eine große Reisetasche mit zwei zusätzlichen Riemen, die man auch als Rucksack tragen konnte. Irgendwann musste sie einmal schwarz gewesen sein, jetzt aber war sie so verstaubt, dass es beinahe zum Husten reizte, sie auch nur anzusehen. Fyfield nahm sie entgegen, öffnete sie und kramte ein Paar dick gepolsterte Handschuhe sowie einige verchromte Metallflaschen heraus. Noch immer lächelnd, gab er einen der Handschuhe an McManus weiter.

Zögernd streifte dieser ihn über, griff in den Apparat und nahm eine der kleinen Glasphiolen heraus. Auch auf dem schlanken Röhrchen prangte unübersehbar ein grellgelber und schwarzer Gefahrenaufkleber.

»Habe ich also richtig vermutet.« Fyfield schlüpfte zufrieden in den zweiten Handschuh und schob das Fläschchen – sehr vorsichtig – in einen der silberfarbenen Thermobehälter. Ebenso behutsam schraubte er den Deckel zu und stellte den Behälter auf den Tisch. »Es ist also keine Spreng- oder Schusswaffe, sondern ein Biokampfstoff. Das macht es einfacher. Ich hätte mich nicht besonders wohl dabei gefühlt, mit einem scharfen Nuklearsprengkörper in der Tasche herumzulaufen.«

»Projekt Pandora ist gefährlicher als alle Atombomben der Welt zusammen, Sie Narr!«, entfuhr es Riker. Er klang jetzt verzweifelt. »Ich flehe Sie an, Mister Fyfield! Lassen Sie nicht zu, dass dieses Virus auf die Welt losgelassen wird!«

»Was mit dem Zeug passiert, nachdem ich es meistbietend verkauft habe, interessiert mich einen Dreck«, erwiderte Fyfield ungerührt. Er bedeutete McManus, ihm eine weitere Ampulle aus dem Apparat zu reichen. »Ehrlich gesagt, hatte ich sogar auf ein Virus gehofft. Was genau bewirkt es?«

»Es tötet Menschen«, sagte Riker.

»Klingt nicht übermäßig spektakulär«, fand Fyfield.

»Sie verstehen nicht«, behauptete Riker. »Es tötet *alle!* Es gibt kein Gegenmittel, keine Heilung. Die Mortalität ist höher als bei jedem in der freien Natur vorkommenden Erreger.«

»Unsinn«, widersprach Fyfield. »Welchen Sinn sollte eine Waffe haben, die *alle* umbringt, auch den, der sie einsetzt?«

»Dieser Stoff wurde nicht dazu entwickelt, einen Krieg zu gewinnen, Sie Dummkopf«, spie Riker hervor. »Begreifen Sie es immer noch nicht?«

»Nein«, antwortete Fyfield, während er einen dritten Behälter verstaute.

»Es ist eine Vergeltungswaffe«, sagte McManus. »Habe ich recht?«

Riker nickte. Er wich den Blicken der anderen aus.

»Während des Kalten Krieges«, erinnerte sich McManus, »gab es auf beiden Seiten Pläne, Atomsprengköpfe einzusetzen, die sich tief in die Erde graben und erst nach Jahren explodierten, oder sogar nach Jahrzehnten – für den Fall, dass es auf der anderen Seite Überlebende gäbe, die dann mit dem Wiederaufbau begonnen hätten. Das da …«, er deutete auf die vierte Phiole, die er Fyfield reichte, »… ist dasselbe, nur viel perfider. Wenn der Krieg nicht gewonnen werden konnte, dann sollte *niemand* überleben.« Trotz des dicken Handschuhs schmerzten seine Finger mittlerweile von der Kälte, sodass er Mühe hatte, das Glasfläschchen zu halten. In dem Apparat mussten Temperaturen nahe dem absoluten Nullpunkt herrschen.

»Das kann ich nicht glauben, Mister Riker«, sagte Heather. »Ist das wahr?«

Riker schwieg mehrere Sekunden, dann nickte er. »Zunächst arbeiteten wir auf dieser Insel an einer Forschungsreihe mit dem Ziel, den ›perfekten Soldaten‹ zu erschaffen. Wir arbeiteten mit Steroiden, entwickelten Exoskelette, tragbare Kraftfelder und so weiter. Einige unserer Testpersonen, Freiwillige der U. S. Army, entwickelten mit ihrer Hilfe übermenschliche Körperkräfte, andere konnten mittels gewisser Gerätschaften über festen Boden oder eine Wasserfläche schweben. Wieder andere vermochten mit Hochenergiehandschuhen betäubende Strahlschüsse abzufeuern …«

Fyfield, dem diese Informationen bereits aus seiner Lektüre der Computerdateien bekannt zu sein schienen, nickte ungeduldig. »Ihre Tests mit diesen Systemen müssen die Inselbewohner seinerzeit ganz schön irritiert haben. Würde mich nicht wundern, wenn die armen Teufel überzeugt davon gewesen wären, die Götter seien auf ihre Insel gekommen. Oder Dämonen aus den Tiefen der Unterwelt.«

»Irgendwann kam eine Order, der ›perfekte Krieger‹ habe nicht länger Priorität«, fuhr Riker halblaut fort. »Vermutlich hatte man begriffen, dass im Falle eines Atomkriegs menschliche Kämpfer auf einem Schlachtfeld nicht mehr relevant waren. Wir erhielten die Direktive, Projekt Pandora zu entwickeln – ein sich unaufhaltsam verbreitendes, unheilbares Virus.« Er schloss die Augen, als könne er so die Erinnerung an diese Zeit ausblenden. »Wir gingen von den aggressivsten damals bekannten Erregern aus und entwickelten diese weiter. Wir forschten, probierten ...«

»Lassen Sie nicht den spannendsten Teil aus, Commander«, fiel ihm Fyfield ins Wort. »Den Teil mit den Versuchskaninchen!«

Der alte Mann wandte den Kopf ab und starrte stumm in eine Ecke des Raumes.

»Wenn Sie es nicht erzählen wollen, tue ich es eben«, fuhr Fyfield leichthin fort. »Wie Sie uns schon berichtet haben, waren hier nicht nur großkopferte Wissenschaftler stationiert, sondern auch Angehörige der Army. Soldaten wie der arme Wicht, den wir aufgespießt in der Speerfalle gefunden haben. Ich nehme an, die Eingeborenen haben Ihnen damals ordentlich Stress gemacht, was?«

»Sie wollten uns nicht auf der Insel haben«, murmelte Riker. »Als wir vor knapp vierzig Jahren unser Labor in einer Flanke des Vulkans einrichteten, zogen wir dadurch ihren Zorn auf uns. Der Berg war ihnen heilig ... die Geburtsstätte einer Fruchtbarkeitsgöttin oder so ähnlich.«

»Und als Ihnen die Buschmänner mit ihren ständigen Fallen und Angriffen immer mehr auf den Geist gingen, beschlossen Sie, sie einer nützlichen Verwendung zuzuführen«, sprach Fyfield weiter. »Indem Sie sie verschiedenen Iterationen Ihres Virus aussetzten.«

Heather stieß ein ungläubiges Keuchen aus.

Fyfield grinste hämisch. »Oh ja. So stand's in dem Labordiarium, in das ich mich reingehackt habe. Dieses Vorgehen hatte gleich zwei Vorteile. Erstens dezimierte es die Zahl der militanten Eingeborenen, die immer wieder die Sicherheit der Wissenschaftler in der Station bedrohten, drastisch. Zweitens konnte man aus der Obduktion der toten Inselbewohner wichtige Erkenntnisse für die weiteren Forschungen ziehen.« Er deutete auf Riker, der immer mehr in sich zusammensank. »Erzählen Sie von dem Pakt, den Sie damals mit den Buschleuten schlossen, Commander! Von den Tauschgeschäften, die Sie den armen Schweinen anboten, um an ihre Toten zu kommen.«

Riker schwieg.

»Dann lassen Sie's eben.« Fyfield verstaute die letzte der Ampullen in einem Thermobehälter. Er legte den Handschuh ab und packte einen der Metallbecher nach dem anderen in die Tasche.

»Wie wollen Sie eigentlich mit Ihrer Beute zurück in die Zivilisation gelangen?«, erkundigte sich Heather wütend. »Niemand weiß, wo wir sind, in Hunderten Kilometern Entfernung gibt es keine Siedlung, keine Zivilisation.«

»Oh, das lassen Sie nur meine Sorge sein.« Fyfield lächelte zuversichtlich. »Zunächst mal werde ich zum Strand zurückkehren und diese Proben in einen ganz speziellen Behälter umpacken, den ich eigens mitgebracht habe. Er ist mit einem ausgeklügelten Schutzmechanismus gesichert, den ich mir seinerzeit als Andenken vom Militär mitgebracht habe … Nanotechnologie, höchst effektiv.« Er kicherte boshaft. »Was meine Abholung von dieser Insel angeht … Wir haben den Notsender aktiviert, erinnern Sie sich? Und vorausschauend, wie ich war, habe ich nicht lange vor unserem Aufbruch einer gewissen Person Order gegeben, eine gewisse Stelle des Pazifiks in einem gewissen Zeitraum nach Notsignalen zu scannen. *Ich* werde diesen unwirtlichen Felsbrocken in nicht allzu langer Zeit verlassen, keine Sorge.« Er kicherte erneut.

Unvermittelt erwachte Riker wieder zum Leben. »Sie *dürfen* dieses Virus nicht auf die Welt loslassen!«, rief er. »Nicht einmal Sie können so gewissenlos sein – oder so wahnsinnig!«

»Das sagt ausgerechnet jemand, der mitgeholfen hat, das Virus zu entwickeln.« Mit einem Wink bedeutete Fyfield McManus, den Handschuh wegzulegen und ein paar Schritte zurückzutreten. Dann hob er prüfend die Reisetasche, um sich ihres Gewichtes zu versichern.

»Dieses Virus kann in den falschen Händen das Ende der Menschheit einläuten«, versuchte es Riker erneut. »Jeder wird sterben! Mit wem wollen Sie Geschäfte machen, wenn alle tot sind?«

»Die Wissenschaft ist in den letzten Jahrzehnten nicht stehen geblieben«, erwiderte Fyfield achselzuckend. »Ich lasse die Proben von meinen Spezialisten untersuchen, dann sehen wir weiter.« Er verzog die Lippen zu etwas, das er vermutlich für ein Lächeln hielt. »Vielleicht kann ich dem Käufer dann gleich ein Gegenmittel anbieten? Vertrauen Sie mir. Ich bin schließlich nicht lebensmüde.«

»Aber völlig verrückt!«, begehrte Riker auf und machte einen entschlossenen Schritt auf Fyfield zu. »Ich werde das nicht zulassen!«

Fyfield schwenkte ohne Eile den Revolver in seine Richtung. »Und was genau wollen Sie dagegen unternehmen?«

Riker ging weiter, erreichte den Tisch mit dem leer geräumten Ampullenbehälter. »Sie wollen mich umbringen? Nur zu. Sie wissen, was dann passiert!«

»Wer sagt, dass ich Sie *umbringen* muss?«, antwortete Fyfield und schoss dem alten Mann ins rechte Knie.

Der Knall wurde beinahe übertönt von Rikers gellendem Schrei. Er kippte zur Seite, schlug mit Oberkörper und Gesicht schwer auf der Tischplatte auf und sackte dann zu Boden, wo er mit beiden Händen seine zerschossene Kniescheibe umklammerte.

McManus reagierte instinktiv. Er nutzte die Verwirrung, flankte aus dem Stand über den Tisch und rammte Fyfield beide Füße gegen die Brust.

Er traf nicht gut. Die nächste Kugel, die ihm gegolten hätte, verfehlte ihn zwar und riss ein faustgroßes Loch in die Decke.

Doch statt rücklings zu Boden zu gehen, torkelte Fyfield lediglich zwei Schritte zur Seite, fing sich wieder und legte erneut an.

McManus war, vom eigenen Schwung getragen, zu Boden gestürzt und schlitterte auf den Knien weiter in Fyfields Richtung. Instinktiv riss er die Rechte hoch, um sie Fyfield in seine verletzlichste Körperpartie zu rammen.

Fyfield blockte den Hieb mit dem Knie, hämmerte ihm den Revolverlauf gegen die Schläfe und gleich darauf das andere Knie ins Gesicht. Benommen kippte McManus zur Seite. Wie durch einen Schleier nahm er wahr, dass Fyfield erneut auf ihn anlegte. Ruckartig stemmte er sich hoch, packte, ohne richtig hinzusehen, einen Stuhl und schleuderte ihn nach seinem Gegner.

Der Angriff kam so überraschend, dass Fyfield nicht einmal versuchte, dem improvisierten Wurfgeschoss auszuweichen. Der Stuhl traf ihn gegen die Brust, sodass er zur Seite taumelte – in die Richtung, wo nach wie vor Riker sich unter Schmerzen am Boden wand.

Sofort schloss sich eine dreifingrige Eisenhand um Fyfields Knöchel und drückte mit solcher Gewalt zu, dass er gepeinigt aufschrie und die Waffe fallen ließ. McManus versuchte, danach zu greifen, doch sein Sichtfeld war noch so getrübt, dass er sie verfehlte und die Waffe stattdessen mit den Fingerspitzen davonstieß. Scheppernd verschwand sie unter dem Tisch.

Damit war ihre Chance dahin. Fyfield riss sich los, versetzte Riker einen brutalen Fußtritt in die Körpermitte, der ihn quer durch den Raum rutschen und reglos liegen bleiben ließ. Im nächsten Moment war er über McManus und riss ihn mit beiden Händen in die Höhe.

McManus versuchte, sich loszureißen und Fyfield zugleich das hochgerissene Knie in die Rippen zu rammen. Doch der Ex-Militär verhinderte Ersteres durch schiere Körperkraft und nahm Letzteres mit nicht mehr als einem schmerzerfüllten Grunzen hin. Ohne Mühe blockte er einen von McManus ungeschickt nachgesetzten Schwinger mit einem hochgerissenen Unterarm ab und schlug ihm dann so hart mit dem Handrücken ins Gesicht, dass McManus Sterne aufblitzen sah.

Es war kein ausgeglichener Kampf. McManus war alles andere als ein Schwächling und prinzipiell gut in Form, außerdem ein gutes Stück größer als Fyfield. Aber er war kein Kämpfer.

Fyfield dagegen schon. Indem er McManus mit einem wahren Hagel von Schlägen eindeckte, trieb er ihn vor sich her quer durch den Raum. Vermutlich hätte er ihn mit ein oder zwei gut gezielten Treffern ausknocken können, doch es schien ihm eine dämonische Freude zu bereiten, seinem Gegner zunächst größtmögliche Schmerzen zuzufügen.

McManus begriff, dass er nur noch wenige Sekunden aufrecht stehen würde. Er ignorierte das Blut, das über sein Gesicht lief, die pochenden Rippen, und legte all seine verbliebene Kraft in einen schnellen, aufwärtsgerichteten Haken. Der Schwinger traf Fyfield hart im Gesicht, wo er seine Unterlippe aufplatzen ließ und die Nase schwallartig zum Bluten brachte.

Der Waffenhändler schrie auf – eindeutig mehr vor Wut als vor Schmerz –, konterte mit zwei, drei brutalen Hieben in McManus' Leib und schleuderte seinen Gegner schließlich mit einem weit ausholenden Rückhandschlag endgültig zu Boden. Danach wankte er schwer atmend zum Tisch zurück, bückte sich und hob den Revolver auf.

»Genug gespielt«, grunzte er und wischte sich das Blut aus dem Gesicht. »Sie alle haben mich lange genug aufgehalten ...« Er richtete den Revolver auf McManus.

Schnelle, polternde Schritte näherten sich der offen stehenden Verbindungstür, und dann flog sie auch schon auf.

Fyfield fuhr herum, bereit, auf jeden zu feuern, der im Durchgang auftauchen würde.

Was dann passierte, geschah so schnell, dass er nicht einmal die Zeit fand, den Finger um den Abzug zu krümmen.

Ein tonnenförmiger Schemen, der bei genauerem Hinsehen auffallend an einen Mülleimer auf Rädern erinnerte, flog durch die Türöffnung, geworfen mit erheblicher Wucht. Das Geschoss traf den völlig verdatterten Fyfield frontal ins Gesicht und riss ihn zu Boden. Er prallte mit dem Hinterkopf auf die Fliesen und blieb bewegungslos liegen.

In der Tür erschien die breitschultrige Gestalt Derek Pratts, gefolgt von Katie Pringle, Fabrizio Nolfi sowie zwei kleinwüchsigen dunkelhäutigen Gestalten.

»Verrät uns mal jemand, was hier vorgeht?«, fragte Pratt. Ohne eine Antwort abzuwarten, bückte er sich nach Fyfields Waffe, klappte mit einer routinierten Bewegung das Trommelmagazin aus dem Revolver und ließ die verbliebenen Patronen herausfallen, die er mit einer nonchalanten Handbewegung der anderen Hand auffing.

Er war und blieb ein unverbesserlicher Angeber, dachte McManus, zugleich jedoch unaussprechlich erleichtert. »Woher auch immer Sie kommen – es hätte keine Sekunde später sein dürfen. Sie haben uns allen das Leben gerettet.«

»Der Kerl wollte Sie tatsächlich umbringen? Sie alle?« Pratt schien zu überlegen, ob er dem reglosen Fyfield einen Tritt verpassen sollte. »Wir hatten uns unterwegs ja auch schon unseren Teil zu ihm gedacht, aber ...« Sein Blick fiel auf Riker, der reglos ein Stück weiter auf dem Boden lag. »Wer ist das?«

»Das ist ... nicht ganz so einfach zu erklären«, erwiderte McManus.

»Versuchen Sie es. Wir haben Zeit.«

In diesem Punkt war McManus nicht unbedingt derselben Meinung. Nicht nur wegen dem, was Riker vorhin gesagt hatte und was seitdem passiert war. In der letzten halben Stunde hatte der Berg erneut mehrmals merklich gezittert, und McManus glaubte zu spüren, dass das Beben unter ihren Füßen eine andere Qualität anzunehmen begann. Es kam ihm ... machtvoller vor. Bedrohlicher.

»Um Himmels willen!«, entfuhr es Pratt, als er Brianna entdeckte, die hinter dem Tisch auf dem Boden lag. »Wer hat das getan?«

McManus berichtete ihm so knapp wie möglich, was passiert war. Der Schauspieler und die anderen hörten mit versteinerten Mienen zu.

»Wir waren selbst schon zu dem Schluss gekommen, dass mit diesem Fyfield etwas nicht stimmt«, sagte Nolfi, nachdem McManus geendet hatte.

»Wir hätten ihm nicht trauen dürfen«, stellte Pratt fest und schien erneut versucht, dem bewusstlosen Fyfield einen Tritt zu verpassen. »Ich hatte von Anfang an kein gutes Gefühl bei ihm.«

McManus erwiderte nichts. Er fühlte sich schuldig, weil er auf Fyfields Scharade hereingefallen war, die von Anfang an nur dem Zweck gedient hatte, sich in sein privates Umfeld einzuschleichen und ohne nachverfolgbare Spuren in die Nähe dieser verdammten Insel zu kommen. Er nahm sich vor, bei seinen geschäftlichen Entscheidungen künftig mehr auf sein Bauchgefühl zu hören, statt sich allein auf gut formulierte Projektexposés zu verlassen.

Falls es dazu noch einmal kommen würde.

Während seines knappen Berichts hatte sich Katie leise mit Heather unterhalten, ohne ihren entsetzten Blick von der besinnungslosen Brianna abwenden zu können. Nun stand sie auf und ging zu Riker. Unter dem Knie des alten Mannes hatte sich eine gewaltige Blutlache gebildet, die immer noch größer wurde, und seine Roboterhand war halb abgerissen. Aus dem grob vernarbten Stumpf darunter ragten zerrissene Drähte und Bänder aus einem in allen Regenbogenfarben irisierenden Metall.

»Wir müssen dem armen Mann helfen«, sagte Katie.

Rikers menschliche Hand begann, unruhig zu zucken, und er versuchte, den Kopf zu drehen. Offensichtlich war er nicht bewusstlos gewesen, sondern nur zu schwach, um sich zu rühren. »Das ist sehr nett von Ihnen, junge Dame«, murmelte er mit einer Stimme, die kaum mehr als ein Flüstern war. »Aber ich fürchte, dazu ist es zu spät. Ich habe zu viel Blut verloren, und es gibt hier keine medizinischen Einrichtungen mehr.« Er versuchte, sich aufzurichten, doch seine Kraft reichte nicht mehr aus. »Sie müssen fort von hier. Es geht zu Ende, das spüre ich. Ihr dürft nicht mehr hier sein, wenn es so weit ist.«

»Unsinn«, widersprach McManus. »Wir lassen Sie ganz bestimmt nicht hier. Sie kommen mit uns, keine Widerrede.«

Heather sah bestürzt zu ihm hoch, und McManus signalisierte ihr mit einem angedeuteten Kopfschütteln, nichts von dem auszusprechen, was auch ihm soeben durch den Kopf schoss – nämlich dass die Überlebenschancen des alten Mannes selbst in einem gut ausgestatteten Krankenhaus gering wären. Hier waren seine Chancen auf Rettung gleich null. Fyfield hatte ihn umgebracht, so einfach war das.

Trotzdem fuhr der Milliardär fort: »Wir nehmen Sie mit zum Strand, wo Captain Bati und die anderen warten. Dort haben wir Proviant und Erste-Hilfe-Kits. Früher oder später muss dort eine Suchmannschaft auftauchen.«

»Äh ... bezüglich unseres Lagers gibt es etwas, das Sie wissen sollten, George«, hob Nolfi zögernd an. In wenigen Sätzen berichtete der Autor, was Pratt, Katie und er am Strand vorgefunden hatten.

Als er fertig war, schüttelte McManus ungläubig den Kopf.

»Das war Fyfields Tornister! Wie er sagte, war das Ding mit einem extrem effizienten Abwehrmechanismus ausgestattet. Wenn Bati und die anderen ihn geöffnet haben, müssen sie ihn ausgelöst haben. Aber egal, ob der Mechanismus sie verletzt oder getötet hat ... Sie hätten Bati, Fisz und die Zaniks trotzdem im Lager vorfinden müssen.«

»Und wenn die Eingeborenen sie geholt haben?«, warf Katie mit großen Augen ein. »Vielleicht hat Fyfields Teufelsmaschine sie nur betäubt, und dann tauchten der alte Glatzkopf und seine Krieger auf, die noch immer nach uns suchten, und kassierten sie ein, um sich an ihnen für die verpatzte Opferzeremonie zu rächen?«

McManus, der kein Wort verstand, machte ein verwirrtes Gesicht, dann schüttelte er den Kopf. »Wie dem auch sei, wir müssen zum Strand. Wenn ein Rettungsteam landet, dann dort. Selbst wenn der Sender nicht funktioniert hat, wird die ULTHAR in spätestens zwei oder drei Tagen als vermisst gemeldet werden, und dann startet eine groß angelegte Suchaktion.«

»Ein vermisstes Schiff im Bermudadreieck«, antwortete Riker. Er versuchte zu lachen, brachte aber nur ein Krächzen zustande. »Das ist ja mal etwas Ungewöhnliches.«

»So etwas wie ›das Bermudadreieck‹ gibt es nicht«, belehrte ihn der Autor. »Das ist ein Mythos. Hier verschwinden nicht mehr und nicht weniger Schiffe als irgendwo sonst auf der Welt. Außerdem ist Mister McManus nicht irgendwer, sondern ein sehr einflussreicher Mann. Man wird nach uns suchen, und man wird uns finden.«

»Haben Sie nicht zugehört?« Riker versuchte, sich auf den Ellbogen seines unversehrten Arms hochzustemmen, und schaffte es zumindest, den Kopf zu heben und Nolfi direkt anzusehen. »Ich *sterbe*.«

»Nicht, wenn wir es verhindern können«, widersprach McManus. Er hörte selbst, wie pathetisch das klang.

»Es ist in Ordnung. Ich glaube nicht, dass ich mich in dieser neuen Welt, aus der Sie kommen, noch zurechtfinden würde.« Riker schüttelte den Kopf, als McManus etwas einwenden wollte, und sank wieder in sich zusammen. Sein Blick blieb jedoch unverwandt auf sein Gegenüber gerichtet. »Außerdem *könnten* Sie mich gar nicht mitnehmen, selbst wenn Sie mit Ihrer verletzten Freundin nicht schon genug zu schleppen hätten. Ich habe die Wahrheit gesagt, was den Totmannschalter angeht. Wenn ich diese Anlage verlasse oder mein Herz aufhört zu schlagen, zerstören sich die Anlage und der Berg selbst. Vielleicht zerreißt die Detonation sogar die ganze Insel. Wenn Sie dann noch hier sind, sterben Sie.«

»Was soll das heißen?«, fragte Pratt alarmiert. McManus erklärte es ihm.

Mit aufgerissenen Augen starrte der Schauspieler Riker an. »Ist das wirklich wahr?«

»Warum sollte ich lügen?«, erwiderte Riker gepresst. »Verdammt, verschwinden Sie, solange Sie es noch können!«

Heather machte eine Kopfbewegung auf die Reisetasche mit den Thermobehältern. »Und das da? Was wird aus Projekt Pandora?«

»Lasst die Ampullen hier«, antwortete Riker. »Von dieser Anlage bleibt nichts übrig, das garantiere ich. Eine halbe Stunde, nachdem ich abgetreten bin, ist das hier der größte Hochofen der Welt.«

»Das wäre beinahe ein guter Grund, Mister Fyfield ebenfalls hierzulassen«, sagte Heather grimmig. »Haben Sie zufällig irgendwo eine Rolle Stacheldraht, mit der wir ihn fesseln können, Mister Riker?«

Riker versuchte zu lachen, brachte aber erneut nur ein gequältes, trockenes Husten heraus.

In diesem Moment erklang von der anderen Seite des Tisches eine raue Stimme: »Das ist aber gar nicht nett von Ihnen,

Heather! Dabei hatte ich gerade angefangen, Sie halbwegs sympathisch zu finden ...«

Fyfield stand aufrecht hinter dem Tisch, sich mit beiden Händen auf der Platte abstützend. Seine Unterlippe blutete, und auf seiner linken Gesichtshälfte zeichnete sich ein großer Bluterguss ab. In seinen Augen loderte blanke Mordlust.

Mehrere Dinge geschahen gleichzeitig: Pratt fuhr herum und zerrte die erbeutete Waffe aus dem Hosenbund. Fyfield fuhr seinerseits mit einer Hand in seine Jackentasche und brachte etwas Kleines, Dunkles daraus zum Vorschein.

Es war die winzige Pistole, die er Brianna abgenommen hatte.

Pratt zielte beidhändig auf Fyfield und krümmte den Finger um den Abzug. Fyfield tat dasselbe. Gleichzeitig drückten sie ab.

Mit unterschiedlichem Resultat: Pratts Waffe gab ein helles, metallisches Klicken von sich, während sich Fyfields Pistole mit einem deutlich lauteren Knall und einer orangefarbenen Stichflamme in seine Richtung entlud. Der Schauspieler torkelte mit einem Schmerzensschrei zurück und presste die Hand gegen die Schulter. Die kleinkalibrige Pistole schaffte es nicht, ihn von den Füßen zu holen, aber er sank schwer gegen die Wand, sein Gesicht verlor jede Farbe, während das Blut in einem hellroten Strom zwischen seinen Fingern hervorsprudelte.

Fyfield packte die Reisetasche, hängte sich die Riemen über die Schulter und zielte mit einem gehässigen Grinsen auf Pratts Kopf. »Scheint, als wären dies hier keine Platzpatronen wie in Ihren Fil...«

Weiter kam er nicht, denn in diesem Augenblick glitt eine schlanke Frauengestalt mit einem mumiengleich bandagierten Kopf unter dem Tisch hindurch, fuhr unmittelbar vor ihm in die Höhe und versuchte, ihm die Waffe zu entreißen.

Angesichts ihrer schweren Verletzung entwickelte Brianna schier unglaubliche Kräfte, aber es reichte nicht. Fyfield stieß sie mit einem wütenden Knurren zurück zu Boden und legte auf sie an, um sie mit ihrer eigenen Waffe zu erschießen.

In diesem Augenblick schoss ein metallisch glänzender Gegenstand quer über den Tisch und traf Fyfields ausgestreckten Arm, als dieser gerade den Abzug durchzog. Der Schuss verfehlte Brianna und schlug in die Tischplatte ein. Irritiert starrte der Ex-Militär das Geschoss an, das ihn getroffen hatte.

Es war Rikers Roboterhand. Der alte Mann musste sie sich mit einer letzten Kraftaufwallung aus dem Armstumpf gerissen und auf Fyfield geschleudert haben.

Bevor Fyfield sich recht gefasst hatte, warf sich eine schlanke Gestalt mit wehenden goldfarbenen Locken auf ihn. Der Anprall war so heftig, dass der Waffenhändler zu Boden geworfen wurde. Die Pistole entglitt seinen Fingern, während er und die Influencerin, die sich wie rasend an ihm festklammerte, über den Boden rollten. Die Reisetasche, deren Reißverschluss noch nicht geschlossen war, glitt halb von seiner Schulter, mehrere der Thermobehälter rollten klappernd über den Boden.

McManus erwachte aus seiner Erstarrung und sprang ebenfalls vorwärts.

Die Distanz betrug nur wenige Schritte, aber er war trotzdem nicht schnell genug. Fyfield empfing ihn mit einem harten Tritt gegen das Schienbein, der ihm das Gleichgewicht raubte und ihn schwer auf die Knie fallen ließ. Bevor er sich wieder aufraffen konnte, hatte der Waffenhändler Katies Hals von hinten mit den Armen umschlungen, presste sie an sich und stemmte sich ächzend mit ihr in die Höhe. Aus den Augenwinkeln sah McManus, wie die beiden Inselbewohner losstürmen wollten, um der Influencerin zu helfen. Fyfield warf ihnen einen drohenden Blick zu und riss Katies Kopf zugleich so brutal nach hinten, dass ihr der Atem wegblieb.

»Keine Bewegung!«, fauchte er. »Noch einen Schritt, und ich breche ihr das Genick!«

Aus der Nähe von Pratt ertönten ein paar sonderbare, guttural klingende Laute. Sofort erstarrten der junge Mann und seine Begleiterin in der Bewegung.

»Geben Sie auf, Fyfield.« Um den Waffenhändler nicht zu provozieren, stand McManus sehr langsam auf, breitete in einer diplomatischen Geste die Arme aus und trat einen halben Schritt zurück. »Sie werden nicht mit uns allen fertig, das wissen Sie. Noch haben Sie eine Chance, mit dem Leben davonzukommen.«

»Komisch, dasselbe wollte ich auch gerade sagen.« In Fyfields Gesicht arbeitete es. Sein Blick irrte hin und her, und McManus konnte ihm regelrecht ansehen, wie sich die Gedanken hinter seiner Stirn überschlugen. Er schien zu ahnen, dass er keine Chance hatte.

»Geben Sie auf, Sie dämlicher Idiot«, presste Pratt hervor. Er lehnte noch immer an der Wand, blutend. Mit einer Kopfbewegung auf die beiden Insulaner fügte er hinzu: »Für die Menschen hier ist Katie eine Göttin. Was glauben Sie, was die mit Ihnen machen, wenn sie ihr auch nur ein Haar krümmen?«

»Dann sorgen Sie besser dafür, dass die beiden keinen Unsinn machen«, stieß Fyfield hervor. »Sonst reiße ich ihrer Göttin den hübschen Kopf von den Schultern.«

Er unterstrich die Drohung mit einem weiteren brutalen Ruck an Katies Hals, der sie gequält aufstöhnen ließ. Während sie noch nach Luft schnappte, ging Fyfield blitzschnell in die Knie und hob einen der Thermobehälter auf, der aus der offenen Tasche gerollt war. Bevor McManus recht begriff, was er vorhatte, nestelte er den Deckel auf, schüttelte die Glasphiole heraus und presste sie mit der freien Hand unter Katies Kinn.

»Eine falsche Bewegung, und ich ramme ihr das Ding in die Kehle!«, drohte er. »Dann sterben wir alle.«

Für eine Sekunde wurde es ganz still. McManus spürte, wie ernst Fyfield die Drohung meinte – schließlich hatte er nichts mehr zu verlieren. Doch bevor er oder einer der anderen etwas sagen konnten, rollte sich Brianna stöhnend herum und erhob sich auf Hände und Knie. Die Wunde in ihrem Gesicht schien wieder aufgebrochen zu sein, ihr Verband begann sich rasch rot zu färben. Aber das hinderte sie nicht daran, sich langsam aufzurichten und einen taumelnden Schritt auf Fyfield und sein vor Schreck erstarrtes Opfer zuzumachen.

»Ich konnte Sie nie leiden, Fyfield«, nuschelte sie durch die Bandagen. »Aber ich konnte nicht ahnen, dass Sie ein solcher Idiot sind.«

Und damit schoss ihr Arm vorwärts, sie schloss ihre Finger um die Fyfields, die die Phiole hielten, und drückte kräftig zu. Das Glas zerbrach mit einem Knirschen in winzige Splitter, eine farblose Flüssigkeit lief an Fyfields Handgelenk hinab, wo sie sich in kleine, halb transparente Rauchschwaden auflöste.

Fyfield brüllte, als hätte man ihm ein Stück glühendes Eisen in den Leib gerammt. Er ließ Katie los und taumelte gegen die Tischkante. Noch während das Mädchen zur Seite stolperte und auf die Knie fiel, explodierten die beiden Inselbewohner regelrecht. Der junge Mann flog wie von einer Sehne geschnellt mit ausgebreiteten Armen gegen Fyfield und riss ihn mit sich zu Boden. Seine Begleiterin stürzte neben Katie auf die Knie und wischte mit den Händen Glassplitter und Blut von ihrem Gesicht.

»Um Himmels willen«, keuchte McManus. »*Nein!*«

Aber es war zu spät: Der Inhalt der Phiole war in der Raumluft.

McManus stand wie versteinert und hielt instinktiv den Atem an.

Riker hatte sich auf die Ellbogen hochgestemmt. Seine Augen

waren vor Angst grotesk aus den Höhlen gequollen. Trotzdem war er der Erste, der das entsetzte Schweigen brach.

»Laufen Sie«, keuchte er. »Raus hier! Vielleicht ... hat es Sie noch nicht erwischt!«

Beinahe gleichzeitig setzten sich McManus und Nolfi in Bewegung und versuchten, den tobenden Ureinwohner von Fyfield herunterzuzerren, der auf der Brust des Ex-Militärs kniete und ihm wie rasend immer wieder die Fäuste ins Gesicht drosch. Er war nicht größer als ein halbwüchsiges Kind und konnte keine fünfzig Kilo wiegen, aber er wütete wie ein Tobsüchtiger. Selbst zu zweit gelang es ihnen kaum, ihn von seinem Opfer wegzureißen.

»So laufen Sie doch«, wimmerte Riker. »Schnell! Vielleicht haben Sie noch eine Chance!«

»Aber wie kommen wir hier raus?«, wollte Heather wissen, die Katie vom Boden aufgeholfen hatte. Das Mädchen taumelte sofort zu Pratt hinüber und presste ihm ihre zusammengeknüllte Bluse auf die Schulterwunde.

»Der nächstgelegene Ausgang ...« Rikers Stimme wurde zunehmend schwächer, der Blutverlust raubte ihm jetzt zusehends die Kräfte. »Abwärts ... Treppe ... Lift ... defekt, aber Notdurchstieg hinter Bedienteil ... selbst programmiert ... natürlich entstandene Stollen tief unter der Anlage ... zu einem Durchbruch in der Nordflanke.« Sein Gesicht verlor den letzten Rest Farbe. Er stieß einen keuchenden Atemzug aus und lag dann still.

»Riker?«, murmelte McManus. Er erhielt keine Antwort mehr.

Ohne ein weiteres Wort rissen McManus und Nolfi den aus mehreren Platzwunden blutenden Fyfield vom Boden hoch. Heather und Katie legten sich je einen von Briannas Armen über die Schulter. Allein wären sie so nicht allzu weit gekommen, denn die Agentin schien mit ihren Kräften so gut wie am

Ende zu sein. Zum Glück erkannten die beiden Inselbewohner Katies Absicht und beeilten sich, ihrer Göttin zur Hand zu gehen.

Pratt, der sich aus Katies Bluse einen notdürftigen Verband für seine Schulter angefertigt hatte, stand bereits in der Tür. »Nichts wie raus hier! Wenn ich den Alten richtig verstanden habe, fliegt uns gleich der ganze Laden um die Ohren!«

Wie zur Bestätigung ertönte in diesem Moment aus der Tiefe unter ihnen ein fernes Rumoren.

Lies weiter bei KAPITEL 20!

»Bei den Göttern – das ist Wind!«, entfuhr es Nolfi. »Aus dem rechten Gang zieht es ziemlich stark. Er muss ins Freie führen!«

»Da hätte ich auch selbst draufkommen können!« Pratt schlug sich mit der flachen Hand vor die Stirn. Das Geräusch ging im allgegenwärtigen Donnern und Rumoren unter. Er drehte sich zu den anderen um und machte eine einladende Geste in Richtung Tunnelmündung.

Im selben Moment stürzte der Gang, durch den sie gekommen waren, unter ohrenbetäubendem Getöse in sich zusammen. Staub wallte auf, raubte ihnen die Sicht, das urtümliche Rauschen schwoll zu einem kataklysmischen Donnern an. Ein Schwall sengend heißer Luft walzte aus rückwärtiger Richtung heran.

»Raus hier! Rasch!«, hustete McManus und rannte los. »Jetzt kommt es auf jede Sekunde an!«

STOPP!
Bevor du weiterlesen und den Ausgang der Geschichte erfahren darfst, zähle die Schädel im hinteren Bucheinband:

- *Hast du fünf oder mehr Schädel angekreuzt, lies KAPITEL 21!*

- *Sind es vier oder weniger, lies KAPITEL 22!*

20

Die Treppe unter ihnen schwankte wie ein viel zu kleines Boot auf viel zu stürmischer See und schien sich nach Kräften zu mühen, sie abzuschütteln. Mehrfach gelang es ihnen nur im letzten Moment, sich an der bröckelnden Betonwand abzustützen und einen Sturz in unbekannte Tiefen zu vermeiden.

Zum Glück war der Treppenschacht nicht völlig dunkel, denn sie hatten die Tür über sich offen gelassen. Aber das wenige Streulicht, das bis zu ihnen herunterdrang, reduzierte alles zu tiefenlosen Schatten ohne Gesichter und Substanz.

Heather und Katie, die Brianna stützten, kamen nur langsam voran, trotz der Hilfe der beiden Inselbewohner. In der Agentin schien nicht mehr viel Leben zu sein. Katie spürte, wie schwer ihr jede Bewegung fiel. Es war nur eine Frage der Zeit, bis sie endgültig zusammenbrach.

»Braucht ihr da oben Hilfe?«, drang Pratts Stimme aus der Tiefe des Treppenschachts zu ihnen herauf. »Wir müssen uns ein bisschen beeilen!«

Der Berg zitterte erneut, und diesmal gesellte sich ein tiefes, rumpelndes Grollen hinzu, ein Geräusch, das sich möglicherweise nicht nur so anhörte, als brächen tief unter der Erde gewaltige Hohlräume zusammen. Staub und Betonsplitter regneten von der Decke. Sojis Gefährte sagte irgendwo weiter vorne etwas in seiner gutturalen Sprache. Pratt war mit dem Übersetzungsmodul zu weit voraus, aber McManus konnte sich auch so denken, was er meinte.

»In dem Tempo kommen wir hier nie lebend raus«, schnappte Fyfield unmittelbar vor ihm. »Und halten Sie mir diese verdammten Wilden vom Leib, Pratt!«

»*Mister* Pratt, wenn ich bitten darf, *Mister* Fyfield«, tönte

Pratt von unten. »Vielleicht hätten Sie nicht so grob mit der Göttin dieser angeblichen Wilden umspringen sollen.«

»Nicht jetzt, Derek«, sagte Katie. »Er bekommt seine gerechte Strafe. Aber zunächst mal müssen wir hier raus!«

Wenn es damit nur getan wäre, dachte McManus grimmig. Zwar war dem letzten Erdstoß kein weiterer mehr gefolgt, aber er konnte die Spannung fast körperlich fühlen, die sich tief unter ihnen in der Erde aufbaute.

Aber das war nicht alles.

McManus verstand nichts von biologischen Kampfstoffen, aber er hatte *gesehen,* wie die Phiole geborsten war und sich ihr Inhalt gasförmig in der Luft verteilte. Wieso hatte Brianna das nur getan? Wieso hatte sie die Ampulle zerstört? Hatte sie darin tatsächlich die einzige Möglichkeit gesehen, mit Fyfield fertigzuwerden? McManus konnte sich das nicht vorstellen, doch das spielte jetzt keine Rolle mehr.

Sie waren geliefert, so sah die Sache aus. Was immer Pandora war, es befand sich jetzt in ihrem Organismus.

Seltsamerweise verspürte er keine Angst. Vielleicht war der Schrecken der vergangenen Stunden einfach zu groß, um ihn noch rational zu erfassen. McManus dachte an seine Frau. Sie war weiter von der berstenden Phiole entfernt gewesen als er. Vielleicht ...

In diesem Augenblick stoppten Pratts hallende Schritte vor ihm.

Sekunden später erreichte auch McManus das untere Ende der Treppe. Dank den Überbleibseln der allgegenwärtigen Notbeleuchtung wurden hier aus den formlosen Schatten wieder konkrete Formen. Sie hatten noch keine Gesichter, waren aber dennoch zu unterscheiden. Pratt und Nolfi hatten sich beiderseits von Fyfield postiert, der unschwer an seiner vorgebeugten Haltung und den unbequem zusammengezogenen Schultern zu identifizieren war. Letzteres lag an der Art, wie Pratt seine

Handgelenke gefesselt hatte: viel zu fest. McManus konnte es ihm nicht verdenken. Im Nachhinein fand er Heathers Idee mit dem Stacheldraht durchaus verlockend.

Sie warteten, bis auch die Frauen die letzten Stufen überwunden hatten, dann sahen sie sich um. Vor ihnen lag ein Korridor, der sich nach wenigen Metern in diffusem Zwielicht verlor.

»Wir können unmöglich schon ganz unten sein«, murmelte Pratt. »Die ausgebrannten Gänge, durch die wir reinkamen, lagen viel tiefer.«

»Weshalb haben wir nicht denselben Weg gewählt wie auf dem Hinweg?«, wollte Nolfi wissen.

»Weil uns diese Route nur zurück zu der Schleuse im Dschungel geführt hätte«, erinnerte ihn Katie. »Vor der jetzt wahrscheinlich der Glatzkopf mit seinen Leuten wartet, um uns allesamt auf sein Folterrad zu schnallen.«

»Außerdem war Rikers Blick während seiner letzten Worte starr auf den Durchgang zu dieser Treppe gerichtet«, fügte McManus hinzu.

»Der irre Blick eines sterbenden Tattergreises«, spottete Fyfield. »Und darauf setzen Sie unser aller Leben?«

Während sich McManus fragte, ob es nicht auch Knebel aus Stacheldraht gab, machte Pratt ein paar Schritte in den Korridor hinein. Nach kurzem Zögern folgten ihm die anderen.

Ein schwaches düsterrotes Licht und ein intensiver Geruch nach heißem Stein schlugen ihnen entgegen. Der Boden zitterte wieder sacht, und McManus konnte sich des verrückten Eindrucks nicht erwehren, dass er es im Takt ihrer Schritte tat.

Der Korridor war nur kurz. Er endete an einem Lift mit offen stehenden Türen.

Fyfield stieß einen verächtlichen Laut aus. »Irrsinn! Dieses Ding fährt nirgendwo mehr hin.«

Selbst im spärlichen Licht des einzigen roten Notlämpchens über der Aufzugtür konnte McManus erkennen, dass der Ex-Militär recht hatte. Die Liftkabine war nicht nur zu klein für sie alle, sondern unübersehbar schon vor langer Zeit Opfer eines Erdstoßes geworden. Die Wände aus matt gewordenem Chromstahl waren nach innen gedrückt und zerknittert, als hätte ein Riese seine Faust darum geschlossen und sie zusammengequetscht wie eine leere Bierdose. Die Kabine war derart im Schacht verkantet, dass sie höchstens noch mit einer Sprengladung dazu zu bringen wäre, sich erneut zu bewegen.

»Das muss sie auch nicht, wenn Riker die Wahrheit gesagt hat«, erwiderte Pratt und betrat die Kabine, die unter der ungewohnten Belastung protestierend zu ächzen begann. Rost rieselte von der Decke.

»Sie glauben, da drin wären Sie sicher vor dem Vulkan?«, höhnte Fyfield. Er schüttelte den Kopf. »Dann habe ich eine schlechte Nachricht für Sie, mein Freund: Das ist kein Atombunker!«

»Auch ein Atombunker würde uns nichts nutzen, wenn uns der Berg auf den Kopf fällt«, erwiderte Pratt trocken, während er vor die kleine Schalttafel an der Rückwand trat und sich davor in die Hocke sinken ließ. »Die gute Nachricht, *mein Freund*: Riker hat uns gesagt, wohin es von hier aus weitergeht. Aber davon haben Sie nach Ihrem Kontakt mit einem Paar Insulanerfäusten offenbar nichts mitbekommen.« Er ignorierte die Beleidigung, die Fyfield ausstieß, und begann, mit spitzen Fingern über die zerschrammte Schalttafel zu tasten.

Nach einer Sekunde klickte es, und die gesamte Tafel schwang zur Seite und fiel dann polternd zu Boden, als die rostigen Scharniere nachgaben und zerbrachen. Dahinter kam ein zweites, weitaus besser erhaltenes Eingabefeld mit einer grün leuchtenden Anzeige zum Vorschein. Pratt streckte die Hand aus und ließ sie wieder sinken, als auf der Anzeige eine grüne Laufschrift erschien:

Bitte Zugangscode eingeben!
»Oh, Shit«, sagte Pratt.
»Oh, Shit?«, wiederholte Fyfield. »Seltsamer Code.«
Mit drei raschen Schritten war McManus ebenfalls im Lift. Er war nicht sicher, ob der Boden der Kabine unter seinem Gewicht erzitterte oder ob der Berg schon wieder bebte. »Worauf warten Sie? Uns läuft die Zeit davon!«

Pratt sah mehr als nur ein bisschen unglücklich zu ihm hoch. »Ich kenne den Code nicht.«

»Weil Sie sich nur Drehbücher merken können, oder weil Sie prinzipiell alles vom Teleprompter ablesen?«, fragte Fyfield.

Ohne aufzusehen, sagte Pratt: »Katie? Wenn der Kerl noch einmal ungefragt den Mund aufmacht, schickst du ihn zusammen mit Soji und ihrem Freund zurück ins Treppenhaus.«

»Mit Vergnügen, Schatz«, erwiderte Katie.

An McManus gewandt, fuhr Pratt fort: »Riker hat nichts von einem Code gesagt.«

»Sind Sie sicher?«, fragte Nolfi. »Überlegen wir, was genau seine letzten Worte waren ... Erwähnte er nicht, er habe diesen Mechanismus hier selbst programmiert?«

»Der alte Zausel hat uns verarscht«, sagte Fyfield. »Wahrscheinlich erfreut er sich in Wahrheit bester Gesundheit und sitzt jetzt da oben, spielt mit seinen lächerlichen Modellen und lacht sich über uns tot.«

»Soll ich, Schatz?«, erkundigte sich Katie.

»Bring mich nicht in Versuchung«, murmelte Pratt. Zögernd streckte er die Hand aus, tippte eine willkürliche Buchstabenfolge ein.

Die Anzeige veränderte sich:
Falscheingabe, Versuch 1 von 3
»Versuchen Sie ›Pandora‹«, schlug Nolfi vor.
Pratt zögerte, folgte dann aber dem Vorschlag.
Die Anzeige änderte sich erneut:

Falscheingabe, Versuch 2 von 3

Mit wachsender Panik starrte Pratt die Anzeige an. Der Boden unter seinen Füßen schwankte, und diesmal war es nicht allein die Kabine.

»Und wenn wir doch zurück zur Dschungelschleuse gingen?«, schlug Katie vor. »Vielleicht hören die Ureinwohner ja auf mich. Immerhin bin ich Kathari!«

Sie klang nicht wirklich überzeugt.

»Einen Versuch haben wir noch«, sagte McManus. »Probieren Sie NCC-1701.«

»Wie bitte?«, murmelte Pratt.

»Tun Sie es, Derek.« McManus machte eine zusätzliche auffordernde Geste. »Was haben wir schon zu verlieren?«

»Unser Leben?«, schlug Fyfield vor.

Pratt sah ihn noch einen Moment zögernd an, dann gab er die Buchstaben- und Ziffernfolge ein.

Die grüne Leuchtschrift änderte sich abermals:

Code akzeptiert. Zugang gewährt

Die Anzeige schien ihnen noch zweimal spöttisch zuzuzwinkern und ging dann aus. Ein schweres Klacken erscholl, und ein großer Teil der rückwärtigen Kabinenwand schwang auf.

Oder versuchte es zumindest. Nach einem Stück verkantete sie sich und fraß sich mit einem in den Zähnen schmerzenden Laut im umgebenden Metall fest. Durch den kaum fingerbreiten Spalt war schwaches Licht zu erkennen, dessen trübrote Farbe ihnen mittlerweile auf enervierende Weise vertraut war.

»Helft mir!« Pratt quetschte seine Hand in den Spalt und begann zu ziehen. Die Tür rührte sich nicht, auch nicht, als McManus mit zupackte. Erst, als sich auch Nolfi in der Enge der Kabine hinzugesellte, gelang es ihnen mit vereinten Kräften, das verzogene Schott Zentimeter für Zentimeter aufzuzerren. Dahinter kam ein Stück bodenloser Aufzugschacht zum Vorschein, an dessen gegenüberliegender Wand eine wenig vertrauenerweckende Anzahl rostiger Eisensprossen nach unten führten.

»Schnell!« Pratt quetschte sich, ohne zu zögern, durch den Spalt, tastete mit dem Fuß nach der ersten Sprosse und begann, in die Tiefe zu steigen. Nolfi folgte ihm dichtauf, und McManus machte eine auffordernde Geste zu Fyfield.

»Jetzt Sie!« Er würde diesen Kerl bestimmt nicht mit den drei Frauen hier oben allein lassen, von denen eine noch dazu so schwer verletzt war, dass sie kaum stehen konnte.

»Mit gefesselten Händen?« Fyfield hielt ihm die zusammengebundenen Handgelenke hin. Doch McManus schüttelte nur den Kopf.

»Das meinen Sie nicht ernst!«, ereiferte sich Fyfield. »Das schaffe ich nicht!«

»Dann strengen Sie sich an«, blaffte McManus. »Oder bleiben Sie hier, mir egal. Ich bin sicher, unsere beiden neuen Freunde leisten Ihnen während Ihrer letzten verbleibenden Minuten gerne Gesellschaft.«

Fyfield gab sich alle Mühe, ihn mit Blicken zu tranchieren, dann drückte er sich durch die Öffnung.

McManus ertappte sich bei dem Gedanken, dass es ihm nicht das Herz brechen würde, wenn Fyfield von der Leiter stürzte und sich jeden Knochen im Leib bräche. Aber diesen Gefallen tat ihm der Ex-Militär nicht. Stattdessen turnte er die Sprossen trotz zusammengebundener Hände mit schon fast bewunderungswürdigem Geschick hinunter.

Achselzuckend winkte McManus Soji herbei, die als Nächste nach unten steigen sollte. Die Insulanerin tat es, aber erst, nachdem Katie ihr signalisiert hatte, dass es in Ordnung wäre und sie ihr sogleich folgen würde. Auch Adam verschwand unter solcherlei Versicherungen im Schacht.

Nun wurde es kompliziert. Katie und Heather führten Brianna heran und legten McManus nach kurzem Blickkontakt von hinten die Arme der Agentin über die Schultern.

»Sie müssen mithelfen«, sagte er, »sonst schaffe ich es nicht. Versuchen Sie, sich auch mit den Beinen an mir festzuklammern. Haben Sie das verstanden?«

Brianna gab ein Geräusch von sich, das ebenso gut eine Zustimmung wie ein gequältes Wimmern sein konnte, schloss aber dann tatsächlich von hinten die Unterschenkel um seine Hüften.

Sie war schwerer, als McManus gedacht hatte, und mit jeder Sprosse auf der uralten Steige schien ihr Gewicht zu wachsen. Stück für Stück hangelte sich McManus in die Tiefe. Nach einer Weile hatte er das Gefühl, es müsse ihm die Schultern aus den Gelenken reißen, doch er kletterte weiter.

Dass er die letzten Meter schaffte, war reines Glück – zehn Sprossen mehr, und er wäre mitsamt seiner Last auf dem Rücken in die Tiefe gestürzt. Doch plötzlich spürte er ebenen Boden unter seinem tastenden Fuß. Stöhnend taumelte er von den Sprossen fort, und gleichzeitig rutschte Brianna von seinem Rücken ab. Sie hätte sich wohl noch schlimmer verletzt, hätten Pratt und Nolfi sie nicht aufgefangen. Dadurch hatte niemand mehr eine Hand frei für McManus. Keuchend vor Anstrengung sank er auf die Knie und verbrachte die nächsten Sekunden damit, gegen einen heftigen Schwindelanfall anzukämpfen.

»Bewunderungswürdig«, sagte Fyfield. »Ein Gentleman alter Schule, bis zum letzten Moment, wie?«

»Wenn Sie wollen, halte ich ihn fest, damit Sie ihn schlagen können«, bot Pratt an.

McManus war zu sehr außer Atem, sonst hätte er das Angebot vielleicht sogar angenommen. Zunächst konzentrierte er sich darauf, bei Bewusstsein zu bleiben, und nach einer Minute schaffte er es, sich wieder auf die Füße zu kämpfen. Alles drehte sich um ihn, und der Geruch nach brennendem Stein schien noch einmal intensiver zu werden.

Heather kniete neben Brianna nieder, um zu sehen, wie es ihr ging. Nolfi, Soji und ihr Begleiter hielten Fyfield mit Blicken in Schach. Zumindest Nolfi. Die beiden Ureinwohner warteten mit geballten Fäusten gespannt darauf, dass der Waffenhändler etwas tat, was ihnen einen Vorwand lieferte, über ihn herzufallen.

»Geht's wieder?«, erkundigte sich Pratt. »Das war verdammt mutig von Ihnen.« Er half McManus auf die Beine. »Was war das eigentlich für ein komischer Code, den Sie mich da oben eingeben ließen?«

»Er steht für *Naval Construction Contract 1701*«, erwiderte McManus schwer atmend. »Die Kennung der Original-Enterprise aus *Star Trek*. Ein weiterer Insider-Scherz, den sich Riker geleistet hat, als er die Notluke programmierte.« Er hob den Kopf und sah sich um. »Was ist das hier?«

»Unser Grab, wenn wir noch lange rumstehen«, maulte Fyfield. »Der Alte ist tot, das heißt, hier fliegt gleich alles in die Luft.«

»Erst, wenn das Signal, das sein Implantat alle zehn Minuten aussandte, zum dritten Mal ausbleibt«, erinnerte ihn McManus. »Insgesamt dauert es folglich eine halbe Stunde, bis die Selbstvernichtungsautomatik die Detonation auslöst.«

»Und wie viel davon ist schon vorbei?«, wollte Fyfield wissen.

McManus sparte sich eine Antwort, tauschte einen fragenden Blick mit Heather, auf den diese lediglich mit einem Achselzucken reagierte, und versuchte ohne Erfolg, die Schatten ringsum mit Blicken zu durchdringen. Alles war finster, nicht einmal schummrige rote Notleuchten gab es.

Plötzlich flammte rechts von ihnen ein Licht auf. Nach der langen Zeit im Zwielicht schien es McManus unnatürlich grell, und es dauerte etliche Augenblicke, bis er begriff, dass es sich lediglich um den Schein eines Smartphone-Displays handelte.

»Ein Glück, dass ich die ganze Zeit kein Netz hatte«, sagte Katie und schwenkte die Lichtquelle hierhin und dorthin. »Sonst hätte der Akku längst schlappgemacht.« Sie machte ein paar Schritte vorwärts. »Seht mal: Hier sind Fackeln!«

Etwas klickte. Funken stoben und wurden zu einer Flamme, als die angebliche Göttin der Ureinwohner ihr Feuerzeug an eine uralt wirkende Pechfackel hielt, die sie aus einem grob aus Stein gehauenen Ständer gezogen hatte. Er enthielt noch weitere. Katie entzündete auch sie und reichte sie an alle außer Brianna und Fyfield weiter.

Flackerndes Licht vertrieb die Schatten und enthüllte eine Umgebung, wie sie auch Hieronymus Bosch kaum beunruhigender hätte malen können. Sie standen in einer weitläufigen Höhle, deren Decke von schwarzen, wie mit Silberstaub überzuckerten Lavasäulen getragen wurde. Alles wirkte auf eine unangenehme Weise organisch. Die Luft war warm und roch brandig.

»Das hier ist nicht künstlich angelegt«, stellte Pratt fest.

»Genau wie Riker gesagt hat«, erinnerte sich Nolfi. Er hob seine Fackel ein wenig höher. Orangefarbenes Licht fiel auf die gegenüberliegende Wand und enthüllte die Mündung eines großen, unregelmäßig geformten Tunnels.

»Das müssen alte Lavatunnel sein«, sagte Nolfi. »Natürlich entstanden, vermutlich lange bevor die U. S. Army hierherkam und diese Station errichtete.«

»Wenn Riker nicht gelogen hat, führt der Gang zu einem getarnten Ausgang in der Nordflanke des Berges«, sagte Pratt.

Fyfield stieß ein verächtliches Schnauben aus.

»Wieso hätte er lügen sollen?«, fragte McManus. »Was er bisher über den Weg gesagt hat, stimmte schließlich auch.«

»Dann los!« Nolfi wollte sich eben in Bewegung setzen, als eine dumpfe Detonation den Boden zu ihren Füßen erschütterte. Das Geräusch war lauter und durchdringender als alles, was der Berg bislang von sich gegeben hatte. Es klang nicht länger natürlich, vielmehr wie ein kontrollierter, unfassbar kraftvoller Knall, gedämpft durch Abermillionen Tonnen Vulkangestein. Die Vibrationen unter ihren Füßen waren ebenfalls anders als die bisherigen Erdstöße. McManus' Zähne klapperten aufeinander, so stark waren die Erschütterungen. Steinbrocken und Felsstaub regneten von der Decke, die dünnen Lavasäulen schienen vor seinen Augen zu schwanken wie Grashalme im Wind.

»Die Detonation!«, rief er. »In den Tunnel! Rasch!«

Im Laufschritt betraten sie den Gang. Wände und Decke bestanden aus unregelmäßig geformtem, schartigem Gestein, immer wieder ragten Stalagmiten und andere Unebenheiten aus dem Boden hoch und drohten sie zum Straucheln zu bringen.

Sie waren kaum zwei Dutzend Schritte weit gekommen, als hinter ihnen ein apokalyptischer, berstender Laut ertönte, lauter und unmittelbarer als alles zuvor.

»Die Höhle stürzt ein!«, brüllte McManus und versuchte, sein Tempo nochmals zu beschleunigen.

Sekunden später rollte eine gewaltige Staubwolke aus dem hinter ihnen liegenden Tunnelabschnitt heran und verdunkelte sekundenlang das Licht der Fackeln. Sie rannten weiter, hustend und keuchend.

Unter ihren Füßen ertönten jetzt immer öfter weitere Detonationen – scharfe, klar definierte Donnerschläge wie von Granaten oder Fliegerbomben. Sie wurden von einem dumpfen Rauschen untermalt, ähnlich gewaltiger Wassermassen, die mit großer Geschwindigkeit durch einen engen Kanal rauschten.

Unvermittelt blieb Pratt, der vorneweg lief, stehen. Als die anderen ihn einholten, erkannten sie das Problem.

»*Drei* Tunnel«, stieß Nolfi kurzatmig hervor und musterte

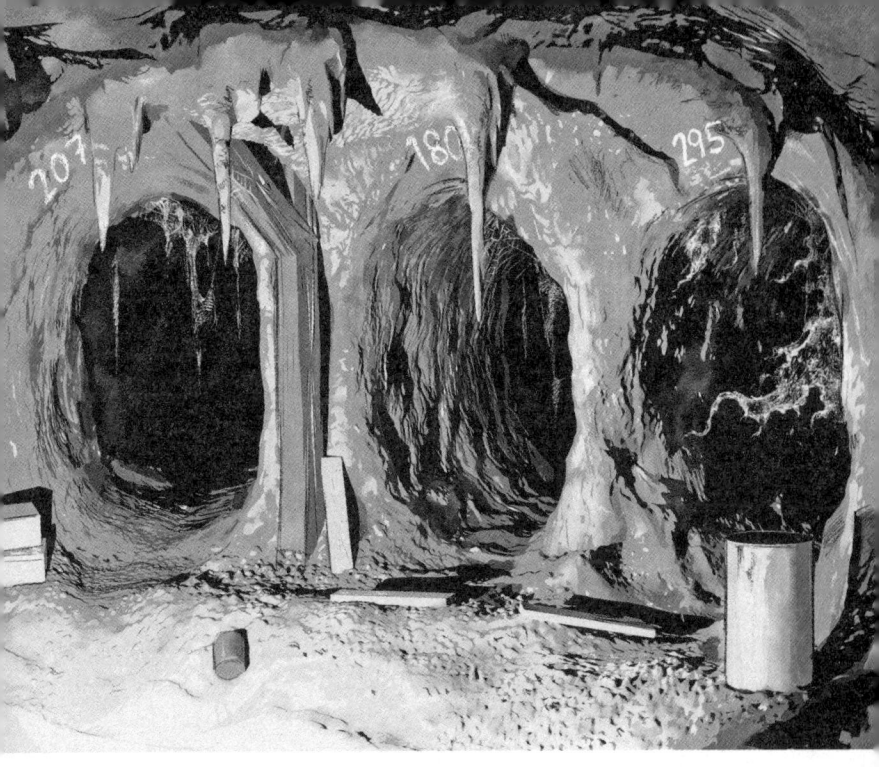

die Gangmündungen, in die sich der Weg vor ihnen aufspaltete.
»Davon hat Riker nichts gesagt!«
»Natürlich nicht.« Fyfield spuckte einen Batzen Schleim in den Staub. »Der Alte hat uns in den sicheren Tod geschickt!«

McManus schüttelte den Kopf. »Das glaube ich nicht. Er konnte nur wahrscheinlich nicht mehr alles loswerden, was er uns mitteilen wollte, geschwächt, wie er war.« Er verengte die Augen und musterte die drei Öffnungen kritisch. »Ich fürchte, dass nur einer dieser Wege zu dem erwähnten Durchbruch an der Nordflanke führt. Nur welcher?«

Nolfi, das Gesicht nicht nur von der Anstrengung, sondern mittlerweile auch von nackter Panik verzerrt, drehte den Kopf und sah nach hinten, wo das dumpfe Rauschen mittlerweile deutlich lauter geworden war. »Ich will nicht drängeln«, sagte er, »aber wenn die Sprengvorrichtung den Vulkan tatsächlich zum Ausbruch bringt, ist es nur eine Frage der Zeit, bis sich glutflüssige Lava einen Weg durch diese Tunnel bahnt.«

»Schon gut«, unterbrach ihn Pratt und trat vor die drei Mündungen. »Irgendwie wird ja wohl festzustellen sein, welcher der drei ins Freie führt!«

Sieh dir die Illustration mit den Tunnelöffnungen der vorangegangenen Seite gut an. Wenn du weißt, welche der drei in die Freiheit führt, lies weiter bei der entsprechenden Seitenzahl. Beginnt der Text auf dieser Seite NICHT mit den Worten »Bei den Göttern ...«, *war deine Lösung falsch – verfahre weiter, als hättest du die Lösung nicht gewusst (s. u.).*

Kannst du dieses Rätsel nicht lösen, blättere um und lies weiter auf Seite 310!

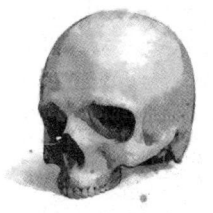

Schlag den hinteren Bucheinband auf und markiere einen beliebigen Totenschädel mit einem Kreuz!

»Verflucht«, stieß Pratt nach einigen Sekunden hervor, augenscheinlich unfähig, sich für eine der drei Optionen zu entscheiden.

»Ich sage doch: Der Alte hat uns ins Verderben geführt«, zischte Fyfield. »Machen Sie meine Fesseln los. Ich will als freier Mann sterben!«

Niemand reagierte. In der Tiefe donnerte es.

Plötzlich trat eine kleine, schlanke Gestalt neben Pratt. Es war Soji.

Als er sie fragend ansah, hob sie den Arm und deutete auf den rechten der drei Tunnel.

»Was willst du mir sagen?«, fragte Pratt. »Geht es dort nach draußen?«

»Woher soll sie das wissen?«, wandte Nolfi ein, während das Übersetzungsmodul Pratts Worte in die Sprache der Insulaner übersetzte. »Sie hat uns doch gesagt, dass noch nie einer ihres Stammes hier drinnen war.«

Soji sagte etwas. »Ich war noch nie hier«, bestätigte der elektronische Dolmetscher. »Aber das muss ich auch nicht, um zu erkennen, welcher Gang ins Freie führt.« Sie trat einen weiteren Schritt vor und wies der Reihe nach auf die Spinnweben, die in jedem der drei Tunnel von der Decke baumelten.

Die des rechten Tunnels bauschten sich gut sichtbar einwärts unter einem leichten Luftzug.

Lies weiter auf Seite 295!

21

McManus hatte es aufgegeben mitzuzählen, wie oft er sich beim Laufen den Kopf an der niedrigen Decke angestoßen, Ellbogen oder Schienbein an einem Hindernis aufgeschürft hatte, das sich zwischen den Schatten versteckte, oder sich Augenbrauen und Wimpern an den Flammen seiner Fackel versengt hatte, wenn der Luftzug wieder einmal die Richtung wechselte. Er hatte es auch aufgegeben, darüber nachzudenken, ob sie überhaupt auf dem richtigen Weg waren oder nur immer weiter ins Innere des Berges hetzten, näher und näher zu dessen feurigem Herz.

Er konnte nicht sagen, wie lange sie schon unterwegs waren, ob es Minuten oder Tage, Stunden oder Ewigkeiten waren. Vielleicht gab es so etwas wie Zeit hier unten auch gar nicht, und sie alle waren in Wirklichkeit längst tot und ihre vermeintliche Flucht durch die Lavaröhren nur der erste von unendlich vielen qualvollen Augenblicken im Fegefeuer, die nun auf sie warteten.

Mit einer ärgerlichen Anstrengung schob er den Gedanken von sich – und erblickte gerade noch rechtzeitig eine weitere steinerne Ausbuchtung an der Tunneldecke, unter der er sich wegduckte. Trotz der Hektik gelang es ihm nicht, ein schadenfrohes Lächeln zu unterdrücken, als Fyfield hinter ihm nicht schnell genug reagierte und, einen zornigen Laut ausstoßend, mit dem steinernen Hindernis kollidierte. Offensichtlich waren sie also doch noch am Leben, folgerte McManus. Im Fegefeuer würden ihm selbst solche kleinen Freuden vermutlich nicht mehr vergönnt sein.

»Was muss eigentlich noch alles passieren, damit Sie zugeben, dass wir uns verirrt haben?«, beschwerte sich Fyfield. »Hier gibt es keinen Weg ins Freie! Wenn Sie mich fragen, hat uns Riker absichtlich in die Irre geführt, damit wir …«

McManus erfuhr nie, wonach er Fyfield sowieso nicht gefragt hätte, denn der Ex-Militär brach mit einem neuerlichen Schmerzenslaut mitten im Satz ab. Etwas polterte.

Im gleichen Maße überrascht wie alarmiert drehte sich McManus in der Enge des Stollens um, jederzeit darauf gefasst, dass Fyfield in seiner Verzweiflung trotz der gefesselten Hände irgendetwas Verrücktes riskierte.

Aber Fyfield riskierte nichts. Fyfield war gar nicht mehr da.

Genau wie die anderen.

McManus' Herz begann auf Verdacht zu hämmern, während sein Verstand noch zu begreifen versuchte, was er da sah. Oder eben auch nicht mehr. So schmal, wie der Tunnel war, hatten sie nur hintereinanderlaufen können. Abzweigungen hatte es keine mehr gegeben. Er erinnerte sich genau, dass Pratt kaum einen halben Schritt hinter Fyfield gewesen war, der wiederum hinter McManus gelaufen war. Jetzt war keiner von beiden mehr zu sehen.

»Fyfield?«, rief er. »Pratt?«

Er bekam keine Antwort. Er hörte gar nichts, weder die Stimmen der anderen noch ihre Schritte oder die leisen Geräusche, die entstanden, wenn man mit den Armen an Wänden aus rauem Lavagestein entlangstrich oder gegen Hindernisse stieß. Nur das unheilvolle, dumpfe Grollen aus der Tiefe.

Der Tunnel lag finster vor ihm. Wo die Fackeln der anderen sein sollten, erkannte McManus nur Dunkelheit.

»Derek?«, rief er noch einmal. »Heather? Verdammt, antwortet!«

Niemand antwortete, nicht einmal ein Echo. Das Hämmern seines Herzens wurde deutlich lauter. Der Boden vibrierte sacht unter ihm. Vielleicht zitterten auch seine Knie.

Panik versuchte sich seiner Gedanken zu bemächtigen, aber es gelang McManus, sie zurückzudrängen. Er rief erneut, gab es schließlich auf und tastete sich mit ausgestreckter Hand zurück in die Richtung, aus der er gekommen war.

Oder er versuchte es wenigstens. Wo der Stollen sein sollte, stemmte sich ihm nach nur wenigen Schritten massiver Fels entgegen.

McManus hob die Fackel höher. Das Licht spiegelte sich auf schwarzer, seit Urzeiten erstarrter Lava, so glatt und so hart wie sorgsam poliertes Glas. Er war ganz sicher, auf den letzten fünfzig Metern nirgends abgebogen zu sein, und doch wies der Stollen vor ihm plötzlich einen scharfen Knick auf, wo keiner sein sollte. Als er sich behutsam an der Wand zur Seite schob, ertastete er wenige Schritte weiter eine T-Kreuzung. Ein Tunnel verlief quer zu seinem. Er konnte sich nicht erinnern, hier schon einmal vorbeigekommen zu sein. In beide Richtungen war der Gang menschenleer, wie er im roten Licht seiner Fackel widerwillig offenbarte.

Zögernd begriff McManus: Nicht die anderen waren verschwunden, sondern er.

Diesmal benötigte er deutlich länger, um seine Panik niederzuringen und das Geräusch seines hämmernden Herzschlags und seiner immer hektischer werdenden Atemzüge auszublenden.

Er stand still und lauschte angestrengt.

Ganz leise meinte er jetzt weitere Geräusche zu hören, Schritte, vielleicht auch Stimmen, kaum auszumachen über dem beständigen Grollen des Vulkans. Es fiel ihm schwer, ihre Richtung zu bestimmen, und mit zusammengekniffenen Augen suchte er den quer verlaufenden Gang erneut in beiden Richtungen ab. Linker Hand schien es in der Ferne etwas heller zu werden, ein kaum wahrnehmbarer Schein wie von gedämpftem Tageslicht. Aber sicher konnte er nicht sein. Der rechte Tunnel war finster, jedoch schienen die Stimmen in dieser Richtung minimal lauter zu sein.

McManus wandte sich nach rechts.

Wie es aussah, hatte er ausnahmsweise Glück, denn auch wenn er die Worte immer noch nicht verstand, identifizierte er jetzt doch eindeutig die Stimmen Heathers und Pratts. Jemand rief etwas, vielleicht seinen Namen. So laut er konnte, schrie McManus: »Ich bin hier! Wartet auf mich!«

Er blieb stehen und lauschte mit angehaltenem Atem auf Antwort.

Sie kam nicht. Stattdessen wurde das Rumpeln lauter.

Dann begannen die Schreie.

McManus fuhr so erschrocken zusammen, dass er die Fackel fallen ließ und diese beinahe erlosch. Aber es wurde nicht dunkel.

Vor ihm, noch weit entfernt, aber rasend schnell näher kommend, erwachte ein düsteres rotes, dann gelbes Licht zum Leben, und er meinte, einen verbrannten Hauch wie den Atem der Hölle selbst zu spüren, der über sein Gesicht strich. Das fauchende Rauschen, das er bereits kurz nach den unterirdischen Detonationen vernommen hatte, schwoll zu ohrenbetäubender Intensität an. Über dem Chaos meinte er Heathers Stimme zu hören, die verzweifelt seinen Namen schrie, und dann mit entsetzlicher Plötzlichkeit abbrach. Ganz kurz glaubte er den Schatten eines rennenden Menschen zu sehen, der sich vor dem gelben Licht abzeichnete und dann von diesem verschlungen wurde. Endlich gewann sein Selbsterhaltungstrieb die Oberhand über sein Entsetzen, und McManus fuhr auf dem Absatz herum und rannte vor der heranwalzenden Lava davon, auf die ferne Ahnung von Tageslicht am anderen Ende des Tunnels zu, so schnell er konnte.

Aber auch er war nicht schnell genug.

ENDE

22

Der Ausgang des Tunnels, erleuchtet vom Licht einer tief stehenden Sonne, erschien so jäh vor ihnen wie hingezaubert. Und das war nicht das einzige Wunder. Kaum traten sie durch die Öffnung auf einen steilen, von leichter Dschungelvegetation bedeckten Berghang hinaus, sahen sie unter sich den Ozean – und nicht nur ihn: Noch zu weit entfernt, um Einzelheiten zu erkennen oder auch nur den verschnörkelten Schriftzug am Bug entziffern zu können, lag eine Jacht in einer Bucht der Insel vor Anker. Es war eine von den ganz großen, auf denen leicht zwei Dutzend Passagiere und die dazugehörige Anzahl Besatzungsmitglieder Platz fanden, und sie verfügte sogar über einen eigenen Hubschrauberlandeplatz am Heck. Letzterer ruinierte zwar die Linienführung des Schiffes, mochte sich in Situationen wie dieser aber als ungemein praktisch erweisen.

Möglicherweise als lebensrettend.

Sie hatten den Rest der Lavatunnel in erfreulich kurzer Zeit hinter sich gebracht, aber der Boden hatte immer öfter und heftiger gezittert und auf dem letzten Stück schließlich gar nicht mehr damit aufgehört. Das regelmäßige, schwere Schlagen der Brandung ein paar Hundert Meter unter ihnen war nicht das einzige Geräusch, das die Laute des Dschungels übertönte, als sie aus dem Stollen traten. In der Luft lag ein extrem tiefes Grollen, beinahe mehr zu spüren als zu hören, zugleich machtvoll genug, um alles zu durchdringen und selbst ihren Herzschlägen und dem Rauschen des Blutes in ihren Adern seinen Rhythmus aufzuzwingen. Der Vulkan in ihrem Rücken sammelte Kraft für einen Ausbruch, und sie alle spürten, wie gewaltig er werden würde.

McManus war als Erster aus dem Berg ins Freie getreten und nach zwei Schritten stehen geblieben, einfach nur, um für einen Moment das Gefühl zu genießen, am Leben zu sein – und es möglicherweise sogar noch eine Weile zu bleiben. Aber sein Glücksgefühl währte nur eine Sekunde, dann stieß ihn jemand so unsanft von hinten an, dass er um ein Haar das Gleichgewicht verloren hätte. Ärgerlich sah er über die Schulter und stellte ohne Überraschung fest, dass es Fyfield gewesen war, der ihn angerempelt hatte.

Hinter ihm stolperten auch die anderen aus dem Tunnel und atmeten jeder auf seine Art erleichtert auf. Allein die beiden Inselbewohner blieben wie vom Donner gerührt stehen und starrten das futuristisch anmutende Schiff an, das wie ein Bote aus einer anderen Welt vor ihnen auf dem Meer lag.

»Das nenne ich Timing«, sagte Pratt, kaum dass er das Schiff erblickte. »Haben Sie das Taxi bestellt, George?«

McManus tat ihm den Gefallen, flüchtig zu lächeln, wandte sich aber sofort zu Heather um, die zusammen mit Brianna den Abschluss der kleinen Kolonne bildete. Sie hatte es sich nicht nehmen lassen, die verletzte CIA-Agentin auch auf den letzten Metern noch eigenhändig zu stützen, obwohl ihr alle – außer Fyfield – ihre Hilfe angeboten hatten.

Im nach der langen Dunkelheit ungewohnt grellen Sonnenlicht bot Brianna einen erschreckenden Anblick. Sie war bleich wie eine sprichwörtliche Kalkwand und stützte sich schwer auf Heathers Schulter. Sie zitterte am ganzen Leib. Aber die so zerbrechlich wirkende junge Frau hatte zur Genüge bewiesen, wie zäh sie war. Sie würde es schaffen. Jedenfalls hoffte McManus das.

»Wollen wir hier Wurzeln schlagen, oder gehen wir runter zum Strand?«, knurrte Fyfield.

Nolfi verzog spöttisch die Lippen. »Da hat es aber jemand eilig, ins Gefängnis zu kommen.«

Fyfield machte ein abfälliges Geräusch. »Wohl kaum. Was habe ich denn Schlimmes getan? Ich meine ... was sich vor Gericht beweisen ließe, nachdem alles hier in die Luft geflogen ist?«

»Sie werden den Rest Ihres Lebens im Gefängnis verbringen«, sagte Pratt. »Dafür sorge ich.«

»Und ich auch«, fügte Nolfi hinzu.

McManus lag eine Erwiderung auf der Zunge, dass möglicherweise niemand von ihnen lange genug leben würde, um bei Fyfields Verurteilung zugegen zu sein. Selbst wenn sie die Insel rechtzeitig verließen, wütete in ihrem Organismus immer noch Projekt Pandora, laut Riker das aggressivste Virus, das jemals existiert hatte. Ob die moderne Wissenschaft in der Lage sein würde, rechtzeitig ein Gegenmittel zu entwickeln und ihnen allen das Leben zu retten, wussten nur die Götter.

Der Vulkan stieß ein dumpfes, machtvolles Rumoren aus, das sie alle erschrocken aufsehen ließ. In den schwarzen Rauch, der aus dem geborstenen Gipfel hoch über ihnen stieg, mischten sich für einen Moment rote und gelbe Flammen. McManus sah aus den Augenwinkeln, wie auch Soji erschrocken in den Himmel blickte und sich Schutz suchend an ihren Begleiter schmiegte. Sie sagte etwas, das die Stimme aus Pratts Hosentasche mit: »Der Feuergott zürnt«, übersetzte. »Wir haben ihn um sein Opfer betrogen.«

»Also, ich wüsste da einen passenden Ersatz«, sagte Katie, während sie Fyfield mit einem abschätzigen Blick von Kopf bis Fuß maß.

»Lasst uns hinunter zum Wasser gehen«, sagte McManus. »Nicht, dass das Schiff am Ende noch ablegt, weil sie glauben, hier wäre niemand mehr am Leben!« Oder aus Angst vor dem Vulkan, fügte er in Gedanken hinzu. Was er nur zu gut verstehen könnte.

Sie marschierten los, den steilen Hang hinab. Der Vulkan stieß ein neuerliches, noch machtvolleres Rumpeln aus, gefolgt von einer kurzen Eruption aus gelben Flammen, wie um seinen Unmut darüber kundzutun, dass ihm seine schon sicher geglaubte Beute doch noch zu entkommen drohte. Nicht nur das Insulanerpärchen sah erneut in den Himmel hoch und wirkte nochmals verängstigter. Soji und Adam bildeten das Schlusslicht der Gruppe. McManus ließ sich ebenfalls ein paar Schritte zurückfallen, um Heather mit Brianna zu helfen.

»Was machen wir mit den beiden?«, fragte er leise, nachdem er sicher war, sich nicht mehr in Hörweite von Pratts verräterischem Übersetzungsapparat zu befinden. Nolfi hatte ihnen auf dem Weg durch die Stollen erzählt, wie sie auf Soji und Adam getroffen waren und was sich bei der Opferstätte der Ureinwohner abgespielt hatte. »Wir können sie nicht hierlassen. Ihr Stamm würde sie umbringen.«

»Du willst sie mitnehmen?« Heather schüttelte den Kopf. »Sie würden sich in unserer Welt niemals zurechtfinden.«

Aber wenigstens könnten sie dort überleben, dachte McManus. Selbst wenn die anderen Insulaner sie aus Zorn über das entgangene Opfer nicht umbrachten, würde es der ausbrechende Vulkan sehr bald schon tun.

Sie erreichten den Strand. Wenn McManus' Orientierung ihn nicht völlig im Stich ließ, lag die Bucht höchstens einen Kilometer von jener Stelle entfernt, wo sie Schiffbruch erlitten hatten. Wie lange war das jetzt her? Es schien ihm wie eine Ewigkeit.

Die Jacht hatte rund fünfhundert Meter vor der Küste geankert. Hintereinander setzten sie sich in Bewegung, auf einen Punkt zu, von dem aus die Besatzung zwangsläufig auf sie aufmerksam werden musste.

»Da sind Leute!«, gellte unvermittelt Katies Stimme. »Da vorne, seht ihr? Sie kommen aus dem Dschungel und halten auf das Schiff zu!«

»Eingeborene?«, fragte McManus alarmiert.

»Dafür sind sie zu groß«, murmelte Katie mit zusammengekniffenen Augen. »Außerdem sind es dafür zu wenige ... zwei, drei, vier, nicht mehr.«

»Vier Personen normaler Größe?« Pratt riss die Augen auf. »Wäre es möglich ...?« Damit rannte er in einem Tempo los, von dem sich McManus fragte, woher er nach den zurückliegenden Entbehrungen noch die Kraft dafür nahm.

Doch auch ihm dämmerte jetzt, welcher Verdacht Pratt gekommen war – oder besser: welche Hoffnung. Als auch sie sich den vier Gestalten auf wenige Dutzend Meter genähert hatten, bestätigte sie sich.

»Captain Bati?«, rief McManus entgeistert aus. »Jacek! Elena! Dr. Fisz! Ist es die Möglichkeit?«

Es war die Möglichkeit. Die vier wirkten ausgemergelt und schienen am ganzen Körper von roten Pusteln oder Einstichen übersät, und auch ihre Kleidung machte stellenweise einen mehr als mitgenommenen Eindruck, aber darüber hinaus schienen alle vier unverletzt und einigermaßen gut beieinander.

Erleichtert schloss McManus seinen ehemaligen Kommilitonen in die Arme. Heather vergaß ihre Aversion gegen Elena Zanik und umarmte die Architektin wie eine verloren geglaubte Schwester. Captain Bati stand einfach nur da und strahlte über das ganze bärtige Gesicht. Er wirkte wie jemand, der gerade ein neues Leben geschenkt bekommen hat – und im Grunde war genau das soeben geschehen.

Nur einer beteiligte sich nicht an der allgemeinen Wiedersehensfreude. Dr. Fisz hielt mit wutverzerrtem Gesicht auf Fyfield zu. Bevor jemand einschreiten konnte, hatte er ausgeholt und dem noch immer gefesselten Mann seine Faust ins Gesicht gerammt. Fyfield stürzte hintenüber in den Sand und versuchte, sein Gesicht mit den Armen zu schützen.

»Sie Bastard!«, zischte Fisz und machte Anstalten, über den Ex-Militär herzufallen. »Um ein Haar hätten Sie uns auf dem Gewissen gehabt!«

Pratt trat neben den Wissenschaftler und hielt ihn am Arm zurück. Auch McManus trat hinzu. »Erzählen Sie uns, was geschehen ist, Enis! Wo kommen Sie her? Wieso war das Lager am Rettungsboot verlassen?«

Mit einer Beherrschung, die ihm sichtlich schwerfiel, berichtete Fisz, wie sie Fyfields Tornister geknackt und den Abwehrmechanismus ausgelöst hatten. »Die verdammten Moskitos versetzten uns in eine Art künstliches Koma«, schloss er. »Die Technik dieser Biester war allem, was ich je gesehen habe, um Jahre voraus. Weiß der Teufel, woher Fyfield sie hatte!«

Im Sand zuckte Fyfield mit den Schultern. »Selbst schuld, wenn Sie unerlaubt anderer Leute Gepäck öffnen.«

Fisz machte erneut Anstalten, auf ihn loszugehen, und auch Jacek Zanik schien nichts lieber zu tun, als dem Waffenschmuggler sämtliche Knochen zu brechen. Doch McManus gebot ihnen Einhalt.

»Wie konntet ihr das Lager verlassen, wenn ihr bewusstlos wart?«, wollte er wissen.

»Eingeborene«, ergriff Elena Zanik das Wort, wie immer eine Spur zu schrill. »In diesem Dschungel hausen Eingeborene, Pygmäen wie … wie *die beiden!*« Ihr Arm fuhr hoch, und sie deutete beinahe panisch auf Soji und Adam. Erst als Heather ihr bedeutete, dass von den beiden keine Gefahr ausging, beruhigte sie sich wieder. »Als wir zu uns kamen, lagen wir in einer Hütte mitten im Dschungel, um uns herum der Proviant aus dem Lager, den die Wilden einkassiert hatten. Wir waren nicht gefesselt, und vor der Tür stand nur eine einzige Wache. Entweder hielten die Kerle uns für tot, oder sie gingen davon aus, dass wir bedeutend länger bewusstlos bleiben würden ...«

»Ich schlug den Mann nieder«, übernahm ihr Mann den Rest des Berichts. »Zum Glück stand die Hütte am Rand der Siedlung, sodass wir uns ungesehen in den Busch schlagen konnten. Wir stießen auf einen Trampelpfad, dem wir folgten ... bis hierher.«

Elena starrte mit großen Augen zu der Jacht hinüber. »Jetzt nimmt doch noch alles ein gutes Ende«, seufzte sie. Als sie den Kopf zurückdrehte, fiel ihr Blick auf Brianna, und sie erbleichte. »Guter Gott! Was ist mit ihr geschehen?«

Nun war es an Heather und McManus zu berichten, was sie abwechselnd und in Kurzfassung taten. Als sie bei Projekt Pandora anlangten und erwähnten, dass sie sich vermutlich alle mit dem aggressiven Virus infiziert hatten, weiteten sich die Augen Captain Batis und seiner drei Begleiter angstvoll.

»Aber ... wenn Sie tatsächlich infiziert sind, sind wir das jetzt ebenfalls!«, stieß Bati hervor. »In diesem Fall dürften wir nach allgemeinem Seerecht nicht an Bord des Schiffes gehen, sondern müssten hier in Quarantäne bleiben, bis unser medizinischer Status geklärt ist.«

Elena Zanik holte Luft zu einer schneidenden Bemerkung, doch Dr. Fisz kam ihr zuvor: »Haben Sie irgendwelche Informationen über diesen Erreger?«, wollte er wissen. »Eine Formel seiner Zusammensetzung oder etwas Ähnliches?«

Heather, die sich erinnerte, dass Brianna in Rikers Computerraum irgendetwas ausgedruckt hatte, ging zu der Verletzten und flüsterte kurz mit ihr. Als sie zurückkam, hielt sie mehrere gefaltete Seiten Nadeldruckerpapier in Händen. »So was vielleicht?«

Fisz riss ihr den Ausdruck förmlich aus der Hand und vertiefte sich in die Schrift aus winzigen Punkten. Nach wenigen

Sekunden verzog sich sein Gesicht ungläubig. Nach einigen weiteren begannen seine Mundwinkel zu zucken, dann brach er unvermittelt in Gelächter aus.

»Sind Sie jetzt völlig übergeschnappt?«, schnappte Zanik. »Wir haben ein tödliches Virus in uns, über unseren Köpfen bricht jeden Moment ein Vulkan aus, und Sie *lachen?*«

»Niemand wird sterben«, brachte Fisz japsend hervor. »Jedenfalls mit hoher Wahrscheinlichkeit nicht. Wir sind schließlich alle geimpft!«

»Gegen Projekt Pandora?« Nun begann auch McManus, am Geisteszustand des Wissenschaftlers zu zweifeln.

»Das Zeug, das sie in Rikers Station gefunden haben, ist der Wissenschaft mitnichten unbekannt«, führte Fisz aus und schwenkte den Ausdruck. »Um genau zu sein, kennt die ganze Welt dieses Virus. Der chemische Aufbau ist unverwechselbar. Nur benutzen wir nicht die Bezeichnung Pandora – wir nennen es *Sars CoV2.*«

»Wie bitte?« Mit weit aufgerissenen Augen rappelte sich Fyfield aus dem Sand auf. »Sie machen Witze, oder?«

»Corona«, wiederholte Fisz. »Die ganze Welt hat jahrelang gerätselt, woher dieses Virus so plötzlich gekommen ist. Sogar die armen Chinesen hat man bezichtigt.«

»Soll das heißen«, stammelte McManus, »Pandora ist ...«

»... das Corona-Virus. Ja«, bestätigte Fisz. »Riker und seine Leute müssen es damals in ihrer kleinen Hexenküche aus irgendwelchen frühen *Sars*-Urtypen gezüchtet haben.«

»Aber ...« Fyfield wirkte noch immer fassungslos. »Dann hätte ich gar nicht ...«

McManus, der allmählich begriff, schüttelte den Kopf. »Für *dieses* Virus hätte Ihnen kein Kriegstreiber dieser Welt auch nur einen einzigen Dollar bezahlt. Schließlich gibt es mittlerweile wirksame Impfstoffe sowie gute Medikamente dagegen. All das hier«, er machte eine Geste, die den Strand, ihre Gruppe und die bandagierte Brianna einschloss, »war vollkommen unnötig.« Er funkelte Fyfield zornig an. »Habe ich schon erwähnt, dass Sie ein Idiot sind?«

Heather wandte sich von Neuem an Brianna. »Du hast das gewusst, oder?«, fragte sie. »Du hast den Ausdruck gelesen und dir die Wahrheit zusammengereimt. *Deshalb* konntest du die Ampulle zerstören ... Weil du wusstest, dass ihr Inhalt viel ungefährlicher war als Fyfield?«

Unter dem dicken Verband war es schwer auszumachen, aber Brianna schien unter Schmerzen zu lächeln. Sie nickte und machte Anstalten, etwas zu erwidern.

In diesem Augenblick begann der Boden, so heftig zu zittern, dass sie alle sich auf dem weichen Untergrund nur noch mit Mühe auf den Füßen halten konnten.

»Zeit zu verschwinden!« Pratt machte ein paar Schritte ins Wasser, bis er bis zu den Knien in der Brandung stand, und begann, mit seinen langen Armen in Richtung der Jacht zu winken. Auch die anderen traten näher an die Wasserlinie und versuchten, sich bemerkbar zu machen.

Auf einmal stieß Zanik McManus mit dem Ellbogen an. »Geht das auf dein Konto, George?«

»Was meinst du?«

Zanik wies in Richtung der Jacht. »Der Name!«

McManus brauchte eine Sekunde, um zu begreifen, wovon sein Kollege sprach. Er sah genauer hin, strengte die Augen an, und nach einer weiteren Sekunde verstand er. Auf dem Bug des Schiffes prangte in futuristischer Schrift der Name ENTERPRISE. Plötzlich wusste er, wieso ihm die lang gestreckte, ein wenig an einen Hai erinnernde Silhouette so bekannt vorgekommen war.

»Natürlich – die *Enterprise!*«, rief er. »Der Notsender hat demnach funktioniert!«

»Sie kennen das Schiff?«, erkundigte sich Nolfi ungläubig.

»Es gehört einem Geschäftsfreund«, bestätigte McManus. »Frank hat sich immer darüber lustig gemacht, dass meine ULTHAR im Vergleich zu seinem Schiff nur ein besserer Fischkutter wäre.« Er spürte selbst, wie er zu strahlen begann. »Offenbar war er ebenfalls irgendwo in den Antillen unterwegs, als unser Notsignal rausging. Ihr könnt euch nicht vorstellen, wie froh ich bin!«

Und noch wesentlich erleichterter war er, als just in diesem Moment die Rotoren des kleinen Helikopters auf dem Landepad am Heck der ENTERPRISE zum Leben erwachten und sich zu drehen begannen. Passend dazu grollte der Vulkan hinter ihnen noch lauter.

Soji stieß einen leisen, erschrockenen Schrei aus, als der Hubschrauber abhob und dicht über dem Wasser Kurs auf sie nahm. Sie begann zu wimmern, sank auf die Knie und schlug die Hände vors Gesicht.

Während sich McManus noch den Kopf darüber zerbrach, wie er sie beruhigen konnte, sagte Katie: »Ihr müsst keine Angst haben. Das ist *unsere* Magie. Sehr mächtige Magie. Sie wird euch vor dem Zorn des Feuergottes beschützen!«

»Sind Sie verrückt geworden?«, ächzte Fyfield, noch während Pratts Hosentaschenmagie ihre Worte in die Sprache der Insulaner übersetzte.

Dann war der Helikopter heran und setzte kaum zehn Meter von ihnen entfernt zur Landung an. Der Rotorenlärm machte jede weitere Unterhaltung unmöglich, und inmitten des peitschenden Windes hatten sie Mühe, sich auf den Beinen zu halten.

Nicht allen gelang es. Brianna wankte, fiel in den Sand und riss Heather mit von den Füßen, als diese sie aufzufangen versuchte. Heather nutzte die Gelegenheit, sich schützend über sie zu werfen, und auch McManus drehte hastig das Gesicht aus dem künstlichen Tornado und hob zusätzlich die Arme vors Gesicht. Der Hubschrauber setzte viel zu dicht bei ihnen auf und peitschte zusätzlich zum Sturm der Rotoren auch noch aufspritzendes Wasser und Sand in ihre Richtung. Die Tür flog auf, eine Gestalt mit einem Pilotenhelm mit schwarzem Visier beugte sich heraus und begann, hektisch zu winken.

Irgendwie gelang es McManus nicht nur, sich auf die Füße zu kämpfen, sondern auch Heather und Brianna hochzuziehen und zum Helikopter zu bugsieren. Die Maschine war zu klein für sie alle, sie würde mehrmals fliegen müssen, aber die ENTERPRISE lag nicht weit entfernt, und der Pilot hatte gerade bewiesen, wie gut er sein Handwerk beherrschte.

So behutsam es ging, verfrachteten Heather und er Brianna in die Maschine. Heather stieg hinter ihr ein, womit die Kapazität des kleinen Fluggeräts schon beinahe erschöpft war. Das hinderte Fyfield nicht daran, zu versuchen, sich ebenfalls noch hineinzuquetschen.

McManus riss ihn so grob zurück, dass er das Gleichgewicht verlor und in den Sand fiel.

»Die Frauen zuerst!«, blaffte er, gestikulierte ungeduldig zu Katie hin und schob sie in die Maschine, die praktisch unmittelbar darauf abhob und kaum einen Meter über den Wellenkämmen in Richtung der wartenden ENTERPRISE davonschoss. McManus konnte sich gerade noch rechtzeitig abwenden und in die Hocke gehen, um nicht umgeblasen zu werden.

Als er es wieder wagte, die Arme herunterzunehmen und sich umzusehen, hatte der Helikopter die ENTERPRISE bereits erreicht und setzte zur Landung an.

Und Fyfield war verschwunden.

McManus starrte die leere Stelle im Sand eine geschlagene halbe Minute lang an, bevor er begriff, was er sah – oder eben nicht. Fyfield war nicht mehr da, ebenso die beiden jungen Insulaner. Nolfi stand ein paar Schritte entfernt in Richtung Waldrand und hatte frustriert die Hände zu Fäusten geballt, ein Stück neben ihm richtete sich Pratt benommen auf und fuhr sich mit dem Handrücken übers Gesicht. Blut rann von seiner geplatzten Oberlippe.

»Das Arschloch ist weg«, beantwortete er McManus' Frage, bevor der sie stellen konnte. »Ich habe einen Moment nicht aufgepasst. Tut mir leid.«

Die zweite Frage war im Grunde überflüssig, aber McManus stellte sie trotzdem: »Und unsere einheimischen Freunde?«

»Soji und Adam sind hinter ihm her wie zwei entfesselte Furien«, antwortete Nolfi und machte eine Kopfbewegung auf den Waldrand vor sich. »Was glaubt ihr wohl, wie weit er mit gefesselten Händen kommt?«

Pratt stemmte sich ächzend in die Höhe. »Ungefähr genauso weit wie mit ungefesselten«, vermutete er. »Die beiden sind hier zu Hause. Er hat keine Chance, ihnen zu entkommen.«

»Und ihren Stammesgenossen schon gar nicht«, bestätigte Jacek Zanik. »Was für ein Narr! Ich hätte das Gefängnis vorgezogen. Fyfield wird sich noch wünschen, der Vulkan hätte ihn gekillt.«

Aus dem verärgerten Grollen und Rumoren des Vulkans war mittlerweile ein ununterbrochenes Tosen geworden, wie ein ins Unendliche gedehnter, lang gezogener Schrei. Auch das Beben des Bodens hielt nun ohne Pause an und zauberte nicht nur vergängliche Muster in den Sand, sondern auch in die vom Meer heranrollenden Wellen. Selbst hier unten in der Bucht war inzwischen der heiße, nach glühendem Stein riechende Hauch der Lava zu spüren. Der Dschungel in den höheren Lagen stand bereits in Flammen, und der Himmel über der Insel füllte sich immer mehr mit Vögeln, die aus den Baumwipfeln stoben, um vor einer Gefahr zu fliehen, die sie nicht verstanden.

Es wurde verdammt knapp.

Der Helikopter flog zwei weitere Male, einmal mit den Zaniks und dem Captain, beim nächsten Mal mit Pratt und Nolfi an Bord. McManus, der gemeinsam mit Fisz als Letzter am Ufer zurückgeblieben war, sah ungeduldig immer wieder zur ENTERPRISE hinüber. Der Hubschrauber hob schon wenige Augenblicke, nachdem er seine letzten Passagiere an Deck gespien hatte, wieder ab, dennoch kam es ihm wie Stunden vor, bis er endlich ein letztes Mal über das Meer auf sie zukam. Der Pilot setzte noch näher als zuvor bei ihnen auf, sodass er und Fisz sich der Maschine nur schräg nach vorne gebeugt und mit letzter Kraft nähern konnten. Kaum hatten sie sich in die enge Kabine gezwängt, hob der Pilot wieder ab.

McManus hatte ein paar Sekunden lang aus dem Hubschrauberfenster freien Blick aufs Meer. Was er erkannte, ließ sein Herz höher schlagen: ein weiteres Schiff, das mit hohem Tempo auf die Insel zuhielt. Eine kleine Fregatte, um genau zu sein, die nter US-amerikanischer Flagge fuhr; möglicherweise die Rückendeckung für CIA Special Agentin Brianna Colfer. Das konnte nicht nur für Brianna die Rettung sein, wenn sie dort adäquat versorgt und vielleicht sogar notoperiert wurde, sondern auch für die Inselbewohner.

Namentlich für Adam und Soji, die ihm inzwischen ans Herz gewachsen waren.

Der Flug zum Schiff dauerte nicht einmal eine Minute. Nachdem sie aufgesetzt hatten, sprang McManus als Erster aus der Maschine und von der Landeplattform, noch bevor das Heulen der überstrapazierten Turbine auch nur an Lautstärke verlor. Unter seinen Füßen begann das Deck der ENTERPRISE zu zittern, als die gewaltigen Motoren des Schiffes hochfuhren und sich der Haifischbug der Jacht in die Strömung drehte. McManus konnte spüren, mit welcher Gewalt die ENTERPRISE beschleunigte, als wolle sie ihrem Hollywood-Vorbild nacheifern.

Trotzdem hätten sie es beinahe nicht geschafft. Die Katastrophe begann, noch bevor die Jacht volle Fahrt aufgenommen hatte, und sie startete wie viele wirklich große Ereignisse eher unspektakulär. Es begann mit einem Donnerschlag, nicht wesentlich heftiger als die Detonationen, die sie zuvor gehört hatten. Der Lärm ebbte fast ebenso schnell wieder ab, wie er begonnen hatte, und für die nächsten zehn oder vielleicht auch fünfzehn Sekunden geschah nichts mehr.

Dann brach der Berg zusammen.

McManus hatte mit einer Explosion biblischen Ausmaßes gerechnet, aber das Gegenteil war der Fall. Der Vulkan stieß eine einzelne, gigantische Flammensäule aus, die bis in den Himmel und noch darüber hinaus zu reichen schien, dann konnten sie selbst über die Entfernung hinweg sehen, wie sich die Caldera des Vulkans regelrecht zusammenfaltete und in sich zusammenstürzte. Flammen und Lava erstickten unter der Last des Gesteins, und statt des erwarteten apokalyptischen Feuerballs war es lediglich eine gewaltige Staub- und Rauchwolke, die den Berg und Augenblicke später die gesamte Insel verschlang.

Die ENTERPRISE erzitterte unter der Druckwelle wie unter dem Fausthieb eines unsichtbaren Riesen, und eine halbe Minute später noch einmal, als sich der gesamte Ozean in einer einzelnen, schwerfälligen Wellenbewegung hob und wieder senkte.

Und dann, endlich, war es vorbei.

Schweigend stand McManus an der Reling und wartete, bis sich das Schiff weitgehend beruhigt hatte. Das Meer war nicht mehr leer. Die kleine Fregatte drehte bei, und an Deck herrschte hektische Aktivität, weil Männer in grüngescheckten Navy-Uniformen hektisch damit beschäftigt waren, hochmoderne Rettungsinseln ins Wasser zu bringen. Und das war auch dringend nötig. In der aufgewühlten See erkannte er nicht nur jede Menge Unrat, sondern auch mindestens zwei Dutzend Ureinwohner. Die meisten von ihnen klammerten sich an Trümmerstücke aller möglichen Art fest, an Ästen oder auch ausgerissenen Baumstämmen. Zwei der Gestalten, die ihnen am nächsten waren, kamen ihm mehr als nur vage bekannt vor.

Waren das Adam und Soji? Er hoffte es.

»George!«, riss ihn eine Stimme aus seinen Gedanken. Heather!

Er wandte sich abrupt ab und eilte zum Vorderdeck, wo Heather und die anderen sich versammelt hatten und dem Captain der ENTERPRISE Rede und Antwort standen.

Beim Anblick seiner Frau, seiner Freunde, Kollegen und Mitarbeiter überkam McManus eine maßlose Erleichterung. Sie hatten es geschafft – alle! Brianna würde durchkommen, niemand hatte seine Teilnahme an dieser verfluchten Reise mit dem Leben bezahlen müssen … außer Fyfield, aber bezüglich ihm verspürte McManus weiß Gott kein schlechtes Gewissen. Am allerwichtigsten jedoch: Sie hatten sich nicht mit einem unheilbaren, tödlichen Virus infiziert, das, einmal in die Zivilisation getragen, den Fortbestand der Menschheit bedrohen konnte.

Am entfernten Ende des Decks kam der Eigner der ENTERPRISE eine Treppe hinauf, erblickte McManus und winkte ihm erfreut, zugleich aber sichtlich verwirrt zu. Er würde Frank einiges zu erklären haben, das war McManus klar.

Beim Weitergehen spürte er plötzlich, dass seine Nase lief. Er fuhr sich mit dem Handrücken über die Oberlippe.

Als er die Hand zurückzog, klebte Blut daran, und er verspürte ein sachtes Kratzen im Hals. Aber das hatte er im nächsten Augenblick schon wieder vergessen.

ENDE

MARKUS HEITZ
DOORS
STAFFEL 1

SPIEGEL-Bestseller-Autor Markus Heitz öffnet buchstäblich neue Türen – und mit ihnen unendliche Möglichkeiten.
Lies jetzt die kostenlose Pilotfolge *Der Beginn* und dann entscheide dich: Drei Bücher, drei Möglichkeiten – Welche Wahl sollen die Helden treffen? Greife zu dem DOORS-Band deiner Wahl und erfahre, was dahinter steckt.

Der Beginn
Der schwerreiche Vater der vermissten Anna-Lena van Dam schickt ein sechsköpfiges Team aus, um seine Tochter zu finden – darunter einen Ex-Militär, eine Höhlenkletterin und einen Parapsychologen. Jeder der sechs ist ein Experte auf seinem Gebiet, jeder von ihnen hat etwas zu verbergen. Und keiner von ihnen wird das gigantische Höhlensystem unter dem Anwesen der van Dams unverändert verlassen …

DOORS ! – Blutfeld
DOORS X – Dämmerung
DOORS ? – Kolonie

Ein weiteres Mystery-Abenteuer erwartet dich in
DOORS – Staffel 2 mit der Pilotfolge *Drei Sekunden*!

Eine verschlossene Gefängniszelle. Ein kaltblütiger Mord.
Und nur eine Verdächtige. Oder?

CHRIS MCGEORGE
FOUR WALLS
NUR EIN EINZIGER AUSWEG

Thriller

Lebenslänglich für einen brutalen Doppelmord, den sie nicht begangen hat: Cara Lockhart scheint in einem Albtraum gefangen. Doch schon wenige Tage nach ihrer Ankunft im Hochsicherheitsgefängnis High Fern reißen die Wachleute sie brutal aus dem Schlaf: Die Frau auf der Pritsche neben ihr wurde mit einem Kopfschuss getötet. Die Zelle war die ganze Nacht verschlossen – natürlich fällt der Verdacht auf Cara. Dabei ist sie sicher, auch in diesem Fall unschuldig zu sein. Aber wie findet man einen Mörder, wenn man selbst im Gefängnis sitzt?

Ein packender, wendungsreicher Locked-Room-Thriller
in einem Hightech-Gefängnis für Frauen

Ein Raum. Eine Leiche. Fünf Verdächtige.
Und nur drei Stunden, um den Mörder zu finden.

CHRIS MCGEORGE
ESCAPE ROOM
NUR DREI STUNDEN

Thriller

TV-Star Morgan Sheppard erwacht gefesselt in einem fremden Hotelzimmer. Ein maskierter Mann fordert ihn auf zu einem ganz besonderen Spiel.
Die Mitspieler: eine Kellnerin, ein Putzmann, eine Schauspielerin, ein Anwalt und eine Schülerin. Sie alle sind verdächtig.
Das Ziel: herauszufinden, wer den in der Badewanne liegenden Toten - Morgans Psychiater Simon Winter – auf dem Gewissen hat.
Die Regeln: drei Stunden Zeit, um den Mörder zu entlarven. Sonst werden alle sterben.
Die Uhr tickt. Kann Morgan dieses tödliche Spiel gewinnen?